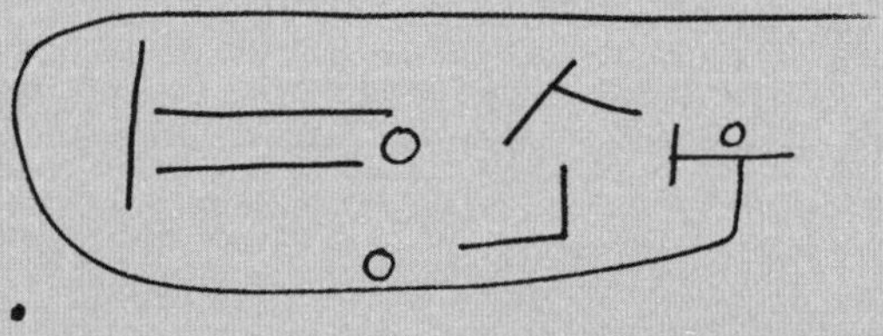

2022. 2. 28. 술 먹고 카드결제할 때만 해오던 싸인을
이렇게 하게 되다니...
오늘, 한잔 적셔야겠네요.

# 술꾼도시여자들

시즌 1

위소영 대본집

# 술꾼도시여자들 시즌 1

초판 1쇄 발행 2022년 3월 21일
초판 3쇄 발행 2023년 10월 1일

지은이 | 위소영
펴낸이 | 金湞珉
펴낸곳 | 북로그컴퍼니
책임편집 | 전설
디자인 | 김승은
주소 | 서울시 마포구 와우산로 44(상수동), 3층
전화 | 02-738-0214
팩스 | 02-738-1030
등록 | 제2010-000174호

ISBN 979-11-6803-027-5 03810


· 이 책의 원작은 「술꾼도시처녀들」(미깡/예담)입니다.

· 블로그: blog.naver.com/blc2009
· 인스타그램: @booklogcompany
· 페이스북: facebook.com/blc2009
· 유튜브: 북로그컴퍼니

# 술꾼도시여자들

시즌 1

위소영
대본집

북로그컴퍼니

## 작가의 말

'잘하는 것'과 '좋아하는 것'은 다르다는 걸 머리로만 이해한 지 5년여..

잘하는 것은 시시하게만 느껴지고 좋아하는 것을 잘하고 싶다는 바람은 실현 불가능하다는 것을 인정해야 한다고 느낄 때쯤, 웹툰 「술꾼도시처녀들」의 드라마화 제안을 받았다.

이건 내가 잘하는 게 확실했다.

술 그리고 친구.

나이 40을 앞두고 모든 걸 실패했다고 봐도 되는 삶을 살았지만, 유일하게 술과 친구만큼은 꾸준하게 내공을 쌓았으니까.

돌이켜보면 나도 처음부터 술을 그렇게 잘 마시는 실력은 아니었다. 다만 10년 넘게 예능작가 생활을 하며 이리 채이고 저리 채이는 삶에 술이란 녀석이 하루하루 위안이 되어주기 시작하더니, 어느 날인가부터 주변인들로부터 '술꾼'으로 불리고 있었다.

쓸데없는 승부욕도 생겨서 그 어떤 자리에 가서도 술로는 지고 싶지 않았다. 그렇게 길러진 술에 대한 집착과 오기는 술에 관련한 숱한 에피소드를 남기며 차곡차곡 적립되었다.

동시에 사랑과 연애에 꾸준히 실패할수록 친구들과의 우정은 농도와 깊이를 더하며 덩치를 키워갔다. 아무리 힘든 날에도 슬리퍼 질질 끌고 나가서 술 한잔할 수 있는 친구들이 옆에 있었기에 실패하고 넘어지는 것이 두렵지 않았다.

그런 나에게 「술꾼도시처녀들」은 그 설정 자체만으로도 너무나 매력적으로 다가왔다. 여기에 나와 내 친구들의 이야기가 더해진다면 대박은 아닐지 몰라도, 적어도 우리 이야기를 보다가 술 한잔 생각나는 사람들은 있겠다 싶었다.

여기에 나만큼이나 술에 진심인 김정식 감독님의 인간적인 내공이 더해졌다. 그런 감독님과 나를 붙여놓은 박순태 프로듀서님의 큰 그림은 성공적이었다.

이 세 사람이 상암동에서 처음으로 술을 마시던 그 날의 온도를 나는 아직 잊을 수 없다. 술맛 나는 드라마, 술의 온도만큼이나 따뜻한 드라마를 한번 만들어 보자며 부딪쳤던 그 날의 건배를 말이다.

너무나 좋은 원작을 넘겨주신 미깡 작가님과 「술꾼도시여자들」의 멋진 배우들, 그리고 사랑하는 나의 친구들에게 고마움을 전하며.. 마지막으로 이 시간에도 어딘가에서 괴로워서 한잔, 즐거워서 한잔, 어떤 이유로든 술 한잔에 인생을 털어넣고 있을 전국의 술꾼들에게 한잔의 술을 보탠다.

"적시자!"

## 일러두기

1. 이 책의 편집은 위소영 작가의 집필 방식을 따랐습니다.

2. 드라마 대사는 글말이 아닌 입말임을 감안하여, 한글맞춤법과 다른 부분이라 해도 그 표현을 살렸습니다. 지문의 경우 한글맞춤법을 최대한 따르되, 어감을 살리기 위해 고치지 않고 그대로 둔 경우도 있습니다.

3. 대사와 지문에 등장하는 말줄임표나 쉼표, 느낌표와 마침표 등의 문장부호 역시 작가의 집필 의도를 살리기 위해 그대로 실었습니다.

4. 이 책은 작가의 최종 대본으로, 방송된 부분과 다를 수 있습니다.

# 차례

## 기획의도

「섹스 앤 더 시티」와 「처녀들의 저녁식사」를 화끈한 폭탄주로 만들었다!
가지각색의 골 때리는 여자 캐릭터가 술자리에서 만난다면?
뭐 저런 년이 있어? 싶을 만큼 비정상적인 캐릭터들이지만,
보다 보면 결국 가장 보편적이고 인간적이라 어느새 공감하게 되는
30대 여자들의 이야기를 그리고 싶었음이다.

사실 10년 전에도 20년 전에도 30대 이야기엔 늘 '술'이 있었다.
김광석이 말한 '서른 즈음' 그 어디께에도 결국 술이 있었을 텐데..
2021년 요즘 젊은이들의 서른 즈음에는 어떤 술이 있을까.
그 풍경을 보여주고 싶었다.

시대를 불문하고 술자리에서 있을 수밖에 없는
가장 일반적이고 보편적인 풍경을 통해
세월과 세대를 아우르며 언제나 존재했던 '술'의 위력을 증명하고자 한다.

물론 지나친 음주는 몸에 해롭다.
하지만 인생을 살면서 한 번이라도 술 앞에 지나쳐보지 않은 사람이 있을까?

다소 '지나쳐' 보이는 세 명의 친구가 어제도 마셨고 오늘도 마셨던 그 술.
이 테이블에서도 마시고 저 테이블에서도 마시고 있는 술.
그 안에서 오고 가는, 다른 테이블과 별반 다르지 않은
지극히 평범한 사람들의 이야기를 옮겨 놓고 싶다.

더불어, 이 드라마를 볼 때만이라도 힘들었던 하루의 긴장감을 조금 놓고,
가까운 사람과 한잔하고 싶은 마음이 들면 좋겠다.
보고 싶은 친구가 생각났으면 더 좋겠다.

등장인물

## 안소희 (여/30세/방송작가/술이 문제인 술 마니아/소주 같은 여자)

남도가 낳은 자랑스러운 딸. 부모님과 통화할 때만 걸쭉한 전라도 사투리가 튀어나온다. 어릴 때부터 남 웃기는 걸 좋아해서 원래는 개그맨이 되고 싶었지만 부모님의 간곡한 뜻에 따라 좋은 대학 국어국문학과에 입학했고 멀쩡한 출판사에 취업까지 성공했다. 그러나 결국 1년 만에 잘리고 말았다.

어릴 적 꿈을 이루기 위해 방송국에 개그맨 시험을 보러 갔다가 떨어지고 나오는 길, 우연한 만남을 계기로 시작한 방송작가라는 일이 어느새 세컨드 자리에 오를 만큼 천직이 되었다.

방송국 내에서는 억척스럽고 지독한 악바리 싸움닭으로 유명하지만, 실상은 여기저기 틈이 많은 허당이다. 털털하고 성격 좋아 늘 주변에 친구가 많은 편으로 그중에서도 베스트인 지연이와 지구랑 있을 때가 가장 즐겁다. 극과 극인 두 사람을 절충하는 역할로 빛을 발한다.

문제는 끝장을 보는 '주사'가 늘 인생의 발목을 잡는다는 것. 술 먹다가 눈이 뒤집히는 순간이 오면 누구라도 앞뒤 안 보고 달려드는데 술 먹고 방송국 간부의 어깨를 물어버린 사건, 톱스타의 귀싸대기를 날린 사건 등 술 먹고 친 사고들이 방송국 내 전설로 남아 있다.

현재는 시청률이 하락하고 있는 예능 프로그램에 들어가 프로그램을 살리기 위해 애쓰는 중이다. 그러다 그 프로그램의 개찌질 좀생이 메인피디라는 놈이 6년 전 개그맨 시험에서 자신을 떨어뜨린 원흉이었다는 걸 알아버렸다. 언제고 날 한번 잡아 들이받기 직전! 어쩌다 보니 그런 놈이랑 이렇게 저렇게 얽혀서 키스도 하고 잠까지 자버렸다!

언제나 술 때문에 인생이 꼬였는데 이번에도 또 술이 일을 키웠다. 전 남친한테도 저렇게 들이댔다가 뒤통수 맞은 상처가 아직 아물지 않았건만, 왜 또 술에 취하니 저 모자란 피디가 멋있어 보이는 걸까.

## 한지연 (여/30세/요가강사/사랑스러운 술 천재/화이트와인 같은 여자)

심하게 예쁜 얼굴과 잘 빠진 몸매로 어디서나 눈에 띄는 얼굴 천재, 몸매 천재. 하지만 5분 이상 대화 시 하이톤의 무한 붙여넣기 말투와 오버 텐션으로 급격하게 상대를 지치게 만들어버린다. 그 중심엔 심하게 맑고 새하얀 뇌가 있는데, 아이러니하게도 그 백치의 끝엔 정곡을 찌르는 예리함이 있다. 누구나의 상식 수준에서는 못 미치나 아무나 생각할 수 없는 기상천외한 한 가지가 있는 것 같기도 하다.

1차원적인 착한 심성으로 머리끝부터 발끝까지 악의가 없고, 앞뒤 안 보고 해맑게 솔직해서 특히 어르신들에게 1등 맏며느릿감으로 꼽힌다. 하지만 그러면 뭐하나. 결혼은 언제나 꿈만 꿀 뿐. 현실은 늘 '원나잇'을 노리는 날라리 같은 놈들만 꼬여대는 것을. 마음만 앞서고 연애는 언제나 짧다.

그럼에도 불구하고 힘들거나 괴로워서 술을 먹는 법은 없다. 왜냐면 지연이에게 술은 1차원적인 느낌 그대로, 그저 '맛있는 것'이니까. 머리끝까지 넘치게 마신다 한들, 다음 날 일말의 숙취를 경험해본 적 없고, 아무리 코가 삐뚤어지게 취해도 필름 한번 끊겨 본 적 없는 술에 관해서는 단연코 강적 중의 강적.

좀 대놓고 멍청하면 어때? 예쁜 외모에 비해 든 게 없다는 말 좀 들음 어때? 일단 '피해 의식'이라는 단어 자체를 모르는걸! 그저 이 세상 모~든 게 즐겁고, 행복한걸! 주변인들까지 단순하게 만들어버리는 그녀의 사랑스러움은 오늘도 앞뒤 안 보고 '원샷 원킬'이다.

## 강지구 (여/30세/종이접기 유튜버/은둔형 술꾼/보드카 같은 여자)

인생사 거침없는 돌직구형 술꾼이자 7년째 동굴 속에 갇혀 사는 은둔형 술꾼. 누구한테나 앞뒤 안 재고 말이 짧으며 뒤끝이 없고 의리는 끝내준다. 낯간지러운 꼴 못 보고 아부하는 꼴도 못 보지만, 지연이가 해대는 그것만은 10년 우정으로 참아왔다. 친구라고는 지연이와 소희, 딱 둘뿐이니까.

집안에는 종이접기로 만든 희귀한 동물들이 가득하고, 종이접기 개인 방송을 할 땐(다른 유튜버들은 멘트도 넣고 음악도 넣고 편집도 하는 반면) 정말 아무것도 하지 않고 오로지 종이만 접는다. 그래서 구독자수는 턱없이 적지만 출중한 종이접기 솜씨 덕분에 소수의 마니아층을 형성하고 있다.

유일한 소통 창구는 술, 그리고 두 명의 친구. 하루 종일 종이만 접다가 캄캄한 밤이 되면 술 한잔하러 기어나간다. 술자리가 끝나면 여지없이 집으로 들어와 집 앞에 있는 개집 안에서 잠을 잔다. 술이 깨면 집으로 기어들어가 또 종이만 접다가 다시 술 먹으러 나가는 게 하루 일과.

술자리가 아니면 조금의 바깥 생활도 하지 않으며 가족과도 모든 걸 단절했다. 분명 한때는 평범하게 직장생활을 하고 가족들과도 잘 지냈던 것 같은데 어쩌다 이렇게 스스로를 캄캄한 방에 가둔 건지 그 이유를 아는 이는 없다. 멀지 않은 곳에 엄마와 목사 아버지, 그리고 귀엽고 똑똑한 막냇동생이 살고 있는 집이 있건만 출입도 연락도 일체하지 않는다. 가끔씩 막둥이가 집과 연락을 단절한 누나를 위해 가내 최신 소식지를 던져두고 가는 게 전부. 지구의 엄마가 택한 방법은 딸의 친구들이 살고 있는 오피스텔로 출근하다시피 하며 그나마 딸의 생사라도 확인하는 것. 그 덕에 시골에 집이 있는 소희와, 5년 전 엄마를 잃은 지연이는 지구 엄마의 반찬과 북엇국을 받아먹으며 친엄마와 같은 보살핌을 받고 있다. 물론 말이 좋아 보살핌이지 매일 아침 메가톤 급잔소리에 시달리곤 하지만.. 자기 대신 기꺼이 시달려주는 친구들이 있어 외롭지 않다. 자의인지 타의인지 평생 남자 손 한 번 잡아본 적 없는 모태솔로지만, 어차피 친구들 역시 쉽게 시집갈 팔자들은 아닌 듯하여, 지금처럼 셋이 술이나 마시며 대충 살다 가는 게 목표다.

### 강북구 (남/34세/소희의 동료 예능피디)

소희와 같은 예능팀에서 일하는 팀장급 피디. 기획하는 프로그램마다 구설수를 남기며 폐지, 그나마 남이 만들어 놓은 레귤러 프로그램이나 받아서 이어가는 처지다. 눈치도 없고, 사실 눈치보다는 의욕도 없고 열정은 더더욱 없다. '빈대피디'라는 별명은 개의치 않은지 오래.

하는 거라곤 회의 시간에 매일 똑같은 추리닝 차림으로 들어와서 머리나 벅벅

긁으며 비듬을 쏟아내고, 가끔씩 말도 안 되는 찌질한 사안에 꽂혀서 날 잡고 고문 회의를 하는 변태적 문제적 인간.

한간에는 '아빠가 라디오국 본부장인 엄청난 낙하산'이라는 썰이 돈다는데, 늘 후줄근한 차림인 데다 방송국 근처 오피스텔 단칸방에서 청승맞게 자취 중인 걸로 보아 아빠가 본부장이 아니라 관리인이라는 썰이 더 신빙성 높을 듯하다.

어릴 때부터 남들이 좋아하는 건 한 번도 좋아해본 적이 없고, 남들이 재밌다고 하는 게 재밌어본 적이 없다. 그래서 인턴 피디 시절에는 개그 프로그램에서 '웃기다, 안 웃기다'를 판단하는 기준자로 이용되기도 했다. 강북구가 재미없어하면 재밌는 것이고, 강북구가 재밌다고 하면 절대 해선 안 될 금기가 되는 것.

정작 본인은 남들이 자신을 그렇게 쓰든 말든 별 상관없다. 다만 과거 오디션장에서 자신을 유일하게 빵 터지게 했던 참가자가 바로 지금의 소희였다는 사실에, 처음으로 소희와 함께 새로운 자신만의 프로그램을 만들어보고 싶은 의욕을 보인다. 어느 날 갑자기 깻잎 한 장 붙이고 제 삶에 들어온 여자.. 처음 만난 일식집에서부터, 두 번째 만난 오디션장까지.. 병뚜껑을 송두리째 따버리는 그녀의 모습에 자신의 머리뚜껑이 통째로 따지는 기분이 들었다. 그 후로 그녀만 보면 뚜껑이 까이는 기분이랄까. 뇌는 정지하고 몸은 살아나는 기분이랄까. 묘하게 하체에 힘이 들어가며 생전 달고 살아본 적이 없던 '성욕'이 발동한다. 이건 무슨 시그널일까?

생전 의욕도 없고 열정도 없고, 피해의식과 패배의식만 가득했던 퇴물피디. 뭐든 딱 한 잔만 먹어도 기절하는 강피디의 간댕이에 안소희라는 소주 한 잔이 들이부어지면서 공감능력 제로에 메말라 있던 인생이 조금씩 '사람스러워지기' 시작한다.

## 오복집 사장 (황동배/남/40대 후반)

10년 전만 해도 대학가에서 최고로 잘 나가던 술집을 운영하며 매주 금요일마다 댄스파티를 여는 DJ로 활약했다. 반짝이던 시절도 있었지만 당시 대학생이었던 안소희, 강지구, 한지연과의 악연 때문에 '평생 술 공짜'라는 덫에 걸려 지금은 전성기의 반절만 한 술집을 운영하며 인생에 많은 걸 내려놓은 인물. 그래도 세 사람을 가장 잘 알고 챙기는 마음씨 좋은 사장님이다.

### 소희부 (안철화/남/1960년생/전라도 출신)

남도 저잣거리를 주름잡던 각설이. 전국 장이나 축제에서 최고로 모셔가는 행사 스타로 '아내 껌딱지'로도 유명하다. 아내가 소희를 임신했을 때도 떨어지지 않고 전국을 함께 돌아다녔다. 남들이 뭐라든지 그저 허허허 웃고 다닌다. 인생지사 욕심 없고, 세상에서 가장 좋아하는 아내와 소희만 있으면 되는 사람. 늘 아내 옆에 붙어다니지만 유일하게 혼자 즐기는 시간이 있다면, 행사를 마치고 아내보다 한 정거장 먼저 내려 노래를 흥얼대며 집으로 돌아오는 시간이다. 일 마치고 마시는 막걸리 한잔을 무엇보다 좋아했던 사람. 막걸리 한잔에 애창곡인 남일해의 「맨발로 뛰어라」를 제일 잘 부르던 사람. 평생을 길에서 떠돌며 노래 부르며 웃고 다니는 게 인생의 낙이었던 사람. 입버릇처럼 '욕심 없이 술 한잔 먹고 노래하며 살다가 길에서 죽고 싶다'고 했었는데.. 그 말처럼 되고 말았다.

### 지구부 (남/50대 초반/목사)

신망 두터운 동네 교회 목사. 신도 중 그가 과거 부산에서 잔인하기로 유명한 조폭이었다는 사실을 아는 사람은 거의 없다. 지구네 집의 신이자 법인 아내에게 충성하며 세상 순종적이고 복종적인 인생을 살고 있지만, 그 심연에는 아직 조폭 근성이 꿈틀댄다.

### 지구맘 (여/50대 초반/가정주부)

딸 지구만큼이나 터프하고 시크한 직구형 타입. 조폭이었던 남편은 목사로 만들었고, 둘째 아들은 영재학교에 보냈다. 첫째 딸도 자신이 원하는 대로 고등학교

선생님으로 만들었는데 그 딸이 7년 전 어느 날 갑자기 사표를 쓰고 집을 나가버렸다. 세상과 단절하고 술독에 파묻혀 사는 딸의 생사를 알기 위해 매일 아침, 딸 친구들의 오피스텔로 출근해 해장국을 끓이고 잔소리를 퍼붓는 게 아침 일과가 되었다. 입버릇처럼 툭하면 딸의 집에 불을 지르겠다고 윽박을 지르지만, 단 한 번도 딸의 집에 가서 초인종을 누른 적은 없다. 막상 세상과 담을 쌓은 딸과 마주할 용기도 없거니와, 딸이 먼저 세상 밖으로 나와 주기를 기다리는 걸지도..

## 지구 동생 (강지후/남/9세)

집과 연락을 끊은 지구를 위해, 가내 최신 소식을 몰래 전달해주는 막둥이. 집안 내력인 시크함을 보유하고 있다. 영재학교에 다니는 지구네 가문의 희망.

## 인턴 (소현/대학교 4학년)

소희와 강피디가 일하는 예능팀에서 피디 실습 기간을 거치고 있는 인턴. 겉보기엔 싹싹하고 순수해 보이지만 알고 보면 더없이 개인주의에 당돌하고, 한마디로 싸가지가 없다. 하지만 더 알고 보면 누구보다 확실한 공과 사, 어떤 일에도 흔들리지 않는 냉철함, 더함도 지나침도 없이 정확하고 확실한 로봇 캐릭터.

## 소희 전 남친 (강푸름/34세/무명 밴드 기타 및 보컬)

'자유로운 영혼'이라 쓰고 '개똥'이라고 읽음. 그 어떤 나쁜 행동도 자신만의 철학으로 무력화시키는 개똥철학주의자. 소희의 전 남자친구로 3년이나 사귀고 결혼까지 마음먹었지만, 결국 한 방에 뒤통수를 날리며 몹쓸 트라우마까지 만들어 주고는 또 아무렇지도 않게 불쑥 나타나 소희를 흔들어 놓고 사라진다.

## 용어정리

**S#** 장면(Scene)을 의미한다. 같은 장소, 같은 시간 내에서 이루어지는 일련의 행동이나 대사가 하나의 씬을 구성한다.

**Na** 내레이션(Narration)을 지칭하는 용어. 인물과 상황에 대한 정보를 알려주는 목소리를 말한다.

**(ol)** 오버랩(Over Lap)을 뜻하며 대사를 칠 때 호흡을 주지 않고 앞사람 대사를 끊듯 바로 들어가는 것을 말한다.

**(off)** 화면 밖에서 치는 대사. 보통 등장인물이 보이지 않는 상태에서 목소리가 들리는 경우에 사용한다.

**(F)** 필터(Filter)의 약자로, 전화기 너머의 목소리 등을 표현할 때 쓴다.

**(e)** 이펙트(Effect)의 약자로 화면 밖에서 들리는 음향이나 대사 등의 효과음을 말한다.

**인서트** 중간에 특정 장면을 삽입하는 것. 인물의 표정이나 동작, 이야기 흐름 상 필요한 장면 등을 의도적으로 보여줄 때 사용한다.

**몽타주** 따로따로 편집된 장면들을 짧게 끊어 붙여서 하나의 긴밀하고 새로운 장면을 만드는 기법을 말한다.

**디졸브** 두 개의 화면이 겹쳐지거나, 블랙이나 화이트 화면과 기존 화면이 겹칠 때 사용된다. 시간 경과나 씬을 마무리할 때 사용한다.

**팬(팬하다)** 팬(Pan)을 뜻하며 카메라는 고정시킨 채 상하좌우로 회전시키며 촬영하는 기법을 말한다.

# 1부

## 닭발 같은 크리스마스엔 소주를

## S#1. 2020년 겨울 | 길거리 → 오복집 앞 (저녁)

크리스마스를 앞둔 겨울 거리.
선후배 관계인 학수와 철중이 껄렁한 대화를 나누며 길을 걷고 있다.

**학수** 야 너 크리스마스 때 뭐 하냐.

**철중** 여친이 작년 크리스마스 때부터 예약해둔 스위트룸 갑니다~

**학수** 오~~~ 좋겠다. 그럼 난 뭐 할까?

**철중** 선배님은... (눈치) 소개팅 하실래요?

**학수** (감탄, 어깨 두르며) 이야~ 넌 어떻게 눈치가 전역할 생각을 안 하냐~! 성탄용으로 반짝반짝하게 한 명만 해줘봐라.

**철중** 제가 툭 까놓고 딱 세 명까진 해드릴 수 있거든요? 문제는.. 감당이 안 되실 것 같은데... (고개 절레) 아니다, 그냥 못 들은 걸로 하십쇼.

**학수** 이 자식이 선임한테 영업을 하네. 뭘 넣었다 뺐다 해. 그냥 까~!

**철중** 농담하는 게 아니라요. 선배님... 진짜 지려요.

**학수** 야 간만에 지리게 좀 만나보자. 나 김학수야~

**철중** 진짜 다리 놓습니다!?

**학수** 아직도 안 놨어? 나 김학순데? 형 몰라? 김학수라고, 김학수~

거드름을 피우는 학수,

오복집 문 열고 들어가는 학수의 모습에서 소타이틀.

1부. 닭발 같은 크리스마스엔 소주를

성우Na **1부. 닭발 같은 크리스마스엔 소주를.**

## S#2. 오복집 (저녁)

오복집 문 열고 들어오는 학수.

동배 (e) 어서 오세요~!

성우Na **이 남자는 잠시 후 소개팅을 하게 된다.**

연말 분위기로 달아오른 술집 내부. 학수의 안경에도 뿌옇게 습기가 찬다. 안경을 벗고 테이블을 훑는데, 혼자 와 있는 한 여자(강지구/29세/여/종이접기 유튜버)가 눈에 들어오는.

학수 혹시 강지구 씨.. (테이블에 소주 두 병과 닭발을 보고) ..는 아니시겠다. (돌아서려는데)

지구 내가 강지군데?

학수 아, 맞으셨구나.. 죄송합니다. 제가 좀 많이 늦었나 봐요. (앉으며 상황 파악하는)

지구 (시니컬하게 술 따르며) 후래자 삼배.

학수 하하.. 농담도.

성우Na **여자1호는 농담을 해본적이 없다.**

학수, 한 잔을 마시는데 바로 따라주는 지구.
결국 세 잔을 연달아 먹는.

학수 어우. 시작부터 세네요. (나름 깐족) 정신 바짝 차려야겠는데요?

지구 (웃음기 없이 삐딱하게 앉아 쳐다보고 있는)

학수 (민망) 유튜버시라고 들었는데, 혹시 어떤 유튜브를 하시는지 여쭤봐도 될까요?

지구 종이접기.

학수 종이접기요? 아~ 그 종이접기요? (웃을 뻔했지만 나름 조크로 놀리는) 저도 어릴 땐 종이 좀 접었는데요. (웃는)

지구 마셔.

학수 네?

성우Na **남자1호는 귀가 의심된다.**

지구 마시라구.

성우Na **여자2호는 말끝이 짧다.**

학수 (정적을 깨고) 주로 어떤 걸.. 접으시나요?

지구 (술 따르며) 우로보로스.

학수 (잠시 버퍼링) 우로.. 뭐요?

지구 (정색하며 째리는)

학수 (추리하는) 아~ 혹시 공룡 이름..

지구 뱀.

학수 아 그런 뱀이 있구나~

지구 없어.

학수 아 그럼 상상의 동물 같은 건가요? 용처럼.

지구 들어.

학수 네?

지구 상상의 동물 맞으니까 마시라구.

학수 (자기도 모르게 잔 들고 진심으로 고마워하는) 아 네. 감사합니다.

성우Na **뭐가 감사한 것인가. 남자1호는 왜 감사함을 느끼는가.**

지구 술.

학수 네?

지구, 고갯짓으로 자신의 빈 잔을 가리킨다.

학수　아 계속 혼자 따라드시길래.. (맞을 것 같은 느낌) 죄송합니다. (두 손으로 따르는)

성우Na　**뭐가 죄송한가. 남자1호는 왜 죄송함을 느끼는가.**

지구, 소주를 한 번에 털어놓고는 빈 잔을 툭! 학수를 향해 던진다.

학수　(얼떨결에 두 손으로 받고) 어우 깜짝이야. 이걸 왜...

지구　합술.

학수　합술이여?

지구　(잔 하나를 치우며) 적군의 잔에 독을 타지 않았다는 걸 증명하는 우호적인 기술.

학수　(웃으며) 우리가 적군은 아니지 않나요.

지구　(정색) 언제 봤다고 친한 척이야.

학수　죄송합니다.

지구　지금부터 이 술잔은, 테이블에 내려놓지 않는 거다.

침묵 속에서 술잔 하나가 공중에서 오고 간다.
마시자마자 또다시 학수에게 잔을 대충 던지는 지구.

성우Na　**여자1호는 술잔을 잘 던진다.**

가까스로 잔을 받은 학수, 지구가 따라주는 술을 바로 비우고, 지구가 던지라는 시늉을 하자 안 깨지게 두 손으로 최대한 공손히 던지고, 받자마자 또다시 술을 비우고 학수에게 던지는 지구. 그렇게 계속 반복하는 이미지... 점점 술기운이 올라오며 시야가 흐려지는 학수... 결국 지구가 던진 잔을 받다가 바닥에 떨어지며 깨고 만다.

학수　어구 죄송합니다!

이때 발아래로 재빠르게 들어오는 빗자루. 보면, 사장님(황동배/40대 후반/남/오복집 주인)이 기계처럼 깨진 유리 파편을 한 번의 스냅으로 쓰레받기에 담아 빛의 속도로 사라지는 데까지 3초도 안 걸린다.

학수 (동배 뒤통수에) 죄송합니다아.. (지구를 보며) 죄송합니다. 술이 좀 들어가다 보니까 자꾸 빙빙 돌아서..

지구 그래서 잔이 두 개인 거야. (아까 빼놓은 잔을 올리며) 이것도 깨면, 너 나랑 사귄다? (잔을 또다시 툭 던지는)

풀린 눈에 힘주고, 사생결단으로 잔을 받아내는 학수.
다이너마이트라도 안고 있는 얼굴이다.

성우Na **지금 받은 것은 사형선고가 아닌 일개의 잔이지만, 반대로 느껴지는 남자 1호다.**

지구 (피식) 제법이네. 마셔.

학수 (취한) 감사합니다.. (잔을 품에 안고 몸이 앞으로 기우는) ...절대.. 깨지 않았습니다...

지구 (경고) 취하지 마.

학수 (고꾸라진 채 눈 감고 있는)

지구 내가 허락하면 취해. 눈깔 떠.

학수 (웃다가 우는) 눈깔이... 안 떠지는데요...

지구 정신 차려. 정신 싸움이야. 똥꼬에 힘!

학수 힘!!! (고개 들며 똥꼬에 힘주는) 근데 왜 아까부터 반말하세요.. 저보다 연배가 적으신데..

지구 난 원래 까고 시작해. 꼬우면 너도 까. (술병 들고 따라주려는) 마셔.

학수 (잔을 품에 안고) 죄송해요.. 더 이상 못 먹겠어요.

지구 지금부턴 정신력이야. 못 하겠음 여기서 포기해. 계산하고 나가!

학수 (빡친) 아이씨.. 진짜!!!! (벌떡 일어나 이를 악물고 술을 원샷하는)

지구 거 봐! 할 수 있잖아! 모든 건 정신력이야!

학수 (이를 악물고 눈물을 훔치며 스스로 감동한)

지구　다 마음 먹기 달렸다구. (닭발 하나를 들어 건네며) 먹어 이제.

두 손으로 닭발을 받아 조신하게 고개를 돌린 후에 먹는 학수.

지구　(닭발 통째로 우두둑 씹으며) 잘 삶았네.
학수　(눈물 맺힌) 감사합니다.
지구　니가 삶았어?
학수　(울먹이며) 아니 죄송합니다.
성우Na　**뭐가 죄송한가. 남자1호는 왜 자꾸만 죄송함을 느끼는가.**
학수　근데 아까 주로 뱀을 접는다고 하셨잖아요. 그게, 접는 게 맞죠? 잡는 게 아니라.
지구　접는다고.
학수　뱀이 원래 접혀지는 동물인가 상상이 잘 안 되어서.
지구　사람도 접히는데 뭘~ (자연스레 손을 뒤로 접듯 꺾는데 뼈 소리가 우두둑..)
학수　(입 떡)
성우Na　**어쩌면.. 자신도 접힐 수 있겠다고 생각하는 남자1호다.**
지구　그럼 이제 다 먹었으니까~
학수　(이/기다렸다는 듯) 일어날까요?
지구　후식은.
학수　(군대 톤으로) 먹어야죠.
지구　(동배 쪽 보며) 사장님 미쏘 둘 주세요!
학수　(혼잣말로) 사장님한텐 존대하시네...

동배, 일반 소주 위에 매직으로 '미지근한 소주'라고 갈겨 써놓은 소주를 테이블에 올려놓는다.

학수　(신기해서 보며) 미지근한 소주를.. 따로 만들어 놓으신 거예여 저 사장님이? (의아한) 이걸 먹는 사람이 있나?
지구　우리가. (소주를 한 번의 스냅으로 터프하게 돌려 따며) 술은 좀 미지근

할 때가 진짜니까. (수저통에 꽂혀 있던 빨대를 각자의 소주병에 꽂으며) 느껴봐.

학수 (빨대를 보며) 이걸루요? (살짝 용기 내서 이의 제기) 빨대로 술을 마시는 건 제가 대학교 신입생 환영회 벌칙으로 해보고 안 해본 것 같은데... 가뜩이나 미지근한 술을 이렇게까지 먹어야 할 필요가.. (눈치를 슬쩍 보는데)

지구 빨아.

학수 네 빱니다.

빨대로 소주를 들이키며 만취 상태로 접어드는 학수.
몸이 급격히 옆으로 기울며 90도 꺾인 상태로 기절하듯 잠이 들었다.

성우Na **남자1호는 지금 몸이 반으로 접힌 채**
**우로보로스의 목구멍으로 빨려 들어가는 꿈을 꾸고 있다.**

깜짝 놀라 눈을 뜨는 학수. 하지만 또다시 학수의 꿈속. 마치 우로보로스의 목구멍 안에 들어와 있는 듯한 다른 세계 CG. 지구가 가부좌를 틀고 소주병 위에 앉아 있는 진귀한 광경이 보인다.

학수 (조심스럽게) ..이봐요.. 강지구 씨..!

눈을 확 치켜뜨는 지구, 입에서 뱀 같은 혀가 튀어나오는데... 비명을 지르며 꿈에서 깨는 학수, 다시 처음의 술집 광경 그대로고, 학수만 두고 가버린 지구, 테이블 위에는 종이접기로 만들어진 뱀만 하나 올라와 있다. 얼빠진 얼굴로 그 뱀을 바라보는 학수의 모습에서...

성우Na **남자1호는 방금 바지에 조금, 지렸다.**

지연 (e) 김학수 씨..?

정신 차리고 보면, 긴 생머리에 눈에 띄게 예쁜 여자(한지연/여/29세/요가강사)가 학수를 내려다보고 있다.

성우Na **여자2호는 예쁘다.**

학수는 지연의 외모에 잠시 눈앞이 아찔하다. 그런데 지연이 두르고 온 스카프(목도리)가 하필 뱀 무늬고, 이걸 본 학수, 살짝 뜨헉 해서 정신이 아찔하다.

지연 저기요?

학수 .. (정신 차리고) 아, 네 한지연 씨죠. 앉으세요. (자리에 앉으며 목도리를 푸는 지연을 보며) 그게 제가 뱀 트라우마가 좀 있어가지고.

지연 뱀이요?

학수 아니 그러니까.. (이미 얼굴에 빠져든) 예쁘세요. 되게 기분 좋게 예쁜 얼굴이세요. 농담 아닙니다. 제가 얼굴에는 좀 진심인 편이라.

지연 (새초롬하게 웃으며) 일단 뭐 좀 시킬까요?

학수 드시고 싶으신 거 다 시키세요. 뭐 좋아하세여? 이 집이 닭발 맛집이라고는 하던데, 저도 제대로는 못 먹어봤거든요.

지연 (ol/조신하게) 전 그냥 소주로..

학수 아~ (짐승 눈빛) 그럼 오늘 살짝 취해볼까요? 사장님 여기 닭발이랑 소주 하나주시져~!

동배가 철판 닭발에 불을 올리고, 소주를 내려놓고 가며 힐긋 학수를 보고 간다.

지연 (닭발이랑 소주를 그윽히 보다가) 있잖아요... 진짜 너~~~~~~~~~~~~무 너무 좋지 않아여?

학수 (살짝 당황했지만 웃으며) 뭐가요?

지연 (신나서) 이 모~~~~~~~~~~~~~~~

성우Na **여자 2호는 폐활량이 좋다.**

지연 ~~~~~~~~~~든 게요. 너~~~~~무 너무 아름답잖아여~

학수 (주변을 둘러보며) 어떤 게..

지연 (해맑게 주변을 둘러보며) 음~ 여기 있는 모~든 사람들이 술잔을 들고 있궁~ 아직 해가 뜨려면 한~~~~참이나 남았구~ 그리궁~ (물개 박수 치며) 이 닭발들이 너~~~무 너무 가지런하잖아요. 꼭 줄 선 것처럼~ 하하하하하! (닭발과 대화 시도) 니들, 군대 왔니? 필승!! 하하하하 (능숙하게 비닐장갑을 껴서 닭발 하나를 들고) 원래 닭발은 좀 식혀 먹어야 맛있는데 (뜨거운데도 입에 넣고 스윽 훑는) 으으음~~~~~~~~~~~ (주전자 끓는 소리까지 치닫는)

학수 (놀란) 뜨거우시죠? 괜찮으세요? (급하게 물 따라서) 여기여 물!!

지연 음~~~~ 이 부드러움 어쩔? 저 지금 1도 안 삼켰는데.. (입을 쩍 벌려서 보여주는) 입에 하나도 없어요. 개인기 개인기! 완전 신기하져 완전! 하하하하

학수 (당황한) 아.. 개인기셨구나..

지연 잠깐만요. (손 번쩍) 사장니임~ 이거 미쏘로 좀 바꿔주세여~!

미지근한 소주를 들고 오는 동배, 소주를 내려다보며 학수를 또 힐긋 보고 (넌 아니라는 듯) 고개를 살짝 저으며 퇴장한다.

학수 (소주를 보며 정색) 요즘... 미지근한 소주가 유행인가요.?

지연 글쎄요? 전 대학 때부터 마셨는데? 미지근한 게 목에 착 붙잖아요. (술병을 흔드는)

학수 술을 좋아하시나 봐요.

지연 (술병을 넘기고 따라달라고 잔 드는) 딱히 애주가는 아닌데여 술은 매일 먹어요~

학수 (술 따라주며 무슨 말인가 싶은) 아...

지연 제가 남자는 아닌데 남자를 좋아하는 것처럼요~ (배시시 웃으며 술을 따라주는)

학수 (잔 받으며 잘못 들었나 싶어서) 남자요?

지연 아!! 저 남자보다 좋아하는 거 있다. 남자랑 같이 술 마시다가 문득 창밖을 봤는데 둥근 해가 떠 있는 거? (귀엽게 잔 들고) 오늘 도전? (건배하며)

짠~!

학수 (건배하고 마시며) 되게.. 상큼 발랄하시네요.

지연 (알아서 자작하며) 기분이가 늘 좋아서 그래요. 왜냐면 연이는..

학수 연이는요?

지연 저 지연이요! 어우~~~ 진짜 센스없똥!! (바로 또 원샷)

학수 (화들짝) 똥이요?..

지연 (신나서) 아니 그 똥 말고! (혀를 말아서 들이대며) 똥이요 똥! 귀엽게 똥!

학수 아 네..

지연 (술 따라주며) 아, 복덕방 하신댔죠?

학수 (잔 받으며) 아니요. 전 증권가에서 선물거래 담당 (하고 있어요)

지연 (ol/신나서 오바하는) 어머~~~~~~~~~ 어머어머어머~ 웬일이야 웬일~ 명절엔 진~짜 개바쁘시겠당 선물 담당이시면. 요즘엔 고객 관리 그런 것도 잘해야 되죵? 정말 과학이 너무 발달했어..!

학수 (얼빠진 얼굴)

성우Na **여자2호는 뇌가 하얗다.**

학수 혹시.. 바이러스 때문에 마스크 끼고 키스하는 건 어떻게 생각하세요?

지연 (턱 괴고 해맑게 웃으며) 좋아요~

학수 음.. 육아휴직 기간은 적당한 걸까요?

지연 좋져~ 결혼 좋잖아여.

학수 성형 인구가 계속 늘어나는 것에 대해선..

지연 좋아요~ 성형 좋잖아여.

학수 동성애는..

지연 좋져 좋져.

학수 트럼프에 대해선 혹시?

지연 좋다마다~!

학수 저희 회사에서 이번 주에 엠티가 있는데..

지연 (턱 괴고 있다가 반짝) 어머 단체로 모텔 가는 거예요? 너~무 좋다~!

학수 (억지로 웃는) 아.. 하하... 지연 씨는 모든 게 다 좋은가 봐요. 싫어하는 건 없어요?

지연 (1초의 망설임도 없이) 싫어하는 게 뭔지 생각해야 되는 거?

학수　(한 대 맞은 듯한 표정에서)

성우Na　**남자1호는 이 여자가 어쩌면 천재일 수도 있다고 생각한다.**

지연　어머, 술 없다.

학수　아, 네. (술 따라주려는데)

지연　잠깐만요? (빈 잔보고 애교 절정) 술잔 너어~~~~~~~~ 채워줄꼬얌!

지연의 애교가 당황스럽지만 애써 웃으며 소주를 따라주는 학수.
그러자 채워지는 잔을 보며 신난다고 박수를 치는 지연.

학수　박수는 원래 그렇게.. 많이 치시는 편이세요?

지연　하하하하 저 물개 같지 않아요? (리듬 구호에 맞춰서) 빽빽! 빽빽빽! 빽빽 빽빽! 빽빽! 하하하하하하하

학수　(점점 짜증) 웃음도 진짜 많으시구나.. (계속 웃는 지연을 보며) 근데 뭐가 그렇게 웃기신 거예요?

지연　아니 그게 너~~~무 너무 (자기도 잊어먹음) 뭐였더라? 하하하하하하하 내가 왜 웃고 있었지? 하하하하하 (죽겠다며 웃다가 빈 병 보고) 어머어 머어머 술 없어 술없어~ 술 완~전 없어! (더 시키려는데) 사장님~~

학수　근데 제가 내일 아침에 일찍 미팅이 있어서.

성우Na　**남자1호는 내일, 미팅이 없다.**

지연　어머 너무 잘됐다. 저도 내일 아침 수업 있는데! 그럼 우리 지금 바다 보러 갈래요?

학수　바다요?

지연　(사랑스럽게 보며) 네. 그 바다 맞아요.. 파도도 있구.. 등대도 있구.. 모텔도 있구..

학수　(예상치 못한 단어에 눈빛 바뀌며) 어우. 진짜요?

지연　(수줍게 불러본다) 재희 아빠..!

학수　(잘못 들었나) 재희 아빠요?

지연　(비밀 말해주듯 두 눈을 찡긋하며 속삭이는) ..제 애기 이름이요. 재희.

학수　잠깐, 결혼하셨었어요?

지연　결혼은 늘 준비돼 있구요. 재희는 아직 태어나지 않은 미래의 제 애기 이

름이에요. 물론 지금은 누군지 모를 한 남자의 정자 안에 들어가 있겠지만요. (귓속말로) 혹시 그쪽? (놀라서 정지된 학수를 보며) 하하하하하 멈췄다 멈췄어!!!! 일시정지 화면 같애! 하하하하하

지연, 미친 듯이 배꼽 잡고 웃다가 결국 뒤로 넘어가는 데에서...

지연 (넘어진 상태에서) 어머 웬일이야! 하하하하 나 자빠졌어. 너무 웃기죠?! 하하하

학수 괜찮으세요?

지연 아 괜찮아여 괜찮아여~ 아 나 너무 웃겨. 미치겠어. 눈물 나. 저 쫌만 있다 일어날게여. 아~ 나 다리에 힘 풀렸어.

학수 죄송한데 전 잠깐 화장실 좀... (자빠져 있는 지연을 피해 돌아서 가는)

성우Na **남자1호는 이제 예쁜 여자가 싫다.**

빠른 걸음으로 화장실로 향하는 학수를 따라가는 카메라. (원씬으로 연결)

동배 (e) 화장실 저쪽이요!

그대로 급 유턴해서 반대로 향해가는 학수. 가다가 누군가에게 전화를 건다.

성우Na **남자1호는 오늘, 평범한 여자를 만나고 싶다.**

저만치 테이블에서 전화벨이 울리고, 보면 안소희(여/29세/예능작가 세컨드)가 노트북을 앞에 두고 전화를 받고 있다. 눈인사를 하는 두 사람, 학수가 소희의 테이블 자리로 건너오는.

학수 안소희 씨..?

소희 (그 와중에도 타이핑을 마무리하며 올려다보는) 아 네. 제가 안소희예요.

학수　..일하고 계셨나 봐요.

소희　아, (노트북 덮는) 죄송해여. 일이 좀 터져서.

학수　(앉으며) 괜찮습니다. 예능작가시라고 들었는데..

소희　아 네. 좀 전에 갑자기 게스트가 바뀌었다고 해서, 대본 좀 급하게 수정해 주느라, (미안하지만 할 일은 해야 됨) 쫌만 더 하면 되긴 하거든요.

학수　아~ 그럼 마무리하세요!! 전 신경 쓰지 마시구.

소희　(상냥하게 웃으며 노트북을 다시 펴는) 이해해주셔서 감사합니다. 그럼..

뿔테안경을 쓰더니 머리를 질끈 묶고 빛의 속도로 타자를 치기 시작하는 소희. 그런 소희를 쳐다보는 학수의 눈빛에서..

성우Na　**남자1호는 여자3호의 첫인상이 나쁘지 않다.**
**미세하게 빨라지는 타자 소리는 남자1호의 심장을 더 자극한다.**

이때 요란하게 울리는 소희의 벨소리.

소희　(상냥하지만 다급하게) 잠깐 전화 좀 받을게요.

학수　네네! 편하게!

소희　(전화 받음과 동시에 예민 모드, 낮은 톤으로) 스케줄이 안 된다니 그게 무슨 말이야.. 니네 스케줄 미리 확인 안 했어? 스케줄을 이렇게 잡고 퇴근했음 안 되는 거지.. (한숨 쉬며 싸늘하게) 매니저 누구야. TM에 안광호? 일단 알겠어 끊어봐.

전화를 끊더니 상냥하게 다시 학수를 바라보는 소희.

성우Na　**여자3호는 공과 사가 확실하다.**

소희　죄송합니다~ 내일 대체하기로 한 게스트가 또 스케줄이 안 된다고 번복을 해서..

학수　역시 방송이 참 변수가 많네요.

소희　(상냥하게) 괜찮으시면 전화 한 통만 더 해도 될까요? 너무 급한 상황이라.

학수 하세요! 일단 전 신경 쓰지 마시구.

다급하게 전화를 하는 소희. 신호를 기다리다가 상대가 안 받는지 점점 열 받는 얼굴. 슬슬 '섭외 시 작가 모드'로 태세 전환하는.

소희 (전화에 집중하고 있으나, 지나가는 동배 캐치) 사장님, 여기 소주 하나요.

동배 미지근으루?

소희 (눈빛으로 끄덕하다가, 급 영업인 말투로 전향) 매니저님~~~~ 저 안소희 작가예여. 지금 통화 괜찮으실까요? 아 네~ 근데 프로필 딸 사진 너~무 이쁜 거 아니에요? (능청) 어머 아들이에요? 웬일이야 웬일 저 딸인 줄 알았잖아요 너무 이뻐서.. / (스무스하게 넘어가는) 안 그래도 막내한테 얘기 들었는데 스케줄을 어쩌다 그렇게 잡으셨대.. / 아~~ 퀴즈가 부담이셨구나. 그럼 말씀을 하시져. 스케줄 핑계 대셔봤자 저희 한 다리 건너 다 아는데.. 그럼 매니저님! 이렇게 하실게요. 저희가 열 개 중에 세 개를 미리 드릴 테니까 일곱 개만 터실게여 / (듣다가).. 그럼 다섯 개 갈게여. 저희 진짜 원래 이렇게는 안 드려요.. / (정색) 그럼 뭐가 마음에 안 드시는 거예여? 아~~ MC가 마음에 안 드셨구나. 근데 그러면 애초에 왜 하겠다고 하신 거예요? 아니 어쨌든 하겠다고 하셔서 저희도 다른 게스트 안 알아본 거잖아여. 이렇게 나오심 안 되져. 저희가 방송 하루 이틀 하는 것도 아니고, 이 바닥 다 아시면서 낯설게 왜 이러세여 진짜. (슬슬 협박) 회사에서 신인들 음뱅 출연도 하셔야 될 거 아니에여. / (완전 정색) 치사? 너 방금 작가한테 치사하다 그랬니? 광호야.. 니가 아직 나이가 어려서 시야 확보가 안 되나 본데, 길게 멀리 봐야지. 근시가 심한가 봐. 아니다~ 그냥 펑크내. 그럼 나도 내가 할 수 있는 최대한의 엿을 먹일 거니까. 어차피 이 바닥 좁아서 얼마 안 걸리는 거 알지? 너 매장될 때까지. 그 전에 나랑은 마주치지 말구, 너 그러다 지미집에 대가리 낄 거 같애. / (잠시 정적, 갑자기 표정 풀며 온화하게) 아~~~ 그럼 그러실래요? 아이고오.. 너무 감사해요 매니저님 완전 짱이야. 그럼 문제 세 개랑, 아 다섯 개요? 아우 기억

력도 좋으셔. 다섯 개랑 스탠바이 시간은 저희 막내가 따로 연락드릴게여~ (해피콜 톤으로) 네네~ 네~~~~ 내일 제가 커피살게용~~~ 내일 봬용! (전화 끊자마자 학수 시선 느끼고) 전화가 너무 길었죠. 죄송해요. 이제 해결됐어요.

학수 ..상황 대처가 진짜 빠르신 것 같아요.

소희 이게 일이죠 뭐. (소주를 들고) 한잔하실까요? 그러고 보니 짠도 안 했네. 제가 먼저 따라드릴게요. (공손하게 소주를 따라주며) 7부? 8부? 아님 꽉 채울까요?

학수 (웃으며) 아 네 뭐 편하신 대로. (혼잣말하듯) 빨대로만 아니면..

소희, 이어서 자기 물컵에는 소주를 콸콸콸 아무렇게나 들이붓더니 정말 목말랐던 사람이 물 먹듯이 꿀꺽꿀꺽 삼킨다.

학수 어어!! 아니 소주를 그렇게.. 괜찮으세여?

소희 (3분의 2 정도 시원하게 먹고 내려놓으며) 아우 살 것 같다. (놀란 학수 보며) 제가 말을 너무 많이 했더니 입에서 단내가 나가지고 화 좀 식히느라.. 어머, 그러고 보니 제가 또 짠도 안 하고 혼자... 제가 이렇게 정신이 없네여. (그러면서 자연스레 3분의 1 남아 있는 소주 마저 마시는)

학수 제가 너무 바쁘신 날 보자고 한 거 같아요.

소희 오늘이 제일 한가한 날이에요.

학수 밥은 드세요?

소희 (농담하듯 예쁘게 웃는) 밥이 뭔가.

학수 아. 그러고 보니 안주도 안 시켰네. 일단 좀 밥 되는 걸 먼저 시키죠.

소희 (반짝이는 눈) 제가 시킬게요.

컷 튀면, 막걸리를 꿀떡꿀떡 마시고 있는 소희.

학수 (벙찐) 이게.. 밥 되는 거..

소희 (웃으며) 곡주가 밥이죠. 안 드세요?

학수 아.. 저는 막걸리 먹으면 머리가 아파서.. 전 그냥 맥주나 한잔하겠습니다.

소희　(손 번쩍) 사장님! 여기 히야시된 생맥 이빠이로 두 잔 부탁드려요!

학수　시야시 아닌가요?

소희　아~ 시야시라고들 하는데 원래는 히야시가 맞는 발음이에여. 작가니까 바른 표현으루? (웃는)

학수　(멋쩍게 웃으며) 좀 전에 이빠이라고..

소희　아~ 그건 좋은 표현은 아니지만 안타깝게도 아직 이빠이를 대체할 수 있는 표현이 없어요. 많이 달라고 하면 여기까지 주는데 (손가락으로 글라스의 10분의 9를 가리키는) 이빠이 달라고 하면 여기까지 주거든요. (글라스의 끝을 가리키는)

학수　아....

이때 문자가 오고, 노트북으로 퀴즈 문제를 확인하는 소희.

소희　잠깐만요? 메일만 좀 확인할게요. (메일 열고 퀴즈 문제 보는) 아... 퀴즈 문제가... (고개를 절레) 이거 좀 까리한데.. 저 잠깐 퀴즈 하나만 좀 맞혀 주실래여?

학수　제가요? 아.. 네 뭐.

소희　감사합니다~ (노트북 보고 읽는) 최근 몸 안에 독소를 빼는 디톡스 열풍이 불고 있는데요. 기적의 주스라 불리는 ABC 주스가 특히 인기라고 합니다. 해독은 물론 혈관 청소에도 탁월하다고 알려진 ABC 주스의 A, B, C는 각각 뭘까요?

학수　(생각하다가) A는.. 애플! C는.. 캐롯이니까 당근! B는 비타민?

소희　땡! 비타민은 V이잖아요!

학수　아 그럼.. 베지밀?

소희　땡! 정답은 비트였구요. (노트북을 보며) 힌트가 영 재미가 없는데...

학수　혹시.. (오토바이 만세 동작하며) 그 영화 비트에서 정우성 이거 어떨까요?

소희　(노트북만 보다가 그제야 시선 맞추며) 올~~~~ 제법인데? 감이 좀 있는데요?

학수　(씨익)

소희　(타이핑하며) 그럼 두 번째 힌트를 그걸로 가고, 첫 번째 힌트를 뭘로 하지.

학수　(자신감 얻은) 아!! 때가 쏙~~~ 이거 어떨까요?

소희　(타이핑하며 정색) 야 재밌냐? 재밌어? 상표 노출 어떡할 거야?

학수　...... (쫄았음)

소희　어머 죄송해요! 후배 작가인 줄 알고, 맘 상한 거 아니죠?

학수　저 그런 사람 아닙니다. 허허. 재밌네요.

소희　고맙습니다~ 그럼 문제 하나만 더 풀어주실게요. 최근 일본 관광객들 사이에서 우리나라의 이것이 인기라는데 한국 재래시장에서 가장 사고 싶은 물건 1위로 뽑힌 이것은 뭘까요?

학수　(손까지 들고) 삽?

소희　땡!

학수　고무신?

소희　땡!

학수　아, 빨간 내복!!

소희　(자기도 모르게 숟가락을 머리에 내리치는) 땡! 땡! 땡! 땡!!!

학수　아얏!!

소희　(노트북 보며) 정답은 몸빼바지였는데, 이것도 좀 어려운가...

학수　(너무 안타까워하는) 아.. 맞힐 수 있었는데! (머리에 통증이 오는) 아야....

소희　어머, 괜찮으세요? (빨갛게 달아오른 이마 부분을 두 손으로 막 비비며) 어머 빨개졌어. 내가 너무 세게 때렸나 봐.. 어뜩해. (엄마처럼 감싸서 호호 불어주기까지)

학수　(조금 당황했지만 싫지 않은) 호호.. 괜찮아요. 그렇게 아프지 않았습니다.

소희　맷집이 있으시구나. 아 그럼.. 벌칙 몇 가지만 테스트해주실래요?

학수　뭐 얼마든지. (살짝 두렵지만)

소희　(벌떡 일어나 숟가락을 튕겨 이마로 명중하는 빡!) 아프세여? 어느 정도 아프세여? 기분이 막 더럽거나 그렇진 않져? / 사장님! 여기 간장이랑 와사비 좀! 까나리도 있어여? / (맥주잔에 정체 모를 액체류를 주면서) 이제 이거 한번 마셔보실게요. 코 막으시구요 (먹는 거 보며 고개를 절레)

흠... 간장 비율을 확 높일까? 그래야 코에서 액션이 나오겠는데.. / (신고 있던 밴드 스타킹을 벗어서 얼굴에 씌우고) 이거 뒤집어쓰신 다음에 촛불을 한번 꺼볼게요. (나무젓가락 주면서) 자 이제 이거 한번 껴보실게요 똥꼬에. / (청양고추 잘라서 콧구멍에 껴넣으며) 1분 버티실게요~ 눈물 좀 참으실게요~!!!

컷 튀면 머리는 산발에 이마엔 혹이 나 있고, 눈물범벅에 만신창이가 된 학수.

소희　어머 괜찮으세요? 이 사람 왜 이렇게 됐지?

학수　(제정신 아닌) ... 재미는.. 있어여...

소희　잠깐만여. (전화 받는) 어. 아름아. 무슨 일이야? (정색, 한숨) 알았으니까, 일단 내가 주소 찍어주는 곳으로 잠깐 올래? 응 지금. (표정 굳은)

학수　(눈물 닦으며) 무슨 일 있으세여?

소희　죄송한데 후배를 잠깐 불러야 될 거 같아여. 갑자기 그만두겠다는데 이게 지금 잡아야 잡히거든요.

컷 튀면, 고개 푹 숙이고 앉아 있는 후배(아름)에게 술을 따라주는 소희.

소희　마셔..

아름　(마시고, 표정 굳은 채 눈 내리깔고 있는)

소희　목디스크는 좀 어때? 병원은 다니니? (말이 없자) 어휴... 그래.. 알아.. 좋은 대학 나와서 맨날 한다는 일이 언니들 뒤치다꺼리나 하고 소품이나 만들고 있고 이리 채이고 저리 채이고, 밥도 못 먹고 맨날 매니저들한테 무시나 당하고, 시청률 안 나오면 작가 탓이고 잘되면 연예인 덕이고.. 방송에서 내 스크롤 올라가는 거 본방 볼 시간이나 있어야 보지.. 나간다 한들 보이기나 해? 1초도 안 돼서 지나가는 거. 뼈 빠지게 죽어라 하는데 남는 건 하나도 없고, 영양제는 사면 뭘 해, 먹을 시간이 있어야지. 결국 병원비로 다 나가는 거.. 내가 그걸 왜 모르겠니.. 진짜 때려치우고 싶지 왜 안 그러겠어..

아름　(눈물이 흐르지만 이 악물고 참고 있는)

소희　근데..... (뜸 들이다가) 버텨.

아름　(부어터진 얼굴로) 제가 왜 더 버텨야 되는데요?

소희　(멋지게) 왜냐면... 니가 없으면 안 되니까.

아름　(갑자기 서러움 폭발해서 눈물 제대로 터지는)

소희　(학수한테 눈빛) 뭐해요, 안 달래구.

학수　(아름 등을 토닥여주며) 정말 보람된 일 하고 계신 거예요. 전 그래도 그렇게 열정적인 당신들이 정말 부럽네요 진짜. 조금만 더 힘내고 참아봐요! 네..?

아름　(울다가 한숨 쉬며 꺾어지는) ...할게요.

소희　그래, 그거야. 됐다 이제. (안도의 한숨 쉬는)

학수　(진심으로 좋아해주며 아름 토닥여주는) 진짜 잘 생각했어요!! 후배님 없으면 안 된다잖아여. 진짜 힘내십쇼!

컷 튀면 파이팅하며 "건배!!" 하는 세 사람의 모습에서...

소희　쭉 마셔. 그리고 오늘은 아무 생각하지 말고 그냥 자.

커다란 컵에 소맥 원샷하고 그대로 엎어지는 아름.

학수　좀 전에 후배한테 하셨던 말, 감동이었어요. "버텨. 니가 없으면 안 되니까." 오..

소희　(엎어진 아름을 보며, 자조적으로 털어놓는) 거짓말이에요... 사실 얘 없어도 돼요. 어떻게든 방송은 굴러가고 얘 없어도 남는 작가는 많으니까. 근데 또 일단 잡아놔야 다른 작가 구할 시간을 버니까.. 또 일단 잡는 게 선배의 의무니까.. (웃픈듯 자기 잔에 소주 따르며) 그니까 잡는 거예요. 그리고 오늘은 아무 생각 말고 자라고 해놓고 내일 되면 또 갈구겠죠.

학수　좀.. 무서운데요?

소희　네. 이 일이 다단계보다 무서워요. 절대 못 헤어나오죠. 나도 그 거짓말에 당했으니까. 그래도 버티는 이유라면.. (술을 마시며 웃픈) 버텨야 술이 다니까?

학수 ..그래도 소개팅은 하시네요. 연애할 시간도 없어 보이는데..

소희 (아무렇지 않게) 술 먹을라구요. 회식하면서 술 먹는 건 진짜 싫거든여. 잠깐만여? (전화 받으며 급 군대 톤) 네 피디님! 지금요? 아 10분이요? (전화 받으며 노트북 덮고 물 한잔 먹고 가방 챙기는) 네 지금 잠깐 아래에 있는데 바로 올라갈게요! 네에~~ (뒤도 안 보고 빛의 속도로 뛰쳐나가는)

동배 (지나가면서) 저러고 한두 시간 있음 또 와요.

학수, 어이가 없어서 멍하니 앉아 있는데 누워 있던 아름이 게슴츠레 눈을 뜬다.

아름 (풀린 눈으로) 누구세요?

학수 ...... (표정)

때마침 벽에 걸린 TV에서 예능프로가 끝나고 스크롤 자막이 빠르게 지나간다. 그걸 바라보는 학수.

학수 진짜 빨리 지나가긴 하네.. 보란 거야 말란 거야.

일어나려는데 거울에 비친 자신의 만신창이 된 모습에 흠칫 놀라는 학수. 그러고 보니 테이블 위는 각종 게임과 벌칙의 흔적들로 난장판이다.

성우Na **남자1호는 오늘의 만남이**
**한편의 예능 프로를 본 듯 버라이어티했다고 생각한다. 하지만..**
(일어나서 계산하고 나가는 학수) **뭐가 남았을까.**
**여자3호는 남자의 기억에서 스크롤만큼이나 빨리.. 사라진다.**

TV 화면 엔딩 크레딧에 안소희라는 이름이 빠르게 지나가버리는 데에서.

## S#3. 오복집 앞 (밤)

오복집을 나온 학수. 잠시 서서 담배를 꺼내 물며 철중에게 전화를 건다.

철중　(F) 아 선배님! 어떠셨습니까?!

학수　야 어떻긴 내가 뭐 다 죽여줬지. 근데 너 걔네랑 어떻게 아는 사이라고?

철중　(F) 걔네요? 걔네가 저희 대학교 때 술 잘 먹는 걸로 원투쓰리였거든요. 애들 골때리져. 술 또 엄청 퍼 마셨을 텐데 형 괜찮았어요?

학수　철중아 왜 이래~ 나 김학수야~

철중　(F) 워얼~~ 그럼 크리스마스는 뜨겁게 가시는 겁니까?

거만하게 입에 담배를 무는 학수.
이때 저만치서 오복집을 향해 걸어오고 있는 지구를 먼저 보는 학수.
놀라서 담배도 떨어뜨리고 허겁지겁 몸을 숨기며 우당탕탕...

철중　(F) 선배님! 왜 그러세요!!

학수　(ol) 조용해 새끼야. (몸 뒤로 숨기고 숨까지 참으며 지구 동태를 살피는)

그런 학수를 힐긋 보는가 싶더니,
이내 오복집으로 들어가는 지구의 모습에서.
어느새 크리스마스이브가 된 듯, 눈이 내리며 캐럴이 흐른다.

## S#4. 오복집 외경 (밤)

## S#5. 오복집 (밤)

지구가 먼저 들어오면서, 닭발을 시킨다.

지구 사장님, 여기 매운 닭발이요! 완전 매운 걸로! 청양고추 팍팍 넣어서!

이때 지연이 연이어 들어오며

지연 시켰어? 매운 닭발로? (동배한테) 사장님 청양고추 팍팍이용!!

컷 튀면 철판에 지글지글한 매운 닭발이 먹음직스럽게 올라온다.
닭발 위에 잘게 썰린 청양고추를 붓는 지구.
이때 소희가 급하게 뛰어 들어오며 자리를 채운다.

소희 (닭발 보며) 으아 맛있겠다. (비닐장갑 끼는) 매운 거 맞지?

비닐장갑을 양손에 끼고 동시에 닭발을 좌로 쓰윽 훑는 세 사람.

지구Na **우린, 친구다.**

한 손으로는 소주잔을 들고, "적시자!" 소주잔을 입안에 터는

지연Na **말보다 건배를 믿는, 진정한 술친구.**

술잔을 동시에 탁! 내려놓고, 콩나물국을 걸지게 들이키고는 크하!!!
빈 술잔에 술을 채우는 데에서...

소희Na **자고로 닭발은 훑어야 맛, 술잔은 부딪쳐야 맛, 남친은 크리스마스 때 생겨야 최고의 맛! 이지만...**

동배 크리스마스 때 다들 못 온다 안 했어?
다같이 (뜯던 닭발을 더 뜯으며) 저희가요??

소희Na **우린 모두 차였다.**

지연Na **하지만 괜찮다. 크리스마스에도?**

지구Na **뭐 술은 파니까~**

캐롤이 분위기를 돋우며 옆 테이블에서 뽀뽀하는 연인들.
현란한 기술로 각종 술을 다 말아서 500CC 잔을 쳐드는 세 사람.
갑자기 지구가 벌떡 일어나고, 술 먹던 사람들 다 쳐다보는.

지구 (술잔 들고 군대 톤으로) 나 강지구! 내년 크리스마스엔 꼭! 술 안 먹고 남자친구 먹을 거다!!

원샷하는 지구. 주변 사람들 취해서 같이 박수 쳐주고,
그러자 소희도 잔을 들고 벌떡 일어난다.

소희 나 안소희! 내년엔 꼭!! 남친 두 명 만들어서! 세상에서 가장 나쁜 양다리 할 거다!!

원샷하는 소희. 주변 사람들 더 크게 환호하며 박수 쳐주는.
그러자 "나도 나도 나도!" 질세라 지연이 일어난다.

지연 크흠. 나 한지연!! 내년엔 꼭!! 두 명이랑 할 거다! (만세 하며) 2대 1로 동시에!!!!!!

갑자기 적막이 흐르는 술집.
"죄송합니다.." 사과하며 지연을 말리는 소희와 지구의 모습에서..

지연 왜에? 너~~~~~~~~무 너무 재밌을 거 같지 않아?

소희 앉아 좀..!

## S#6. 에필로그 / 도심 꼭대기 (혹은 옥탑) (밤)

캐럴이 흐르는 도심을 내려다보며
달밤에 춤추는 세 여자들의 뒷모습이 달빛에 비춰지며 1부 엔딩.

# 2부

# 우리가 술을 먹는 이유

## S#1. 2021년 봄 | 소희와 지연의 오피스텔 / 소희방 (새벽)

어젯밤 술 먹고 자빠진 그 모습 그대로 침대 아래에 누워 자고 있는 소희. 거실에서 북어 내리치는 소리가 점점 크게 들려온다.

**소희** (머리 잡고 잠꼬대 중) 때리지 마! 머리 때리지 말라구!

## S#2. 소희와 지연의 오피스텔 / 지연방 (새벽)

여기저기 핑크 소품으로 깔맞춤한 공주 스타일의 지연의 방.
샤랄라한 속옷이며 양말이며 여기저기 아무렇게나 걸려 있고. 레이스 침대 안에서 핑크색 잠옷에 핑크색 레이스 달린 브래지어 안대를 하고 두 손을 단정히 모은 채 공주처럼 자고 있는 지연. 거실에서는 북어 내리치는 소리가 더욱 선명하게 들려오고, 사랑스럽게 입맛을 다시며 뒤척이는 지연.

## S#3. 소타이틀 (새벽)

부엌. 누군가 차려놓고 간 아침상에서 소타이틀.

2부. 우리가 술을 먹는 이유

## S#4. 소희와 지연의 오피스텔 / 부엌 → 화장실 (아침)

소희가 술이 덜 깬 얼굴로 식탁에 차려진 음식 앞에 앉으며 전화를 건다.

소희　(신호음 들으며 배 움켜쥐는) 어우 배야...

지구맘　(ol/F) 먹고 싸라!

소희　아, 어머니 언제 왔다가셨대여.. (화장실로 다급히 뛰어가며) 으.. 잠깐만요! 저 싸고 먹어야 될 거 같아요.

지구맘　(F/다짜고짜) 냉장고에 칡즙 넣어놨다! 노문리 주봉이 아버지가 산에서 캐다가 수공비만 받고 물 한 방울 안 타고 내린 거니까, 꼭 흔들어서 쳐마시라 그래라!

소희　(변기에 앉아서) 네에.. 감사합니(다)

지구맘　(ol/F) 식탁 위에 청첩장 올려놨다! 같이 갖다줘라.

소희　(힘주며) 아.. 네.. 칡즙이랑 청첩장.

지구맘　(F/다짜고짜) 그년은 살아 있다냐?

소희　어제까진 살아 있긴 했거든요.. (이미 끊긴)

## S#5. 지구네 집 앞 → 안 (아침)

2층짜리 낡은 연립빌라.
1층 문이 반쯤 열리며 집주인 아줌마가 쓰레기를 내놓다가 마당 한켠으로 시선이 향한다.

집주인　(혀를 끌끌 차며) 어우 저거 또 저러고 자네. (들어가려다 말고) 개집도

세를 받아야 되나?

문 쾅 닫고 들어가는 아줌마.
카메라 팬하면, 마당 일각에 플라스틱 커다란 개집이 있고, 그 안에 개처럼 쪼그려서 몸을 구겨 넣고 자고 있는 지구.

## S#6. 소희와 지연의 오피스텔 / 지연방 (아침)

지연의 방문을 여는 소희.
핑크색 브래지어를 안대처럼 차고 자고 있던 지연이 좀비처럼 일어난다.

소희 뭘 쓰고 자는 거야.
지연 (브래지어를 더듬거리며) 나 요새 자꾸 이거 차고 잔다? 넘 웃기지 않아? (브래지어 선글라스처럼 위로 올리고 손거울 보며) 음~~
소희 (ol) 이쁜 거 아니까 북엇국 먹자.
지연 (손거울 들고 이불 걷고 나가며) 어머니 왔다 가셨어?

## S#7. 소희와 지연의 오피스텔 / 부엌 (아침)

북엇국을 먹지는 못하고 바라만 보고 있는 소희.
지연이 손거울을 들고 페이스 요가를 하며 식탁에 앉는다.

지연 (북엇국을 보며 애교) 북엇국 너어~~~~~~~~!!!
소희 누구 보라고 하는 거야?
지연 글쎄? (북엇국 먹으며) 음~~~ 꼭 샤베트처럼 녹는다. 잘게 잘패셨어.
소희 (넋 나간 듯) ...그게 넘어가는구나. 그렇게 먹고.
지연 (얄밉게 떠먹으며) 이게 왜 안 넘어가?
소희 (숟가락 다시 내려놓는) 어우 못 먹겠다.

지연 (눈 반짝) 그거 알아? 도가니집 문 다시 연 거. 일 끝나고 콜? (술 마시는 흉내)

소희 (생각만 해도 올라오는) 엑. 야 우리 좀 전까지 먹지 않았냐. 인간적으로 아침까진 술 얘기하지 말자. (물 따르는데) 어우, 물에서 소주 냄새나.

지연 (해맑게) 그럼 그럼 그럼~ 곱창전골에 소주는? (눈 반짝)

소희 야!

지연 좋앙? 완전 좋앙???

## S#8. 지구네 집 / 개집 (낮)

개집 안에서 좀비처럼 뒤로 기어 나오는 지구.

소희Na **지구가 이 개집에서 자고 있는 이유는**
**여기에 마침 집주인이 예전에 키우던 개집이 있었을 뿐.**
**지구가 꼭 개라는 건 아니다.**

한발 한발씩 뒤로 빼며 스트레칭했다가, 두 손과 발을 땅에 대고 도그 자세로 기지개를 켜자 두두둑 소리가 나고, 개운하다는 듯 자세 풀고 집으로 들어가는.

소희Na **지구가 이렇게 몸을 푸는 이유는,**
**지연이가 아침엔 도그 자세로 몸을 푸는 게 좋다고 알려줬을 뿐.**
**지구가 꼭 개라는 건 아니다.**

## S#9. 지구네 집 / 안 (낮)

종이접기로 만든 각종 뱀과 용 등으로 가득한 지구의 집.
냉장고를 여는데 안 먹고 쌓아둔 칡즙을 대충 밀치고,

날계란 두 개와 식초를 꺼내는 지구.
날계란 두 개를 터프하게 톡 톡! 때려 까서 입에 털어넣는.
*〈자막: 날계란. 레시틴이 풍부하여 숙취 해소에 탁월.〉*
식초와 물을 1:5 비율로 타서 꿀떡꿀떡 먹는.
*〈자막: 식초물. 혈중 알콜농도 수치를 신속하게 정상으로 돌림.〉*
트림을 한번 거하게 하고, 커튼을 닫아 빛을 차단하고 책상에 앉는다.

소희Na **지구는 매일 아침**
**날계란 두 개와 1대5로 섞은 식초물로 숙취를 해결하고**
**다시 술을 먹으러 나가기 전까지, 속세와의 인연을 끊는다.**

## S#10. 방송국 / 사무실 (낮)

회의실 분위기 안 좋음. 무표정으로 노트북만 보고 있는 작가들(소희, 혜경, 아름, 영인, 세미). 막내작가 세미는 영혼 없는 얼굴로 회의 시간에 나오는 이야기들을 받아 적고 있고, 영혼 없는 졸린 얼굴의 조연출1(찬호)과 습관성 관절꺾기 중인 조연출2(용범)이 중간에 끼어 앉아 있다. 회의석 가운데에는 강피디(강북구/남/34세/메인 PD)가 고개를 숙인 채 아까부터 머리를 박박 긁고 있다. 그리고 강피디의 머리에서 떨어지는 비듬을 정면으로 보고 있는 소희.

강피디 (머리에 손 넣고 고개 푹) 또 떨어진 거 아시죠....?
소희Na **니 비듬이.**
강피디 시청률만 떨어진 게 아닙니다.. (게슴츠레한 눈으로 얼굴을 치켜들며) 광고도 안 붙었어요? 허허
용범 (무표정으로 관절 꺾는)
작가들 (짜증난다는 듯 용범을 째리는)
소희Na **뭐든 올라가고 잘 붙는 건 피디 덕, 떨어지고 안 붙는 건 작가 탓이다.**
강피디 아이디어 없습니까. 아이디어. 작가가 몇인데 이거... (머리를 막 섞는)

소희 (프로처럼) 주 시청층이 올라갔으니까 게스트 연령대를 좀 높여보죠.

강피디 (산발한 채로 정신 나간) 됐고, 회당 제작비를 줄입시다.

다같이 (얼음)

강피디 일단 진행비부터. (미치광이 눈빛)

소희Na **이 새끼 오늘 눈빛이 왜 이래.**

강피디 (엄청난 선포라도 하듯 쌍꺼풀에 힘주어) 김밥.

세미 (프리뷰 파일에 김밥.. 이라고 쓰고 멈칫, 강피디를 보는)

용범 (관절꺾기 하다가 뚝!)

소희 김밥이여? 혹시 저희 녹화 때 그 김밥 말씀하시는 거예요?

강피디 딩동댕 바로 그 밥이죠.

작가들 (빡친 눈빛) 뭐라는 거야... / 후.. (괜히 폭풍 타자질로 화풀이 중)

소희, 어이없는 얼굴로 강피디를 쳐다보는 눈에서...

소희Na **시간을 한 달 전으로 돌릴 수만 있다면.**

## S#11. 한 달 전 | 방송국 로비 카페 (낮)

*〈자막: 한 달 전〉*

사이좋게 나란히 앉아 있는 국장과 메인작가.

걸어오고 있는 소희를 보며, "소희야 여기야!" 하는 제스처로 소희를 반긴다. 앞에 앉는 소희.

메인 (사놓은 커피를 밀며) 너 우리 팀 데려왔다고 국장님한테 칭찬받는 중~

소희 아... (기분 좋은)

국장 (흐뭇하게 보는) 잘 부탁해요 안작가. 일 잘한다는 소리 여기저기서 많이 들었어요.

메인 (찡긋하며) 빠우쳐도 많이 쳐줄게.

소희Na **좋은 말이 넘친다는 건, 분명 하자가 있다는 말이었다.**

메인 (눈치 보며) 근데 그... 피디가 말이야... (미안하다) 강북구 피디라고...

국장 (타이르듯) 어차피 같이 오래 일할 건 아니니까.. 안작가가 좀 도와줘요.

소희 (불길).. 어떤 분이신데요?

메인 (돌려 말하기 시작) 아~ 그냥 뭐 감이 좀 유니크해.

소희Na **이 말은 감이 곧 쉣이란 소린데..**

*[인서트1// 방송국 사무실 일각*

*중견작가: 강피디. (대본 보여주며) 이거 좀 한번 봐줘. 어때 재밌어?*

*북구: 재미없는데요.*

*중견작가: (신나서 혼잣말) 예쓰! 됐어!*

*인서트2// 편집실 일각*

*피디: (편집한 거 보여주며) 북구야. 이거 어때, 재밌냐?*

*북구: 완전 재밌는데요?*

*피디: (고개 숙이며) 아이 씨.. 망했네.]*

국장 이 친구가 또 아주 자유분방한 구석도 있구요. 허허..

소희Na **지멋대로란 말인데...**

국장 또 사람이 얼마나 털털한지 허례허식이 없어요~

소희Na **안 씻고 다닌단 말이고...**

국장 근데 또 이 친구가 뭔가 꽂히면 굉장히 열정적이랄까?

소희Na **또라이네.**

메인 (엄마처럼 안쓰럽게 보며) 어차피 언니가 도와줄 거니까~

소희Na **또라이 피디는 니가 맡으라는 말.**

메인 (손등 잡으며) 고맙다.. 항상. 니가 있어 든든해.

소희Na **일은 니가 다 할 거지만 나도 돈은 챙길 거라는 말.**

국장 강피디랑 잘 맞을 것 같은데요? 허허.

소희Na **지금껏 그 누구와도 맞지 않았다는 말.**

## S#12. 방송국 / 사무실 (낮)

다시 현재, 강피디를 바라보고 있는 소희의 빡친 얼굴에서..

소희Na **예상은 모두 적중했다.**

소희 (타이르듯) 김밥은 더 이상 못 줄여요. 스텝을 자르지 않는 한, 줄일 걸 줄여야죠.

강피디 설마 내가 김밥을 줄이라 그러겠어요? 여기 두 줄 먹는 사람은 없잖아!? 있나?

혜경 (한숨 쉬며) 다 한 줄 먹어요.

강피디 (옆에 앉아 있는 찬호한테) 너는?

찬호 (졸린 눈) 전 원래 김밥 안 먹는데여.

강피디 (옳다커니) 그래서!!! 내 말이~~ (뜸 들이는)

소희Na **말 잘해라 새끼야.**

강피디 야채로 가자는 겁니다. 어려울수록, 기본으로 컴백.

작가들 (노트북 하다 말고 어이없어서 다 쳐다보는)

소희 (이 악물고 일단 참는 중)

강피디 나 때는 녹화날에 김밥이 뭐야? 물도 한 모금 못 먹고 일했지. 내 말은~ 어차피 녹화 때는 정신도 없고 김밥이 코로 들어가는지 입으로 들어가는지도 모르는데 기어코 참치김밥을 먹어야겠냐~ 이 말입니다.

소희Na **너의 조상은 개일 것이다.**

작가들 (빡친 얼굴로 소희를 보는)

소희 (이 악물고) 그래봤자 500원 차이거든요 피디님.

강피디 내 말이, 그니까 사람이 몇이야.. 작가에 피디에 카메라에 다 합치면 100명이 넘는데, 500원씩 100명이면, 다들 곱하기해 봐. 얼마야.

소희 그럴 바엔 회식을 안 하는 게 낫죠.

강피디 어떻게 녹화 끝나고 회식을 안 합니까~ 야박하게.. 그냥 참치를 빼자구 안작가. 팀을 위해서 참치 하나 빼는 게 그렇게 힘든 사안이야?

소희 후... 지금 참치가 중요한 게 아니잖아요 피디님.. ! (한번 참고) 일단 메인 언니랑 상의를 좀 해볼게요.

강피디 아이고 안작가가 아직도 애야? 참치 빼는 걸로 무슨 상의를 해? 이것저것 프로그램도 많은 메인한테.. 이런 거 알아서 결정하라고 세컨이 있는 거 아니에요. 이럴 거면 우리끼리 회의는 왜 하나?

소희Na **내가 이깟 참치김밥 회의할라고 죽어라 공부해서 국문과에 신방과까지 복수전공한 줄 알아?!!**

소희 (일자눈) 야채로 갈게요.

작가들 (빡친 얼굴)

## S#13. 요가학원 / 수련실 (낮)

요가 수업 전. 매트 위에서 스트레칭을 하며 선생님을 기다리는 학생들(대부분 아줌마들).. 지연이 와서 강사 자리에 앉자, 지연의 몸매가 부러운 아줌마들.

아줌마1 쌤님, 쌤님이 하란 대로 하는데 왜 우린 살이 안 빠져요?

지연 (빙그레 웃으며 하이톤으로) 글쎄요?

아줌마1 (황당) 글쎄요?

지연 너무 많이 드신 건 아닐까요?

아줌마1 (황당)

아줌마2 아니 요가 하면 살 빠지는 거 아니에요?

지연 살은 빠지긴 하는데~ (웃으며 팩트 폭력) 전 약 먹고 뺐어여~

아줌마들 (당황)

지연 (해맑게 웃으며) 자, 그럼 수련 시작할게요. 모두 매트 중앙에 앉아주시구요~

이때 동네 아저씨들 세 명이 추리닝과 쫄쫄이바지를 입고 들어온다. 지연과 눈이 마주치자 윙크하는 아저씨, 그러자 지연도 따라서 윙크해주고, 그걸 보며 어이가 없는 아줌마 수련생들.

아줌마1 (어이없는)

지연 눈 감으실게요~~ 자, 지그음~~ 이곳에~~~ 내가~~ 있다는 걸~~ 느껴 보실게요.

## S#14. 지구네 집 / 3층 다락방 (낮)

유튜브 방송 중인 지구. 아무 말도 안 하고 종이접기만 하고 있다.
구독자 수는 17명, 시청 중인 유저는 3명.
다들 말이 없는 가운데 한 초딩 유저가 입장해서 물을 흐려놓는다.

*[채팅창 인서트1// 빡님: 다들 ㄸㄸㄹ치냐? 종이 접는 븅아~*
*/빡님: 븅이 븅을 접고 있네.*
*/빡님: 크하하하 내가 본 덜덜이 중에 레알 덜덜이다*
*/빡님: 덜덜아~지구에 온 목적이 뭐냐.?]*

채팅창을 보며 잠시 빠직하는 지구. 하지만 참고 다시 종이 접는.

*[채팅창 인서트2// 빡님: 내 거기도 좀 접어줄래? ㅎㅎㅎㅎㅎㅎㅎ*
*/빡님: 너 모쏠이지? 너 남자랑 손도 안 잡아봤지?*
*/빡님은 욕설 및 부적절한 언어표현 사용으로 강제퇴장되었습니다.*
*/빡님이 재입장하셨습니다*
*/빡님: 쫄았냐? 그럼 우리 집으로 놀러 와라. 인천시 달미구 천창동 18-2번지*
*/빡님이 방을 나갔습니다.*
*/색종이님: 무시하세요..*
*/꿈을향해님: 네. 초딩일거예요 분명.]*

미동 없이 종이접기를 하고 있는 지구. 가만히 채팅창에 주소를 보는..

## S#15. 고깃집 외경

## S#16. 고깃집 (낮)

낮부터 회식하는 작가들과 연출팀. 강피디만 신났고, 작가들은 입이 댓발 나왔고, 연출팀은 표정 없이 고기만 먹고 있다. (강피디는 가만 보면, 건배 제의 후 입만 대고 마시지는 않는)

강피디 (잔 들고) 자, 한잔들 하고 힘내서 시청률 좀 올려보자구. 아자 아자 파이팅!

다같이 (영혼 없이 잔 들고) 파이팅...

소희Na (고기를 불판위에 올리며 이 악물고) **참치김밥비 줄여서, 대낮부터 회식하는 이 개의 새끼를 불판 위에 올린다. 그리고..**

강피디 (옆에 막 익은 고기를 바라보며) 안작가! 그거 잘 구워졌다!?

소희 (반사적으로 익은 고기 강피디 그릇에 가져다주며) 안 그래도 드리려고... (하는데 작가들과 눈 마주치자 민망한)

테이블 밑으로 자기들끼리 메시지 보내는 작가들...
소희가 없는 단톡방인 줄 알고 메시지 보내는데, 소희한테도 메시지가 온다. 하나씩 읽는 소희. 점점 표정관리가 안 되는.

*[메시지 인서트//*
*작가 이혜경: 난 저 연차 되면 저러지 말아야지.*
*작가 명아름: 결국 피디편인가여..*
*작가 조영인: 참치사건은 진짜 좀 실망.*
*작가 이혜경: 강피디랑 잤다는 말이 사실일까?*
*작가 조영인: 술쉬다보면 몸 안섞었다는 보장도 없죠.*

*작가 명아름: 제발 그것만은...ㅠㅠ*
*작가 김세미: 토할거 같애요..ㅠㅠ]*

소희 안 잤어!!!!!!!!!!
작가들 ?
강피디 뭐가?
소희 안 잤다구...
강피디 안작가, 졸았어?
소희 (강피디를 경멸의 눈으로 째려보는)

작가들 그제야 놀라서 확인해보면,
알고 보니 소희도 들어있던 단톡방이었고...

혜경 (완전 당황해서 물까지 엎으며) 어머, 선배님... 어떡해. 죄송해요.
소희 아니야 괜찮고, 내가 지금 이 방 나가면 방 또 만들기 좀 그러니까 알아서 삭제해줘. 아직 5분 안 됐다.
아름 언니... (거의 울듯) 진짜 죄송합니다.
영인 죄송합니다..
강피디 뭐야 왜 그래 뭔데? 무슨 방? 뭐 엠티가? 어디 방 잡았어?
소희 (짜증나서 터진) 좀 닥치실래요?
작가들 ...... (정적)
강피디 안작가, 지금 나한테 그런 거야? 아니 내가 뭐 잘못 말했어?
찬호 (아무렇지도 않게 고기 먹으며 답답) 작가들끼리 단톡방 얘기하는 거예여.
강피디 단톡방? 넌 그거 어떻게 알아. 나만 빼고 다들 단톡해? 그런 거야?
찬호 (짜증난다는 듯 졸린 얼굴로) 그냥 드세요.
소희 (한숨) 죄송해요. 저 오늘은 먼저 좀 일어날게요.
작가들 언니... (안절부절)
강피디 안작가 어딜가. 우리 술 먹으면서 회의할라 그랬는데~
소희 (일어나다 말고 진짜 버럭) 강피디님!! 회의는 회의 시간에 하자구요! 왜 술을 먹으면서 회의를 해요?!

강피디 (고기 먹으며 능청스럽게) 그래야 회식비를 진행비로 쓰지 왜 이러시나 아마추어처럼~

소희 (어이없는)

## S#17. 고깃집 앞 (낮)

가게 문을 쾅 닫고 걸어나오는 소희.
다리가 후들거리지만 가까스로 걸으며 누군가에게 전화를 거는

소희Na **괜찮다.**
**나도 어릴 땐, 우리끼리 맨날 선배 욕하고 그랬으니까.**
**그땐 그냥 아무 욕이나 하고 그랬으니까.**
**그게 그렇게 진심도 아니었으니까.. 괜찮다. 그냥 술 한잔 먹고....**

소희 선배님.. 오늘 술 한잔 하실래요? / 바쁘시죠. 괜찮습니다..다음에 연락드릴게요.

소희, 핸드폰의 아까 그 단톡방에서 메시지가 와서 보면
*[메시지 인서트// 삭제된 메시지입니다.]* 줄줄이 떠 있고.
*[언니 죄송합니다. ㅠㅠㅠ 저희도 너무 짜증이 나서 그냥 한 말이었는데]*
한숨을 쉬며 〈적시자〉 단톡방을 누르는 데서.

## S#18. 요가학원 / 수련실 안 (저녁 6시경)

마지막 명상 자세 중.
사와사나(시체 자세)로 전부 바닥에 엎드려 있고...

지연 (가부좌 틀고 앉아서) 남은 하루, 자신을 조금만 더 멀리에서 내려다보는

시간을 가져보실게요. 오늘 수련은 여기서 마칩니다. 나마쓰떼.

시체 자세로 누워있는 학생들 사이로 조심스럽게 걸어 나오는 지연. (수련실 밖으로 문 닫고 나와서) 비타민 주스 마시고 있는데 아줌마들이 달려든다.

아줌마1 선생님! 선생님! 이 클래스엔 왜 이렇게 아저씨들이 많아요?

아줌마2 아니 불편해서 정말 동작을 할 수가 없어요! 남자들이 저렇게 많으니까.

지연 어머 그게 왜요? 원래 요가는 남녀가 같이하는 수련인데~ 커플 요가도 있는 걸요~? (해맑게 웃는)

아줌마1 아니 근데 왜 선생님 수업에만 이렇게 남자들이 많은거냐구요!

지연 그거야~ (눈 찡긋) 제가 남자팬이 좀 많거든용. 어머니두 문화센터 수영 쌤 팬클럽 아니세요?

아줌마1 (정색) 선생님, 수영이랑 요가랑은 다르죠.

아줌마2 (맞장구) 완전 다르지~~

지연 (맹...) 뭐가 다르징?

아줌마2 아니, 남녀가 같은 공간에서 막 다리를 확확 벌리고 찢고 구르고 하는데, 너무 불편하죠. 아우 생각만 해도 남사스러워서 진짜!

지연 (해맑게) 수영은 거의 다 벗고 하시잖아용~~~하하하하하!

아줌마들 .... (졌음)

지연 원래 뭐든지 남녀가 같이 섞여줘야 긴장도 되고~ 더 재밌고 그런 거랍니다~ 아, 아마 살도 더 잘 빠지지 않을까용? 하하하하 (신나서 가는)

아줌마1 또라이같지 않아?

아줌마2 근데 왜 우리가 밀리지?

한편, 아줌마들 무리에서 벗어나서 나오는 지연. 탈의실에서 핸드폰을 꺼내는데 때마침 〈적시자〉 단톡방에서 메시지 오는.

*[〈적시자〉 단톡방 인서트// 소희: 도가니집 진짜 문 열었어? 소주 먹자.*
*지연: (하트 연발)*

*지구: 나 인천, 조금만 기다려]*

지연　인천???

## S#19. 인천 / 어느 주택 앞 (초저녁)

인천시 달미구 천창동 18-2번지.
라고 써 있는 빌라 앞. 지구가 띵동. 초인종을 누르면,
잠시 후 진짜 초딩(재현/남/10세)이 나온다.

재현　(불량스럽게 쳐다보는) 누구세요.
지구　(내려다보며) 야. 너. 하지 마.
재현　요구르트 아줌마?
지구　나 종이 접는다.
재현　아 그 븅??? 푸하하 오란다고 진짜 오냐 진짜 개 븅~~~~
지구　너 그거 하지 마.
재현　(놀리듯) 왜에?
지구　너. 진짜 하지 마. 마지막 경고다.
재현　왜에?
지구　하면 안 되는 거니까!
재현　(얄밉게) 왜에~~~?
지구　하면! 나쁜 거니까!
재현　(진짜 얄밉게) 왜에~~~~?

지구, 더 이상 못 참겠다.
메고 온 검은 배낭에서 무언가를 꺼내는 데서.. 놀라는 재현의 얼굴까지.

## S#20. 도가니탕집 (밤)

납작한 전골철판냄비에 뽀얀 도가니탕이 보글보글 끓고 있다.
소주잔이 콸콸콸 채워지고.

다같이 (잔 부딪치며) 적시자! (원샷)

잔 내려놓자마자 도가니 하나씩 손에 들고 뜯기 시작하는 세 사람.

지연 음~ 너무 쫀득하다, 무릎관절이 막 건강해지는 느낌적인 느낌이야.
지구 넌 뭐 먹을 때 니 느낌을 우리한테 그렇게 알려주고 싶어 미치겠냐.
지연 같이 공유하면 좋지~ 소통의 시대잖아. 나 뭔가 있어 보이지~ 히히
지구 (바로) 없어 보여.
소희 너야말로 이제 엄마랑 소통 좀 해. 어머니 부쩍 늙으셨어.
지연 ?
지구 (째려보며) 거짓말 하지 마.
소희 응. 보톡스 맞으셨더라.

*[2부 4씬 후의 상황 인서트// 소희와 지연의 오피스텔.*
*지연이와 소희의 집을 치우고, 반찬을 해두는 지구맘.]*

소희Na **지구의 엄마는 7년째 가족과 단절한 딸과 소통하기 위해**
**지연이와 나를 딸로 삼고,**
**우릴 통해서 그나마 지구의 생사 여부를 확인하신다.**

소희 (청첩장 툭) 엄마가 너 갖다주래.
지구 (봉투를 힐긋 보는) 또 뭐야.
소희 청첩장. 니네 고모부 결혼식.
지구 (소주 따르며 무시하며) 안 가, 내가 결혼식 가는 거 봤어?
소희 아는데 그래도 가~
지구 안 간다고~

*[인서트// 지구맘과 통화하는 소희의 얼굴에서*
*지구맘: (F) 안 오겠지. 그래도 오라 그래.]*

소희 (속사포로) 그래도 오라셔. 난 다 전했음. 사장님 소주 하나 더요!

지연 (도가니 뜯으며)근데 고모부가 어떻게 결혼을 해? 이미 고모랑 결혼하신 거 아님?

소희/지구 (미처 생각 못 한)

소희Na **앤 가끔 보면 천재 같다.**

소희 맞네. 그러네.

지구 (생각난 듯) 술집 여자랑 바람 났다더만 그 여자랑 하나 보네.

소희 (소주 받고) 감사합니다~! 근데 그 결혼식엘 간다구? 바람난 고모부 결혼식에? (소주 한 스냅에 돌려 까는)

지연 (도가니 뜯으며) 고모부는 가족 아냐?

소희 그건.. 아니지 않아? (지연이 잔에 술 따라주는)

지연 (해맑게 소희가 따라주는 잔 받으며) 그 술집 여자가 새로운 고모가 되는 거잖아~

소희 (지구 잔 따라주며) 야 그게 어떻게 고모냐. 아부지의 누나가 이미 고몬데!

지연 그니까 새 고모, 와이낫? (벌써 마신)

소희 (지구한테) 야 이게 말이 돼? 아씨 나만 취해? (자기 잔 채우고 있는데, 그 사이에 지구, 지연은 벌써 마신) 좀 같이 적시자!

지구 (지연이와 자기 잔에 술 따르며) 아빠가 고모보다 고모부랑 더 친해. 술집 여자도 아빠가 주선했을 거야.

소희 (원샷하며) 니네 아빠 목사 아니야?!

지구 (소희 잔 따라주며) 그 여자가 아빠 교회에 회개하러 온 날, 고모부가 세족식 하러 왔대.

지연 어머 발 씻겨주다가 눈맞는 거 넘 멜론틱하다!

소희 (잔 들고) 헐.. 근데 넌 가족이랑 연 끊고 살면서 그건 어떻게 아냐?

지구 우리 집에 비둘기 한 마리 있잖냐.

*[인서트// 지구네 집 대문으로 날아오는 '찌라시 전단지'*
*지구의 동생 지후(10세/남)가 전하는 우리집 소식지.*
*"고모부, 아빠 교회에 발닦으러 온 마담누나랑 바람남.*
*조만간 결혼할것같음."*
*"나 태권도 파랑띠 땄음."*
*"집 이사했음. 지도첨부."]*

동시에 다같이 소주를 입에 털어넣고는 캬아~

지연 지후 이제 완전 많이 컸겠다~ 너 못 알아보는 거 아냐?
소희 근데 걔는 왜 시키지도 않는 걸 하지? 어머니가 시킨 건가?
지구 엄청 똑똑하다던데 잘난 척하고 싶나보지. (소주를 따르려는데 빈 병이다) 더 시켜? 2차가?
지연 (손 번쩍 들고 애교 장착) 싸장님~~~ 싸장님~~~ 이리 좀 와보세용~!!!
지구 (낮은 소리로 협박하는) 거지 같이 서비스 달라고 앙탈 부리면 죽는다.
소희 거지 같이 안 할걸? 지처럼 하겠지.

친절한 미소로 자리까지 온 도가니집 사장님.

지연 (앙탈) 싸장님 너어~~~~~ (발톱 들고 해맑게) 이거어~~~ 발톱 맞죵?
사장님 (당황했지만 시치미 뚝) 발톱이요?? 그게 잘...
지연 (해맑게 웃으며) 발톱 맞는데~~~
소희 더러워.
지연 (사장님한테 실눈을 뜨며) 맞죠? 사장님 발톱. 사장님 엄지발가락 컴온..

사장님의 슬리퍼로 튀어나온 엄지발가락에 발톱을 끼워 맞추는데 딱 들어맞는.

지연 이거 봐 맞잖아 맞잖아 맞잖앙~~~ 빼박이잖아~ 하하하하하하하!

소희/지구 (깜짝 놀란)

사장님 (완전 당황한)

소희Na **얜 정말 천재인가.**

사장님 (돌변) 어후.. 진짜 죄송합니다.. 실은 제가 아까 낮에 쩌~~기 저 자리에서 발톱을 깎긴 했는데, 그게 여기까지 튄 모양이에요. 아가씨가 셜록홈즈급이네. 허허.

지연 우리 사장님 맨날 도가니만 드시니까 발톱이 여기까지 튀어 오르죠. 우리 사장님 20대 발톱~~ 박력 쩔어!!!!!

사장님 (기분은 좋은) 허허.. 고마워요..

소희 드럽다고.

지구 버려. 드리든지.

지연 아, (발톱을 건네며) 사장님 여기 사장님의 소중이~~

사장님 (받으며) 제가 너무 죄송하니까 도가니 값은 안 받을게여.

지구 도가니 값은 받으세요. 가게 문 연지도 얼마 안 되셨잖아요.

소희 술값만 좀 퉁쳐주시면 좋고.

사장님 (무시하듯) 에이~ 술이 뭐 얼마나 한다고~

다같이 (비장하게 눈 치켜뜨며) 지금부터.

사장님 ...! 그럼 안주를 뭘 더 드릴까?

지구 깍두기면 됩니다.

컷 튀면, 계속 꺼내오는 소주..
테이블에 어느덧 아홉 병 올라온 / 건배하며 "적시자!" / 깍두기에 술 먹는. (디졸브) 테이블 위를 가득채운 맥주와 소주병.
입이 떡 벌어진 사장님.

사장님 (술병을 세며 입이 벌어지는) 열일곱, 열여덟, 열아홉.. 셋... (테이블 아래에도 맥주병이 가득) 헉!!!

소희Na **이 날 사장님이 자신의 발톱이랑 맞바꾼 술병은**
**자그마치 열아홉 병 하고...**

지연 (살짝 비틀대며 소주 꺼내 가는) 이제 마지막이에용~~~

소희Na **한 병 더.**

## S#21. 도가니탕집 앞 (늦은 밤)

얼큰하게 취해서 나오는 세 사람.
비틀거리는 폼이 셋이 똑같고, 세 사람의 오디오가 디졸브되는.

지구 (e) 뭐 좀 더 먹어야 되지 않겠냐.

소희 (e) 난 매운 거 땡겨.

지구 (e) 난 해산물.

지연 (e) 난 느끼한 거!

(e) (맥주 따는 소리)

## S#22. 편의점 앞 (늦은 밤)

편의점 앞 테이블.
각자 맥주 옆에 소희는 매운 새우깡과 불닭볶음면. 〈*자막: 매운 거*〉
지구는 문어발과 자갈치. 〈*자막: 해산물*〉
지연이는 치즈샌드와 오감자치즈후라이 〈*자막: 느끼한 거*〉가 올라와 있고, 안주를 보며 취한 듯 몸이 앞뒤로 제멋대로 기우는 세 사람.

지구 (문어발을 유심히 보다가) 얘들아.. 문어발이.. 다리가 두 개야. 대박이지 않냐.

소희 (넋 나간 듯 보는) 아.. 겁나 웃긴다... 겁나 웃겨. (전개 없이 빵 터지는)

지연 (시동 거는) 다리가.. 두 개라고? 그럼 다리가 손이야? 손이 다리고? 아 나 미쳐버리겠네 이게 말이 돼?

다같이 (서로 얼굴만 봐도 웃긴, 웃음 터진)

알바생 (안에서 팔짱끼고 한심하게 보는) 저게 웃겨?

소희Na **술에 취하면, 별것도 아닌 일이 다 별 게 된다.**

**그리고 진짜 별거였던 일은..**

소희 (막 웃다가) 나 오늘.. 작가 후배년들한테 대차게 까였다! 톡으로 내 욕하다가 딱 걸렸잖아. 큭.

지구 난 초딩한테 까였어. 나더러 남자랑 손도 못 잡아 본 덜덜이 븅이란다.

소희 (열 받은) 못 잡은 거 아니고 안 잡은 거라고 얘기하지!

지연 (취해서 오감자랑 맥주 들고) 야 이것들아!! 별것도 아니구만 마셔!

다같이 적시자!

소희Na **그렇다. 진짜 별거였던 일은, 순식간에 아무것도 아니게 된다.**

**이게 바로 우리가 술을 마시는 이유다.**

소희 지연인 별일 없었어?

지연 난 기억이 안 나는데? 나 뇌 안 키워~하하하하하하하하!

건배하는 세 사람 모습에서..

지구 해장하러 가야지.

소희 감자탕?

지연 콜!

## S#23. 길거리 (늦은 밤)

편의점에서부터 감자탕집까지 100미터 시합이라도 하듯 전력 질주로 달리는 세 사람 모습에서.. 달리다 말고 갑자기 멈춰 뭔가를 쳐다보는 소희.

지연 (e) 빨리 와!!

다시 달리는 소희의 모습에서.. 앞서서 달리고 있는 지연과 지구의 뒷모습까지.

소희Na **등산에 미친 사람들에게 산에 오르는 이유는**
**산이 거기 있으니까,라고 한다.**
**누군가 술이 취한 우리들에게**
**왜 이렇게 달리는 거냐 묻는다면..**

## S#24. 감자탕집 (늦은 밤)

감자탕집 문을 열고, 무릎을 붙잡고 헉헉 대는 세 사람.

소희Na **술은, 언제나 거기 있으니까...!**

## S#25. 감자탕집 / 안 (늦은 밤 → 새벽)

초록색 참이슬 앞치마 입고,
감자탕의 돼지 등뼈를 하나씩 들고 쪽쪽 빨며 집중하고 있는 세 사람.

아줌마 (소주 가져다주며) 말들 좀 해, 누가 보면 싸운 줄 알겠네.
다같이 (침묵 속에 발골에 집중)
소희 발골 중이잖아요.

컷 튀면, 완벽하게 발골되고, 앙상하게 뼈만 남은 감자뼈들.
냄비에는 완벽하게 국물만 남아 있다.

지구 (비장하게) 이제 볶자.
소희 (말 끝나기 무섭게) 밥 볶을게요!!!!
지연 청양고추 이빠이요!

지구 김 가루 이빠이요!

소희 날치알 이빠이요!

동시에 소주 하나 더!

남은 국물의 반을 덜어내고, 반만 남은 국물.
부르스타 불 세게 켜고 밥 위에 청양고추와 날치알, 김 가루를 올리고 감자탕 국물에 밥을 볶는 세 사람. 센 불에 볶다가, 다 볶아지자 부르스타 불을 약하게 줄이고, 가운데 홈을 파서 계란 하나를 떨어뜨린다. 계란이 정확하게 반숙이 될 때까지 소주에 잔을 채우고, 말없이 기다리는 세 사람. 계란이 반숙되는 순간 불을 거의 다 줄여서 미세한 불씨만 남아 있게 한 후, 숟가락을 든다. 냄비에 적당하게 눌어붙은 볶음밥을 떠먹는 세 사람. 그리고 소주잔을 부딪치며, "적시자!!!" 를 외치며 소주를 털어놓는다.

동시에 음~~~~!!!

소희Na **이게 바로 우리가 술을 먹는 진짜 이유다. 맛있으니까.**

서서히 새벽 동이 터오는 데에서..

## S#26. 다음 날 지구네 집 / 대문 밖 (새벽 → 아침)

한 남자가 추리닝을 입고 강아지를 끌고 산책을 하는데,
강아지가 지구네 대문 앞에 멈춰 서서 막 킁킁거리기 시작하더니
이내 미친 듯이 짖는다. 왈왈왈왈!!!

남자 왜 그래 밍키야. 거기 뭐가 있어?

밍키 왈왈! 왈왈왈왈!!!!

## S#27. 지구네 집 / 개집 안 (새벽 → 아침)

지구네 집으로 들어가는 계단 아래, 개집 안.
지구가 자고 있다가 개 짖는 소리에 잠에서 깬다.

지구　(네 발로 기어 나오며) 저 개새끼가....

## S#28. 소희와 지연의 오피스텔 앞 복도 (새벽 → 아침)

오피스텔 복도. 문 앞에서 포개어 자고 있는 소희와 지연. 지연은 브래지어를 또 안대처럼 두르고 자고 있고, 옆집 문 열리는 소리에 소희가 깜짝 놀라서 일어난다.

소희　(지연을 보고) 야!! 일어나! 너 오늘 새벽 수업 아냐?
지연　(역시 브래지어 안대처럼 두르고 있는) 몰라 몰라~
소희　(지연의 브래지어를 보며) 그건 어떻게 꺼내서 차는 거냐..

이때 분리수거통 들고 지나가던 옆집여자가 두 사람을 이상하게 보다가 지연을 알아본다.

옆집여자　어머, 혹시 요가 선생님 아니세요?
지연　하하하.. 나마스떼에~

지연, 브래지어로 다시 눈을 가리는 데에서...

## S#29. 요가학원 / 수련실 (아침)

수련생들과 함께 (자누시르시 아사나) 동작 중인 지연.

지연 많이 구부리는 게 중요한 게 아니에요. 배를 최대한 허벅지에 가깝게~ 무릎은 최대한 바닥에 붙이시고~ 이제 호흡 갈게요. 자 이제~ 마시고 ~~~~~ 내쉬고~~~~~~ 다시, 마시고오~~~~~ 내쉬고~

아줌마1 (옆사람한테 속삭이는) 술 냄새 안나?

아줌마2 (앞쪽에 남자들을 째려보며) 이래서 남자들이랑 요가를 하면 안 된다니까~

지연 (자기 술 냄새에 취한 듯 눈감고 미소지으며) 다시 마시고오~ 내쉬고~

## S#30. 방송국 / 사무실 (아침 → 낮)

회의 시작하려는 분위기. 세미(막내작가)가 페이퍼 돌리고 있고, 강피디가 의자를 질질 끌고 회의 자리로 다가온다. 조연출들도 테입정리 하다 말고 의자 끌고 와서 착석하는.

강피디 안작가는?

세미 거의 다 오셨대요.

강피디 으이그.. 어제 또 술마셨구만?

이때 헉헉거리며 늦게 도착한 소희.

소희 늦어서 죄송합니다! 헉헉

작가들 오셨어요~

강피디 (비꼬듯) 뭐 거의 메인작가니까~ 늦어도 되지 뭐.

소희 (ol/테이블로 두 손 확 내리치며) 김밥!!!!

강피디 어우 깜짝이야.

작가들 (다 쳐다보는)

소희 (비장하게 한 글자씩 강조하듯) 참치김밥! 그거, 먹을 수 있어요.

다같이 ....??

용범 (관절 꺾다가 두둑! 하며 보는)

소희 (헉헉거리며) 찾았거든. (숨 고르듯 침 삼키며) 천 원이나 싼 곳.

*[어젯밤 인서트// 2부 22씬 상황*
*감자탕집까지 전력 질주하던 세 사람.*
*이때 달리던 소희가 갑자기 어느 분식집 앞 간판 앞에 멈춰 선다.*
***'참치김밥 2500원!!'***
*반짝이는 소희의 눈, 이내 씨익 웃는 데에서.]*

## S#31. 에필로그 / 인천 어느 주택 앞 (낮)

(2부 19씬에 이어)
〈*자막: 어제 오후*〉 인천 초딩(재현)네 집..

지구 너. 진짜 하지 마. 마지막 경고다.

재현 왜에?

지구 하면 안 되는 거니까!

재현 (얄밉게) 왜에~~~?

지구 하면! 나쁜 거니까!

재현 (진짜 얄밉게) 왜에~~~~?

진짜 열 받은 지구.
메고 있던 검은 배낭에서 위협적으로 무언가를 꺼내는데 종이접기로 만든 총이 나온다. 총을 재현한테 겨냥하는 지구. 어이가 없는 재현.

지구 (완전 오버 몰입해서) 다다다다다다다다다다다다!!!!!!

지구의 사활을 건 연기에 어이없어하던 재현도 마지못해 쓰러져 주는 데에서 2부 엔딩.

# 3부

## 술의 위험과 위력

## S#1. 소희와 지연의 오피스텔 / 지연방 (아침)

아침 햇살이 지연의 방을 비추고, 잠에서 깨어나는 지연, 자동 손거울을 든다. 거울 속 예쁜 얼굴을 살피다가, 코 바로 옆에 열꽃처럼 피어오른 뾰루지로 시선.

지연　왓 더... 이거 콩이야? (만져보는데 아프고) 설마... 뾰루지? 엄마!!!!!!!!!!!!!!!! 엄마엄마엄마엄마엄마엄마엄마엄마엄마엄마!!!!!!!!!!!

소희Na　**지연이는 5년 전 엄마가 돌아가셨을 때보다 더 많이 엄마를 불러댔다.**

## S#2. 피부과 / 진료실 (아침)

의사　(성의 없음) 술 드셨져?

지연　(근데 뭐? 라는 말투로) 네! 근데여?

의사　열꽃이 핀 거예요. 술 때문에.

지연　갑자기? 아니 왜여?? 왜여 왜여?

의사　방금 술 때문이라고 말씀드렸잖아요. 처방 약 드시고, 절대 금주하세요.

지연 (표정에서)

소희Na **늘 술 먹은 다음 날 피부가 훨씬 빛나던 지연이였지만**

## S#3. 길거리 / 버스정류장 (아침)

축 쳐진 얼굴로 버스 정류장에 붙어있는 술 광고 포스터를 바라보는 지연.

지연 (술병에 대고 「사랑과 전쟁」 연기 톤) 너 내 편 아니었어? 진짜 이러기로 한 거야? 이거 아니잖아.. 어서 말해! 이 뾰루지는 모르는 뾰루지라고. 니가 한 게 아니라고!!

행인 (미친년인가 싶어 정류장 벤치에 앉으려다가 그냥 가는)

소희Na **평생을 함께 해 온 술이란 녀석은**
**어느 날 갑자기 이렇게 우릴 배신했다.**

울부짖는 지연의 모습에서 소타이틀.

3부. 술의 위험과 위력

## S#4. 방송국 / 사무실 안 (아침 → 낮)

팔 걷고 열띤 아이디어 회의 중인 소희. 반면 살짝 회의하기 귀찮은 듯 삐딱하게 앉아서 딴짓하며 건성으로 회의 듣고 있는 강피디.

소희 그니까 여기서 효과음이 들어갔음 좋겠는데, 그거 있잖아요. 그거. 그니까.... (갑자기 생각 안 나면서 막힌) 아니 아, 그거 있잖아. 그거 그 사람 졸리게 만드는 소리, 막 반복하면서.. 그 에이.. 에이..

용범 (더 헷갈리게 관절 꺾는)

소희 어우 좀 그거 좀 하지 마 봐. 헷갈려죽겠네.

용범 (이번엔 다리 떠는)

소희 후.. 그니까 그 에이..

강피디 (삐딱하게 앉아서 볼펜 끝을 치며) ASMR.

소희 아 ASRM 그거를

강피디 ASMR이라고. RM이 아니고.

소희 아.. 그러니까요. ASMR.

소희Na **오늘 왜 이러지?**

소희 그리고 거기에 개를 쓰면 어떨까요? 그 개네들 있잖아. 개네.

강피디 뭔 개넬까?

소희 아니 그.. 영어 들어가는 그룹.

혜경 웬만한 그룹은 다 영어...

소희 아니 그 숫자 들어간 그룹 있잖아.

아름 갓세븐이요?

소희 (갸우뚱) 아니 그거보다 높은 숫잔데... 미치겠네...

찬호 세븐틴?

소희 세븐틴? 아니야... 세븐틴이 아니고, 그 비슷한..

아름 그럼 갓세븐인데.

소희 아.. 미치겠네. 아니야.. 아니야. 아... 입에서 맴도는데 안 나오네 미치겠다. 아니 그 찬성이, 찬성이가 있는

영인 찬성이면, 2PM??

소희 (답답) 아니 아니! 요즘 애들!

강피디 (대수롭지 않게) SF9에 찬희네.

작가들 ???

강피디 (얄밉게) 맞지?

소희 ....맞아... 후... (허무해짐)

작가들 (한숨)

소희 아니 SF9이 왜 생각이 안 나.....

강피디 안작가. 어제 술 몇 시까지 먹었어?

소희 그게...

강피디 알콜성치매야.. 그거 검사해봐야 돼. 오늘이 몇 월 며칠이야?

소희 (정지)

소희Na **5월, 아니.. 10월인가? 이런 썅. 정신 차려.**

컷 튀면, 다시 열띤 아이디어를 내고 있는 소희.

소희 그니까 스타킹으로 데뷔한 애들이랑 묶고, 기획사가 같은 FNC끼리 묶고, 태어난 곳이 같은 지역 애들끼리 또 묶고, 이렇게 세 그룹을 묶어서 추억의 레트로 게임을 하자 이거죠. 그 가족오락관처럼.

세미 (진짜 궁금) 가족오락관이 뭐예요?

강피디 으이구.. 세대 차이 난다. (찬호한테) 너도 모르냐?

찬호 (졸린 눈) 꼭 알아야 돼요?

소희 (미치겠는) 아우 쫌 가만 있어봐. 그 가족오락관에서 일렬로 서가지고 칸막이 있고 옆에서 옆으로..입으로 하는 게 있는데.. 그 게임 뭐죠? (세미한테) 막내, 예능작가가 돼서 가족오락관을 몰라? 그건 게임의 교과서야 교과서! 그것도 모르면서 작가를 어떻게 할라 그래?

세미 죄송합니다..

소희 아.. 그래서 그 뭐더라.. 잠깐만, 어디까지 얘기했지?

강피디 으이구. 하나만 해 하나만.

세미 (노트북에 프리뷰한 거 보고 읽는) 칸막이 끼고 일렬로 서서 옆에서 옆으로..

강피디 방과 방 사이 아니야.

소희 (정지) ..맞어. 그거.

혜경/영인 (최대한 리액션 해주는) 아~~~ 방과 방 사이~

강피디 (괜히 으쓱) 그래~ 방과 방 사이 내가 잘 알지~~내가 그걸로 피디시험 봤잖아. 하하

자기들끼리 신나서 떠드는 작가들과 피디, 멍해진 소희의 얼굴에서..

소희Na **방과 방 사이가 맞나..** (정신 나간) **그래서.. 오늘은 몇 월 며칠인 건가.**

(창밖을 보며) **지금이 봄이야 가을이야?...**
(심각) **잠깐만 올해 나 몇 살이지?**

## S#5. 병원 (낮)

머리에 빨래집게처럼 뇌파 측정기 꽂고
외계인처럼 멍때리고 앉아 있는 소희의 얼굴에서...
의사와 소희의 대화 소리가 디졸브 된다.

의사 최근에 블랙아웃이 자주 있었습니까?
소희 그런 걸 세진 않아서.
의사 평소엔 어때요.. 건망증이 심해졌다고 느낄 때가 있습니까?
소희 버퍼링이 올 때가 있어요. 냉장고 문 열고, 내가 뭐 먹으려고 했더라.. 노트북 열고, 내가 무슨 파일을 열려고 했더라 현관문 앞에서, 우리 집 비번이 뭐였더라.. 방송국에서 누가 인사를 하면, 근데 누구였더라....

컷 튀면, 의사와 마주 앉아 있는 소희.

소희 저.. 죽나요 선생님? 전 아직 정우성 같은 남친도 없는데.
의사 (정색) 안 죽어요. 환자분이 손예진은 아니니까요.
소희 (멍) 감사하네요..
의사 술을 얼마나 자주 먹습니까?
소희 그냥 뭐.. 기분 좋을 때 한 잔씩 먹고, 기분 안 좋으면 한 잔씩 먹고, 친구가 좋은 일 있다고 하면 한 잔씩 먹고, (점점 빨라지는 말) 친구가 안 좋은 일 있다고 하면 또 한 잔씩 먹고, 그러다가 안주 좋으면 또 한잔하고 해장하면서 또 한잔하고..
의사 됐구요. (씨티보며) 일단 씨티상에는 큰 이상은 없는데, 이대로 가면 경도성 인지장애가 올 수도 있어요. 술을 끊으시는 게 좋겠습니다.
소희 술을요..

소희, 세상을 다 잃은 표정에서...

소희Na **근데 우리가 술을 끊으면.. 지구는 누가 지키죠..?**

## S#6. 지구네 집 / 어두컴컴한 방 (낮)

지구 (종이를 접으며 모기만 한 소리로 중얼거리는) 다음은.. 함몰접기입니다..

컴퓨터 앞에 앉아 종이를 접던 지구가
갑자기 억!!!! 소리를 내며 기역자로 몸이 접히며 앞으로 고꾸라진다.
방송 화면상으로 보면, 지구의 엉덩이만 보이고 정지 상태. 정적..
실시간 채팅창에 글이 하나씩 올라온다.

*[채팅창 인서트//*
*/종이학님: 지구님, 괜찮으세요?*
*/색종이님: 분명 함몰접기 중이셨는데..*
*/오리가미님: 저게 함몰접기라는건 아닐까요?]*

여전히 엉덩이를 쳐들고 기역자로 엎어져 있는 지구의 모습에서..

소희Na **지구는 함몰접기를 하다가, 갈비뼈에 담이 왔다.**

## S#7. 한의원 / 진료실 (낮)

기역자로 고꾸라져 허리를 펴지 못하고 있는 지구.
한눈에 봐도 꼰대처럼 보이는 나이 든 의사가 (지구만큼 허리가 굽었음)
지구의 몸을 봉으로 짚어가며 혀 짧은 소리로 잔소리 같은 설명을 해주는.

의사 (봉으로 허리를 치며) 이거 봐. 이거. 근육이 짧아졌지. (봉으로 가리키며) 앞쪽 근육, (봉으로 허리를 그으며) 뒤쪽 근육. 짧아. 짧아. 틀렸어. (혀도 짧은)

지구 (한숨 쉬며) 그래서여.

의사 (봉으로 기분 나쁘게 계속 그으며) 경직됐잖아. 짧으니까. 응? 그치. 짧지. 늘어나질 못하잖아. 응? (혀를 끌끌 차며) 에이.... 틀렸다 틀렸어.

지구 (빠직) 아니 뭐가 자꾸 틀렸단 거예여.

의사 (봉으로 찌르며) 쯧쯧쯧 틀렸지 그럼. 결혼했어?

지구 (빡친) 진료랑 관계있는 질문인가여.

의사 (의자에 앉으며) 결혼을 빨리하고 애를 낳아야지. 벌써 틀렸다 틀렸어.

지구 (허리 숙인 채 테이블 위로 짚은 손에 힘 빡 주며) 내 허리가 이렇게 된 게 결혼을 안 해서 그렇다...?

의사 쯧쯧쯧쯧쯧. (차트 쓰며) 침맞고. 뜸 떠. 술 먹지 말고.

지구 미치겠네 술은 또 왜...

의사 쯧쯧쯧쯧. 어디 여자가 술을 먹어 애를 낳아야지.

지구, 마침내 폭발. 젖먹던 힘을 다해 테이블 꽝 친다.

지구 선생님, 한 번만 더 말씀 그렇게 하시면, (고개만 들고 협박) 나. 진짜 마지막이라고 생각하고 이 허리 펴는 수가 있어요. 결혼도 안 한 여자가 진짜 수틀린 거 한번 보여드려? 진료 똑바로 안 보실 거냐구요?!

의사 ...... (사시처럼 다른 곳 보며) 술이 과하면 몸속에 산소가 부족해지면서 혈액순환이 원활하지 않으며 내부 장기들이 경직됨과 동시에 근육에도 마비가 와서 일시적으로 담에 걸리는 현상을 초래하게 됩니다. 짧아진 근육을 이완시키기 위해 침과 뜸치료를 병행하는 동안에는 술은 끊으시는 게 좋겠습니다.

지구 (고개 숙이며 받아들이는) 근데요 선생님. 술은 어떻게 끊어야 되나요.

의사 같이 술 먹는 사람들 있쥬? 그 사람들을 끊음 돼유.

지구 (표정)

## S#8. 소희와 지연의 오피스텔 / 지연방 (낮 → 저녁)

침대 헤드에 기대어 손거울을 보고 있는 지연, 아까보다 더 커진 뾰루지.

지연 너 왜 자꾸 자라? 아까보다 더 커졌잖아. 진짜 이럴 거야? 나 미치는 거 보고 싶어?

이때 소희가 문을 연다.

소희 얼마나 심하길래 그래?
지연 (울듯) 나 빵떡엄마 같지.
소희 빵덕어멈이겠지. 너 설마 그 여드름 하나로 병가낸 건 아니지?
지연 (웅석 부리듯 이불 속으로 들어가며) 몰라 몰라 몰라 몰라~~~
소희 좋아하는 거야 뭐야... (문닫으려다가) 나도 오늘 쉴 거니까, 술 먹잔 말 하지 마.
지연 반사 반사 반사!!!

## S#9. 소희와 지연의 오피스텔 / 소희방 (해 질 녘)

멀뚱멀뚱 눈만 껌뻑이며 시체처럼 누워있는 소희.

소희 (혼잣말) 빵덕어멈은 한 번에 생각났단 말야? (돌아눕는) 에이씨 진짜...

## S#10. 지구네 집 (해 질 녘)

침대에 기역자로 누워(허리가 접혀진) 눈만 껌뻑이고 있는 지구.
이때 지연한테 전화가 오고, 스피커폰으로 겨우 받는.

지구　(아파하며) 어 왜...
지연　(F/응석 부릴 시동 거는) 지구 허리 많이 아파?
지구　말할 힘도 없어.
지연　(F) 찌찌뽕~ 나도 말할 힘도 없는데.
지구　근데 왜 전화했어.
지연　(F) 나 뾰루지 난 거 얘기 들었어?
지구　들었어.
지연　(F) 지구야 나 얼굴밖에 볼 거 없는데 어떡하지?
지구　이참에 그걸 좀 바꿔봐. 뾰루지 하나에 무너질 자존감이면 애초에 없는 게 나아.
지연　(F) 뭔 말인진 잘 모르겠지만 역시 넌 멋져.
지구　끊어.. (아파하는)
지연　(F) 지구 혹시 술땡겨?
지구　아 끊으라고.

끊자마자 소희한테 바로 전화가 온다.

지구　넌 또 왜.
소희　(F) 괜찮냐.
지구　누워 있어.
소희　(F) ..그래.. 술 먹자고 전화한 거 아냐.
지구　나도 그래서 받은 거 아냐.
소희　(F) ......
지구　....그럼 왜 전화했는데.
소희　(F) 아니 그냥 뭐.. 뭐하나 해서.
지구　누워 있다고오....
소희　(F) 괜찮냐.

지구 했던 질문 자꾸 또 할래? 아 잠깐만. 아 미치겠네... 아 미치겠네...?!!

소희 (F) 야 왜 그래. 어? 다쳤어? 야?

지구 참아...참아.. 참앗! (참으려고 코를 실룩거리는데 결국엔) 에취!!!!!! (순간적으로 들리는 허리에서 빠지직 소리, 이불에 고개 박고 비명) 으아아아아아악!!!! 존나 아파 씨!!!!!!!!!

## S#11. 장소 교차 / 지연방+지구네 집+소희방 (해 질 녘)

지연, 소희, 지구... 시체처럼 침대에 누워 있는 이미지들 교차하면서

소희Na (다 죽어가는 목소리로) **청춘이.. 가는 걸까.**
**노화가.. 오는 걸까.**
**벗과 함께 한잔 술을 나누지 못하는 인생이라면..**
**살아서는 어떤 의미가 있는 걸까..?**

다같이 (3분할) 맞다!! (동시에 눈 번쩍)

#. 지연방

지연 나 오늘 그거 안돼서 진짜 창피했었잖아!!

*[3부 1씬과 2씬 사이 상황 인서트// 요가학원 (오늘 아침)*
*지연: 자, 이제 하누만 아사나 동작, 일명 다리 찢기 동작을 해볼게요. 먼저 준비 자세를 하고, (시범을 보이는데 안 찢어지고 무리하다가 담 오고 낑낑대는) 자.. 이 자세는 다음에 하기로 하고..]*

지연 (눈 반짝이며) 이걸 어떻게 그냥 넘어가?

#. 지구네 집

지구 (기역자로 누워서 심각하게) 상처받았었잖아.

*[3부 6씬 이후의 상황 인서트// 지구의 방*
*실시간 라이브방에 올라오는 채팅 글을 보는 지구.*
*/muljomjuseyo님: 뭔 말이라도 하든가, 음악이라도 틀든가, 자막 편집이라도 하든가, 방송을 날로 먹네.]*

지구　(연기 톤으로 가슴에 손대며) 상처가.. 아직 느껴져....

#. 소희방

소희　(생각해보니 화가 난다) 강피디....

*[3부 4씬 회상 인서트// 사무실*
*강피디: 안작가. 어제 술 몇 시까지 먹었어?*
*강피디: 알콜성 치매야.. 그거 검사해봐야 돼. 오늘이 몇 월 며칠이야?*

3부 4씬 이후의 상황 인서트//
*회의 끝나고 소희의 어깨를 툭 치고 가는 강피디.*
*강피디: 늙은 거지 뭐~*
*소희: (빡친 표정에서)]*

소희　다시 생각해보니 너무 얄미운데? (핸드폰 들며) 이렇게 넘어갈 일이 아니야..

소희, 결연하고 비장하게 단톡방을 연 후에 한 글자씩 써 내려가는.

소희　(결연하게) 얘들아! 오늘은 그냥 넘어갈 수가 없다! 딱,

까지 썼는데 지연의 메시지가 도착한다.

*[〈적시자〉 단톡방 인서트//*

*지연: 나 오늘 꼭 마셔야 할 일이 있었더라?*
*지구: 나도 비슷한데, 그럼 딱 한 잔만?*
*(신나서 쓰는) 소희: 딱 한 병만 하고, 딱 한 잔만 더 하자!]*

세 사람, 3분할 화면.
동시에 "유후~!" 하며 핸드폰 던지고 이불 박차고 나가는 데에서.

## S#12. 오복집 (밤)

테이블 위에 올라와 있는 소주 세 병을 가운데 두고, 어색한 연기 중인 세 사람. 지구는 허리를 숙인 채 빈 잔을 테이블 제일 앞에 두고 간신히 손목 스냅으로 술잔을 비우는 시뮬레이션을 해보고 있다.

지구 된다..
동배 (대합 수제비 가지고 오며) 어우.. 저러고도 술을 먹겠다고.. 대단하다 진짜. (대합 수제비 내려놓으며) 대합 많이 넣었다~
지구 (허리 숙인 채 동배 손바닥 옆을 젓가락으로 내리꽂으며) 수제비는요.
동배 수제비 안 넣었다가 니들한테 손 잘릴 일 있어?
소희 (숟가락으로 안에 가득한 수제비를 확인하며) 확인했습니다. 안에 있네요. 그리고 (소주 두 병을 밀며) 나머지 소주는 가져가셔도 됩니다.
동배 (깜짝 놀라는) 뭔 일이래?
다같이 (군대 톤으로) 한 병만 먹겠습니다.
동배 개는 똥을 못 참아 얘들아.
지연 (뾰루지로 손 가리고 윙크하며) 사장님 저희 그냥 한 병만 조지게 놔둬주세용~
지구 믿어주시죠.

컷 튀면, 술 한 병과 소주 세 잔이 모여 있다. 마치 거사를 치르듯 소희가 술 한 병을 한 방울도 떨어뜨리지 않겠다는 의지로 집중해서 따르자, 한 방울이라도 흘리면 죽이겠단 표정으로 째려보는 지구와 지연.

지구 꽉 채우면 흘리니까, 9부, 아니 8부만.

소희 (손 부들부들) 알겠어. (8부까지 따라진 술잔을 보며 비장하게) 이제 마시자.

평소와 다르게 두 손으로 받쳐서 너무나 소중하게 털어넣는 세 사람.

지구 (연습한 동작으로 마시고 나서) 더 달다. 유독 달아.

지연 (남은 소주 보며) 어떻게 해.. 저거밖에 안 남았어. 밤은 이렇게나 많이 남았는데...

소희 근데 말이야. 왜 의사들은 툭하면 술 때문이다. 툭하면 술 먹지 마라. 왜 그러는 걸까?

지구 술은 입이 없으니까. 갖다 씌우는 거지.

소희 툭하면 스트레스. 그 말은 나도 하겠다.

지연 스트레스는 술로 풀면 되는 거 아냐?

지구 간만에 정답.

다같이 적시자!

건배하는 세 사람. 컷 튀면, 한 병의 마지막 잔을 따르는 소희.

지연 진짜 큰일이다.. 대합이 너무 많이 남았는데 어쩌지? 힝힝..

지구 사장님께 물어보자.

지연 싸장님~! 대합이 너무 많이 남아쪄용!

동배 (e) 어구, 더 갖다 먹어!!!!!

소희 더 갖다 먹으라시네.

지구 대합이 남은 탓이니까.

지연 음식 남기면 벌 받지.

소희 (비장하게) 그럼 할 수 없이 한 병만 더.

소주 한 병이 테이블 위로 올라온다.
'적시자!' 건배하고 원샷하는 세 사람.
(시간 경과) 대합수제비가 말끔히 비워졌는데, 소주가 3분의 1 남아 있다.

지연 (소주병을 바라보며 징징) 이거 진짜 대참사다. 소주가, 3분의 1이나 남았어.

지구 사장님 찬스.

지연 싸장님~! 어쩌죠? 안주는 다 먹었는데 쏘주가 남아쪄용!

동배 (e) 으구.. 더 시켜 먹으라고!!!!

소희 더 시켜 먹으라시네.

지구 술이 남은 탓이니까.

지연 술도 남기면 벌 받지.

소희 그럼 가볍게 계란말이 하나 가야겠지?

어마어마하게 두툼한 계란말이가 올라오는.

다같이 우와~

지연 (신나) 7센치 같은 5센치 계란말이다!

계란말이로 젓가락 세 개가 모이고, '적시자!' 건배하고 원샷하는 세 사람.
(시간 경과) 소주는 빈 병인데, 계란말이가 반쯤 남았다.

지연 (계란말이를 턱 괴고 보며) 얘들아.. 계란말이가 남았어.. 이건 정말 예상 못한 일이잖아. (지나가는 동배한테) 싸장님~~~~~ 계란말이가 너무 많이 남았쪄요!! (애교 부리며) 어쩌죠?

동배 (대충 파악하고) 남겨 이것들아!!!

다같이 (정색)

지구 (무섭게) 음식 남기면 벌 받는 거 아닌가요.

소희 (연기 톤) 사장님이 사랑과 정성으로 입히고 돌리고 뒤집어서 만든 이 7센치 같은 5센치 계란말이를 어떻게 버릴 수가 있죠?

지연 (연기 톤) 사장님은 그러실 분이 아니야.

컷 튀면, 소주병들을 한 아름 안아서 테이블에 놓고 가는 동배

동배 (돌아서며 구시렁) 처음부터 그냥 갖다줄 때 먹을 것이지 지랄들을 하고 있어

술병 늘어나는 반복 이미지 효과에서....
술병이 정확히 9병째 올라오고, 막잔을 하는 순간 마지막 골뱅이 안주가 정확하게 끝이 난다.

지연 어머! 술과 안주가 정확하게 비워졌어! 완벽해~ 너~~~~~~무 너무 완벽해! 싸장님!!! 저희 이제 완벽해용!!!
동배 큰일들 했다 야..
지구 그럼 이제...

## S#13. 단골 편의점 앞 (밤)

편의점 앞에 서 있는 세 사람. 비장하게 편의점을 올려다보며..

소희 마지막 입가심으로!
지연 딱! 한 잔만 더!
지구 적시자구. 한 잔만 더. (비장)

## S#14. 단골 편의점 안 (밤)

딱 봐도 날라리 알바생 앞에 소주 한 병을 내려놓는 소희.

소희 (웃으며) 미안한데 반병만 팔면 안 될까?

여알바생 (껌 씹으며) 그냥 평소대로 드세요. 반병은 무슨.

지구 (e) 야. 반병만 파냐고 묻잖아.

알바생 시선에 소리만 들리고 지구는 안 보이는.

소희가 아래를 가리키면, 계산대 아래에 기역자로 숙이고 있는 지구.

알바생 반병 안 판다구요. (혼잣말로) 왜 또 안 하던 짓들이야.

지연 (어디선가 나타나서 애교) 반병만 팔자앙~~ 우리 딱!! 세 잔만 먹어야 된단 말이야~~ 웅웅?

알바생 (띠겁게) 그럼 니들이 반병만 드세요.

다같이 후... (이게 될까 싶은 불길한 표정에서)

지구 그럼! (멋지게) 반병 킵 되나?

알바생 (폭발) 아 나 진짜! (계산 테이블을 확 제치며 소주를 들고 라면 국물 버리는 곳으로 가며) 그냥 반을 버리면 될 거 아니야~

짜증난 듯 확 소주를 까서 버리려는 알바생.

다같이 (e) 안돼!!!!!!!!!!!!!!!!!!!!!!!!!!!!!!!!!!!!!!!!!!

기겁하며 알바생의 무지한 행동을 막기 위해 달려드는 세 사람 모습 슬로우로~ 그중 지구가 가장 민첩하게 온몸을 날려 알바생이 들고 있던 소주로 달려드는데 떨어지는 소주를 입으로 받아먹기 위해 얼굴을 뺀는 그 순간 지구의 허리가 펴지면서 두두두두둑! 소리가 난다.

소희 안 흘렸지? 소주도 무사하지?

지구 (소주병 사수하고) 어 무사해! 잠깐만, (허리 펴고) 풀렸다! 나 담 풀렸어!

소희 !! 진짜네? 어머 대박이다!!!

지연 하하하하하하하하!

깔깔거리며 웃는 지연의 얼굴로 클로즈업.
순간, 지연의 얼굴 근육이 늘어나며,
지연의 코 옆에 뾰루지가 익을 대로 익으면서 빵!!!! 하고 터진다. (슬로우로) 지연, 거울에 얼굴을 비춰보고는

지연 얘들아! 나, 터졌어!!! 뾰루지 터졌어!!!!!!!!!!!!
소희 !! 어머? 진짜네?!!! 진짜 대에박!!
지연 하하하하하하! 하하하하하하!! 나 너~~~~~~무 너무 시원해 얘들아!
지구 (소주 한 방울 묻혀서) 자, 이걸로 소독해. 내가 힘들게 사수한 거야.
여알바생 미친 거 같애.

지연의 얼굴에 소주를 묻혀주고 있는 지구의 모습을 유심히 바라보고 있던 소희. 갑자기 무언가 생각난 듯 눈빛이 변한다.

소희 생각났다..!

소희, 그대로 문을 박차고 어디론가 나가는

## S#15. 길거리 (밤)

전화기를 들고 누군가한테 전화를 걸며 미친 듯이 뛰어가는 소희..

소희Na **오늘 하루 술은 우리에게 잔인한 증명을 했다.**
**우리도 늙어가고 있음을.**

*[인서트// 의사들이 했던 말들.*
*(3부 2씬) 의사: 열꽃이 핀 거예요. 술 때문에.*
*(3부 5씬) 의사: 이대로 가면 경도성 인지장애가 올수도 있어요. 술을 끊으시는 게 좋겠습니다.*

*(3부 7씬) 의사: 침과 뜸 치료를 병행하는 동안에는 술은 끊으시는 게 좋겠습니다.]*

방금 전, 편의점에서의 지연과 지구의 이미지들.

소희Na **하지만 지구는 조금 전 엄청난 술의 기운으로 접혔던 허리를 펴냈고,**
**지연이는 술독의 정점에서 여드름 꽃을 터뜨리며**
**우린 아직 죽지 않았음을 증명해냈다.**
**그리고 지금 난...**

달리다가 헉헉 거리며 멈추는 소희... 강피디가 전화를 받았다.

소희 여보세요? 너 어디야!!!! 누구긴 누구야! 나 안소희다!
강피디 (F) 안작가, 웬 반말?
소희 어디냐고 이 새끼야!!!!

## S#16. 어느 술집 (밤)

강피디, 연출팀(찬호/용범/인턴 소현)과 회식하고 있는데 소희가 들어와 강피디의 멱살을 잡는다. 놀라서 모두가 쳐다보고..

소희 (다짜고짜) 야!! 너!!
강피디 뭐야, 안작가?
소희 그거 방과 방 사이 아니야!!
강피디 왜이래? 취했어?
소희 입에서 입으로라고!
강피디 뭐?
소희 그 가족오락관 게임! 니가 아니라 내가 낸 아이디어!!! 방과 방 사이 아니고! 입에서 입으로라고!!!! 어디서 알지도 못하면서!!

강피디 아니 그게 뭔 소리냐고 안작가..

소희 입에서 입으로 몰라?

소희, 잡히는 깻잎을 들어서 입에 대고 강피디한테 입 바람으로 전달한다.

소희 이렇게! 입에서 입으로 주는 거!!! 븅신아 받으라고!!!!

얼떨결에 깻잎을 받는 강피디.
순간, 깻잎이 떨어지며 강피디의 입과 소희의 입이 맞붙는다.
구경하던 사람들 막 핸드폰으로 찍어대고..

소희Na **너무 많은걸 다 기억하고 살아야 하는 세상이다.**
**수많은 패턴과 비밀번호들,**
**하루에도 수없이 쏟아지는 아이돌 이름과 멤버수.**
**기억할 게 많아서 잊혀지는 것도 빠른 세상.**
**가끔은 좀 잊고 살라고, 술이란게 있는 거 아닐까...?**
(울먹) **근데 얘들아, 나 지금.. 다시 술 마셔야 할 것 같은데..**
**어디에 있니??**

반대편 통 유리창에 비친 네온사인들.
키스하고 있는 두 사람의 모습에서 3부 엔딩.

# 4부

## 술병과 복병

## S#1. 오복집 외경 (새벽 2시)

(e) (소희) 죽을 거야!!!!!

## S#2. 오복집 (늦은 밤)

한 손으로 잔을 비움과 동시에 나머지 한 손으로 소주를 따라 먹는 소희. 그런 소희를 표정 없는 얼굴로 바라보고 있는 지연과 지구.

지구 그렇게 마셔서 어느 세월에 뒤지냐.

지구, 소희의 소주잔을 터프하게 치워버리더니 물잔의 물을 버리고 소주를 벌컥벌컥 부어 소희 앞에 내려놓자, 사약이라도 받듯 마시려는 소희.

지구 기다려. 같이 뒤지게.

자기 물잔도 똑같이 비워 소주를 벌컥벌컥 따르는 지구.

지연 나도! (자기 물잔에도 소주를 부으며) 이거 먹고 뒤지지야 않겠지만?

지구/지연 (소희한테 잔 들며) 적시자.

소희 (잔을 보며 죽상) 건배할 분위기는 아닌데.

지구/지연 (소희 째리며) 에헤이 참!

지구 (터프하게) 잔 머리 위로.

다같이 적시자! 취하자! 미치자!!!

순간 홀에 불이 꺼진다. 돌아보면 이 테이블만 빼고 다 마감한 듯 의자가 다 뒤집어져 올라와 있는.

지구 (저만치 동배한테) 몇 신데 벌써 문 닫아요?

동배 (먹태 들고 오며) 니들이 시간은 알아서 뭐해, 어차피 해 뜰 때까지 먹을 건데. (먹태 내려놓고) 마지막 안주니까 먹고 설거지하고.

지구 소등하고!

지연 문 잠그고!

동배 열쇠 잘 숨겨두고!

지구/지연 기어들어갓!

동배 (소희 보며) 왜이래.

소희 (먹태 보며 죽상..) 이 먹태 대가리 좀 치워주시면 안 돼요?

먹태의 대가리가 리얼하게 구워져 그대로 올라와 있다.

동배 엄마? 언제는 먹다 남은 먹태 대가리라도 달라더니만.

소희 입술밖에 안 보이잖아요.

유독 부각되어 보이는 먹태의 두꺼운 입술.

동배 (입 모양으로) 얘 왜 이래?

지연 (속삭이며) 키스했대요.

동배 (안 들림) 윙크를 했어?

지구 (답답) 아니 키스요.

소희 (테이블에 머리를 박고 있는)

*[3부 16씬 인서트// 강피디한테 게임 설명하며 깻잎으로 시연하는 소희. 소희: 입에서 입으로 몰라? (깻잎을 입에 대고 입 바람으로 전달하며) 이렇게! 입에서 입으로 주는 거! 븅신아 받으라고! (강피디의 입에 깻잎을 전하던 소희, 순간 깻잎이 확 빠지는)]*

먹태의 벌어진 입술이 안 보이게 돌려져 있고, 괴롭게 글라스 원샷 중인 소희.

지구 됐어. 먹고 잊어.

지연 아니 사람이 살다 보면 발도 밟고, 손도 스치고, 그러다 보면 뭐 입술도 닿고 그런 거 아닌가?

지구 그래. 안 그러면 실수란 단어가 왜 있겠냐.

지연 솔직히 다 소희 탓은 아니지. 깻잎년 탓이지.

*[3부16씬 인서트// 깻잎 빠지고 입술이 닿은 두 사람.. 그대로 굳는다.]*

소희 (엎어지며) 아 몰라 몰라...

지연 (문득 불길한) 근데 아까 소희 완전 만취 아니었어?

소희 어... 만취긴 했어.. (그러고보니?)

지구 설마, 너...

소희 (표정에서)

소희Na **나에겐 지병이 있다.**

*[회상 인서트// 9년 전 2012년 가을 어느 술집.*
*헤비메탈 전자기타를 치고 있는 장발의 락커남(강푸름/남/25세). 푸름은 혼자 심취해서 소음에 가까운 연주를 하고 있고, 그 앞에서 혼자 술을 먹고 있던 소희가 만취해서 풀린 눈으로 푸름을 바라본다.*

소희Na **술에 취하면... 앞에 있는 남자가 갑자기 잘 생겨 보이는 병. 그리고..**

*어디선가 술에 취한 사람이 시끄럽다고 그만하라고 하더니, 이어서 먹다 만 해물파전이 날아와 푸름의 떡진 머리카락에 붙는다.*

소희Na **불쌍한 걸, 설레는 걸로 착각하는 병.**

*말없이 머리카락에 붙은 파전을 떼어내자 얼굴이 드러나는 푸름.*
*이때 소희가 비틀비틀 다가오더니 푸름에게 기습 키스를 한다.*

소희Na **지병의 대가로 나는 3년간 한 남자를 사랑했다.**

*[2014년 6월 3일 소희 생일날 푸름의 집.*
*푸름의 옆에는 새로운 여친이 나란히 앉아 소희를 바라보고 있는데,*
*세 사람의 손에는 모두 같은 해골 커플 반지가 끼워져 있다.*
*식은 편의점 미역국으로 눈물이 뚝 떨어지는 소희.]*

다시 현재 오복집, 멍한 얼굴의 소희.

지구 불쌍해 보였나 보네.
소희 (ol/확신) 그건 아냐.

*[회상 인서트// 강피디 얄미운 순간들]*
*#. 2부 12씬*
*강피디: 나때는 녹화날에 김밥이 뭐야~*

*#. 2부 15씬*
*강피디: (얄밉게) 안작가! 그거 잘 구워졌다!?*
*소희: 안 그래도 드리려고..*
*소희: 강피디님!! 회의는 회의 시간에 하자구요! 왜 술을 먹으면서 회의를*

*해요?!*
*강피디: 그래야 회식비를 진행비로 쓰지 왜 이러시나 아마추어처럼~*

*#. 3부 4씬*
*강피디: 안작가. 어제 술 몇 시까지 먹었어?*
*강피디: 알콜성 치매야.. 그거 검사해봐야 돼. 오늘이 몇 월 며칠이야?*

*#. 3부 11씬*
*회의 끝나고 일어나며 소희의 어깨를 툭 치는*
*강피디: 늙은 거지 뭐~]*

지연 듣기만 해도 너~무 너무 얄밉당!
지구 그냥 미운데?
지연 그래 소희야 어차피 니 스타일도 아닌데 기냥 배 째. 똥 밟았다 생각하고. 아니지, 그래도 똥보단 낫지 키스가?
지구 지연아 입.
지연 (꾹 다무는)

## S#3. 오복집 앞 (새벽 → 아침)

어느새 해가 뜨고, 열쇠로 문 잠그고, (벽돌과 벽돌 사이 또는 사람 키보다 높은 어떤 곳에) 열쇠를 숨겨두는 지구. 헝클어진 머리에 다 번진 마스카라 등 거지같은 모습이지만 아랑곳하지 않고 가방에서 캡모자와 선글라스 하나씩을 꺼내 쓰고 유유히 걸어가는 세 사람의 뒷모습에서.

소희Na **망각은 신의 배려요, 술은 망각의 묘약이다.**
**오늘의 해는 더 이상 어제의 해가 아니다...!**

지구 (e/툭 한번 치며) 이제 괜찮지?

소희 (e/씩씩한 척 능청 떠는) 왜~ 무슨 일 있었어?
지구 (e/웃어주며) 아무 일도 없었지!
지연 (e/팔짱 끼며) 아~~ 나도 키스하고 싶다~ 너무 오래됐어~
지구 (지연한테 입 지퍼 채우라는 제스처)

현타 온 소희, 지연의 팔짱을 빼는 소희와 다시 팔짱을 끼려고 붙는 지연의 백샷에서, 누군가(강피디)가 이들을 따라 오고 있는 듯한 컷트.

4부. 술병과 복병

## S#4. 오피스텔 앞 일각 (아침)

일각에서 토하고 있는 소희, 등 두들겨주고 있는 지연. 어디선가 어정쩡하게 불편한 얼굴로 추리닝에 손 넣고 슬쩍 다가오는 강피디.

지연 (위아래로 훑으며 나름 불량하게 방어막 치는) 구경하실 거면 오백 원.
강피디 저.. 토하고 있는 사람 지인인데 할 말이 좀 있어서..
지연 어머 정말요? 소희야! 어떤 남자가 왔어! (뒤돌아서) 잠깐, 혹시 그 깻잎남? (얼굴 들이미는)
소희 (허리 숙인 채로 정지)
강피디 당한 사람입니다.
지연 (급 접대 톤으로) 어머 어머 어머 어머 어머~~~~ 세상에 이렇게 순식간에 보게 돼서 너~~~무 영광이시다! 소희야! 일어나봐! 그분 오셨어!
소희 (고개 파묻고 계속 더 토하는 척) 우웩!!!
지연 (상냥하게 속삭이듯) 우리 소희가 좀 창피해서 그러니까 저한테 대신 말씀해보시는 건 어떠실까요?
소희 (찌릿) 씨..
강피디 (남일 말하듯) 그럼 쫌 비상이라고 전해주세요. 어제 일 때문에 여자친구가 난리 났다구.

소희Na (토하다 말고 얼음) !! **여자친구...? 저 새끼 여친 있었어?**

지연 (슬리퍼로 튀어나온 발가락을 유심히 보며) 어머~ 여친 있으셨구낭~ 그른 말은 못 들었는뎅~?

강피디 어제 그 자리에 있었어요..

지연 리얼리?

소희Na (앞으로 고꾸라지는) **어제!?? 그 자리에**?????

*[3부 16씬. 인서트// 강피디를 찾아서 술집으로 쳐들어갔던 소희. 소희의 시선에 강피디와 한 테이블에 있던 사람들이 복기된다.]*

소희Na (용범과 찬호 보이고) **어제 그 자리엔 분명, 조연출 둘에** (조연출 둘에서 카메라가 팬하면, 여학생 한 명이 공손하게 앉아 있는) **인턴 한 명뿐이었는데.. 잠깐만...!** (팬했던 카메라 다시 빽 하면, 인턴 소현)

소희 (확 일어나는) 설마 그 인턴????

강피디 (움찔)

*[인서트// 방송국 사무실 (인턴 소현과의 첫 만남)*
*현: (순진하고 성실한 이미지) 잘 부탁드립니다. 소현이라고 합니다.*
*소희: (노트북 두드리면서 꼰대처럼) 이름은 성도 같이 말하는 게 예의랍니다~*
*현: 성이 소예요. 이름이 현이구.*
*소희: (멋쩍게 웃으며) 어머 그랬구나~ (어린애 다루듯 살짝 무시하며) 근데 완전 애기 피부다. 술은 먹을 줄 아나?*
*현: 전혀 못합니다.*
*강피디: (지나가다 소현을 위아래로 힐끔 보는)]*

소희 그 어린 걸???

지연 어머 어머 어머 그럼 원조교제??

강피디 (능청) 대딩인데 옛날 같음 애가 둘이지~

소희 (절로 올라간 손) 아 이 쓰레기!!!!!!!!!!!!!!!

강피디 (반사적으로 막으며) 어우! 왜 이래. 술이 아직도 안 깬 거야 안작가?

지연 (강피디의 위아래를 실실거리며 스캔하는)

소희 할 짓이 없어서 머리에 피도 안 마른 어린애를 꼬셔? 그러고도 니가 인간이야?! 그러고도 니가 피디냐고!

강피디 안작가.. 안작가가 지금 이럴 때가 아냐. 그 어린애가 고소하겠대. 안작가를.

소희 (어이없음) 뭐?

지연 대~박!

소희 고소? 누가 누굴 고소한다구?

지연 그 어린애가 널.

소희 넌 좀 조용해봐.

강피디 (지연을 힐긋보며) 안작가한테 이렇게 이쁜 친구가 있었나?

지연 (미스코리아 모드) 한지연이라고 합니다아~~~ 사거리에서 요가 가르치고 있어욤. 근데 그거 아세요? 왼쪽 두 번째 발가락이 오른쪽 두 번째 발가락보다 많이 기세요.

소희 야!!!!!!!!!!!!!!!

## S#5. 장소 교차 / 지구네 집 개집+오피스텔 거실 (아침)

#. 개집에서 전화 받는 지구.

지구 (잠 덜 깬) 고소?

#. 오피스텔 / 거실 소파에 머리 산발한 채 엎드려 있는 소희와 부엌에서 라면 끓이고 있는 지연. 핸드폰은 스피커폰으로 설정된 상태다.

지연 응, 자기 남자친구 성추행 혐의로~

소희 (쿠션에 머리 박은 채 바닥을 기고 있는)

지연 아, 하나 더 있다. 무슨 명예파손 죄? 그걸로도 고소한다고 했대 글쎄.

#. 개집

지구 뭔 개소리야..

#. 오피스텔 / 라면 면발 저으며

지연 근데 난 그 어린년 입장도 이해는 가~ 지들은 아직 키스도 안 텄다는데, 떡하니 그 앞에서 어떤 늙은 년이 인터벌했으니 빡치지~

소희 야!!!!

지연 어, 미안.

#. 개집

지구 그 피디란 새낀, 그걸 말이라고 전달하러 왔냐?

#. 오피스텔

지연 음~~ 생각했던 것보다는 쫌 생겼어! 소희야, 라면 먹자앙~~~~

소희 안 먹는다고오... (바닥을 기는)

#. 개집에서 네 발로 기어 나와 집으로 들어가는 지구.

지구 그년은 왜 그른 붕신 같은 것들에 끼어가지고. (개집에서 나가려는 지구, 몸이 개집에 낀, 일어나려는데 못 일어나겠는) 아이씨..

#. 오피스텔 식탁 / 식탁에 다 산 얼굴로 앉아 있는 소희.

지연 (소희 면 위에 김치 얹어주며) 잊어 소희야, 어차피 키스한 지도 오래됐는데 이참에 몸 한번 풀었다 생각하구~

소희 너만 닥치면 잊을 수 있을 거 같애.

지구 (F) 아이씨... 못 나가겠네.

지연 어머 깜짝이야.

현관문 열고 들어와 한심한 얼굴로 이 광경을 보고 서 있는 지구맘.
스피커폰을 통해 지구의 목소리가 들린다.

지연/소희 (당황) 어머니.. 안녕하세요..

스피커폰으로 들리는 지구의 목소리.

지구 (F) 아이씨.. 나 개집에 또 꼈어. 그때 담 오고 나서 배에 힘이 안 들어가 일어나질 못하겠네.

이웃사람 (e) 계세요? 묵동교회에서 나왔는데요~~~

지구 (F) 아이씨, (내헝견 목소리로) 윌! 월! 월월월월월!

스피커폰 속 상황을 듣고 있는 지구맘의 싸늘한 표정.

소희 지구야.... 짖지 마. 지금 짖는 거 아냐.

지구 (F/으르렁 소리까지 낸다)

지연 (어색하게 핸드폰을 끄고) 하하... 얼마 전부터 개를 한 마리 키운다네요.

지구맘 (일자눈으로) 그게 내 딸이니?

## S#6. 장소 교차 / 오피스텔 근처 거리+전라도 전통시장 일각 (아침)

출근길, 축 쳐진 표정으로 엄마와 통화 중인 소희. 찰진 전라도 사투리다.

소희 어 엄마.

소희맘 (F) 아야 밥은 먹고 다니냐잉.

소희 (힘없는 목소리로) 지구엄마가 해다 준당께.

어느 전통시장 일각에 행사하다 말고 잠시 아무 데나 앉아 쉬다가 전화한 소희맘, 그 옆에 소희부도 귀를 쫑긋 세우고 있다.

소희부 먹고 다닌데? (답답) 그 스피크로 돌려봐

소희맘 (스피커폰으로 돌리며) 아~따 아야, 서울에서 어디 묵을 거라도 있간디? 미역이랑 매생이랑 게장이랑 솔찬히 보냈응께 챙겨 묵어잉. 동치미랑 갓김치랑 아직 있지?

소희 (살짝 울컥) 아따 시끄러워 잘 안 들린당께.

소희맘 아 안 들린다잖어! (다시 일반통화로 돌리는)

소희부 (걱정) 으째 목소리가 짠한디..?

소희맘 아야, 별일 없냐잉? 아빠가 옆에서 니 목소리가 짠하다 안 하냐. 뭔 일 있는 거 아니재?

소희 (또 울컥) 짠하기는 별걱정을 다해싸 나 전화들어온께 끊어요! 밥 챙겨묵고!

소희맘 (전화 끊고 심각) 이 가시나 뭔 일 있나 본디? (끊긴)

소희부 다시 걸어봐잉.

소희맘 아 다시 한다고 뭔 말을 하간디? (일어나며) 아따 시원한 것 좀 먹고 합시다잉

소희부 (걱정되는 표정)

소희 (길을 걸으며) 귀신이여..

## S#7. 방송국 외경 (아침)

## S#8. 방송국 / 예능팀 회의실 문 앞 (아침)

사무실에 차마 못 들어가고, 밖에서 안을 기웃거리는 소희.

현 (e) 뭐하세요?

소희 깜짝이야!

현 안 들어가세요?

소희 어 들어가야지. 립스틱 색이 이뿌네..

현 (눈 똑바로 뜨고) 어디서 샀는지 알려드려요?

소희 어, 아냐..

현 (안으로 들어가면서) 커피 사 올 건데 작가님은 뭘로 하시겠어요?

소희 (멍...) 난 그냥.. 아메리.

현 (확 돌아보며) 따뜻한 거요?

소희 (깜짝) 어. 그렇지.

## S#9. 방송국 / 예능팀 회의실 안 (낮)

다른 작가들한테도 상냥하게 주문받는 성실한 소현의 모습을 바라보는 소희의 표정에서.. 출근하는 강피디가 들어오고 재빨리 눈 피하는 소희에 비해 태연하게 강피디를 지나 "커피 사 오겠습니다~" 하며 새침하게 나가는 소현. 그 순간 〈적시자〉 단톡방에서 알림음.

*[〈적시자〉 단톡방 인서트// 지연: 인턴뇬은 출근했어?*

*지구: 그냥 밟아.]*

답문 못하고 한숨 쉬는 소희.

## S#10. 방송국 / 예능팀 회의실 (낮)

회의 시작 전, 얼빠진 얼굴로 앉아 있는 소희..

강피디도 와서 앉고... 슬쩍 끝자리에 새침하게 앉아 있는 소현을 힐긋 한 번 본다.

강피디 회의 시작할게여~ 안작가님, 퀴즈 문제 좀 들어볼까여?

이때 소현과 눈이 정면으로 마주친다.

짧지만 매서운 눈빛에 심장이 철렁 내려앉는 소희.

*[오디오 인서트// 강피디: 그 어린애가 고소하겠대. 안작가를 (4부 4씬)]*

혜경 언니...!

소희 (안 들렸음) 응? 아, 응..왜? 아, 퀴즈 문제? 오늘은 니가 좀 할래?

혜경 아, 네.. (인쇄되어 있는 퀴즈 문제 읽어나가는)

이때 강피디한테 진동 메시지 오고, 확인하는 소희.
*[문자 인서트// 강피디: 인턴 사촌언니가 잘나가는 변호사라네.]*
소희, 테이블 아래에서 몰래 답문
*[문자 인서트// 소희: 그래서요?]*
문자 받은 강피디, 답답한 얼굴로 답문 쓰는.
*[문자 인서트// 강피디: 참고하라고. 그전에 수습하는 게 낫지 않나 해서. 물론 나는 안작가를 다 이해하지만..]*
억울한 표정의 소희, 폭풍의 문자질.
*[문자 인서트// 소희: 근데 왜 수습을 나 혼자 해요?]*
강피디, 얄미운 얼굴로 "자~ 그럼 다음 안건으로 넘어가 볼까요~" 이야기 하면서 문자질하는.
*[문자 인서트// 강피디: 우린 피해자고, 안작가는 피의자니까.]*

소희 (어이가 없는) 우린..?

소희Na **너도 피해자시다?**

일동 (쳐다보는)

소희 (수습) 우리도 10대 관심을 좀 끌 수 있는 주제를 해보면 어떨까.. (소현과 눈 마주치고 침 꼴깍, 나오는 대로 막말하는) ..힙합 뭐 이런 거 있잖아요?

강피디 힙합이라... 흠.. (나름 고민하는 척)

강피디한테 다시 문자 쓰는 소희.
*[문자 인서트// 소희: 오늘 저녁자리 좀 주선해줘요. 장군네 고깃집, 7시.]*

강피디 (문자 슬쩍 보고) 그거 참 좋은 생각 같아요? 근데 안작가가 오늘 입술이 좀 텄네? (옆에 찬호한테) 너도 보이지? 안작가 입술 튼 거.

찬호 (관심 없음) 잘 모르겠는데요.

용범 (관절 꺾으며 소희 입술을 뚫어져라 보는)

영인 (복화술) 왜 저래 또.

강피디 에이~ 텄잖아. 여기서도 보이는데. 안작가, 고기 먹고 여기저기 기름칠 좀 해.. 알겠지?

소희Na **개새끼..**

강피디 (갑자기) 자 그런 의미에서 다 같이 파이팅 한번 외치고, 회의 이어 갈까요?

작가들 (복화술로) 아이씨.

강피디 자 그럼 하나, 둘, 셋!

작가들 (영혼 없이 노트북 타이핑 막 두들기며) 파이팅..

## S#11. 지구네 집 (낮)

커튼으로 모두 가려진 어두컴컴한 방. 메탈음악이 흐르고 있고
노트북 앞에서 종이접기 중이던 지구가 소희한테 온 문자를 보며 피식 웃는다.

*[문자 인서트// 소희: 고기 먹이면서 달래볼라고. 내 팔자도 참..]*

다시 종이접기를 하는데, 채팅창에 올라오는 메시지.

*[/꿈나무님: 종이접기 채널에 메탈음악 까는 건 너무 안 어울리지 않나?]*

지구, 채팅창을 보더니 담담하게 답글을 올리는.

*[/지구: 음악을 깐 게 아니라 내가 듣고 있는 거고. 듣기 싫으면 싫어요와 구독 취소 버튼 누르고 나가면 됨]*

## S#12. 요가학원 / 수련실 → 밖 (낮)

요가 수업이 끝나고 수련실을 나오는 지연.
핸드폰에 온 문자를 확인하고 있는데, 아저씨 수련생이 뒤따라 나온다.

아저씨 쌤님, 물어볼 게 있는데요. 제가 뒤로 꺾는 자세는 잘 되는데 앞으로 꺾는 자세가 잘 안 되거든요. 어떻게 해야 될지.

지연 (해맑게) 아~~ 그럼 앞으로는 앞으로 많이 꺾으실게요~!

아저씨 아.. 앞으로.. 그럼 되는 거였구나.

지연 (미스코리아 웃음 지으며 가는) 땡큐우~

아저씨 쌤님, 오늘 요 앞에 이모네 곱창집에서 어떠세요? 제가 쩐~하게 한번 살까 싶은데, 덕분에 제가 요즘 너무 유연해져가지구 살맛 납니다.

지연 어머 어머~ 저 이모네 곱창 완전 사랑하는데, 제가 오늘은 너~무너무 재밌는 구경거리가 있어서 가봐야 할 것 같아서.. (눈웃음 작렬) 쏴리~~~ 넥스트 찬스~ 소곱창 코올~ 마이 머니? 노오~ 유어 머니? 굿 땡큐 에브리바디 오케이? (윙크)

아저씨 (그저 좋은) 에브리바디 오케이바디!

지연 구웃! 올롸잇!

## S#13. 장군이네 고깃집 (저녁)

북적이는 연탄 고깃집, 혼자 앉아서 초조하게 기다리는 소희.

주인 (바쁘게 지나가며) 연탄 넣어드려여?

소희 아 네.. 고기는 두 명 더 오면 바로 시킬게요. (웃으며) 혹시, 여기 한우는 없죠?

주인 (반색) 한우 있지!!

소희 (급정색) ...백그람에 얼마예요..

컷 튀면, 초조하게 다리 떨며 기다리는 소희.
소희 앞으로 연탄불이 들어오고, 그 위로 판도 들어오고, 강피디한테 전화 거는 소희. 안 받는다.

*[문자 인서트// 피디님, 어디예요 왜 안 와...]*

쓰고 있는데 소현이 들어와 앉는다.

현 저 기다리시는 거 맞죠?

소희 (급 당황) 아, 맞죠. 앉아요. 편하게

현 (외투 벗고 앉으며) 갑자기 웬 존대?

소희 (버벅) 아... 뭐. 존중하는 차원에서.. 근데 강피디님은? 같이 안 왔어?

현 (똑바로 보며) 오빠가 필요한 자린가요?

소희 아. 아냐 아냐 그런 건 아닌데.. 오빠라고 하나 봐? 아저씨 아닌가. 흐흐

현 용건만 얘기하시죠.

소희 어, 일단 좀 시키구. 여기여! (강조) 꽃! 등! 심! 좋은 걸루 2인분이랑 처음이랑 카스 하나 주세여~ (스스로 만족한 듯 미소 지으며) 한우로 시켰어. 술은 정말 한 잔도 못하는 건가?

현 거짓말한 거예요. 강제로 술 먹일까 봐. 뭐든 술로 해결하려는 사람들, 제일 혐오하거든요.

소희 아.... 그래, 그럼 한잔할 순 있는 거지? 강요 말고 권유나 한 번 해보지 뭐.. 이보게, 한잔 자셔보지 않겠나~ 허허~

현 (정색) 재미없는데.

소희Na. (표정) **나 참 드러워서.**

컷 튀면, 꽃등심이 구워지고 있고 맥주에 소주를 조금 따라서 말아 주는 소희.

소희 (소현 앞에 잔을 내려놓으며) 맥주에 소주 쪼금 섞었어. 부드러울 거야.

현 (표정 없이 보는)

소희 (잘 익은 고기를 소현 그릇 앞에 놔주며) 일단 먹으면서 들어.

현 제가 알아서 먹을게요.

소희 (꾹 참고) 그니까 그게 말이야. 어제 상황이 좀 있었어. 회의를 하는데 내가 이상하게 말이 꼬이더라구. 근데 강피디님이 내 아이디어를 꼭 자기 것

처럼 이야기하는 게 빈정이 상한 거지 내가.

*[3부 4씬 인서트//*
*제목이 생각 안나는 소희 앞에서 강피디, 얄밉게 "방과 방 사이!"]*

소희 근데 저녁때 친구들하고 술 한잔하다가 급! 생각이 난거지! 방과 방 사이가 아니라, 입에서 입으로였구나! 강피디가 틀렸다! 여기까진 이해가 가지?
현 방이든 입이든 그런 게임 전 알지도 못하구요.
소희 (애써 웃으며) 가족오락관~ 몇 대 몇!! 허~참!! 이거 모른다고? 자기네 집에 티비 없었니?
현 할머니들이나 보는 거 전 몰라요.
소희 (꾹 참고 애써 웃으며 건배제의) 그래. 일단 한잔할까?
현 (잔을 부딪치고는 그냥 내려놓는)
소희 (마시고 내려놓으며) 자기 꿈이 피디라며. 그럼 가족오락관이 뭔지 정도는 알아야 돼. 그건 예능피디나 작가들이라면 교과서처럼 알아야 하는거거든.
현 꼰대.
소희 응? (잘못 들었나)
현 꼰대라구요.
소희 (잔을 들며 꾹 참는데 웃음기 없는) 한잔해.

소현, 대충 건배하더니 피식 웃으며 술잔을 대놓고 물잔에 붓는다.

소희 (동그래진 눈) 뭐 하는 거야???
현 술 버린 건데요?
소희 잠깐만, 먹기 싫으면 먹질 말지.. 그건 상대에 대한 예의가 아니지 않나?
현 제가 받은 술인데, 제 맘대로 할 권리도 없나요? 그리고요 작가님, 할 이야기가 있으면 확실하게 말을 하세요. 술 먹으면서 대충 넘기려고 하지 말고.
소희 (당황) 아니, 난 술로 넘기려는 게 아니라.. 일단 술 한잔 먹으면서 편하게

대화를 하다 보면

현 (ol) 성추행까지 가죠.

소희 (열 받음) 말이 좀 심하다... 방금 내가 말했잖아. 난 분명 게임 설명을 하려던 건데.

현 그러니까 일의 연장이었다. 불순한 의도는 없었다. 이미 개구리는 돌에 맞아 죽었는데.

소희 잠깐, 내가 무슨 중범죄를 저지른 것처럼 말하는데, 어제 일은 사고였어. 옆에서 봤음 알 거 아냐. 그리고 정작 당사자가 괜찮다는데

현 (ol) 누가 그래요? 괜찮다고?

소희 ...응?

현 일방적으로 동의 없이 당했다. 억울하다. 불쾌하다. 이게 오빠의 입장이에요.

*[문자 인서트// (4부 10씬 연결)*
*강피디: 물론 나는 안작가를 다 이해하지만..]*

소희 진짜 강피디가 그랬다고?

현 술 먹으면 아무 남자한테나 그런다고 이 기회에 정신 좀 차려야 된다던데요? 뭐 그건 알아서 하실 일이고 전 정확하게 제 정신적 피해에 대한 보상을 원하는 거예요.

소희 (완전 열 받음, 원샷하고 또 술 따르는) 하... 그래서 진짜 고소라도 해야 성이 차겠다?

현 고소라도. 가 아니라, 고소를 할 거예요. 정확하게.

소희 후... 그래 좋아 일단 내가 정확하게 사과를 할게. 진심으로 미안했다!

현 (비웃듯) 더 열 받은 말툰데? 어차피 난 술 먹는 사람들이 술 먹고 하는 말 안 믿어요.

소희 안 믿을 거면서 이 자린 왜 나왔니? 너도 뭔가 내 말을 들어볼 생각이 있으니까 나온 거 아니야.

현 근데 역시 대화가 안되네요. 생각했던 것보다 더 꼰대시라.

소희 (자포자기).. 그럼 너의 전혀 꼰대 같지 않은 대화법은 대체 뭔데? 니들은 뭘 얼마나 그렇게 안 꼰대 같이 노는데? 꼰대랑은 술 안 먹는 니가 더 꼰

대 아냐?

현 (피식 웃으며) 우리가 어떻게 노는지 말해봤자 모를 거고, 제가 그 수준에 맞춰드리는 수밖에 없겠네요. 작가님이 좋아하시는 그 술내기 해드릴게여. 술로 저 이기시면, 고소는 없던 걸로.

소희Na (씨익) **걸려들었다.**

소희 근데 아가야, 인심은 그렇게 쓰는 게 아니야. 그러다 큰코다치거든. 너 코 크니?

현 (어이없다는 듯 웃는)

## S#14. 고깃집 앞 (저녁)

강피디. 고깃집 옆에 주머니에 손 넣고 담배 물고 서 있다가,
비장하게 걸어 나오는 소현과 소희를 보고 놀라서 뒤로 숨는다.

강피디 벌써 끝났어?

## S#15. 야외 포장마차 (저녁)

정면 대결 구도로 앉아 있는 두 사람, 소주가 나오자 비장하게 묻는 소현.

현 잔으로 가실래요 병으로 가실래요?

소희 (웃으며) 잔이고 병이고 술이란 건 말이다~ 자고로

현 (ol) 꼰대.

소주를 병째 들더니, 꿀꺽꿀꺽 넘기는 소현. 놀라는 소희.

소희 어쭈, 제법 넘긴다? (병나발 부는 거 보고) ..너 설마 병나발 부니? 너 그러다 훅가... / (보다가 자기도 모르게) 잘 마시네..?

현 (병째 내려놓는)

소희 (자기도 모르게 감탄) 오 브라보..! (민망) 너 술은 누구한테 배웠니?

현 (당당) 부모님이요.

소희 (민망)

소희도 질세라 소주 한 병을 까서 한 병을 꿀꺽꿀꺽 원샷.
내려놓자마자 바로 이어서 소주 한 병을 물처럼 넘기는 소현.
그런데 소희의 눈빛이 급 풀리기 시작한다.

소희 너, 술은 그렇게 객기로 마시는 게 아니야....

현 (비운 술병 가뿐히 내려놓고) 다음, 작가님 차례예요.

소희 (양쪽 무릎 위에 손 올리고 균형 잡아보지만 몸이 서서히 옆으로 기우는) 근데 말이야.. 너 그거 아니? 술은 원래, 취하면서 배우는 거거든. 너처럼 그렇게 두 눈 똑바로 뜨고 수능시험 보듯이 치루는 게, 아니 마시는 게 아니라구.. 알콜은 뜨겁잖어. 술을 먹었으면 따뜻해져야지! (손가락질하며 비틀) 너는 어째서!!! 술을 그렇게 쳐먹고도! 따뜻한 맛이 일도 없냐 이 말이다 (몸이 90도로 꺾여질 듯 기운다)

소희Na **씨발, 땅이 왜 돌지? 내가 도는 건가.** (거의 다 기운) **안소희, 정신 차려...! 응...?**

정신 차린 듯 몸을 곧게 세우더니, 눈에 쌍꺼풀 짙게 세우며 그대로 테이블로 머리 박고 고꾸라진 소희.

강피디 (e) 안작가, 괜찮아?

어디선가 튀어 들어온 강피디.

강피디 안작가 기절한 거야? (소희의 코에 손을 가져다 대는)

현 오빤 어디서 튀어나왔어?

강피디 아니, 어.. 너 걱정돼서.. (말은 그렇게 하면서 소희만 보고 있음) 현아, 안작가 기절한 거 아니니? (흔들며) 아니 평소에 술을 짝으로 먹는 사람이.. 니들 뭐 먹은 거야. 약 한 거 아니야 이거?

현　오바하지 마. 그냥 좁밥이야.

강피디　그래도 이 언니 짬밥이 있는데 좁밥은 좀..

지구　(e) 넌 빠져.

카리스마 넘치는 목소리, 돌아보면 지구다.

강피디　누구세요?

지구　(소희를 보며) 난 얘 친구고, (소현을 보며) 너냐? 그 대가리에 피도 안 찬 년이 아가리에 바람만 들어가서 닭짓한다는 그년이?

강피디　저기요.

지구　(강피디한테) 넌 닥치고 (소현한테) 넌 내가 처리한다.

현　(눈 하나 깜짝 안 하고) 친구끼리 꼰대인 건 똑같네. 꼬우면 덤비세요. 대신 또 지면, (무섭게) 이젠 합의도 없어요.

지구　(멱살 내려놓으며) 어우 무서워라, 콜.

소희　(눈 희미하게 뜨며) 하지 마 지구야..

지구와 소현의 술 대결이 다시 시작된다. 소맥 대결.
치익~ 엄지손가락으로 술병 입구를 막아 맥주와 소주를 섞어
각자의 자리 앞에 탁하니 내려놓는 지구. 두 사람, 동시에 원샷을 한다.
그다음엔 새침하게 소현이 말고, 역시 동시에 원샷하는 두 사람.
그런데 아주 조금의 차이로, 소현의 원샷 속도가 더 빠르다.
따닥!! 소현이 잔을 내려놓고, 그다음 지구가 잔을 내려놓는 소리다.

소희Na　(실눈 뜨고 가까스로 보며) **젠장. 인턴이 더 빨라...**

다음 세 번째 폭탄주. 동시에 원샷하고 내려놓는데..
따... 닥. 지구가 잔을 내려놓는 소리가 훨씬 더 뒤쳐졌다.

소희Na **인정하고 싶지 않지만, 지구가 밀리고 있어!!**

네 번째 폭탄주.
지구가 목구멍을 꿀렁거리며 폭탄주를 꿀떡꿀떡 삼키는데,
공중에 폭탄주를 뿜으며 앞으로 고꾸라지는 지구.

소희Na **..졌다... 졌어..**

강피디, 소매로 소현의 얼굴에 묻은 폭탄주를 닦아주려는데,
저리 치우란 액션과 함께 도도하게 손수건을 꺼내 닦는 소현.

소희 (지구를 부축하며) 지구야... 괜찮아?
지구 (주먹을 꽉 쥐며) 술로 진 게 아냐....
소희/현 ?
지구 탄산에 진 거지.... (기침 하는)
현 (한심하게 보며) 핑계는.
소희 (소현을 흘겨보고, 지구를 안쓰럽게 보는 데에서)

소희Na **나이 먹을수록 탄산 넘기기가 그렇게 힘들다던 어른들의 옛말은**
**지구를 피해갈 수 없었다.**
**하지만, 아직 우리에겐 남아 있는 한 사람..**

포장마차의 천막을 우아하게 걷으며 걸어 들어오는 8등신 미녀. 지연.

지연 내가 좀~ 늦어쪙? (해맑게) 이모님~!! 여기 생맥 하나요! (앉으며) 아우 목말라~
현 (보자마자) 멍청한 친구들이 줄줄이네.
지연 (웃으며) 어머~ 나 멍청한 거 니들이 말해줬엉? 안녕? 나 멍청이야. 하하하하! 어머~ 근데 어디서 본 얼굴이당?
현 여기도 꼰대 래퍼토리신가? 전 첨 보거든여?

아랑곳 않고 여유 있는 지연. 생맥이 올라오자마자, 생맥을 입술로 한번 훑고 그 위에 소주를 부어 꿀떡꿀떡 콜라처럼 마시는데.. 엄청난 목젖 액션.. 잘 넘긴다.

강피디 (놀라서 보는) 아 엄청나네..

지연 (잔을 깔끔히 비우고, 거품 닦으며) 나 이제 뭐 하까?

소희Na **사실 술로 지연을 따를 자는 없다.**

대결 시작.
각자의 자리 앞에 열 개의 소주잔이 채워져 있고, 하나씩 비워가는데
눈에 불을 켜고 안 취하려고 정신 붙들고 있는 소현.

소희Na **게임은 끝났다. 자고로 술을 이기기 위해 먹는 자는..**

지연 맛있어 맛있어~ (신나서 계속 먹는 중)

소희Na **맛있어서 마시는 년을 이길 수 없기 때문이다.**

힘겹게 다음 잔을 마시려는 소현, 이때 소희가 게임을 제지한다.

소희 잠깐만, 이제 그만합시다. 3대 1로 덤비는 거 좀 비겁한 거 같아. 처음부터 내가 진 게임이었어.

현 (비웃으며) 이제 와서 멋진 척? (혼잣말) 광질을 하네~

지연 잠깐! (소현 얼굴을 유심히 보며) 니가 광질을 알아?

현 ... (지연을 보는)

지연 (신기 가득한 눈빛으로 돌변) 쌍문동 금정빌딩.

현 (흠칫 놀라는)

소희/지구 (뭐야...)

지연 (신들린) 구주소로는 298-12번지가 되겠군.

현 누구세요?

지연 이년아, 언니야~~ 언니!

강피디 이복이야???
지구 닥쳐.
현 누구....?
지연 수지 미용실 이년아!!
현 (이제야 알아본, 설마..) 지연 언니??
지연 그래 이년아!!

단번에 껴안는 두 사람. 반갑게 재회하는..

소희Na **20년 전, 지연의 엄마는 식당을 하던 친구의 딸을**
**자신의 미용실에서 맡아 키웠다고 한다.**
**당시 지연이를 언니처럼 따랐던 이 인턴 아이는**
**한마디로 지연이의 엄친딸이었다.**

현 언니!!! (지연을 안고 울듯) 왜 일케 이뻐졌어?
지연 나 쌍커풀했지~~~
현 난 어떻게 알아본 거야?
지연 울 엄마가 툭하면 그랬잖아. 아주 광질들을 한다!
소희 그게 뭔데?
지연/현 (동시에) 아주 지랄들을 한다!!!
지연 제주도 욕이야~~ 울엄마 제주도에서 물질하다가 서울 와서 잠깐 미용실 했거든. (해맑게) 알지? 그 뒤로 울엄마 미용실 때려치우고 술장사로 대박 친 거? 역시 물질한 사람은 물장사해야 된다구~하하하하!
지구 티엠아이.
현 (반가운) 술집 차리셨단 얘긴 들었는데, 아줌마 잘 계시지?
지연 (귀엽게) 죽었어. 5년 전에!
현 어머 언니...!!! (울컥)
지연 울 엄마가 나보다 널 더 예뻐했는데, 이렇게 큰 거 봤으면 진짜 좋아하셨겠다. (갑자기 눈물 맺힌)
소희Na **우리 앞에선 한 번도 엄마 이야기에 울어 본 적 없던 지연이가**

**이 아이의 품에 안겨선 눈물을 보인다.**

지연　(눈물 닦으며 소현 손잡고) 얘들아, 진짜 가족 같은 동생이야.

지구　얘(소희) 고소하겠다는 인턴이기도 해.

소희　(어색하게 웃으며) 세상이 참 좁네..

현　(소희를 보며 살짝 웃는 듯) 인연은 인연이고, 고소는 고소지만~ (잔을 들며) 한잔하실래요?

먹음직스러운 똥집 위로 잔을 부딪치는 네 사람.

셋　(잔을 올리며) "적시자"

현　(잔을 맞대며) "적시자!!!"

소희Na　**방금 전까지 죽일 듯이 밀어내던 술잔들이**
**가열차게 모아지고 있다. 술은 그런 거다.**
**어느 순간 그렇게.. 부딪치다가 진해지는 것.**

넷이 진하게 건배하며 술 먹는 데에서...
슬쩍 나와서 어디론가 걷는 강피디.

## S#16. 길거리 (밤)

취해서 비틀비틀 깔깔대며 걷고 있는 네 사람.

소희　(소현을 보며 눈치 보듯) 강피디는.. 안 만나도 되는 거야?

지연　어머, 그 발가락 언제 갔대?

현　내가 찼어~

소희　!! 진짜? 혹시 나 때문이야?

현　고소할 거면 헤어지자길래 병신 같아서 찼어요.

지연　어머 소현아 너무 잘했다! 솔직히 너랑 되게 안 어울렸어! 너 그 남자 양쪽 발가락 싸이즈 다른 거 알고 있었니?

소희　아우 그만 좀 해. 변태 같애 너.

(e)　(크락션 소리) 빠앙~

보면, 외제차 한 대가 소현 옆에 멈춰 선다.

지구　뭐야.

현　아, 제가 불렀어요. 이제 환승해야죠. (지연한테) 언니 연락할게~!

지연　그래~ (문 닫아주고 엄마 미소로) 쿨하게 잘 컸다..!

차 문 닫히고 부아앙~ 사라지는 소현.
한숨을 내쉬며 말없이 걷는 세 사람.

지구　아.. 간만에 쫄리면서 술 먹었네..

소희　난 종일 쫄리다가 KO 당한 느낌?

지연　솔직히 나도 살짝 쫄긴했어! 어떻게, 우리 집 가서 한잔 더 해?

소희　어우 난 못해. (시선 어딘가로 멈칫)

지구　(e) 라면이나 먹자.

소희의 시선에 저만치 편의점 유리창 안으로, 라면 먹고 있는 강피디가 들어온다.

소희　(시선은 편의점 쪽으로) 잠깐만 니네 먼저 좀 가 있어 봐.

## S#17. 편의점 안 (밤)

슬리퍼만 신고 찌질하게 컵라면 먹고 있는 강피디.

소희 강피디님.

강피디 (돌아보며) 어.. 안작가, 술 좀 깼나? (소희 상태 보며 능구렁이처럼) 더 취했나..? (다시 컵라면 먹으며) 어우, 다들 술 귀신들이야... 어우 무서워..

컷 튀면, 컵라면 앞에 두고 강피디 옆에 나란히 앉아 있는 소희.

소희 진짜 차였어요?

강피디 차였다니까.

소희 저 때문에?

강피디 에이 무슨. 어차피 차일 때 됐었어. 내가 원래 오래 못 가.

소희 왜여..?

강피디 이유를 알면 내가 이러고 있겠어? (하면서 김치 봉투를 국물까지 마시는데 잘 안 나오는) 어우, 김치가 무슨 코딱지만큼 들어 있어.. (국물을 터는데 옷에 국물이 튀고) 어우.. 튀었네..

강피디의 옆모습을 바라보는..

소희Na **나에겐 지병이 있다.**
**술을 마시면 옆에 있는 남자가 갑자기 잘생겨 보이는 병.**

침을 묻혀 소매로 김칫국물을 닦는데 잘 안 닦이는.

소희Na **불쌍한 걸 설레는 걸로 착각하는 병...**

이때 코에서 콧물이 주르륵 흐르자,
그 소매 끝을 내려서, 콧물을 닦으려고 시도하는.

소희Na **닦지마.. 닦지마.. 닦지마!!!**

보란 듯, 소매로 스으으윽 콧물을 닦는 강피디.

소희Na (망했다는) **너무 추잡해..!**
**이제 알았다. 이 자식은.....** (말하려다 말고) **이씨!**

소희, 도저히 못 참겠다는 듯 컵라면을 확 내려놓고,
강피디를 향해 고개를 확 돌려 강피디의 입술을 향해 직진하는 순간,
강피디의 팔꿈치가 소희의 팔꿈치에 닿는다.
이때 번개 같은 속도로 소희의 입술로 들어오는 강피디의 입술.
감흥 없이 쳐다보고 있는 편의점 알바생.
편의점 밖 격렬하게 입 맞추고 있는 두 사람 모습에서.

## S#18. 에필로그 / 오피스텔 앞 (밤)

오피스텔 앞까지 걸어온 지구와 지연.

지구 소휜 어디 간 거야?
지연 글쎄에~ 난 알 것 같기도 하고~ (씨익 웃는)

*[4부 4씬 회상 인서트// 강피디 슬리퍼 밖으로 튀어나온 발가락을 유심히 보고 있는 지연의 얼굴에서.]*

지연 (e) 그 남자 말이야, 슬리퍼 밖으로 발가락이 너무 많이 튀어 나왔더라구.

지연 소희 그런 거 못 보잖아.
지구 ..... (생각하는 듯하다가) 끝났네.

오피스텔 입구로 들어가는 두 사람 모습에서 4부 엔딩.

# 5부

## 흔들린 술정

## S#1. 김포 어판장 (초저녁)

복작복작한 어판장,
홍정하는 상인들과 각종 싱싱한 횟감들.
지연이와 지구가 어판장 골목을 걷자, 상인들이 홍정을 한다.

소희Na **술꾼들이 철이 바뀌었다는 걸 가장 빨리 알게 되는 곳은 바로 이 어판장이다.**

홍정상인 언니들~~ 일루와 봐여~ 이쁜 언니!

지연 (미스코리아처럼) 땡큐우~

홍정상인 (참돔을 들이밀며) 싸게 줄게! 도다리 참돔 가자미 다 있어! 자연산이야 자연산!

지구 (매의 눈으로 참돔을 힐긋 보는) 자연산 아닌데.

홍정상인 (들켰다, 정색)

지연 (대신 사과하며 지나가는) 쏴리~~~ (팔짱 끼며) 자연산 아닌 거 어떻게 알아?

지구 (대수롭지 않게) 딱 보면 알지 뭘.

지연 너도 나 처음 봤을 때 자연산 아닌 거 알았어? / (앵기는) 몰랐지. 몰랐지 몰랐지~!

지구 (어이없는)

## S#2. 회센터 / 단골 횟집 앞 (초저녁)

단골 횟집에 다다르는 지구와 지연.
손님을 상대 중이라 정신없는 여사장이 눈인사를 한다.

지연/지구 사장님 안녕하세요~! / 저희 왔어요.
여사장 (눈 찡긋) 보고들 있으래이.

수조 속 횟감들 상태를 살피는 지구의 눈이 매섭고
지연은 어린애처럼 구경 중.

소희Na **매년 초여름이면 우린 이 회를 먹기 위해 며칠 동안 허리띠를 조른다.**

지연 (e) 여깄다 민어!
지구 (보며) 그건 우럭이고.
지연 (가리키며) 아~ 그럼 이거!!
지구 그건 참돔이지.
지연 그럼 이건가?
지구 그건 가자미. 민어만 빼고 고르는 것도 재주다. 여깄잖아. (허리 숙여 민어 상태를 매의 눈으로 훑는)
지연 (똑같은 자세로 수족관 안을 살피며) 아~ 니가 민어구나. 근데 우리.. 이러고 있으니까 꼭 로미오와 줄리엣 같지 않아? (「Kissing You」 BGM 깔리는)
지구 사장님! 이놈으로 할게요!!

지구, 민어 한 마리를 능숙하게 뜰채로 건져서 바구니에 담는데, 팔딱 팔딱 뛰며 지연이 앞으로 튀어 나가고, 으아아아아~ 징그러워하면서 좋아하는 지연.

여사장　(다른 손님 회 포장해주느라 정신없는) 가시나 잘생긴 걸로 잘 잡았데이!
니가 배 따라.

지구　(능숙하게 민어 다루며) 네에~~

컷 튀면, 도마 위에 방금 잡은 민어가 올라오고,
지구가 고무장갑과 사시미를 들고 능숙하게 앞에 선다..

지연　(눈 가리며 볼 건 다 보는) 민어야~ 미안해~

지구　떠 놓으면 제일 잘 먹는 게.

지연　(인정, 씨익) 니가 떠주니까 더 맛있을 거 같애.

민어 끝을 손으로 잡는 지구, 칼을 꼬리를 향해 힘껏 내리치는 데에서...

*[인서트1// 자갈치 시장 (해 질 녘) 〈자막: 28년 전 여름〉*
*"탁!!!" 꼬리를 내리치는 지구맘의 손길. 카메라 빠지면,*
*업혀 있는 갓난아기(지구)가 엄마가 회 뜨는 걸 내려다보고 있다.]*

소희Na　**지구가 태어나서 처음으로 본 세계는 도마였다.**
**부산 어시장에서 사시미 솜씨로 제일갔던 엄마의 손놀림,**
**그 미세한 감각들은 어깨너머 지구에게 그대로 전수됐다.**

*[인서트2// 김포 어판장 (밤) 〈자막: 2017년 여름〉*
*혼자서 회를 뜨느라 진땀 빼고 있는 사장님,*
*줄 선 손님들이 여기저기서 불평을 하자,*
*지구가 슬쩍 사장님 옆으로 다가온다.*

*지구: 좀 썰어드려요?*
*사시미를 눕혀서 껍질을 벗겨내는 지구의 고도의 손놀림.]*

소희Na **그리고 5년 전 어느 날.**
**사장님은 대번에 지구의 손기술을 알아봤고,**
**35년간 아들한테도 안 내줬다는 사시미 칼을**
**지구한테 넘기셨다.**

다시 현재.
/뱃살 껍질에 가로 세로로 칼집을 내는 지구의 손.
/회 썰기의 정점. 뱃살을 종이 한지에 넣고 능숙하게 말아서 물기를 뺀 후, 도마 위에 넣고 쇄악 쇄악 쇄악~ 썰어내는 지구의 손.
/마지막으로 부레를 썰어내는 지구의 손.

지연 (감탄하며 보는) 지구야. 종이접기 말고 사시미 뜨는 걸로 종목 바꿀까? 이거 어머니가 보셨으면 되게 감탄하셨을 텐데.
지구 비린내 대물림 안 한다고 서울 왔는데 이러고 있는 거 보면 바로 칼부림이지. (회를 접시에 옮기며) 마블링 죽인다.
여사장 (손님 보내고 와서 매운탕거리 담으며) 한 명은 왜 안 왔어? 정신없는 애 하나 또 있잖아.
지연 (생긋) 어디서 코털 휘날리며 뛰어오고 있을 거예용~~
지구 눈썹이겠지.

5부. 흔들린 술정

## S#3. 방송국 / 편집실 (저녁)

강피디와 연출팀, 작가들이 좁은 편집실의 편집기 앞에 미어터질 듯 다닥다닥 붙어 앉아 있고, 강피디가 컴퓨터 앞에 앉아서 다리를 떨며 이렇게 저렇게 붙여보는.

강피디 어때. 이게 더 낫지 않아?

찬호 (솔직) 아까보다 재미없는데요.

강피디 난 아까보다 재밌는데?

혜경 저도 아까 거가 더 재밌었던 거 같애요.

아름 저두요..

세미 ... 저두..

강피디 (살짝 빈정 상한) 그래? (몸을 꼬며) 어우 허리 아파.

찬호 허리는 왜 아프세요?

강피디 왜 난 허리 좀 아프면 안 되냐.

소희 !!! (괜히 화끈)

*[짧은 인서트1// 어젯밤 모텔 (회상)*
*벽으로 밀쳤다가 침대로 엎어졌다가 정신없이 뒤엉키는 강피디와 소희]*

강피디 (쏘쿨하게) 으차차차차~ (의자 뒤로 기지개 켜다가 소희와 눈 마주치는) 안작가는 어때?

소희 (너무 놀란) 뭐가요???

강피디 아까 거랑 지금 거랑 뭐가 더 낫냐구.

소희 (시선 피하며) 전 뒷부분은 이게 더 나았던 거 같아서 한 번만 더 편집해 볼까요?

강피디 (하품하며 허리 잡고 일어나며 에라이) 이왕 삽질하는 거 그러지 뭐! 딱 한 번만 더 만져보자구!

소희 !!! (입 모양으로만) 만져..?

*[짧은 인서트2// 어젯밤 모텔 (회상)*
*강피디, 소희의 허벅지를 만지는]*

소희 (혼자만 끓는 주전자) 미치겠네.

강피디 어우 담배 좀 피고 와야겠다. 어우 허리야.

강피디, 일어나서 나가려는데 소희의 치렁치렁한 원피스가 발에 걸린다.

강피디 어우 이거 뭐야, 뭐 이런 옷을 입고 왔어? (징검다리 건너듯 피해 가는)

소희 ..... (민망)

찬호 (기지개 켜다가) 작가님 오늘 약속 있으세요? (소희의 옷차림을 보는) 옷이..

소희 아.. 어.. (나오는 대로 하는 말) 민어회 약속이 있긴 하지.

혜경 (옷을 보며) 민어회요?

소희 어.. 곧 여름이잖아.

소희Na **설마 민어 때문에 입은 옷이겠니.**

*[인서트// 오늘 아침 오피스텔 〈자막: 오늘 아침. 민어회 약속 잡기 전〉*
*거실에서 발톱 네일 중인 지연,*
*방에서 지연의 원피스 입고 나오는 소희.*
*소희: ..나 어때? 그냥 내 옷 입을까?*
*지연: (대충 보고 단번에) 응 니 옷이 나을 것 같은데?*
*소희: 그치? (바로 돌아서 들어가려는)*
*지연: (뒤통수에 대고) 근데 그냥 입어! 남자들은 좋아할 거 같애!*
*소희: 그래? (다시 옷을 만지작거리는)*
*지연: 아 근데 그 강피디 스타일은 아닐 거 같다.*
*소희: 그래?? (다시 들어가려다가 멈칫, 다시 지연을 돌아보는)*
*지연: (서로 눈 마주치고, 2초 정적) 너 지금 딱 걸린 거 같애. 어디까지 갔어? 키스는 이미 텄으니까~ 설마아....*
*소희: (방으로 홱) 미쳤냐?!!!]*

다시 편집실, 강피디가 담배 피우고 들어온다.
아름이 강피디한테서 담배 냄새가 나는지 인상을 찌푸리며 손을 허공에 젓는다.

강피디 (자리에 앉으며) 그릏게 싫어? 그럼 아름작가도 한대 펴~ (소희를 힐긋 보며 얄밉게) 여기 언니처럼. (괜히 시비 거는) 아 안작가 담배 안 폈나? 아~ 담배가 아니라 주사가 있었지~ 맞다 맞다~ (다리를 떨며 얄밉게 콧노래 흥얼대는)

소희 (완전 열 받은)

소희Na (뒤통수를 노려보며) **내가 이런 새끼랑 잤다.**

강피디 (고개를 확 돌려 소희를 보는) 안작가.

소희 !!!

*[짧은 인서트3// 어젯밤 모텔 (회상)*
*소희, 관계 후 자다가 눈 떴는데 바로 눈앞에 강피디 얼굴이 있는]*

강피디 (소희를 보며) 안작가? 왜 그래, 괜찮아? 어이! (눈앞에서 손을 젓는)

소희Na **이 상황에서 괜찮은 니가, 하나도 안 괜찮아. 이 개새끼야.**

강피디 (고개 돌리며) 안작가 졸리믄 문어 먹으러 가~ 언니가 가야 애들도 가지.

소희 (이 악물고) 문어 아니고 민어!

## S#4. 횟집 안 (밤)

여기저기 회 먹는 사람들로 가득한 복작복작한 횟집.
껍질과 부레 등 맛있는 특수 부위와 소희 몫은 한 쪽에 남겨두고 먹고 있는 지구와 지연.

지연 얘 너무 안 온다~! 전화해볼까?

지구 아직 안 끝났으니까 전화 없겠지. 그냥 먹자 일단. (한 쪽에 몰아둔 특수 부위 중 부레와 껍데기를 다시 끌고 오는)

지연 안 되는데.. 소희 오면 같이 먹어야 되는데.. (하면서 입에 넣고 촵촵 거리며 씹는) 음~~ 부레 맛있다! 역시 민어는 부레였어. 대~박이야!

지구 (옆으로 따로 빼놓은 부레를 더 가져오며) 먹어 그냥. 제사 지낼 것도 아니고.

지연　안돼. 소희 부레에 환장하잖아. 부레부심 지켜주자.

지구　넌 부레부심 없냐? 그냥 먹으라고.

지연　(애교) 아 뭐양뭐양~~ 소희년보다 날 더 좋아하고 있어쪙! 비밀로 해줄게. 건배!!!

신나서 술잔을 부딪치는 지연과 지구.
민어 부레를 참기름장과 소금에 찍어서 한입에 넣고 원샷하는

지연　(오바) 음~음~음~음~~~~~~ 미쳐 미쳐 미처!!! 부레 너어~~~~!!!! (민어를 보며 어깨 애교) 진짜 너어~~~~~~~~~ (소주 한 잔 털고 더 하이톤) 쏘주 너어~~~

주변　(다 쳐다보는)

소희Na　**가끔 지연이가 이렇게 끝도 없이 하이가 될 땐**

*[인서트// 술자리-민속주점 (겨울)*
*지연: 너~~~~~~ (높아지는 데시벨)*
*소희: 지연아. 데시벨 낮춰. 한 칸 더. 한 칸만 더. 오케이.*
*지연: (해맑게 웃으며 데시벨 내리는)]*

소희Na　**지연이의 볼륨 컨트롤 타워인 내 역할이 중요하지만**

지연　너~~~~~~~ (조수미급으로 높아진 데시벨) ~무 너무 너무 너무 맛있다!

주변　(모두 지연을 보는)

지구　(말없이 먹는)

지연이의 오바 액션에, 옆자리에 다소 불량해 보이는 남자 둘이 말을 건다.

소희Na　**문제는 이 자리에 내가 없다는 거다.**

남1　저기여 좀 시끄러운데.

지연 어머나, (눈웃음치며 애교) 제가 요 민어 친구가 너무 맛있어서 그랬어용. 미안해요 오빠들~

남1 (오빠란 말에 기분 좋은) ..귀여운데?

지연 (본격애교) 어머어~ 그거 숨기려고 했는데 들켜버렸당.

남2 (보고 있다가) 저.. 합석할래요? 같이 먹으면 재밌을 거 같은데.

*[인서트// 술자리-민속주점 (겨울)*
*소희: (지연 막으며 적당히 제지) 저희끼리 먹을게요. 죄송합니다아~~~ 하하]*

지연 (새침하게) 합석하시는 건 상관없는데.. 그럼 동틀 때까지 마셔야 돼요. 콜?

남1, 2 (웃으며) 콜!!

컷 튀면, 하하하하하! 웃고 있는 지연의 어깨 위에 자연스럽게 손을 올리는 남자1. 지구, 무표정으로 먹고만 있는.

남2 근데 진짜 둘이 친구 맞아요? 넘 다른데 스타일이~

지연 어머~~~ 우리 친구 맞아용, 대학 때부터 10년 동안 하루도 안 빼고 만났을걸여? 한명 더 있는데 일 때문에 못 오고 있어욤~ 개 되게 착한데~

남1 (슬쩍 허리를 두르며) 그 친구도 지연씨처럼 이쁜가..

지연 우리 소희는 저처럼 대놓고 미인은 아닌데~ 볼수록 이쁜 스타일?

지구 (빠직) 야. 너보다 소희가 더 이쁘그든?

지연 (해맑게) 그래? 난 니들이 외모는 나한테 몰아준 줄 알았징~ 머리는 제가 다 얘들한테 몰아줬거든요~

남1 (허리에서 다리로 슬쩍 내려가려는데) 지연씨보다 예쁜 사람은 없을 것 같은데~

지구 (완전 빡친) 야. 너 여기 좀 보자.

소희Na **이렇게 지구가 전개 없이 보자고 할 땐**

*[인서트// 술자리-민속주점 (겨울)*
*지구가 열 받아서 테이블을 쾅 내리치며 일어나려는 순간 잽싸게 막는 소희.*
*소희: 잠깐!! 지구야, 속으로 딱 열만 세자. 아니 다섯만, 다섯~ 넷~ 셋~*
*지구: (흥분을 가라앉히는)]*

소희Na **지구의 분노 컨트롤 타워인 내 역할이 중요하지만..**

지구, 양손으로 테이블 모서리를 꽉 잡고 숭심을 삽더니

소희Na **문제는,** (한숨 쉬듯) **아직도 내가 이 자리에 못 왔다는거다.**

이내 정확하게 남1의 이마를 향해 돌진하는 지구의 이마. 정확한 박치기.
놀라서 두 손으로 눈을 가리는 지연.
지구의 이마 펀치에 의자와 함께 뒤로 나자빠지는 남1, 그대로 기절하는.

## S#5. 경찰서 (밤)

나란히 조사 받고 있는 지구와 지연. 지연의 옆으로 앉아 있는 남자1과 남자2.
지구한테 이마를 받힌 남자1은 이마에 엄청난 혹이 난 채 씩씩거리고 있다.

지연 (옆으로 남1한테) 이마 괜찮으세여?
지구 말 걸지 마.
남1 (이를 가는) 저거 오늘 내가 빵에 처넣고 간다.
지연 (듣고 너무 무서운)
경찰 (조서 쓰며) 조용들 하시고~ 그니까 두 팀이 오늘 다 처음 본 사이라는 거져?

지연　(울듯이) 네 근데 일부러 싸울라고 한 게 아니라여~ 분위기도 엄청 좋고 재밌게 놀고 있었거든요.

지구　넌 그게 재밌냐?

지연　(타이르듯) 아니 그게 아니라 지구야.. 여튼 우리도 좋아서 합석하자고 했고, 다 같이 다 웃고 마시고 그랬잖아.

지구　좋기는 개뿔. 저 새끼는 너 한번 어떻게 해볼 생각밖에 없었거든?

남1　이 씨발년이 방금 새끼들이라 그랬냐? 니가 우리 나았어? 어따대고 이년이.

경찰　아 그만들 하세요 쫌!!

지구　(지연이 뒤로 얼굴 밀고) 그럼 넌 얘 알아? 언제 봤다고 그 더러운 손을 디밀어. 손가락도 잘리고 싶냐?

지연　(양쪽으로 미치겠는) 제발 그만..

남1　(지연이 뒤로) 야 내가 니꺼 만졌어? 니 친구년 만진 거 가지고 왜 니가 더 지랄이야! 아가리를 확 찢어버릴라.

지구　(멱살을 확 잡아서 위로 쳐드는) 이 개새끼가!!!

경찰/지연　(말리는) 그만!!! / (지구 손을 확 제지하며) 제발 그마안~~~~!!!!!

지구　...? (지연을 보는)

지연　지구야 제발 그만 좀 해!! 내가 괜찮다고! 내가 아무렇지도 않아! 근데 왜 니가 더 그러냐고! (목소리 낮추어서 지구한테) 저 사람이 너 빵에 넣겠다잖아.. 제발 지구야. 이제 그만해. 나 괜찮으니까.

지구　.. (어이없고)

남1　(경찰한테) 저 봐. 저 봐..! 들으셨죠? 저년이 하는 얘기! 아무렇지도 않다고! 참나!

지구　(충격) 야 한지연.

지연　(눈물 핑)

지구　너 진짜 아무렇지도 않아?

지연　그냥 놀자고 그런 거잖아.. 저 사람들이 그렇게 큰 잘못을 했어?

지구　(싸늘) 너 진짜 그거밖에 안 되는 년이야? 이렇게까지 싸구려였어?

남자2　(비꼬며) 우정이 끝내주네 아주. 끝내줘~

지연　(싸구려란 말에 칼 맞은) 어. 나 싸구려야. 그래 나 뇌도 없고 존심도 없어. (나름 공격한다고 하는데 눈물이 터질듯하다) 그래도 잠이라도 자본 내가 낫지 않아? 손도 못 잡아본 너보다?

지구 야!! (지연의 멱살을 잡는)

경찰 아우. 그만들 좀 하세요. 왜들 이래 친구끼리.

지구 (정색) 누가요. 얘랑요? 전 아닌데요.

지연 (째려보며 곧 울듯) 야. 강지구... 그럼 지금까진 친구 아니고 뭐였는데?

저만치서 소식 듣고 달려온 소희가 정신없이 뛰어오고 있는 게 디졸브 되며

지구 (뛰어오는 소희를 힐긋 보며) 너 그냥, 소희 친구.

지연 ...... (충격)

뛰어온 소희. 그대로 거친 숨을 내쉬며 지구와 지연을 바라보는 데에서..

## S#6. 대학 시절 과거 | 그 옛날 오복집 (밤)

*〈자막: 10년 전 여름〉*

나이트 느낌의 술집, 무대 위에서 아이돌 춤추는 대학생들.

소희Na **대학 시절, 아이돌 그룹 전성기였던 2011년.**
**매주 금요일 밤이면, 이 술집에서는 댄스 대결이 시작됐다.**

동배(DJ) 우승팀에겐! '한 달' 내내! 술 공짜!!!! 시원하게~~ 쏩니다! (붐 박스 볼륨 올리는)

각종 2011히트곡, (에이핑크 「몰라요」 / f(x) 「피노키오」 / 티아라 「Roly-Poly」 / 인피니트 「내꺼하자」 등) 아이돌 안무 추는 대학생들. 우승자에게 (메뉴판으로 동배가 손수 만든) 우승 판넬 주는 동배. 우승 판넬에는 **'한**

**달 무제한 음주권**'이라고 써 있는..

소희Na **당시 우승 상품의 인기는 학내 장학금 경쟁률보다 더 치열했고**
**그럴수록 사장님의 통도 커져만 갔다.**

동배(DJ) 이번 우승팀은, '1년' 내내 술 공짜!!

눈에 불을 켜고 브라운아이드걸스 「아브라카다브라」 안무를 추는 학생들.

소희Na **무려 1년 무제한 음주권이 걸려 있던 금요일 밤.**

소녀시대의 「Oh」 안무를 추며 등장한 지연팀.
완전 깜찍 귀염 그 자체고, 지켜보던 남학생들 미친 듯이 환호하는..
그런 지연을 예사롭지 않게 쳐다보는 소희.

소희Na **우리는 그렇게 서로를 알아봤다.**
**소녀시대 빰치는 깜찍함으로 남자들을 사로잡았던 한지연.**

비의 「널 붙잡을 노래」를 부르며 등장하는 지구팀.
카리스마 넘치는 안무에 사람들 환호하고
그런 지구를 예사롭지 않게 쳐다보는 소희.

소희Na **보이시한 안무로 캠퍼스 여심을 저격했던 강지구.**

이어서, 소희의 무대.
카라의 「미스터」를 부르며 엉덩이 댄스를 섹시하게 선보이다가, 고개를 돌리면 얼굴에는 커다란 점, 옷을 가슴까지 올리고 오른손을 흔들며 바보 영구 흉내를 내는 반전. 다들 빵 터지고, 지연과 지구도 소희를 유심히 본다.

소희Na　**춤 실력은 기본이고, 추억의 반전 개그까지 모든 게 완벽했던 나 안소희의 무대까지.**

동배(DJ)　오늘의 우승자는! 소녀시대! 비! 카라! 이 세팀은 '평생!!' 무료 음주권을 걸고, 다음 주 이 자리에서! 재대결하겠습니다!!!

와~~~ 환호하는 사람들 속에 소희, 지연, 지구한테만 핀 조명이 켜지면서.. 서로를 째려보는 구도에서.

소희Na　**'평생...' 이 단어는 우리의 승부욕을 정수리 끝까지 자극시켰다.**

## S#7. 대학 시절 과거 | 대학교 / 각자 과실 (낮)

#. 지연이네 과실
(흑심 많은) 남자들에 둘러싸여서 안무 연습 중인 지연의 과실에 소희가 찾아온다.

소희　(악수 건네며) 난 안소희라고 해. 미안하지만, 이번 대회는 내가 양보할 수가 없을 것 같아서.
지연　(해맑게 지지 않는) 어머 그건 나도 마찬가진데~?

#. 지구네 과실
(흑심 없는 찐 우정) 남자들에게 둘러싸여서 안무 연습 중인 지구.

지구　(찌릿) 누가 할 소리?
소희　.. 방법이 하나 있긴 해.
지구　(쳐다보는 데에서)

#. 지연이네 과실

소희　셋이, 한 팀이 되는 거야.

지연　진짜? (신난) 그럼 우리 친구 되는 거야? 나 여자 친구 처음이야! 너~~무 좋아!

#. 소희네 과실 (그날 저녁)

소희네 과실로 찾아오는 지구, 지연을 보고 눈살을 찌푸린다.

지구　내가 분명, 재는 싫다고 했을 텐데?

소희　그게..... 재는 니가 너무 좋대.

지연　(지구를 보며 해맑게 웃으며 악수를 건네는) 반가워~ 반가워~ 너~무 반가워!!! 나, 이렇게 여자들이랑 친구하는 거 처음이야!

지구　(무시하고 가버리는)

소희Na　**주변에 온통 남자뿐이었던 지구와 지연이는**
**처음으로 여자인 친구가 생겼고, 일주일 후.**

## S#8. 대학 시절 과거 | 그 옛날 오복집 (밤)

투애니원의 「Fire」 전주가 흐르자 세 사람 동시 등장하고. 놀라는 동배. 환호하는 사람들. 투애니원보다 화끈하고 엄청난 연합무대에서...

소희Na　**우린 평생 술 공짜라는 타이틀을 거머쥐며**
**이 술집의 전설로 남았다.**

세 사람의 무대에서 사진 찍히는 이미지. (디졸브) 현재로 돌아오면..

## S#9. 오복집 (밤)

*〈자막: 10년 후〉*

먼지로 가득 찬 사진액자에서 줌아웃 되면 현재의 오복집.

옆으로 10년 만에 머리가 다 새서 수척해진 동배가 간장새우를 들고 주방에서 나온다.

소희Na **그 후로 이곳은 급격히 가계가 기울며**
**사장님의 신조도 바뀌었다. 절대 술 걸고는 장사하지 말 것.**

동배 (간장새우랑 소주 가져다주며) 둘은 언제 와?

소희 (시무룩)

*[5부 5씬 후의 상황 인서트// 경찰서 앞. (조금 전)*
*소희를 가운데에 두고 갈라져서 반대 방향으로 가버리는 지구와 지연.*
*소희: 얘들아! 한잔 더 안 할래?!]*

소희 (시무룩) 걔네.. 이제 안 와요.

동배 그건 내 소원이고.. 10년 동안 니들이 뜯어간 술값만 집 한 채다 이것들아. 내 머리 다 샌 것 좀 봐라. 장가도 못 가고..

소희 (영혼 없이 보며) 흰머리 염색하신 게 아니셨구나. 이젠 편하게 장사하세요. 저희 이제 진짜 끝났으니까.

동배 (눈 하나 까딱 안 하고 가는) 절대 안 믿어. 내가 한두 번 당해?

*[인서트// 오복집 (2016년 겨울)*
*핏대를 세워가며 속사포로 싸우는 (각자 지역별 사투리로)*
*소희: (테이블 한 손으로 쾅 치며) 아 밀양이라고!*
*지연: (두 손으로 쾅) 대구라고!*
*지구: (더 세게 쾅) 부산이라고!*
*지구: (경상도 사투리로) 가시나들아, 니들이 돼지국밥을 알아?*
*지연: 내는 쪼매 알그든? 울 할무니가 대구에서 돼지국밥집 했그든? 국밥*

*모르면 말을 하지 말어!*
*소희: (전라도) 아따, 밀양이고 부산이고 대구고 국밥은 원래 전라도재~ 뭐 먹을 줄도 모르는 것들이 입만 살아갖고는.*
*지구: (찌릿) 전라도는 뭐만 하면 다 지들이 제일 맛있대. 젓갈에 조미료 양념만 막 뚜드려 넣는데 안 맛있을 수가 있냐?*
*소희: (어이없는) 조미료?? 야. 전라도에서는 조미료라는 단어 자체가 없어. 그건 니들 같은 미맹인들이나 넣는 거고.*
*지구: 아 놔~ 죽고 싶냐!!!*
*소희: 죽여봐 죽여봐! 전라도에서 먹고 죽은 귀신 때깔 한번 보여줘?*
*피 튀기게 싸우는 세 사람을 걱정스럽게 쳐다보는 동배*
*동배: 말려야 되나.. 어떡하지. (혼자 애간장)*
*컷 튀면, 언제 그랬냐는 듯 깔깔대는 세 사람을 벙찐 얼굴로 보는 동배.*
*동배: 아~ 내가 또 말린 거지? (한숨)]*

다시 현재.
소희, 애가 탄 듯 소주를 유리 물컵에 부어서 벌컥벌컥 마시고는,
간장새우를 씹어 먹다가 사진을 찍는

*[〈적시자〉 단톡방 인서트1// 간장새우 사진 올리고 반응 기다리는]*

소희 (카톡 보며 술 따르는) 둘 다 읽씹이다 이거지.

## S#10. 단골 편의점 앞 (밤)

편의점에서 맥주 한 캔 사서, 끝쪽 테이블에 앉아 맥주캔을 따서 벌컥벌컥 마시는 지구. (그 사이, 지연이 편의점으로 들어간다) 한 캔을 다 비우고 깊은 한숨을 쉬며 핸드폰을 꺼내 보고 있는데, 편의점 문이 열리며 지연이 맥주를 사서 나오고 있다. 그리고는 소희 전화인 줄 알고 안 받고 한숨만 쉬는데.. 지연의 벨소리가 끝나기 무섭게 지구한테 울리는 벨소리.

그제야 지연이 지구를 본다. 어색한 정적... 또 동시에 울리는 카톡 소리. (다른 알림음이 계속 시간 차이로..)

*[〈적시자〉 단톡방 인서트2//*
*소희: 사장님이 서비스로 뭐주셨게?*
*소희: 간장새우.*
*소희: 이래도 안올거냐 -- 나 심심하다!]*

지구와 지연 양쪽에서 핸느폰 보며 서서..

지구 (저만치 지연한테) 야. 너나 가. 난 안 갈 거니까.
지연 (눈 동그랗게 뜨고) 누구신데요?
지구 유치하다 진짜.
지연 (정색) 저한테 하신 말씀?
지구 아니니까 가던 길 가세여. 어우 진짜 유치하다. 애도 아니고.
지연 어머~ 미친 사람인가 봐 혼자 말하네?! 꽃은 어디 달았을까? 하긴 요즘엔 꽃 대신 맥주 들고 혼잣말하는 미친년도 많다던데~
지구 아우 시끄러. (일어나며 가버리는) 신종 또라인가.
지연 참나 누가 할 소리, 재수가 뿌빠뽕이다!! (혀를 낼름거리며 놀리는) 뷁뷁뷁!!! 이거나 먹어라! (뒤통수에 대고 큰 빼큐도 날리는)
지구 저게 확! (열 받지만 꾹 참고 가는)

## S#11. 오복집 (밤)

점점 취해가는 소희, 간장새우를 손에 쥐고 테이블에 거의 누울 듯 영혼없이 유튜브 인기 동영상 보고 있는데, 강피디가 앞에 앉는다.

강피디 (소희가 들고있는 마지막 새우를 보며) 안작가, 그거 먹을 거야?
소희 ...강피디님?

강피디　(소희 손에 있는 새우를 조심스럽게 꺼내가며) 어우.. 좀 놔봐. 뭘 그렇게 쥐고 있어.

소희　(정신 번쩍) 피디님이 왜 여깄어요?

강피디　(새우 먹으며) 안작가 만날라고 왔지. (간장 묻은 손을 트레이닝복에 닦는)

소희　!!! (정지)

*[4부 16씬 회상 인서트// 컵라면 먹던 강피디, 콧물을 소매로 스윽 닦는. 그걸 보며 동요한 소희의 눈빛]*

소희　(눈 풀린) 부탁이 있는데요. 제발 그 아무 데나 닦는 것 좀 안 하면 안 돼요?

강피디　(능청) 내 꺼 내꺼에다 닦는데 뭘..

소희　아니 그니까 그게 막! (정지) 잠깐만...

*[4부 16씬 회상 인서트// 소희, 강피디한테 들이대려는 순간, 강피디의 입술이 소희의 입술을 먼저 덮치던]*

소희　(반짝) 술 먹으니까 기억났어!

강피디　(트림하는)

소희　그날, 내가 한 게 아니야... (노려보며) 니가 먼저 했어!

강피디　(발뺴듯) 안작가님 니가라니요.

소희　(ㅇ) 분명히! 강피디 니가 먼저, 나한테 들이댔다구. 이게 왜 이제야 기억났지??

강피디　안작가 동공이 엄청 크네? 좀 징그러운 거 같애.

소희　똑바로 말 안 할 거예요?

강피디　(능청스럽게 쫄며) 뭐얼.. 아니 내가 언제 아니라고 그랬나...

소희　뭐야, 알고 있었어?

강피디　알고 있었지.

소희　뭐야, 그게 다야? 그게 다냐고?

강피디 (조심스럽게) 그럼 뭐 바라는 게 더 있는 거야..? 말을 해봐.

소희 아니 그니까!

강피디 ...그니까 뭐.

소희 왜 들이댔냐구요!!

강피디 (멍하니 눈을 깜빡이다가) ......깻잎 같은 거지?

소희 ....????

강피디 안작가도 실수한 거잖아 깻잎 때문에..

소희 (기가 찬) 쓰레기네.

강피디 안작가, (살짝 발끈) 그래도 내가 직장 선배인데 쓰레기라니. 그리고, 나반 완전히 쓰레기인 거면 내가 사과를 하겠는데.

소희 뭐??? (곧 죽일 것 같다)

강피디 (쫄았지만 인심 쓰듯) 에흐.. 알겠어. 내가 훨~씬 더 많이 쓰레기니까 내가 훨~씬 많이 사과할게. 됐지?

소희 뭐가 됐는데요?

강피디 자기도 실수를 한번 했고, 나도 한번 했으니까 서로 좋게 좋게 덮자 이거지.

소희 덮.. 자?

강피디 (눈치 보며) 그니까.. 뭐 없던 일로.

소희 ....그 말은 내가 할 말 아닌가요? (자존심 상한)

강피디 아 그럼 안작가가 먼저 말할래? 난 말 안 한 걸로 할 테니까 자기가 해 그럼. (소희 눈치 보며) 안작가 마음이 그게 더 편하면 그렇게 하라는 거야. 그건 내가 하게 해주겠다 이거지.

소희 너 나랑 지금 장난하냐? (더 말하려다 말고) 아후... (인상 팍) 사장님 여기 맥주 하나 더요!!

강피디 (반짝하며) 안작가, 그런 의미에서 말인데.. (동배가 들고 온 맥주 뚜껑을 보자 용기가 생긴 듯) 혹시.. 기억이 나려나 모르겠는데 (앞에 있는 물 한 잔을 마시는데 소희가 물컵에 따라둔 소주다) 나 한 번만 보여줄 수 있어?

소희 뭘?

강피디 (눈빛 풀리는) 아... 이거 술이였구나~ (포기한 듯) 아이 나 참.. (점점 몸이

앞으로) 여기서 이러면 안 되는데.. (눈 감기는)

소희 뭐야.. 왜 이러는데..?

그대로 테이블에 머리 박은 강피디.

소희 야. 일어나. 일어나라고. 너 뭐하는 거야!

## S#12. 길거리 (밤)

걷고 있는 지구를 뒤에서 불러 세우는 지연. 돌아보는 지구..

지연 야!!!

지구 뭐어! / 언제는 누구세요 라며?

지연 방금 니네 엄마한테 전화 왔었어.

지구 (띠껍게) 어쩌라고.

지연 니네 엄마 반 무당이잖아. 걱정하시니까 전화 한 번 드리라고.

지구 (돌아서는) 신경 끄세요.

지연 난 니 친구가 아니라서 신경 끄면 그만인데, 니네 엄만 무슨 죄를 지어서 너 같은 자식 땜에 이러고 사시는지 불쌍해서 그런다!

지구 (돌아보며) 야 한지연. 그럼 니가 가져다가 니네 엄마 해!

지연 .... (가면서 리얼욕) 이 싸가지 없는 년이..

지구 (같이 리얼욕) 뭐 이 씨발년아!

지연 (반대로 걸어가며) 야 이 개 같은년! 내가 너랑 다시 친구 하면 개씨발미친년이다!

지구 넌 원래부터 개씨발미친년이었거든!

지연 좇까지 마!!!

지구 너나 까지 마 이 개 같은 년아!

지나가는 사람들, 서서 구경하는

지구 뭘 봐 썅!! (발에 걸리는 거 다 차버리는)

## S#13. 길거리 일각 (밤)

소희 앗!! (발 삐끗) 어우씨!!!!!

상피디를 업고 가고 있는 소희.

소희 이 새끼 도대체 뭐지? 아 나 진짜! 아우!

## S#14. 길거리 일각 → 오피스텔 앞 (밤)

지연, 눈물이 곧 흐를 듯 하지만 꾹 참고 밤길을 걷는다.

지연 나쁜년.....

오피스텔로 들어가는 지연.
카드키를 대고 오피스텔 문을 열고 들어가는데, 그 뒤로 한 남자(**검은 모자 쓴/횟집남1**)가 소리 없이 빠른 걸음으로 따라와 문을 통과한다.

## S#15. 엘리베이터 안 (밤)

지연, 엘리베이터를 타는데 남1이 따라 탄다.
지연이 4층을 누르자, 슬쩍 5층을 누르는 남1.
지연, 별 경계를 하지 않고 거울을 보며 번진 마스카라를 지우다가 모자 사이로 남1과 눈이 살짝 마주친다. 살짝 불안한 지연.

## S#16. 엘리베이터 앞 → 지연의 집 앞 복도 (밤)

엘리베이터에서부터 집 앞까지의 CCTV 부감샷.
4층에서 내리는 지연, 내리자마자 재빠르게 집의 도어키의 비번을 띠띠띠 띠 누르는데.. 엘리베이터 문이 닫히려는 순간에 남1이 재빠르게 내리고, 지연은 문을 열고 들어가면서 재빠르게 문을 닫는데.. 삐리릭 잠금 소리가 채 나기 직전에 잽싸게 손잡이를 돌리며 문을 열어버린 남1. 남1이 집 안으로 뒤따라 들어간 지 몇 초 뒤 지연의 비명 소리가 들린다.

## S#17. 장소 교차 / 지구네 집 앞+길거리 일각 (밤)

#. 지구의 집 마당
개집으로 들어가려던 지구. 갑자기 핸드폰에서 SOS 알림음이 요란하게 울린다. 보자마자 표정 변하는 지구.

#. 길거리 일각
강피디를 업고 씩씩거리고 있던 소희. 갑자기 핸드폰에서 요란한 SOS 알림음이 울린다. 놀라서 강피디를 바닥에 내팽개치고 확인하는 소희.

(e) (화분 깨지는 소리)

## S#18. 오피스텔 / 거실 (밤)

불 꺼진 오피스텔, 와장창 화분 깨지는 소리가 나며 침입한 남1과 몸싸움을 하고 있는 지연. 소희와 가까스로 전화 통화가 되는데..

지연　　살려(줘)......

남1의 액션에 제압당하며 전화가 바닥으로 내동댕이쳐진다.

## S#19. 달리는 택시 안 (밤)

소희　　(전화기 들고) 여보세요? 지연아! 뭐야!! (끊긴) 미치겠네! 아저씨! 빨리요! 빨리요!!!!!!!!!!

부앙~ 달리는 택시 뒤로, 쓰레기 더미에 버려진 강피디가 멀어지는 데에서...

## S#20. 오피스텔 (밤)

우당탕탕. 물건이 다 깨지고 비명을 지르는 지연의 입을 가로막는 남1. 어두워서 잘 보이지 않지만 거의 일방적으로 당하며 밀리듯, 남1에게 제압당하고 있는 지연. 이때 갑자기 와장장창!!! 엄청난 소리와 함께 오피스텔 창문이 깨지며, 주먹만 한 돌덩이가 날아 들어온다. 놀라는 남1.

## S#21. 오피스텔 앞 (밤)

4층을 향해 돌멩이를 던진 지구. 전속력으로 4층을 향해 뛰쳐 올라간다.

## S#22. 오피스텔 계단 (혹은 복도) (밤)

비상벨이 울리고 (지구가 소화기를 빼면서 누른),

놀란 남1이 뛰쳐내려오다가 지구와 정면으로 맞닥뜨리는데, 남1의 눈을 향해 소화기를 발사하는 지구. 남1이 버벅거리는 틈을 타서 날라차기 한다. 발차기 끝에 쓰러진 남1의 벨트를 확 풀어서, 난간에 묶는 지구. 놀라서 문을 빼꼼히 열어 보고 있는 아줌마에게 "경찰 좀 불러주세요!"

## S#23. 오피스텔 앞 (밤)

4층을 올려다보는 소희, 깨진 유리창을 보며, "아이씨!!" 미친 듯이 4층을 향해 달려가다가 치렁한 원피스에 발이 걸려 넘어지고, 원피스를 확 찢어버리고 반 속옷 차림으로 올라가며 전화를 계속하는데 지연이 받는다.

소희 지연아!!! 여보세요!!?

## S#24. 오피스텔 / 거실 (밤)

바닥에 주저앉아 엉엉 울고 있는 지연, 소희와 통화 중인

지연 (몸을 부르르 떨며) 응.. 나 괜찮아.. 지구가.. 왔어.

연기가 자욱.. 지연을 향해 저벅저벅 걸어오고 있는 지구.

지연 (지구보자 눈물 터지는)
지구 ...괜찮냐.
지연 (울며 올려다보는) 너 집에 안 갔었어?
지구 갔어.
지연 근데 왜 이렇게 빨리 왔어?
지구 그냥.... 빨리 달렸어.

*[인서트// 지연을 구하기 위해 전력 질주로 달리는 지구의 모습. 다다다다 다! 어느 순간 축지법을 쓰듯 지연 집 앞에 도달해 있는]*

소희Na **지구상에서 사람이 낼 수 있는 속도.**
**그 속도가 빛의 속도를 능가할 만큼 빨라지다 보면..**
**시공간을 초월해 순간이동이 가능해진다.**
**공상과학에서나 가능한 일이 지구에게 일어난 듯하다.**

## S#25. 오피스텔 / 거실 (밤)

열린 현관문으로 뛰쳐들어오는 소희.
지구와 지연을 보며 그제야 안도의 한숨을 내쉬며, 숨을 몰아쉰다.

소희 ...괜찮은 거지?
지구 이상무.
소희 (지연을 안아주며) 무슨 일이야 이게...
지연 (소희 품에 안겨서 지구를 보며) 나 괜찮아..

지구, 그런 지연을 바라보는 데에서...
(한편) 어느 쓰레기 더미 옆에서 자고 있는 강피디의 모습에서..

## S#26. 대학 시절 과거 | 에필로그

*〈자막: 10년 전〉*
#. 10년 전 과실
안무 연습 도중에 발을 삐끗해서 넘어진 지연이 묻는다.

소희 괜찮아?

지연 (해맑게) 나 긴급연락처에 니네 번호 등록해도 돼?

소희 뭐어~ 안 될 것도 없지.

지연 우리 이제 친구니까.

소희 (웃으며) 알겠어.

지구 (물 마시며 쉬다가) 내 껀 안 돼.

#. 대학교 / 잔디밭 (낮)

지구, 이어폰 꽂고 음악 듣고 있는데 SOS가 울린다. 놀라서 전화하는

지구 (놀래서) 뭐야? 무슨 일 있는 거야?

지연 (F/해맑게) 잘못 눌렀나 봐~! 지구야 근데 뭐행?

#. 대학교 / 학생도서관 (밤)

시험공부 중인 지구, SOS가 울리고, 놀라서 바로 전화하는

지구 (낮은 소리로 놀래서) 뭐야.

지연 (F) 잘못 눌러졌나 봐. 근데 뭐행?

지구 (열 받는)

#. 대학교 / 복도 (낮)

지구, 자판기에서 커피 뽑고 있는데 SOS가 울리자 다 쏟는

지구 (다급하게) 무슨 일이야!!?

지연 (F) 잘못 눌린 거 같은데, 나 잠이 안 와.

지구 야!!! 이럴 거면 너 그거 하지 마!

지연 (F) 알게쏭~~~ 근데 뭐해?

#. 대학교 / 강의실 (낮)

(수업 끝난 분위기) 소희, 지연한테 전화하는데 통화 중인.

소희Na **생각해보면**
**늘 지연이가 잘못 누른 SOS 메시지에 가장 빨랐던 건**
**언제나 지구였다.**

# 6부

## 우리가 직장을 그만둔 이유 Part1

## S#1. 소희와 지연의 오피스텔 앞 (늦은 밤)

경찰차가 오피스텔을 떠나는.

## S#2. 길거리 일각 (늦은 밤)

쓰레기차가 길거리 일각에 쌓여진 쓰레기더미 앞에 멈춰 선다.

**미화원** (e) 아 깜짝이야.

## S#3. 소희와 지연의 오피스텔 안 (밤)

말없이 청테이프로 깨진 창문을 붙이고 있는 지구.
지연의 손에 핫초코를 쥐어주는 소희.. 이때 강피디한테 전화가 온다.

**강피디** (F) 안작가? 내가 왜 쓰레기랑 있지?
**소희** (시크하게) 쓰레긴가 보죠.

*[5부 11씬 인서트// 어젯밤 술집*
*강피디: 내가 훨~씬 더 많이 쓰레기니까 내가 훨~씬 많이 사과할게. 됐지?]*

## S#4. 장소 교차 / 길거리 일각+오피스텔 (밤)

소희와 통화하며 한쪽 어깨를 돌리며 걷는 강피디. 컨디션은 아주 좋다.

강피디 (옷에서 냄새 올라오는) 어우 근데 나 왜 옷에서 토 냄새가 나? 나 토했어?
소희 (한숨) 제가 묻고 싶은 말인데요. 술 한 잔에 꽐라되는 건 무슨 쇼예요?
강피디 ...어우 기억이 잘..
소희 뭐라구요?
강피디 (딴소리) 근데 내가 원래 아침에 일어나면 어깨가 장난 아니게 결리거든? 근데 희한하게 쓰레기를 베고 잤더니 목이 가볍다? 이거 과학일까?
소희 (혼잣말) 뭔 개소리야.

소희의 시선에, 깨진 창문을 수습하고 돌아서는 든든한 지구의 표정과, 그런 지구를 바라보고 있는 지연이의 모습이 들어온다.

소희 (핸드폰을 내려놓고 지연에게 차분하게) 오늘 거실에서 다 같이 자자. 괜찮지?
강피디 (F/뭐라고 말하는데 잘 안 들림) 괜찮지. 남자가 길에서 잠도 자고 그러는 거지.
지연 (그렁한 눈으로) 누군데?
소희 (소파 밑으로 핸드폰을 발끝으로 대충 밀며 한숨) 후.. 여기저기 쓰레기가 많다.
지연 발가락 피디구나.
지구 (창문 아래 유리 조각들 수습하며 시크하게) 주인아저씨한테 이참에 강화유리로 바꿔 달라 그래. 돌멩이 하나에 창문이 아작나는 게 말이 되냐.

지연 .... (청테이프로 수습한 창문을 물끄러미 보며) 그거 강화유리야.

지구 !!

*[5부 21씬 인서트// 지구, 돌멩이를 던지자 산산조각 나는 유리창]*

소희 3중창.

다같이 ..... (황당)

## S#5. 소희와 지연의 오피스텔 / 거실 (밤)

거실에 이불 깔고 쪼르르 누워있는 세 사람. 소희가 지연의 손을 꼭 붙들어주고 있고, 이미 잠든 지연이가 지구 쪽으로 몸을 돌리면, 이내 지구는 등을 보이며 반대로 눕고, 천장을 보고 있는 소희, 하늘에 감사하다는 듯 안도의 한숨 짓는 데에서.

소희Na **지난밤, 어떻게 지구가 30초 만에 달려왔는지.**
**돌멩이 하나가 어떻게 3중 유리창을 통과한 건지 이해가 안 가지만**
**이거 하나만은 알 것 같다.**
**세상엔 머리로 이해되는 일보다 그렇지 않은 일들이 더 많다는 거.**
**그래서 가끔은 하늘이 우리 편이라는 거.**

## S#6. 오복집 외경 (저녁)

## S#7. 오복집 (저녁)

직장인들 회식 자리로 간만에 분주한 오복집. 셋이 동배의 일손을 돕고 있다.

지구 (닭발 철판을 툭 내려놓으며 퉁명스럽게) 닭발.

직원1 (흠칫 뒤를 보며) 반말이야...? (지구의 무표정한 눈빛 카리스마에 바로 쫄고)

지연 (뒤로 파전 내려놓으면서) 어머 어머~ 여기 파전도 나왔어용~! (윙크하며 앞치마 주머니에서 콜라 꺼내며) 콜라는 비스비스 써비스~ (윙크)

직원2 여기 술 안 와요?!

소희 갑니다 가! 소주, 맥주 나 가요! (소주 세 병과 맥주 두 병을 내려놓는) 병따개 가져다드릴게요!

말 끝나기 무섭게 저만치에서 지구가 던진 병따개가 날아오고, '나이스캐치' 호흡 척척, 받아서 치익 소리 내며 바로 따주기까지 하는 소희.

동배 (e) 여기 조개탕 나가자!!

소희 네 가요!

부장 (건배 제의하며 일어나는) 이번 달도 우리 가족들 수고 많았어요. 다음 달도 조금만 더 힘내봅시다. 회사의 주인은, 여러분입니다!

소희 (조개탕을 서빙하며 힐긋 부장을 쳐다보는)

부장 자 그럼 술잔 들고, 마!

일동 마시고 (취!) 취하는 게, (제!) 제일이다!!! (사!) 사랑을! (이!) 이 술잔에 담아! (다!) 다 함께 원샷!

서빙하다 말고 건배 구호 외치는 모습을 바라보는 세 사람 컷컷컷.
여직원, 마시다가 힘에 부치는지 잔을 내려놓으려는데 옆에 있던 직원들이 그러면 안 된다며 원샷을 부추기자 그걸 바라보는 소희의 얼굴에서..

소희Na **우리한테도... 저랬던 시절이 있었다.**

## S#8. 7년 전 과거 | 식품기업 구내식당 (낮)

〈자막: 7년 전〉
구내식당. 조리사 아주머니들이 음식을 퍼주고, 그 가운데 영양사인 지연이 관리감독 하고 있는 모습에서 소타이틀.

6부. 우리가 직장을 그만둔 이유 Part1

직원1　영양사님, 잡채가 다 떨어졌는데요, 어쩌죠?
지연　(윙크) 돈 워리~

컷 튀면, 지연이 직접 요리를 퍼주며 립서비스를 한다.

지연　사랑하는 고객님~ (애교 가득) 오늘 잡채가 다 떨어졌는데 (케첩으로 오므라이스 위에 하트 그려주며) 대신에 내일 오시면 특별히 떡갈비 써비스 하나 더 드릴게용~ (윙크하는)
남자손님　(지연을 보며 헤벌쭉) 그럼 싸인 좀 해주세요. 흐흐
지연　(케첩들고 해맑게) 어머~ 제 싸인이 좀 긴데 괜찮으시겠어용?
남자손님　(신난) 그럼요 저 그쪽, 아니 케첩 좋아합니다!

지연, 케첩으로 오므라이스 위에 사인을 하는데 알아볼 수 없게 범벅이 되는.. 그러거나 말거나 지연을 보며 마냥 좋아 실실거리는 남자손님.

지연　마음에 드실까용?
남자손님　(넋 나간) 정말 마음에 듭니다.
지연　(미스코리아 톤) 베리머취땡큐~! 다음~~

## S#9. 7년 전 과거 | 닭갈비집 회식 자리 (초저녁)

아줌마 조리사들과 함께 다 같이 회식하며 건배하는.

직원1 세상에 남자들이 줄을 서서 밥이 아니라 우리 영양사님을 보면서 침을 질질~ 흘리고 있으니 망측해서 하하하 (말하고 나서 아차 싶어 지연 눈치 보는) 아휴, 하고 보니 좀 실례되는 말 같네.

지연 (ol) 어머어~~ 실례라니요~~ 저, 저보면서 침 질질 흘리는 거 완~전 좋아해요~! 그런 의미에서 기분이가 완전 쩨지니까~ (만세 부르며) 오늘은 제가 쏩니당~

다같이 (환호해주면서도 살짝 이해 안 가는 듯 갸우뚱)

직원2 법인카드도 있는데 굳이 그러지 마세요 영양사님~

지연 기분이가 좋잖아여, 기분이가 좋으면 쏘는 거예용~ 하하하하! 그럼 제가 영양사답게~ 쏘맥을 영양가 있게 말아드리겠습니다~

현란한 기술로 폭탄주 마는 지연이의 손놀림.
옆 테이블에 사람들이 떡 벌어진 입으로 지연을 쳐다본다. "저 여자 봐~"

지연 하하하하~~ 저 술집에서 일하는 거 아니구요~구내식당에서 일해요오~

다같이 (헉. 저런 말을)

지연 (술잔 돌리며) 그냥 술을 쵸큼~ 많이 좋아하는 뇨자랍니다~ 동구밭~ 과수원샷! 아카시아꽃이 활짝 투샷 치키치키 뱅뱅!

분위기 메이커인 지연 덕에 깔깔 웃으며 원샷하는 화기애애한 분위기.
시원하게 원샷하는 지연이의 모습에서~

소희Na **예쁜 외모에 성격까지 좋은 지연이는**
**회식 자리에서도 단연 꽃 중에 꽃이었다.**

## S#10. 7년 전 과거 | 고깃집 (초저녁)

꼰대 선생님들끼리의 회식 자리. 그 안에 지구가 있다.

소희Na **물론 모든 회식 자리가 다 이런 건 아니지만.**

고기가 나오자, 한 선생님이 지구 앞에 가위와 집게를 가져다준다.

선생님1 (얄밉게) 우리 강선생님이 제일 막내니까~

*〈자막: 니가 구워〉*
무표정한 얼굴로 고기 한 덩어리를 집어서 툭 올려놓는 지구.

선생님1 (얄밉게 눈으로 가리키며) 자 여기 마늘두~

*〈자막: 니가 구워〉*
지구, 집게로 마늘이 들어있는 플라스틱 그릇을 통째로 집어서 불판 위에 턱 하니 올린다. 잠시 후, 플라스틱 그릇이 타기 시작하고..

선생님2 어머 어머 어머! 웬일이야 저거 누가 올렸어!!!!
선생님들 (호들갑 떠는) 빨리 빼!!! / (난리 난리) 탄다 타!! 이거 누가 올렸어!
선생님1 이거 강선생님이 그랬어요?
지구 (뻔뻔하게) 네.
선생님1 미친 거 아니에요? 이걸 어떻게 여기다, 강선생님 고기 안 궈봤어요?
지구 (ol) 안 궈봤어요.
다같이 (황당, 잠시 정적) 참나 / 헐! / 웬일이야~!
선생님1 (집게 확 뺏으며) 이리 내요!!!!

다들 지구를 이상하게 보지만, 태연한 표정의 지구.
컷 튀면, 꼰대 교장이 지구한테 술을 따라준다.

교장 (잔 따라주며) 우리 강선생님 기대가 크구요~ 잘 부탁드리구요~

지구 (받자마자 잔 내려놓으며) 제가 좀 급해서 화장실을 좀.

교장 (좀 당황) 아..

일어나서 문을 열고 나오는 지구, 그 길로 유유히 어딘가로 걸어간다.
한편, 뻘쭘하게 기다리는 교장선생님.
고기 먹다 말고 지구의 빈자리를 보며 수군대는 선생님들.

선생님1 강선생 왜 안 와? 교장선생님 기다리는데?

선생님2 화장실 간다 그러지 않았어? (두리번)

소희Na **지구는 그 길로 고깃집을 나와 집에 있는 화장실을 갔고,**
**그 후로 지구는 영원히 회식 자리에서 면제됐다.**

## S#11. 7년 전 과거 | 버스정류장 근처 출근길 (이른 아침)

머리 묶고 단추 채우며 헐레벌떡 정류장을 향해 뛰어가는 소희의 출근길. 이미 출발한 버스 뒤꽁무니를 보자, 전속력으로 뛰기 시작한다.

소희Na **지연이처럼 예쁘다거나 지구처럼 깡이 세지 않은**
**나 같은 사람들은 대부분 평범한 직장생활을 한다.**
**버스 따라잡기는 하루 일과 중 유일한 운동이지만, 언제나 실패.**

## S#12. 7년 전 과거 | 뜨인돌출판사 사무실 / 회의실 (낮)

회의 시간. 소희를 비롯한 회사 직원들이 영혼 없는 얼굴로 부장님의 말을 경청하고 있다.

부장 (꼰대 말투) 마지막으로 이게 내꺼라고 생각하면, 하지 말라고 뜯어말려도 한 번 더 보게 되고, 굳이 시킨 사람이 없는데도 또 알아서 하게 되고, 이게 바로 주인 의식이라는 거~! 그 작은 의식 하나가 무엇을 바꾼다? 대한민국 서점의 판도를 바꾼다~~ 자 끝으로~계속 같은 말 또 해서 미안하지만~

소희 (볼펜을 까딱이며, 어디 한번 말해보라는) 자 이제 다른 말 기대해 볼게여~

부장 내가 출판사의 주인이라는 생각으로~

소희 (인상 쓰며 이의 제기하듯) 지분이 있어야 주인이 될 거 아닙니까~! 답답하네 진짜.

부장 물론 우리가 지분이 있다거나 그런 건 아니지만, 언제나 경영자의 마인드로 임하다 보면~

소희 (이 회의를 결론 내리듯) 오케이, 그럼 경영자의 월급을 주시죠! 이상 끝!

꽤나 부장의 말에 멋지게 평론하듯 조목조목 답했으나..
정신 차리고 보면 분위기 변동 없는 회의실. 소희만의 상상 속 마음의 소리였던.

소희Na **느는 거라고는 마음의 소리뿐.**

컷 튀면, 회의가 끝나고 다들 자리로 돌아가는데 부장이 소희에게 다가온다.

부장 (가는 뒤통수에 대고) 가자구 안대리~

소희 (죽을상)

## S#13. 7년 전 과거 | 선짓국집 (점심)

선짓국이 나오자 한마디도 안 하고 게걸스럽게 밥을 먹는 부장.
그런 부장과 선짓국을 번갈아보는 소희.

소희Na **매일 점심이면 늘 나하고만, 이 선짓국만 드시는 꼰대 부장님..**
**왜 그게 선짓국이어야 하는지는 알 것 같고, 왜 그게 나여야 하는지는..**

소희 (숟가락 확 내려놓으며) 도대체 이유를 모르겠네!!! 아니 왜 항상 저예요? 어차피 저랑 한마디도 안 하시잖아요! 근데 왜 저냐구요? 제가 그렇게 만만해요? 부장님 저도요. 새로 생긴 돈가스집에서 치즈돈가스 먹고 싶다구요? (강조) 이 꼰대야.

부장 (못 들은 듯 먹고 있는)

소희 라고 어차피 말 못할 거 생각은 해서 뭐하니, 그냥 닥치고 먹는 거지. (숟가락 드는 데에서)

소희Na **그렇다. 사회생활이란, 하다 하다 마음의 소리조차 의미 없어지는 것.**

이때 문자가 오면서 남친(푸름)과 찍은 핸드폰 배경화면이 켜진다.
*[문자 인서트// 푸름오빠: 소희야, 오빠 2만원만 쏴주라. 사랑한다.]*
귀엽다는 듯 씨익 웃는 소희, 식탁 밑으로 답문하는 데에서..

소희Na **당시 인생에 유일했던 의미는 3년을 만난 남친뿐.**

## S#14. 7년 전 과거 | 뜨인돌출판사 / 사무실 (낮)

작은 달력에 2014년 6월 3일 '내 생일'이라고 동그라미 쳐져 있고, 그 옆에 「오페라의 유령」 공연 티켓을 포스트잇 해놓고 죽어라 일하는 소희.

소희Na **다가오는 내 생일,**
**17만 원짜리 뮤지컬 VIP석을 예매한 나는**
**한 달 전부터 치밀한 계획을 세웠다.**
**행여라도 야근에 걸리지 않기 위해 필사적으로!**

## S#15. 7년 전 과거 | 뜨인돌출판사 / 사무실 (초저녁)

소희, 일을 끝낸 서류 더미를 팀장(편집장)한테 제출한다.

소희 (가뿐한 얼굴로) 팀장님, 이거 다 끝냈습니다!
팀장 (컴퓨터로 카드 게임 하며 힐긋 보는) 진짜? 그 많은걸?
소희 네! 두 번씩 봤구요. 문제없습니다. 그럼 전 이만...
팀장 두 번을 봤다구? 안대리 진짜 물건이다~ 이건 뭐 초능력잔데? (페이퍼를 주며) 그럼 이것도 좀 해봐.
소희 !!
소희Na **그 날에서야 알았다. 일을 빨리하면 퇴근이 늦어진다는 걸.**

컷 튀면, 퇴근 시간 무렵. 대부분 가고 없고 불어터진 얼굴로 야근 중인 소희. 남자친구에게 전화를 건다.

소희 오빠 나.. 일 때문에 못 갈 것 같아.. 오빠라도 혼자 봐 그거 비싼 거야.. (애써 웃으며) 오빠 혼자 다리 뻗고 보면 되지 뭐. / 미역국? (감동) ..고맙지..

전화를 끊고 데스크 한 켠에 붙여둔, 남친과 함께 찍은 사진을 보는 데에서..

소희Na **그 날 남자친구는 나 없이 공연을 봤다. 다른 여자친구와 함께.**

## S#16. 7년 전 과거 | 소희 남친(푸름)의 집 (밤)

온몸에는 문신, 귀와 코, 혀에도 피어싱을 박아서 발음이 다 새는 남친(푸름)의 새로운 여자친구가, 손에 소희랑 똑같은 해골 커플 반지를 끼고 있다.

새여친 언니 죄송해요. 제가 오빠한테 전부터 계속 언니한테 말하자고 했는데..

편의점 플라스틱 용기 미역국을 소희 앞에 내놓으며 새여친 옆에 앉는 푸름. 소희, 손이 부들부들 떨리는 게 눈에 보이고, 한 손으로 겨우 한 손을 잡는다.

소희 (미역국으로 눈물이 뚝, 이 악무는) 근데.. 왜 하필 오늘이야? 적어도 오늘은 피했어야 하는 거 아니야?

푸름 (폼 잡고 개소리) 너의 탄생 앞에 비겁이란 옥의티를 남기고 싶지 않았다 피스...

소희 (셋이 같은 반지를 보며 어이없는 폭발 직전) 적어도 다른 걸로 맞췄어야지.

푸름 (진지하다) 그럼 내가 또 맞춰야 되잖니.

소희 (어이가 없고, 해골 반지를 빼서 던지며) 그냥 이걸 달라고 하지 그랬어~

푸름 이 친구가 너보다 손이 가늘어.

새여친 언니 제가 마디는 두꺼운데 이 손가락이 엄청 가늘어요. 흐흐

소희 (어이가 없는)

새여친 근데요 언니 오늘 공연에서 제가 앉은 자리가 이벤트 당첨이 됐어요.. 근데 그게.. 제가 정말 가지고 싶던 에이유브이 차여가지고.

소희 (어이없는) 에쓰유브이겠지.

푸름 (심각하게) 니 말이 맞아.. 근데 그게 티켓 구매자 신분증이 있어야 받을 수가 있대 피스...

소희 (어이가 없는) 그래서?

푸름 넌 차가 필요 없잖아. 반면, 얘는 집이 포천이다.

소희 난 전라돈데.

푸름 넌 케이티엑스가 있고, 반면 얜 없고, 반면 넌 그런 사람이 아니잖니. 난 니가 언제나 청렴결백해서 좋았어.

소희 (어이가 없어서 웃음마저 나오는) 청렴결백? 근데 왜 조금도 청렴결백하지 않은 니들이 그 차를 가져야 되는데?

푸름　(눈도 못 마주치고 고개 숙인 채) 오빠.. 여자가 따지는 거 싫어한다리 피스.. 신분증 어떻게 안 되겠니?

새여친　그럼 언니가 그냥 하세요.. 전 버스 세 번 타면 돼요..

푸름　(고개 숙인 채) 피스..

이내 괴로운 듯 일렉기타를 치는 푸름.
소희가 던진 미역 줄기가 날아오면서 얼굴에 붙으며 머리카락과 하나가 된다.

## S#17. 7년 전 과거 | 다음 날 선짓국집 (점심)

선짓국 흡입 중인 부장, 그 앞에 팅팅 부은 눈으로 앉아 있는 소희.

부장　(먹다말고) 눈이 원래 그랬나?

소희　..아니 좀 부었습니다.

부장　야간에 컴퓨터를 많이 봤군. 좀만 기다리면 우리 회사도 곧 나인 투 씩스 제도를 적용한다니 곧 저녁 있는 삶이 올 거야.

소희　(헐..)

소희Na　**그랬다. 남친이 있을 땐 야근이 있고, 남친이 없으니.. 야근도 없다.**

소희　(번뜩) 부장님, 저 그냥 일하면 안 될까요? 일해서 성공이라도 해야 될 거 같아서.

부장　(힐긋 보며) 보기보다 야망이 있구만? 그럼 박회장 자서전 건을 줘볼까.. (짧게 고민) 내년에 정계 진출할 양반이라 큰 건이거든.

소희　(숟가락 거꾸로 쥐고) 그거 제가 맡을게요.

## S#18. 7년 전 과거 | 이미지 교차

#. 불 꺼진 사무실에서 혼자 열일하는 소희. (밤)

#. 영양사로 일하는 지연 (낮)
#. 학교에서 아이들 가르치는 지구 (낮)

소희Na **그때까지도 우린 나쁘지 않았다.**
**사회 초년생치고는 꽤 멋져 보이기까지 했으니까.**

누군가(박영규(이하 박회장)/남/70대 초반/대기업 식품업계 회장)가 세 사람을 향해 검은 그림자처럼 시시히 다가오는 상징적인 이미지에서.

소희Na **하지만 인생은 마치 기다렸다는 듯**
**필연적이고 동시다발적으로 뒤집힌다.**

## S#19. 7년 전 과거 | 식품업계 구내식당 (이른 아침)

박회장이 비서들을 대동해 지연의 식당에 오자, 갑작스러운 등장에 긴장한 직원들.

지연 좋은 아침입니다~ (혼자만 못 알아본) 누구?
비서 (눈치주며) 회장님이십니다. 특별히 구내식당에서 식사하고 싶다고 하셔서.
지연 (누구에게나 한결같은 해맑음) 어머~그르시구나~ 사진보다 실물이 두 살 정도 어려보이시네용~하하하 음~그럼 회장님이니까 특별히 소세지 하나 더? (윙크하며 한결같은 미스코리아 톤으로) 샐러드는 셀픕니당~ 다음!
비서 (민망, 기침하며 눈치 주는) 회장님, 샐러드는 제가 가지고 오겠습니다!
박회장 (지연을 귀여운 듯 유심히 보며) 됐네. 셀프라지 않나~ 허허. 내가 하지.

컷 튀면, 한켠에 앉아서 밥 먹고 있는 회장. 여느 때처럼 일하는 중인 지연을 유심히 쳐다보더니 비서에게 뭐라 뭐라 말을 전달한다.
컷 튀면, 지연을 식사 자리로 콜한 비서가 지연에게 회장님 말씀을 전달한다.

비서　회장님 위가 안 좋으셔서 당분간 회사에서 점심을 드시기로 하신바, 개인 영양사로 스카웃되셨음을 알려드립니다. 내일부터 23층으로 출근해서 회장님 식단에만 전념하도록 하세요.

지연　(해맑게) 안 되는데?

비서　(잘못 들었나 싶은)

지연　왜냐면 여기 저 보러오는 남자 고객들이 한둘이 아닌 데다가~

비서　(당황) 이봐!

박회장　잠깐, 더 얘기해보게.

지연　회장님 한 명 살리자고 그 남자들을 다 놓칠 순 없으니까~ 회장님이 오늘처럼 맨날 여기 내려와서 드시면, 운동도 되고~ 외롭지도 않고~ 고객들도 절 매일 볼 수 있으니까 좋고~ 어머, 나 오늘 머리 너무 잘 돌아가~ 어뜩해? 아, 대신 회장님 식단은 제가 스페셜하게 위에 좋은 스페셜 메뉴로 신경 써볼게요. 삼천 원만 더 내심 됩니다아~

비서　이봐요! 지금 그 말씀이 아닙니다! 왜 이렇게 눈치가

박회장　(이) 오케이 그렇게 하지! 삼천 원 허허허 내일부터 삼천 원을 꼭 준비해야겠어. 허허

지연　(눈웃음 지으며 무릎 살짝 굽히고 미스코리아 인사) 땡큐우~

#. 매일같이 구내식당에 내려와 밥을 먹는 회장의 몽타쥬.

소희Na　**그렇게 회장님은 매일 지연이를 보러 오는 남자들 중 한 명이 되었다.**
**물론 얼마 못 가 스페셜 메뉴, 그 이상을 원했지만.**

#. 밥을 먹던 박회장이 지연이를 옆자리에 앉힌다.

지연　어머, 음식이 맛이 없으세용? 저희 음식이 막 엄청 맛있고 그렇진 않은데.

박회장 (물을 마시며 운을 떼는) 영양사가 원래 꿈이었던가?

지연 제가 식품영양학과를 나오다 보니 자연스럽게 된 건데, 해보니까 재미는 있거든요? 근데 가끔 음식 주문할 때 숫자가 헷갈려서 좀 힘들어용. 닭 백마리 주문하는데 주문을 잘못해서 천마리가 돼가지구 일주일 동안 닭 다리만 나간 적도 있다니까요. 너무 웃기죠. (혼자 신나서 자지러지게 웃는) 닭 천마리.. 하하

박회장 (혼자만 심각, 얼굴을 뚫어져라) 예쁜 얼굴에 좀 더 예쁜 걸 두르면 좋겠는데....

지연 어머 리얼리?

박회장 (넥타이를 만지며) 일 마치고 더 메이 호텔에서 보지.

지연 더 메이면, 어머 그 남산 옆에 있는 거여? 거기 완전 좋은 데잖아요. 저 거기 스케이트 타러 딱 한 번 가봤는데 진짜 재밌었는데~!

박회장 근데 나는 요즘 영 재미가 없어서 말이야, 어떻게 하면 재밌게 놀 수 있을지 아이디어 좀 같이 가져와 봐.

지연 (생긋 웃으며) 네~ 이해했어요~

소희Na **내 친구가 이해했을 리 없었다.**

## S#20. 7년 전 과거 | 뜨인돌출판사 / 사무실 (이른 아침)

아직 아무도 출근하지 않은 소희의 회사.
박회장 자료 조사를 하고 있던 소희가 지연의 전화를 받는다.

소희 어 지연아. / 응? 내가 오락부장이긴 했지~ (하품하며) 그건 왜?

팀장 (출근하며 불 켜는)

소희 이따 전화할게~ (전화 끊고) 오셨어요 팀장님.

팀장 (소희를 보며) 밤샌 거야?

소희 새벽에 좀 일찍 나왔어요. 오늘이 첫 인터뷰라.

팀장 (자리로 가며) 안대리 좀 무섭네? 글케 열심히 해서 내 자리까지 꿰찰라

구?

소희　어우 아닙니다.

팀장　잘해봐. 그거 내가 정대리 줄라고 했던거 자기가 인터셉트한 건 알지?

소희　..아... 전 부장님이..

팀장　(자켓 벗고 컴퓨터 켜면서) 그니까아~ 부장님이랑 맨날 점심 먹는데 그 정도는 따내야지. 아, 그리고 말이야. 자기 부장님이 사주는 밥 먹으니까 식권 안 쓴 거 그대로 있겠네? 그거 다 나 주면 되겠다. 나 가끔 친구들 오면 좀 쏠려구. (얄밉게 웃으며) 애기엄마들이라 다들 짠돌이거든.

소희　아.. 네.

팀장　커피 좀 타올래? 여기 발밑에 지저분한 것들도 좀 치워주구. 자기 일찍 나오니까 너무 좋다~

소희　(표정)

## S#21. 7년 전 과거 | 학교 교정 일각 (아침)

한빛여자고등학교. 여고생들의 인사를 받으며 출근하는 지구, 지연과 통화 중.

지구　미쳤냐? 거길 니가 왜가~

지연　(F) 지구야, 내가 좀만 이따 전화할게!

지구　(전화기 대고) 야! 아...

자기 할 말만 하고 전화 끊어버린 지연,
이때 지구의 시선에 골목에서 담배 피우고 있는 날라리 여고생 세 명이 포착된다. (세진 포함) 다가가는 지구, 다소 겁먹은 여고생들, 슬쩍 담배를 뒤로 숨기는데..

지구　줘봐.

여고생1　후... (할 수 없이 담배를 건네는)

지구　한 가치만.

여고생1　네?

지구　한 가치만 빌리자고.

여고생1　(당황해서 내미는)

지구　(담배 한 개비 꺼내며) 돛대였구나. 고맙다.

컷 튀면, 날라리들 옆 일각에서 담배 한 모금을 빠는 지구. 먼 산을 바라본다.

그런 지구를 바라보는 여고생들... 멋지다.. 눈빛.

지구, 담배를 다 피우고 꽁초를 끄더니 이내 자기 주머니에 넣고 유유히 지나가며

지구　갚을게. 니들 어른 되면~

소희Na　**지구는 여고생들 사이에서 신이었다.**
**가는 곳마다 지구의 팬클럽들이 따라다녔고.**

그중 한 명(세진)이 지구를 예사롭지 않은 눈으로 바라보는 데에서..

소희Na　**그 중 한 명은 더 예사롭지 않았다.**

여고생2　(지구 뒷모습을 보며 자기들끼리) 씨발 존나 멋있네~

세진　(비웃으며) 멋있긴 씨발.

여고생1　(세진한테) 야, 그래서 그 오빠랑 잤다고? 아 이 미친년 빨리 말해봐!

## S#22. 7년 전 과거 | 학교 / 교실 안 (아침)

지구가 교실로 들어오자 여고생들의 눈빛에 하트가 가득하다.

교탁 위에 아이들이 가져다 놓은 선물들(쿠키, 초콜릿, 종이접기로 만든

뱀)이 있다.

지구　그만들 좀 들이대자. 나 술 아니면 안 받는다~

학생들　(웃음 터진) 아 저희가 술을 어떻게 사요~

지구　그니까 니들은 아무것도 하지 말라고. (종이뱀만 챙기는) 자, 오늘 전달 사항은,

이 때, 지구 시선에 여고생2 머리는 다 뜯기고, 입술이 터져 있는 게 보인다.

지구　넌 왜 그래, 누구한테 쥐어 터졌냐?

여고생2　(대각선 자리에 세진을 째려보는)

세진　(시선 향하자) 제가 깠는데요.

지구　(세진을 보며) 왜 깠는데.

세진　존나 깝치길래요.

지구　(여고생2를 보며) 다쳤으면 양호실 가고. (학생들 보며) 오늘 전달 사항은 기말고사 날짜 떴으니까 공지 확인하고.

학생들　어우...

지구　(쿨하게) 어차피 1등은 한 명이다. 안 되는 거에 목숨 걸지 말자. 이상 끝.

학생들, 지구 말에 멋있다며 실실거리는데,
세진만 지구를 불만 가득한 표정으로 째려보고 있는.

## S#23. 7년 전 과거 | 박회장의 개인응접실 밖 → 안 (낮)

인터뷰를 앞두고 비장한 표정의 소희, 응접실 문을 열고 들어간다.

비서　(자리 안내) 이쪽입니다.

소희　아, 네.. (안내해준 자리에 앉으려는데)

박회장 (응접실로 걸어 나오며 격하게 반겨주는) 아구~ 출판사 선생님이 오셨구만~! 내가 오늘이 오기만을 고대하고 있었습니다!

컷 튀면, 노트북에 모든 걸 받아적겠다는 의지로 박회장 말을 경청 중인 소희.

박회장 (필 받은) 내가 말입니다. 아주 칠흑같이 어두운 밤에 태어났는데, 그 순간에 하늘에 있던 달이 태양으로 변하면서 밤 12시에 세상이 대낮처럼 환해지더라 이겁니다. 당시 옆에 있었던 사람들 증언에 의하면, 하늘 위로 섬광이 차악~ 펼쳐지면서, 이때! 그 어린아이의 울음소리가 사람의 울음소리가 아니었다.. 이렇게 전합니다.

소희 사람이 아니면요?

박회장 (비밀스럽게 속삭이는) 신.

소희 (믿어보려고 애쓰는) ..신이요. (일단 받아적어 보는)

박회장 신은 빛을 동반하지요.

소희 ?

박회장 아주 뷰티풀 하면서도 드라마틱하고! 판타스틱하면서도 미스테리하게! 마치 예수가 동정 마리아에게서 잉태되어 나오듯이! 부처가 마야부인의 옆구리를 뚫고 나오듯이! 빛이 어둠을 뚫고 촤악...

소희 (영혼 없이) 촤악...

비서 (영혼을 담아 효과음) 촤악~~~

박회장 (비서한테) 쉬잇! 이 범상치 않은 아이는 태어난 지 5개월 만에 세상의 모든 이치를 깨닫고 이렇게 말합니다. "세상이 더없이 공하도다. 나의 빛이 너희를 구원할 것이니, 모두가 내 두 눈을 바라보아라. 그러면 모두가 건강해질 것이니" ...여기서 음악이 깔려야겠지요?

소희 (일자눈) 이거 책인데요..

박회장 그래서 참 안타깝습니다. 윤비서. 이거 영화로 만들게 되면 이 부분에 꼭 CG랑 음악이 필요하다고 전하게. 적고 있지?

비서 (열심히 적으면서) 네 적고 있습니다! (소희한테 속삭이는) 그리고 좀 전에 회장님이 말씀하신 공은, 던지는 공이 아닌 부처님의 공을 말씀하시는 겁니다.

소희　(어이없음) 아.. 감사해요...

박회장　근데 안 적으셔도 되나?

소희　(노트북에 '신..' 이후로 한 글자도 적지 못한) 오늘은.. 사전 인터뷰라..

비서　제가 녹음하고 있으니까 파일은 유에스비로 가시는 길에 드리겠습니다.

박회장　에이 여기 선생님들은 이것만 하는 프로들인데 알아서 잘하시겠지!

소희Na　**그래, 나는 프로다.**

박회장　어디까지 했지?

비서　세상이 공하다.

박회장　그래서 하루는 내가 여섯 살 때 일인데 하루는 길을 가는데 저 하늘에서 구름이 두 갈래로 좌악 갈라지더니 빛이 쏴아~~~~~ 나한테로 쏟아지더라 이겁니다.

소희　또 빛이.. (조심스럽게) 회장님 근데요. 쪼금만 더 현실적인 이야기는 없을까요?

박회장　현실? (심기가 불편한 듯 비서를 쳐다본다)

소희　쪼금 더 인간적인 이야기라든지..

박회장　(불편한 듯 비서를 쳐다본다)

비서　좋은 지적이십니다! '인간' 박영규의 '인간'으로 사는 길. 이게 저희 회장님 출마 슬로건이든요. '인간'이라는 단어를 최대한 많이 써주십쇼.

소희　(표정)

(e)　(학교 종소리)

## S#24. 7년 전 과거 | 한빛여자고등학교 외경 (아침)

## S#25. 7년 전 과거 | 학교 / 교무실 (아침)

1교시 시작. 대부분의 선생님들은 수업 가고 없고, 수업 준비 중인 지구.

세진　(e) 담임이 너무 무관심한 거 아니에요?

지구　(돌아보면 세진이 와 있고, 아까 챙겨온 종이뱀을 내려놓으며) 나 파충류 안 좋아한다. 이건 뭐 술을 담글 수도 없고.

세진　(종이뱀을 보며 살짝 좋은) 난 줄 알았네?

지구　그니까 무관심하다고 너무 뭐라 하지 마. 니들은 담임이 하나지만, 난 학생이 30명이 넘어. 이름 외우기도 힘들어 죽겠는데, 너 1교시 안 들어가냐?

세진　담임이랑 상담하고 온다니까 수학이 보내줬어여.

지구　야 나한테도 스케줄이란 게 있는데 예약을 좀 하고 오던가.

세진　(ol) 선생님 수업 없는 거 알고 왔는데?

지구　(한숨) 그럼 이따 점심 먹고 와.

세진　됐어요. (가려다 말고 걸려있는 열쇠를 보며) 도서관 옥상 열쇠 선생님한테 있었네요? 저 이것 좀 빌려주면 안 돼요? 확 죽어버리게.

지구　진짜 죽을 사람은 죽는단 말 안한다.

세진　어떻게 알았지?

지구　(한숨 쉬며) 앉아. 대신 상담은 5분이다.

컷 튀면, 지구 옆자리에 앉아 있는 세진.

세진　이 정도면 학폭인데, 왜 때렸는지는 정도는 물어봐야 되는 거 아닌가.

지구　(무심하게) 맞을 짓을 했으니까 걔도 가만히 있겠지.

세진　..저더러 걸레라길래 깠어요.

지구　..잘 깠네~

맞은편 자리에 있던 선생님 자리에서 머리가 슬쩍 올라왔다가 다시 확 내려간다. 어쩌다 엿듣게 되었지만 몸을 낮추고 본격적으로 엿들을 자세 취하는 선생님.

선생님　(완전 어이없는, 혼잣말로) 걸레라니... (세상에..)

세진　(e) 근데 저 걸레 맞거든요.

선생님 (동공지진, 놀라서 입 틀어막는)

지구 쪽 자리.

세진 (태연하게) 저 맨날 오빠들이랑 자요. 병신같은 애들이 부럽다고 하면서 뒤에선 걸레라고 욕해요. 부모님 모시고 오라고 해도 소용없어요. 부모님도 다 아세여 저 걸렌거.

지구 (당황했지만) ...일단 피임은 하지?

우당탕탕!! 소리에 놀라서 보면 엿듣다가 놀라서 자빠진 선생님..

지구 선생님 괜찮으세요?

선생님 (당황, 주섬주섬) 아 네네. 괜찮아요. (괜히 혼자 어쩔 줄 몰라서) 내가 교과서를 어디다 뒀더라..

지구/세진 (보고 있다가 웃음 터진)

세진 (놀리듯이) 피임은 잘 해야 한다고 성교육 시간에 익히 배워서, 잘하려고 노력 중입니다 선생님.

지구 (연기 톤으로 어깨를 토닥이며 맞장구) 그래.. 좋은 학생이군... 바람직해. 허허

선생님 상담.. 계속하세요.. 크흠!! 그럼 전 이만. (도망치듯 나가는)

지구/세진 (웃음 터진)

세진 저 술 사주세요 선생님.

지구 작작 해라 자식아!

세진 사달라구요... 네? (조르는)

지구 안 돼. 나 오늘 약속 있어.

세진 그럼 내일요.

지구 내일도.

세진 그럼 그냥 오늘. 늦어도 되니까.

지구 술은 웬만하면 부모한테 배우면 안 되겠냐?

세진 싫은데.

지구 (졌다는 표정에서)
(e) (맥주캔 따는 소리)

## S#26. 7년 전 과거 | 편의점 (낮)

소희, 벌컥벌컥 목이 뒤로 꺾일 듯 맥주 한 캔을 다 비우고 나서야 살 것 같다는 표정, 이때 지연한테 전화가 온다.

지연 (F/속사포로) 뭐해? 어디야? 끝났어?
소희 (숨을 몰아쉬며) 아우 너 없었음 어쩔뻔했냐.
지연 (F) 어머 나?
소희 (맥주 보며) 아니 얘.

## S#27. 7년 전 과거 | 박회장의 세단차 (초저녁)

운전 중인 윤비서. 어디론가(호텔) 향하는 박회장의 차 안.
딸(세진)과 통화 중이다.

박회장 (가식적인 자상함) 세진아~ 아빠야~ 학교는 마쳤니?
세진 (F) ....
박회장 (윤비서한테 인상 쓰며) 전화 걸린 거야?
비서 (모니터 확인) ..걸렸는데..
박회장 세진아?
세진 (F/짜증) ..말하라고요.
박회장 어 그래. (급 자상모드) 우리 세진이 오늘 생일인데 아빠가 오늘 급한 미팅이 잡혔어요~ (대답 없고) 그래서 식사는 같이 못할 것 같은데.. 어쩌지?
세진 (F) 하던 대로 하세요.

박회장 (찌릿, 비서 눈치 보는)

비서 (사이드미러로 눈치 살피며) 요즘 애들 말투인 거 같습니다.

박회장 세진이 지금 뭐하니?

세진 (F) 주유소 오빠들이랑 놀아여.

비서 (침 꿀꺽, 못 들은 척)

박회장 음~ 그럼 너무 늦지 말고 집에 들어가세요~ 우리 딸 아빠가 사랑해요~

세진 (F) ....

박회장 끊겼나? (급 표정 바뀌며 윤비서한테) 후.. 가다가 꽃집 좀 들리지~

비서 따님 주시게요?

박회장 한지연이 좋아할 만한 꽃으로.

비서 (모니터 보고 당황) 회장님 전화 아직 안 끊겼는데..

박회장 !! (빠직, 다시 자상모드) 세진아~?

(e) (전화 끊는 소리)

비서 이제 끊겼습니다!

박회장 (열 받은)

## S#28. 7년 전 과거 | 길거리 / 벤치 (초저녁)

혼자 벤치에 앉아 있던 세진, 지구에게 문자를 쓴다.

*[문자 인서트// 늦게라도 연락줘요. 쌤.]*

문자를 보내고 외로운 한숨을 쉬는 세진, 지나가는 커플을 눈으로 멍하니 좇는.

## S#29. 7년 전 과거 | 호텔 복도 (저녁)

스위트룸으로 향하는 복도.

꽃을 든 박회장이 콧노래를 흥얼거리며 스위트룸으로 향한다.

## S#30. 7년 전 과거 | 호텔 / 스위트룸 밖 → 안 (저녁)

카드키를 대고 객실 내부로 들어가는 박회장.
설레는 얼굴로 지연을 찾는데, 풀장에서 실컷 놀다가 젖은 머리로 가운을 걸치고 헐떡이며 나오는 섹시한 지연의 모습에 입이 귀에 걸리는 박회장.

지연 어머 회장님~~~~!!

이때 어디선가 날아오는 탱탱볼에 머리를 정통으로 맞으며 일순 정지된다. 박회장을 향해 탱탱볼을 던졌던 지구, 박회장을 노려보며 "나이스샷.." 한편, 그 옆에서 박회장을 보고 그대로 굳어버린 소희 "저 사람은..." 소희와 지구를 보고 동시에 굳어버린 박회장의 황당한 표정. 지연이만 신났다.

지연 회장님, 여기 풀장 있는 거 아셨어용??? 너무 좋아서 저희끼리 먼저 놀고 있었어여! 맞다 얘들은 제 친구들인데 회장님이랑 재밌게 놀게 해드릴라고 제가 불렀거든요 쟤가(소희) 오락부장 출신인데 진짜 모르는 게임이 없어요! 오늘 밤새도 못 해요.

소희를 보는 박회장, 그런데 어디선가 많이 본 얼굴이다.

박회장 자네는...?!
소희 박회장님이 여기는 왜.. (지연과 박회장을 번갈아 보는)
지연 어머! 둘이 아는 사이야??
소희 (황당) 응. 일적으로 좀..
지연 대~박! 안 그래도 같이 놀기엔 나이 차이가 너무 많이 나서 뻘쭘하면 어떡하나 좀 걱정스러웠는데 우리 다 운명인가 봐!
박회장 (폭발 직전) 이 친구가 참..! 아이~ 참!! (신경질 나서 어쩌질 못하는)
지구 (탱탱볼을 튕기며 쌤통이라는 듯) 왜여. 생각하던 그림이 아니세여?
박회장 (뭐야 저건? 하는 표정)

지연 그럼 우리 회장님도 입수!!! 휙, 휙~~~ (호루라기를 불며 회장님께 다가가는)

소희 (불길) 지연아 그거 아닌 거 같애...

지연, 호루라기를 물고 회장님을 끌고 가서 사정없이 물속에 빠뜨리자, 중심 못 잡고 풀장에 빠지는 박회장.

지연 (어린아이처럼 물을 뿌리며) 회장님! 입수하니까 완전 재밌죠! 대박이죠!!!!!

박회장 (물 맞으며 허우적) 하지 마! 하지 마! 하지 말라고!!!!!!!!!!!!!!!!

일순 정적. 소희의 시선에 통창 밖의 서울 야경과
화가 난 박회장, 영문을 모르는 지연의 얼굴,
박회장을 노려보는 지구의 표정이 하나씩 들어온다.

소희Na **매일 무언가를 향해 오르고 또 올랐다.**
**하지만 지금 이곳이 지금껏 우리가 오른**
**가장 높은 곳이 될 것 같다는 슬픈 예감이 든다.**
**..서울 야경이 이렇게 예뻤던가...**

## S#31. 7년 전 과거 | 호텔 엘리베이터 (밤)

고층에서 내려오기 시작하는 엘리베이터.
지연이만 여전히 영문도 모르는 얼굴이다.

소희 너와 나의 미래가.. (엘레베이터 숫자를 보며) 지금 딱 이 엘베 같다.

지연 왜? 난 회장님이 전문 경영인으로 키워준댔는데?

소희 그게 지금도 유효할까?

지연 왜? 회장님 내가 물에 빠뜨려서? 많이 빡치셨나?

소희 화는 니가 물에 빠뜨리기 전부터 나셨지.

지구 야. 너 진짜 몰라서 하는 소리야? 회장님이 무슨 뜻으로 널 여기로 부른 건지 진짜 몰라? 아 진짜 빡치게 하네.

지연 회장님이 나한테 흑심 있는 거야 나도 알지~ 근데 내가 그런 남자가 한둘도 아니고. 요즘 넘 심심하시다니까 이참에 니들이랑 놀면 좋겠다 싶어서.

소희 눈치가 없는 게 아니라 간땡이가 부은 거였구나.

지연 그럼~ 내가 눈치가 얼마나 빠른데? (매의 눈) 너 지금, 머리 가렵지.

소희 (그러고 보니 그런) 어떻게 알았어? (슬쩍 머리 긁는)

지연 이틀 머리 안 감았다며~ 그리고 지구 너.. (매의 눈) 지금 연락 오는 사람 있지?

지구 (깜놀) 뭐야.

지연 (옷 속에서 울리고 있는 지구의 휴대폰 보며) 너 지금, 문자와쏭!

문자를 확인하는 지구.

*[지구의 폰 인서트// 세진으로부터 온 문자. "한빛 공원에 있을게요."]*

## S#32. 7년 전 과거 | 공원 (밤)

세진이 앉아 있고 지구가 탄산음료 하나와 이온음료 하나를 사 와서 종이컵 두 개를 놓고 따른다.

지구 (탄산음료 따르며) 자, 이건 맥주라 생각하고 한잔하고, (이온음료 따라주며) 이건 소주라 생각하고, (혼잣말) 말아먹어도 괜찮겠다. 섞어볼까.

세진 진짜 술 먹어도 뭐라 하는 사람 없어여. 우리 부모님이 왜 절 이 학교로 전학시켰는지 아세여? 들으면 좀 놀라실 수도 있는데.

지구 너 또 걸레니 뭐니 이상한 단어 쓸 거면 진짜 가만 안 둔다. 나 그런 거 되게 싫어해. 걸레란, 바닥을 청소할 때 쓰는 도구! 주로 헝겊이나 헌 수건을 이용한다! 이게 걸레야! 알겠냐?

세진 (실성한 듯 웃으며) 차라리 걸레가 낫대요.

지구 !!
세진 그렇게 사는 것보다.
지구 그렇게 사는 거?
세진 (울며 웃으며 약 올리듯) 맞혀보세요 쌤. 그게 뭘까~요?
지구 ....뭐 나쁜 거 아니겠냐.
세진 (이 악물고) 나쁜 거 아닌데.
지구 나 스무고개 싫어한다. 까고 싶으면 알아서 까.
세진 그럼... (머뭇거리다가) 이번엔 당황하지 않을 자신 있어요?
지구 (표정에서...)
(e) (동배) 표정들이 왜 이래?

## S#33. 7년 전 과거 | 오복집 (밤)

오복집에 도착한 소희와 지연, 풀 죽은 채 말없이 앉아 있다.

동배 뭔 일들 있어?
지연 소희가 기분이 안 좋아서 저도 안 좋아요.
소희 (처참한 얼굴) 저희 둘 다 망했거든요.
지연 소희야 난 안 망했다니까! (정말 괜찮은 얼굴)
소희 니가 좀 더 망했다니까~!
지연 난 아무렇지도 않다니까~!
소희 넌 아무렇지 않으면 안 된다니까~!

한심하게 보고 있던 동배. 으그.. 내가 못 살아..
잠시 후, 부추가 한가득 올려져 김이 펄펄 나는 양고기 수육 전골을 내온다.

소희 이게 뭐예요..
동배 양고기 수육. 징기스칸이 꼭 이거 먹고 전쟁 나갔대.

지연 어머 리얼리? 이거 먹음 전쟁나?

소희 후... (고민하는듯) 그럼 찐따오가 있어야 할 것 같은데.

컷 튀면, 양고기 수육 위에 부추 얹어서 찐따오와 함께 먹는 두 사람 모습.

그 뒤로 몽골의 광활한 초원이 펼쳐지며 징기스칸이 말을 타고 나타나 장칼을 들어 올리며 위력을 과시하는 CG 발생.

소희Na **징기스칸의 양고기 수육. 그런데 이걸 먹으니,**
**진짜 가슴 깊숙한 곳부터 뜨거운 뭔가가 솟구쳐 오르더니**
**신기하게도 우울했던 마음이 점차 파이팅으로 바뀌었고**
**우린 어느새, 열혈 무사가 되어있었다.**

소희 (찐따오를 병째 쳐들며) 나가자!

지연 (병끼리 크로스로 부딪치며) 이기자!!!

소희 싸우자가 먼저지.

지연/소희 싸우자!!!

병째 찐따오를 들이키는 소희와 지연의 모습에서..

소희Na **하필 왜 그날 우리는 양고기 수육을 먹어야 했을까.**
**그날 이것만 먹지 않았어도, 우리의 미래는 달라졌을까.?**

## S#34. 7년 전 과거 | 공원 (밤)

31씬에 이어서..

세진 그럼, 이번엔 당황하지 않을 자신 있어요?

지구 (표정에서...)

갑자기 지구에게 기습 키스하는 세진,

지구　　(당황해서 입 닦으며) 너 뭐야.

세진　　(똑바로 보며) 선생님도 이게, 걸레보다 부끄러워요?

절절한 눈으로 지구를 바라보는 세진의 표정에서 6부 엔딩.

# 7부

## 우리가 직장을 그만둔 이유 Part2

## S#1. 7년 전 과거 | 박회장의 개인 응접실 (아침)

지연이 박회장을 기다리고 있다.

지연 (해맑게) 회장님은 아직이신가요?

비서 (성의 없이) 회장님은 안 오실거구요. 한영양사님은 오늘부터 새로운 곳에서 일하게 될 겁니다. 발령이라고 생각하심 돼요.

지연 어머, 혹시 회장님 어제 일 때문에 삐지셨대요?

*[회상 인서트// 어제 저녁*
*(6부 19씬) 박회장: 일 마치고 더 메이 호텔에서 보지.*
*(6부 30씬) 스위트룸에서 박회장과 조우한 지연, 소희, 지구.*
*물 뿌리며 신난 지연에게 "하지 마!! 하지 마!!" 버럭 하는 박회장.]*

지연 (신나서) 글쎄 하지 말라고 어찌나 소리를 지르시던지 개귀욤~!

비서 (능청스럽게 떠보는) 개 좋아해요?

지연 (해맑게) 개요? 멍멍개?

## S#2. 7년 전 과거 | 지구네 학교 / 입구 (아침)

지구, 출근하는데 (박회장의) 고급 세단 한 대가 교정을 빠져나간다.
힐긋 보고 대수롭지 않게 지나치는 지구에서 소타이틀.

7부. 우리가 직장을 그만둔 이유 Part2

## S#3. 7년 전 과거 | 지구네 학교 / 교장실 (아침)

화가 잔뜩 나 있는 교장이 다짜고짜 다그친다.

교장 (다그치며) 그 반에 박세진 학생 말입니다! 걔 아빠가 방금 다녀갔습니다!

지구 !!

교장 (습관적으로 뿔테안경을 바짝 올리며) LW 박영규 회장 몰라요?

지구 모르겠는데..

교장 (답답) 내가 학기 초에 말했잖아요. 내년 초에 정계 진출할 사람이라고, 우리 학교 후원자, 재정적인 큰손이니까 잘 좀 챙기시라고!

지구 (영혼 없는) 아.. 네에..

교장 (안경 바짝 올리며) 그 레즈인지 뭔지, 내가 원 더럽고 망측해서! 암튼 그 희한한 지랄병 안 도지게 긴히 단속 좀 해달랍니다. 안 그러면 육성회비고 뭐고 다 철회하고 유학 보내겠대요.

지구 (차분하게) 근데 지랄병은 좀 무식한 발언 아닌가요.

교장 강선생, 무식이라니요? 지금 나한테 한 말이에요? (큰소리) 나! 서울대 농대 나온 사람입니다!! 덤빌 사람한테 덤벼야지, 암튼 그게 전학 오기 전에도 애들 사이에 레즈라고 소문이 나가지고 여기로 전학을 온 거라는데 우리도 까딱했다간 후원이고 뭐고 학교 이미지까지 추락할 수 있어요! 단속 똑바로 시키세요! 이미지가 생명입니다!

지구 ...

교장 (답답) 알아들었어요?!! 알아들었으면 들었다고 대답을 하세요 대답을!!!!!

지구 (고개 푹) ...듣긴 했습니다...

## S#4. 7년 전 과거 | 지구네 학교 / 교실 (아침)

교실 문을 열고 들어서는 지구의 표정이 서늘하다.

반장 차렷. 경례.

학생들 안녕하세요~

지구 ..... (말없이 아이들 얼굴을 바라보는)

학생들 (왜 저러시지?)

지구 ....진짜 안녕들 하냐?

학생들 (어리둥절)

세진의 얼굴에서 방금 들었던 교장의 말이 디졸브 된다.

*[7부 3씬 회상 인서트// 교장: 그 레즈인지 뭔지, 내가 원 더럽고 망측해서! 암튼 그 희한한 지랄병 안도지게 긴히 단속 좀 해달랍니다!]*

지구 오늘 전달사항은.. (수첩을 폈다가 이내 수첩을 덮어버리는) 됐고. 오늘도 무사히 견뎌라.

## S#5. 7년 전 과거 | 서울 근교의 어느 개 농장 (아침)

평화롭게 뛰어노는 개들.

개 농장 한복판에 원피스를 흩날리며 서 있는 지연의 아름다운 뒤태.

박회장 소유로 길러지고 있는 개들이 숫자 인식표를 달고 뛰어놀고 있고 울타리 안에서 그런 개들을 바라보며 예뻐해주고 있는 지연. 이때 울타리

밖으로 관리소장이 다가온다.

소장　(선하게) 오셨어요?
지연　(개들 보며 완전 신난) 네에! 소장님 개가 정~~~말 많네요. 어쩜 이렇게 개가 많을 수가 있죠?
소장　.....개 농장이니까요.
지연　아.. (해맑게 웃는)
(e)　(팀장) 혹시 박회장이 집적댔니?

## S#6. 7년 전 과거 | 뜨인돌 출판사 사무실 (낮)

컴퓨터로 게임 중인 팀장, 그 옆으로 불려가 어정쩡히 서 있는 소희.
너무 지저분해서 발 디딜 틈도 없이 간신히 균형 잡고 서 있는.

소희　..아니요.
팀장　(게임하며 능청스럽게) 근데 왜 그랬을까?
소희　(찔리는 얼굴로) 왜요...?
팀장　(그제야 힐긋, 소희의 표정을 살피며) 왜, 뭐 있었어?

*[6부 30씬 회상 인서트//*
*호텔 스위트룸에서 만난 박회장의 당황한 얼굴.]*

소희　(말하려다 마는) 꼭 그런 건 아닌데요.
팀장　그런 애들이 가끔 있어. 취재하면서 들은 얘기 가지고 괜히 약점 잡아서 이참에 뭐 좀 뜯어내볼까.
소희　그런 거 아닌데요.
팀장　근데 왜 그랬을까? (몸매를 위아래로 보는) 자기가 막 생겼을 것 같진 않고.. 암튼 그쪽에서 좀 불편한가 봐. 직원을 바꿔줬으면 하대?
소희　(올 게 왔다는 듯 이를 악무는) 팀장님. 죄송하지만 제가 한 번 만 더 나가보면 안 될까요?

팀장　안 되지 않을까?

소희　부탁드리겠습니다.

팀장　회사는 부탁이 아니라 실력이지. (또 비아냥대며 힐긋 보는) 근데 그 양반이 뭐가 그렇게 불편했을까? 뭐 있으면 말 좀 해줘 혼자만 재밌지 말고.

소희　.... (약간 열 받음)

이때 지나가던 부장이 거든다.

부장　(e) 한 번 더 나가보게 해.

팀장　(게임하다가 놀라서 자세 고치는)

부장　(소희를 힐긋 보며) 우리 쪽에서 실수한 건 없는 거잖아?

소희　네! 그런 건 아닙니다!

## S#7. 7년 전 과거 | 일식집 (저녁)

잘 차려진 일식집. 뻘쭘하게 서 있는 소희를 똥 씹은 얼굴로 바라보고 있는 박회장.

박회장　(비서한테 언짢은 듯 작은 소리로) 전달이 안 됐어?

소희　회장님. (꼿꼿하게 서서) 혹시 어제 일로 언짢으신 부분이 있으셨다면..

박회장　(능청스럽게 급 방긋) 우리 어제 무슨 일 있었습니까? 난 굉장히 깨어있는 사람입니다? 편하게 앉아요. 허허

소희　(앉으며) 네.. 감사합니다. (노트북 펴는)

박회장　(도자기에 담긴 술병을 들며) 자, 내 산삼주 한잔 드리지.

소희　아, 전 인터뷰를 해야 해서..

박회장　이 산삼주가 한 병에 이천만원이니까, 한 잔에 200정돈데.. 내 첫 번째 자서전 내주는 일이 이 정도 가치는 있지 않습니까?

소희Na　(완전 놀라며) **200만원?????**

(e) (침 넘어가는 소리, 꼴깍)

소희, 절대 한 방울도 흘리지 않겠다는 일념으로 술잔을 입까지 모셔온다. 컷 튀면, 또 혼자 열변을 토하는 박회장.
들으면서 산삼주를 홀짝 홀짝 자기가 따라 마시는 소희.

박회장 (인상 팍 쓰고) 내가 진짜 못 볼 거 안 볼 거 다 봐가면서 저~ 밑바닥부터 올라온 사람이거든. 근데 내가 누구요?. 한 팔로는 원수를 품고, 또 한 팔로는 힘없고 가난한 자들을 품으면서~ 오른쪽 뺨을 맞으면 왼쪽 뺨을 내미는 예수의 마음으로! 원수도 가족처럼! 힘없는 자도 가족처럼! 가족경영을 실천하며!

소희 (산삼주병 어느새 혼자 다 비운) 가족을 호텔로 부르진 않죠!

박회장 (멈칫) 뭐시라?

소희 아~ 이 가족 진짜 족같네.

소희Na (산삼주를 보며) **저걸 먹는 게 아니었잖아….**

박회장/비서 ???

박회장 (비서 보며) 이거 왜 이래?

비서 이 사람아!!!! (뒤늦은 호통) 이거 왜 이래!

소희 (가까스로 정신) 제가 마음의 소리가 밖으로 그만.. 죄송합니다 (꾸벅했다가 눈빛 바뀌며 고개 쳐드는) 아야, 내가 이럴 줄 알았냐? (본격적인 전라도 사투리 튀어나오는) 워~메 이 느자구 없는 회장 나부랭이가 으짠다고 이라고 까부락 까부락 자빠라졌냐잉~ 대가리채 파 뿌리로 뽑아버릴라니가 무슨 부처여 예수여 박혁거세여 뭐여. 가지자기 지랄들을 해싸 어서 쳐 들은 건 있어갖고 뚫린 셋바닥이라고 뒤질라고 목젖에 바이브레이션 넣고 자빠라졌어. 아야, 니는 그라고 할 짓 거리가 없어서 가 '족'! 같은 비서를 쳐 호텔로 불러쌌냐잉? 니 거서 뭐 할라고 했냐? (여기서부터는 패스트로) 확 그냥 이 대그박에 꾸린네 펄펄 풍김서 이 독불장군 멕시코 개구락지에 시벌허스키같은 조팡매야, 아직 안 끝났어잉 이 맥주병 소주병 콜라병 염병 정신병 개멍청대가리 닭다리 시끼야. 산삼쏘주병으로 양빰 뚜드려 재까 놓고 후드러까고 뚜드러까고 깐 데 또 까고 때린 데 또 까고 한 대 더 까고 살려달라고 사정을 해도 사정없이 까고 울고 자빠져도 까고 깐 데 또 까고 마빡까고 그라고 어리버리 바리바리 삼발이 멍텅구리 빠가사리 세면발이 절뚝바리 아주가리 가리가리 닭대가리 모가지 꺾어가지고 안다리 바깥다리 뒷다리 윗다리 잡아놓고 절구통으로 삐뚜리 빠뚜루 삐빠뚜루 후드려 뚜뜨려 으깨버려 쪼개브려 주겨버려 빠사브려 딱밤 때려브려 이? 개념 좀 차리고 댕기라 이 정신 나간 회장시끼야. 부처고 지랄이고 니가 씨부린 말이 책으로 나오면 내가 그 책으로 평생 똥을 닦을 것이다잉! 알긋냐잉?

정지화면인 듯 하지만, 코와 귀에서는 피가 흐르고 있는 박회장과 비서.

박회장 (겨우 입을 떼고, 소리도 못 지르는) 겨, 겨, 경찰, 119불러.

비서 (폰 들고 덜덜덜)

소희 (발로 밀며) 지랄 염병을 하고 자빠졌네 비켜.

소희가 박력 있게 문을 박차고 나오는 순간, 마침 지나가던 강북구(7년 전 강피디/뿔테안경/오늘 피디시험 붙었음)가 토끼 눈이 되어 이 광경을 보고 섰다. 힐을 신으려는 찰나에 다리에 힘이 풀리며 주저앉으려는 소희를 반사적으로 일으켜 잡아주는 북구. 소희, 갑자기 정신을 차리는 듯 문을 확! 열어 제치고 다시 방으로 들어간다. 그리고는 두고 온 노트북을 챙겨서 다시 나오는 소희. (실로 찌질해 보이지만, 본인은 멋지다고 생각하고 있음)

위풍당당하게 힐을 신고 노트북을 품에 안고 강북구를 지나쳐 걸어가는데, 가다 말고 다시 강북구를 향해 걸어온다. 쫄아서 한 발 물러서는 북구. 소희, 그런 북구를 지나쳐 박회장의 방문을 열더니 힐을 신은 채로 다시 들어가서 코드에 꽂혀 있던 노트북 선을 들고나오다가, 테이블에 놓여 있던 맥주병을 보고는 힐을 벗어서 하이힐을 드는 순간, 한 대 맞는 줄 알고 기겁하며 방어자세 취하는 박회장. 보란 듯이 하이힐로 맥주병을 멋지게 따서 맥주병을 들고나오더니, 시원하게 맥주를 콸콸 털어넣고 한 손에는 노트북을, 한 손에는 맥주병을 들고 지나가는 소희의 모습을 입이 떡 벌어져서 바라보고 있는 북구의 모습에서.

## S#8. 7년 전 과거 | 일식집 앞 길거리 (초저녁)

비틀거리면서도 힐이 꺾일 듯 꺾일 듯 절대 꺾이지 않고 걸어가는 소희.

소희Na **평범했던 내 인생이 그나마 봐줄만 하다고 느껴졌던 건**
**술을 마신 순간만큼은 다 내 세상이었으니까.**

어디론가 전화 거는 소희.

소희 지연.. 어디야?

## S#9. 7년 전 과거 | 개 농장 관리 사무실 (해 질 녘)

개 농장에 있는 개들의 모습을 CCTV로 보며, 좁은 사무실에서 개 파일을 작성 중인 지연. 한껏 신이 난 모습으로 열일 중이다.

지연 (전화기 끼고 신나서) 소희야 나 좀만 있다 전화할게! 나 지금 개 관리 중이거든! 좀 이따 봐! (엑셀 파일로 정리하며 소리내어 읽는) 13호. 특이사항은... 현재 왕성한 털갈이 중. 왼쪽 눈에 눈곱이 많이 끼고 있음. 닭고기보다 오리고기를 더 좋아.. (멈칫) 오리고기를 더 좋아했나? (소장한테 무전 치는) 소장님! 13호가 닭고기를 더 좋아했던가요, 오리고기를 더 좋아했던가요? 아 작은 특이사항까지 쓰라고 하셔서~ 알겠습니다. 근육량이랑 발육상태 꼼꼼히~ 네에~ (다시 쓰는) 12호 몸길이 62센치에 몸무게

14.5키로그람. 오른쪽 다리를 저는 걸로 보아 슬개골 탈골 가능성 보임. (소장에게 상냥한 하이톤으로 다시 무전 치는) 소장님~! 농장에 계시면 32호 코끝 상태 한번 체크해 주실 수 있을까요? 오전에 보니까 코끝이 너무 말랐길래, 아하 무전기 들고 퇴근하셨다구용? 그럼 제가 할게요!! 돈 워리 돈 워리!

사무실에서 개 농장으로 내려가는 계단을 하이힐 신고 힘겹게 내려가는 지연의 모습에서..

## S#10. 7년 전 과거 | 오복집 (저녁)

마치 퇴근하듯 오복집으로 들어오는 소희.

소희 왔어요!
사장 (상태 보고) 어디서 또 그렇게 먹고 와?
소희 (털썩 앉으며) 해장술 주세요!

팔팔 끓는 라면에 계란을 세 개 풀고, 참기름을 두른 참깨계란라면 완성. 소주와 함께 내오는 사장님. 면발을 들어 올려 먹으려는 순간, 지구가 들어온다.

지구 저두요! 깍두기 국물 넣고.

팔팔 끓는 라면에 깍두기 국물을 넣은 깍두기 라면이 나오는.

지구 (먹으며) 인터뷰는, 잘했어?
소희 (먹으며) 묻지 마. 사고 쳤어.
지구 지연이 때문에?

이때 지연, 완전 해맑게 들어온다.

지연 얘들아~~~~~~~~~~~~~~ (완전 신났음) 완전 대박이야! 강아지가 백마리가 넘어! 근데 완죤 완죤 완죤 이뻐!

지구 너 똥냄새 나.

지연 하하하하하! 이거 우리 댕댕이들 똥냄새야! 얘네도 이쁜 사람 알아보나 봐. 날 얼마나 좋아하는지 나보면 막 지린다니까. 하하하

지구/소희 (라면 먹다 말고 멍하니 보고 있는)

소희 지연아, 너 근데 개 농장에서 일하는 거 말야... (머뭇)

지구 (아무렇지 않게) 좌천된 거야.

지연 (지구 라면 뺏어먹으며 입에 물고 진짜 맛있게 먹는) 너무 맛있어.

소희 널 진짜 나쁜 의도로 불렀다는 게 확실해진 거지.

지연 (해맑게 먹으며) 나도 어느 정도는 안다니까? 근데 그게 왜? (기분 여전히 좋은)

지구 (술 마시며) 그게 왜?

소희 (실성한 듯) 흐흐.. 이게 지연이지..

지구 야. 그럼 그 새끼랑 그냥 단둘이 놀고 사귀고 다 하지 우린 왜 불러대냐?

지연 (생각만 해도 미리 빵 터진) 야 알잖아 나 그 회장님이랑은 못 사겨~ 내가 늙은 남자, 배 나온 남자, 머리까진 남자, 다 만날 수 있어도 목 뒤 까만 남자는 못 만난다? (비밀 말하듯) 우리 회장님, 목뒤가... 블랙죠야.

소희 (미쳐가는) 흐흐... 우리 지연이가 그랬구나.... 흐흐.. 흐흐..

지구 너 좀 저기로 가서 먹음 안 되냐? 잠깐 좀 안 보자 우리.

지연 아 왜~

지구 (소희 보며) 괜찮냐?

*[7부 7씬 회상 인서트//*
*소희: 가족을 호텔로 부르진 않죠!*
*소희: 니 거서 뭐 할라고 했냐? 확 그냥 이 대그박에 꾸린네 펄펄 풍김서 이 독불장군 멕시코 개구락지에 시벌허스키같은 조팡매야.]*

지연　(눈치 없음) 왜 소희 왜 무슨 일 있었어?

소희　(실성 상태) 아니야... 너만 행복하면 됐어..

지연　사장님~ 식은 밥 남은 거 있어여?!! (지구 국물 보며) 완전 말아먹을 거야.

지구　(버럭) 야. 니꺼 따로 시켜 왜 내꺼에 말아먹는데?

지연　다 먹은 거 아냐?

지구　그래도 먹지 말라고!

소희　(그릇 밀어주며) 지연아 내꺼 먹어라.. 난 생각이 없다..

지연　시져! 니꺼에선 술 냄새 난단말양 흐흐흐.

때마침 소희한테 울리는 전화.
*[발신자 인서트// 뜨인돌출판사 신팀장님]*
전화 안 받고 그냥 테이블 위에 두고 한숨 쉬는 소희.
동시에 지구의 전화도 울리고 있다. *[발신자 인서트// 박세진]*
역시 전화 안 받고 테이블 위에 올려두고 한숨 쉬는 지구.

지연　둘 다 전화 안 받을꼬얌?

소희　응. 난 내일 죽을래.

지구　(생각에 잠긴 듯 전화기를 보다가) 난 먼저 간다. (획 가버리는 지구)

지연　근데.. 오늘 지구 좀 화난 거 같지 않아?

소희　흐흐.. 너만 행복하면 돼..

## S#11. 7년 전 과거 | 공원 (저녁)

지난번 함께 앉았던 자리에 앉아 있는 세진. 맥주 두 캔 들고 다가오는 지구. (저만치에는 다정한 연인이 앉아 있다)

지구　한잔할래? 아님 뭐 담배 사다 줘?

세진　다 싫어요.

지구 (옆에 앉으며) 하라 그러면 또 하기 싫지.

세진 그래서 너도 하지 말란 거에 더 끌리는 거다. 이 얘기할라구?

지구 (맥주캔 따며) 완전 아니라고 볼 순 없지 않냐? 금지된 거에 끌리는 건 그냥 본능 같은 거야.

세진 본능이 먼저였다면요.

지구 (맥주 들이켜다가 쳐다보는)

세진 유치원 때였어요. 생일이면 뽀뽀를 해줘요. 남자애들은 여자애한테, 여자애들은 남자애한테. 전 그게 싫다고 했고, 다들 부끄러워서 그러나 보다.. 했지만, 전 그때부터 알았어요. 내가 다르다는 거.

지구 (세진을 보는)

세진 (저만치 다정하게 앉아 있는 연인을 보다가) 선생님도 내가 거꾸로라고 생각해요?

지구 (조금 고민하다가) 숫자적으로 니가 꿀리는 건 맞겠지. 그러거나 말거나, (원샷하고 맥주캔 구기며) 애초에 거꾸로 태어났건, 어쩌다 거꾸로 걷게 됐건 너한테 앞이면 그게 앞이야. 앞으로 걸어 임마, 누가 뭐래든.

세진 아빠가 그 꼴 못 본다고 유학 보낸대요. 저 유학 싫어요 선생님.

지구 (맥주 한 캔 더 따며) 그럼 그냥 집 나와. 우리 집에서 재워줄게.

세진 진짜요?

지구 대신 우리 아빠 목사고, 엄마는.. 너 몇 등 하는 지부터 물어볼껄?

세진 (피식 터졌다가 잠시 정적) 나 선생님 좋아해요.

지구 그래.. 솔직히 나 학창 시절에 여자애들한테 연애편지 많이 받았어. 내가 동성한테 끌리는 뭐 그런 게 있나 봐. 근데.. 그 때 나한테 연애편지 줬던 애들 대부분 다 지금은 결혼해서 잘 살아. 너도 그러란 게 아니라, 좀만 더 천천히, 깊게 보라고 널... 아직 시간은 많으니까.

세진 전 바다보다 산이 좋아요. 겨울보다 여름이 좋고. 티비보다 라디오가 좋고, 새보단 벌레가 좋고, 남자보단 여자가 좋아요. 언젠가 바뀔 수도 있겠지만, 지금은 이게 확실해요. 좋아하는 게 잘못은 아니잖아요. 좋아하는 걸 못하고 사는 게 더 불행한 거지.

지구 ....니가 내 담임이었음 좋았을 걸 그랬다. 그럼 내 인생도 좀 달라졌을까.

세진 (피식) 컵라면 사주세요. 배고파요.

지구 (어쩌냐) 나 라면 먹고 왔는데.

세진 (째려보는)

지구 (일어나며 엉덩이 터는) 먹자! 나도 제대로 못 먹었어. 누가 짜증나게 해가지구.

컷 튀면 일어나서 걷는 두 사람 모습에서..

세진 (e) 근데 진짜 술이 맛있어요? 솔직히 난 쓰기만 하던데.

지구 (e) 그게 달아지는 날이 온다~

## S#12. 7년 전 과거 | 버스정류장 근처 (아침)

깊은 한숨과 함께 각오를 다지듯, 버스 정류장을 향해 가는 소희.
저만치 출발하는 버스의 뒤꽁무니가 보이고, 반사적으로 뛰는데 버스가 멈춘다.

소희Na **입사 이래 한 번도 잡힌 적 없던 버스가 잡혔다.**
(버스에 올라타려다 말고) **운수 좋은 날의 엔딩이 뭐였더라..**

## S#13. 7년 전 과거 | 뜨인돌출판사 (아침)

소희, 자신 있게 문을 확 열자마자 사무실 저 끝에서 벼르고 있던 팀장이 집히는 책 한 권을 집어서 있는 힘껏 소희에게 던지는데, 턱 하니 받아내는 소희.

소희 (자기도 모르게) 나이스 캐치.

팀장 !!!

소희 (책을 슬쩍 내려놓으며) 죄송합니다.. 받아졌어요.

팀장　한 번만 믿고 기회를 줘? 잘할 수 있습니다? (저만치에서 격분해서 소희한테 좀비처럼 다가오는데 의자와 책상에 걸려 자꾸 자빠지는) 그래놓고 뭘 어떻게 했다고?

*[7부 7씬 일식집 인서트//*
*소희: 부처고 지랄이고 니가 써부린 말이 책으로 나오면 내가 그 책으로 평생 똥을 닦을 것이다잉! 알긋냐잉?]*

소희　(모기만한 목소리) 제가 어제 산삼주를 좀... (고개 푹)

팀장　(걸어오면서 의자와 책 꾸러미들에 걸려 계속 넘어지며) 야! 니가 어디 가서 그런 대기업 회장을 만날 수나 있을 것 같애? 발로 써도 대박 날 책이었어! 일은 지지리도 못하면서 뚫린 주둥이라고 앞뒤 구분 못하고 나대는 촌뜨기년이 여기가 어디라고 기어들어 와서 똥칠을 하고 자빠졌어!

소희　(작은 목소리로) 그럼 팀장님이 쓰시면..

팀장　뭐? (바닥에 잡히는 책을 들고 좀비처럼 다가오는) 너 방금 뭐라 그랬어?

소희　(살짝 발끈) 발로 써도 대박 날 책이면..

팀장　뭐라고??

소희　죄송합니다... (나오는 대로 나오는 말) 그게... 팀장님 발밑에 워낙 종이가 많길래.. 그대로 발로 쓰시면 될 것 같다는 생각을 어쩌다 해봤습니다..

직원들　(웃음 터진)

팀장　(책으로 내리칠 듯) 뭐 이 개 같은 년이!

팀장이 소희를 책으로 치려는 순간,
극적으로 부장실이 열리며 그 문에 부딪치며 또 자빠지는 팀장.

부장　(자빠진 팀장 내려다보며) 밥 안 먹어?

일동　....

팀장　!!! (가까스로 일어나는) 지금요?

부장　내가 깜빡하고 아침을 안 먹고 왔네? (소희를 쳐다보는)

## S#14. 7년 전 과거 | 선짓국집 (아침)

선짓국 두 개가 올라온다. 말없이 선짓국을 먹기 시작하는 부장.
눈치만 보며 고개를 푹 숙이고 있는 소희.

소희 잘못했습니다 부장님..

부장이 팔을 들어 소희의 옆 벽에 붙어있는 냅킨을 뽑는다.
순간 맞는 줄 알고 방어자세 취했던 소희, 민망한 듯 다시 자세를 푼다.

소희Na **맞을 짓을 하긴 했지, 그놈의 술만 아니었어도...**
**진짜 술이 웬수다 웬수.**

부장 술 한잔 할려?
소희 (깜짝) 아닙니다!...

컷 튀면, 소주가 채워진 잔을 보고 있는 소희.

부장 회사 잘리는 마당에 건배는 좀 그렇고.. 한잔해. 편하게.
소희 아.. 네. (들고 마시는)

소희Na **아.. 나 잘린 거구나. 캬.. 이 와중에 소주가 넘어간다~!!**

소희, 말없이 숟가락을 들어 선짓국을 떠먹는데 오늘따라 맛있다.

소희Na **뭐야, 이거 왜 이렇게 맛있어? 이게 이렇게 맛있었다고?**

걸신들린 사람처럼 선짓국을 떠먹는 소희, 그런 소희를 부장이 보고 있다.

부장　(비밀 알려주듯) 사실 이 근처에서 먹을만한 집은 이 집 하나야. 이 집이 진짜 맛집이라고.

소희　(먹다 말고) 그, 그런 거 같아요.

부장　그래도 다음 직장에 가게 되면, 돈가스 먹고 싶다고 당당히 얘기하게.

소희　(헐... 일시 정지)

부장　박회장한테 지르는 걸 직관을 했어야 했는데 말로만 들어서 아쉬워. (소주를 한 잔 주며) 술은 항상 스토리를 만들지. 난 자네 같이 인간적인 스토리가 좋아.

소희　가.... 감사.. (어리둥절)

소희Na　**한 게 맞는 건가.**

부장　(트림하며) 그동안 고생 많았어~ (양복 안에서 봉투를 꺼내 소희 앞에 주며) 별건 아니지만 챙겨. (이쑤시며 먼저 나가버리며 주방 쪽에 대고) 오늘 좀 짰어!

소희　(봉투를 일단 들고 따라나서는)

## S#15. 7년 전 과거 | 선짓국집 앞 (아침)

선짓국집 앞, 이빨을 쑤시며 이미 저만치 가버린 부장.

부장　(이쑤시며 흥얼거리며 가는) 이제 점심을~ 누구랑 먹나아~

소희, 봉투를 열어보면. 치즈 돈가스 쿠폰 100장이 들어 있다. 헐...
소희, 앞서가는 부장과 쿠폰을 번갈아 보는.

소희　저 꼰대, 좀 귀엽네. (이미 저만치 가버린 부장 쪽에 외치는) 고맙습니다!!! (하늘 보며 후련하게 걷는) 술 때리기 좋~은 날이다!!!

## S#16. 7년 전 과거 | 지구네 학교 / 교실 (아침)

교단에 서는 지구. 세진이가 보이질 않는다.

지구　세진이가 안 보이는데?

학생들　(수군수군)

지구　왜, 뭔데.

학생1　지금 SNS랑 학교 게시판에 난리 났어요. L이라고.

지구　엘?

학생2　레즈비언이요.

*[SNS 내용 인서트//*
*누군가가 한강에 있는 세진과 지구의 뒷모습을 멀리서 찍은 사진.*
*게시글: 한빛여고 박세진, 휘운고에서 L이어서 왕따당했다더니 맞나봄.*
*답글: 레즈비언!!!!!!!!!!!!!!!!!! 대박이다.*
*답글: 그럼 지금까지 걸레 연기한거임?*
*답글: 걸레 소문 묻을라고 어그로 끄는거 아님?*
*답글: 주유소 오빠한테도 여자 좋아한다고 했다고 함.*
*답글: 으아 제발 난 좋아하지 마라.*
*답글: 솔직히 더럽다. 걔네 아빠도 끝났네 이제.]*

지구　(애써 차분) 그래서 지금 연락되는 사람 아무도 없어?

학생들　...

학생2　1층 화장실에서 담배 까고 있던데요? 얼굴 완전 맛가가지고.

걱정스러운 얼굴로 교실 창밖을 바라보는 지구.
이때 세진한테 문자가 온다.
*[문자 인서트// 세진: 선생님, 전 이제 자유요.]*
지구, 불길한 느낌에 급하게 교실을 나와 세진에게 전화를 거는데 안 받는다.

## S#17. 7년 전 과거 | 지구네 학교 / 교무실 (아침)

지구, 교무실에 들어서자마자 교장이 기다렸다는 듯 다가와서 성을 낸다.

교장 강선생, 내가 그렇게 단속하라고 일렀거늘 결국 이 사단이.. 사진 봤죠? 아니 도대체 어떻게 여자가 여자를!!!

지구 (자리로 가며 꾹 참다가 이 악물고 고개 드는) ..좋아하면 안 되나요?

교장 안 되구 말구요!!!

지구 (역시나 도서관 옥상 열쇠만 사라진) 없어..

교장 (팔자타령을 하듯) 내가 이 망측한 꼴을 볼라고 교장을 하고 있으니

지구 (ol/차분하지만 심각) 교장선생님. 아무래도 세진이가 옥상으로 간 것 같아요.

교장 옥상이면.. 잠깐만. 지금 뭐 자살이라도 한다 이겁니까?! 아 미치겠네! 왜 하필 우리 학교에서! 아 진짜 돌아버리겠네! 아 미치겠네 진짜! (공포에 떠는) 올라간 거 확실해요? 진짜 자살 하는 거 맞냐구요? 저 지금 멘붕입니다!!

지구 일단 제가 올라가 볼 테니까 교장선생님은 119 좀 불러주세요. (뛰어가는) 빨리요!

교장 강선생!

지구 (왜 또?)

교장 (다급하게) 저, 119 번호 모르는데!?

지구 (폭발하며 나가는) 이씨, 전화기에서 119를 눌러! 서울대 나왔다면서 그것도 몰라?

교장 (얼음)

문 쾅 닫고 나가는 지구의 모습에서..

## S#18. 7년 전 과거 | 개 농장 외경 (아침)

개 농장 앞에 박회장의 세단차가 멈춰선다.

## S#19. 7년 전 과거 | 개 농장 관리 사무실 (아침)

관리 사무실로 들어오는 박회장. 사료들을 체크 중이던 관리소장과 지연, 박회장이 들어오자 반갑게 맞는다.

지연 (해맑게) 어머~~ 회장님 안녕하셨어요~ 너무 보고 싶었어용.

관리소장 (군대 톤) 오셨습니까!

박회장 (지연을 위아래로 보며 비꼬듯) 여전히 밝아?

지연 회장님은 더 섹시해지셨어요~ (윙크하는)

박회장 고생하더니 눈치가 좀 늘었나~ 커피 한잔 타와 봐?

지연 (해맑게) 회장님 커피는 저쪽에 있으니까 알아서 타 드시면 됩니다~!

비서/소장 (자동 웃음 터진)

박회장 (당황) 웃어??! 어?

소장/비서 아 죄송합니다. / 커피는 제가..

박회장 (소장에게 신경질적으로) 누가 제일 팔팔해?

소장 아. 네. 현재 32호랑 27호 상태가 좋습니다. 한비서가 온 후로 워낙 꼼꼼하게 관리를 잘해서 컨디션들이 다 좋습니다.

박회장 (CCTV로 보며) 32호가 더 괜찮아 보이는데? 털 색도 좋고.

지연 어머~맞아요 회장님! 저 아이가 점프를 얼마나 잘하는지 제 여기(가슴)까지 막 뛰어오른다니까요. 하하하

박회장 (ol) 아픈 덴 전혀 없단 거지?

지연 어머 우리 회장님~ 동물 사랑 진짜 개감동~

비서 (전화 건네며) 회장님, 사모님 전화인데요. 세진이한테 문제가 좀..

박회장 (인상 팍).. 가지! (32호를 보며) 저놈으로 잡아!

비서 (소장한테) 내일이 복날이니까, 내일 점심에 드실걸세. (가는)

소장 (뒷모습에 대고 꾸벅) 네. 알겠습니다!

지연 (잠시 멍) 소장님, 잡다니요... 드신다니요?

소장 (도구 보관함에서 칼자루 꺼내며) 영양사님은 본인이 뭔 일 하는지도 모르시나 봐?

지연 (불길한 마음에 설마 하며 묻는) 그니까 그게 제가 하는 일이 회장님의 영양 관리인지, 아니면 개들의 영양 관리인지 좀 헷갈려서요.

소장 그게 그거죠. 어차피 회장님이 잡수실 건데. 영양가 있는 놈을 먹어야 회장님 영양도 좋아질 거 아닙니까..... (칼자루를 꺼내 들고 정육점 앞치마 하고 내려가는)

잠시 칼 맞은 사람처럼 서 있던 지연으로 카메라가 빠르게 줌인 되며...

지연 (비릿하게) 진짜 개 한번 잡아봐?

지연, 소장이 열고 간 도구 보관함 안에서 커다란 도끼를 꺼내 들고 계단을 서늘하게 내려가는 데에서..

## S#20. 7년 전 과거 | 지구네 학교 근처 (낮)

사이렌 소리. 경찰차와 구급차가 학교로 들어온다.

## S#21. 7년 전 과거 | 지구네 학교 / 도서관 건물 아래 (낮)

건물 위를 올려다보며 벌벌 떨고 있는 교장선생님.

## S#22. 7년 전 과거 | 도서관 건물 / 엘리베이터 앞+오복집 (낮)

8층에 멈춰 있는 엘리베이터 앞으로 다급히 뛰어오는 지구. 소희한테 전화 오고

지구　(엘리베이터 버튼 누르며 층수 확인) 어. 왜.

소희　(F) 나 낮술 까는데

지구　(ol) 나 바빠 (버튼 미친 듯이 막 누르며) 빨리 좀 내려와라 좀! 아이씨 (비상구로 올라가려는데)

소희　(F) 아니야 기다려!!

지구　(멈칫)

소희　엘리베이터가 빨라. 너보다.

(e)　(엘리베이터 내려온 소리) 땡!

지구　(문 열리는 엘리베이터 보며) 어. 맞네.

## S#23. 7년 전 과거 | 도서관 건물 / 옥상 위 (낮)

지구, 옥상 문 열고 들어가면 세진이 옥상 난간에 걸터앉아 이어폰을 끼고 과자와 소주를 먹고 있다.

지구　(세진을 보며 안도의 한숨) 뭐 하냐.

세진　(지구를 보고 살짝 취한 듯) 저 어른 됐나 봐요. 소주가 달아요.

지구　(숨을 고르며 다가가는) 꼬깔콘이 단 거야.

힐긋 세진의 얼굴을 살피는데 여기저기 멍들고 찢긴 자국들이다.

세진　(피식 웃으며) 밤새 맞았어요. 유학 안 간다고 맞고, 사람 좋아하는 게 뭐가 죄냐고 말했다가 또 맞고.

지구　우리 집으로 오랬잖아.

세진　이럴 땐 좋아하는 사람 말고 친구네 집 가고 싶었는데, 친구가 없어요.

지구　....

세진 나 괜찮아요. 끝까지 선생님이 알려준 대로 살았으니까.

*[회상 인서트// 개학 첫날 (낮)*
*세진의 시선에서, 지구가 담임으로 들어온다.*
*지구: 안녕. 난 강지구다. 니들 담임이고. 끝! (세진이 지구를 힐긋 보는)*
*학생들: 어우 뭐에요~~~~~~ 더 해주세요~!!!*
*지구: 뭘 더 해.*
*남자친구 있어요? / 첫사랑 이야기해 주세요! / 몇 살이에요? / 멋있어요! 자기소개 더 해주세요!!*
*지구: 후... 조르바를 쓴 카잔차키스가 죽기 전에 이런 말을 했다. 나는 아무것도 원하지 않는다. 나는 아무것도 두렵지 않다. 나는.. 자유다. (세진과 지구, 눈 마주치는)]*

세진 (e) 그날 이후로 매일 거기에 멈춰 있었어요.

*[세진의 시선에 지구의 이미지가 햇살에 들어오며 슬로우로 환하게 비춰진다.]*

세진 (e) 처음으로 어떻게 살아야 하는지 알 것 같았어요.

다시 옥상.

지구 그거 그냥 있어 보이려고 한 말이야, 뭐라도 말해야 되니까. 나 사실 자유 그런 거 잘 몰라. 자유롭게 살아본 적이 없고, 실은 내 인생이 너보다 더 노답이야.
세진 그럼 선생님은 이제부터 답 찾으세요... 저는 찾았어요. (비틀, 난간에 일어나서 서는)
지구 야, 너 뭐할라 그래. 일어나지 마.
세진 (뒷걸음질 치며 난간 끝까지 가는) 거꾸로 태어난 사람은, 거꾸로 가면 돼요.

지구 (조심스레 다가가며) 세진아. 그러기에 그 길은 너무 좀 식상하지 않냐? 너 고작 이렇게 뻔한 길 갈라고 힘들게 여기까지 왔어? 아니잖아.

세진 (비틀) 아.. 취한다.

지구 야 나 고소공포증 있어. 너 못 잡아준다고. (잡으려고 한 발 더 다가가는데)

세진 한 발만 더 오면, 죽을 거예요. (뒤를 살짝 보더니) 우와.. 근데 여기 되게 무섭다.

지구 내려와..! (잡으려는 순간)

세진 (허공으로 발 내디디며 웃는) 속았지~!

보란 듯이 만세 하며 공중에 누우며 뒤로 떨어지는 세진.
아주 잠시 손을 뻗은 채 정지되어 있던 지구. 칼 맞은 사람처럼 굳어있던 지구의 발이 이내 슬로우로 움직이기 시작하며, 도약하듯 난간으로 올라가는 지구. 그대로 공중으로 점프하듯 뛰어내리는 데에서...
만세를 하듯 뒤로 떨어지고 있는 세진의 웃는 얼굴이 눈물로 바뀌고,
세진과 간발의 차이로 아래로 추락하고 있는 지구의 모습도 슬로우로...
마치 추락하는 두 마리의 새가 잠시 하늘을 날고 있는 듯하다.

## S#24. 7년 전 과거 | 도서관 건물 / 아래 (낮)

퍽!!!!!!
때마침 도착한 구급차에서 에어매트가 분주하게 펼쳐지던 찰나에 또다시 퍽!!! 극적으로 세진과 지구가 시간차로 하나둘 떨어지는 모습 슬로우로. 매트 펴다가 놀라는 구급대원들과 차마 눈뜨고 못 보고 있던 교장선생님까지 슬로우로..

구급대원 가만히 있어요 가만히!! 들것 가지고 와!!!!!!! 빨리!!!

지구 (정신 차린 듯 세진한테 기어가며) 야 괜찮냐?

세진 (온몸을 떨며 눈물범벅에) 왜 그랬어.... 왜 그랬냐고... (우는)

지구 (눈물을 닦아주며) ...담임이니까. (하늘 보며) 야 근데 이거 기분 째진다.

분주한 구급대원들 다가오는 모습 슬로우로 보이며...
구급대원들이 두 사람의 상태를 체크하고, 들것에 실으려고 하는데..
저만치 다급히 도착하는 박회장의 세단차. 안에서 내리는 세진엄마.
저 멀리 교장선생님까지 달려오고 있는 게 지구의 눈에 보인다.

지구 엄마 오시네...
세진 (고개 돌려서 보는)
지구 보니까 좋지?
세진 (수많은 감정으로 눈을 감아버리는)

들것에 실려 가는 두 사람. 통곡을 하며 세진을 향해 달려오는 세진엄마가 세진에게 달겨들고, 교장선생님이 지구에게 달려온다.

교장 강선생!! (세진 쪽 안 들리게) 죽을라고 환장했어요? 하마터면 우리 학교에서 둘이나 장례 치룰 뻔했어요! 내가 부른 119 덕에 산 겁니다!

지구, 힘겹게 몸을 반만 일으키며 주먹을 쥐고 교장선생님을 향해 뻗는 순간, 주먹이 날아오는 줄 알고 방어자세 취한 교장. 화해의 의미로 주먹을 교장의 주먹에 가만히 가져다 대는 지구.

지구 (주먹을 맞대며 씨익) 잘하셨어요.
교장 (질끈 감은 눈을 뜨고 주먹을 보며 안도의 한숨) ...괜찮은 겁니까?
지구 네 뭐 그런 것 같아요.
(세진에 이어 응급차에 실으려는 구급대원한테) 선생님, 저는 괜찮을 것 같습니다. 보시다시피 멀쩡해서. (교장 보며) 대신 저 조퇴 좀 해도 되겠죠? 친구가 아까부터 낮술을 먹고 있어서...

## S#25. 7년 전 과거 | 오복집 (해 질 녘)

소주병 가득, 소희가 테이블에 엎어져서 자고 있는데 지구가 들어온다.

지구 야. 안소희. 일어나 몇 시부터 마신 거야?
동배 (옆 테이블에서 오픈 준비하며) 나보다 먼저 왔다니까.

겨우 눈뜨는 소희, 이때 막 지연이 오늘도 신나는 얼굴로 등장한다.

지연 싸장님 지연이 왔어욤~~~
지구 넌 또 왜 이렇게 일찍 왔어?
지연 (소희 보며) 어머 소희는 벌써 만취야?
소희 (게슴치레 웃으며 만세) 나 오늘부터 레알 백수 완전 백수다~
지연 찌찌뽕.
지구 너도???

*[7부 19씬 연결 인서트// 〈자막: 한 시간 전〉*
*쾅!!!! 지연이 멋지게 도끼로 철문을 내리친다.*
*잠시 후, 강아지들이 우르르 쏟아져 나오는 데에서..*
*뉴스 화면 인서트로 바뀌는]*

기자Na **L식품업계 박영규 회장이 개인의 식용 목적으로 기르던 개 백여마리가 동물구조원들에 의해 극적으로 구조되면서 충격을 주고 있습니다. 오늘 낮, 임시 보호소로 이송된 개들은 박회장이 약 5년여간 경기도 남양주 일대에서 불법으로 사육, 식용목적으로 길러졌던 걸로 드러났으며. 그곳에서 일하던 한 여직원의 제보로 사건의 전말이 드러났습니다.**

오복집 TV를 통해 뉴스 보고 있는 소희와 지구. 넋 나간...
지연은 아무렇지도 않게 알탕을 먹고 있다.

소희 (술이 깨는) 대.. 박.. 진짜 저게 너라구? 저러고 지금 여기 와서 알탕을 먹고 있다구?

지연 (알탕에 진심인) 내장 너무 맛있다.

지구 (지연을 보며, 기특한) 안 무서웠냐?

지연 무섭긴? 완전 기분 째졌지~

소희 (지구 팔에 상처 보고) 잠깐만 넌 또 왜 그래.

지구 어쩌다 사람 하나 구했어.

소희 아 내 친구들은 뭐 이렇게 하나같이 멋있냐~ 안 되겠다 샴페인 까자!

맥주를 흔들어서 뚜껑을 따니 샴페인처럼 거품 맥주가 흐르고,
맥주잔에 한쪽 구멍을 막아서 취익~ 소리가 나게 따르는 소희.
세 개의 잔에 소주를 이어서 주르륵 붓고
"적시자!" 축하 폭탄주 마시는 세 사람에서.

소희Na **직장을 관뒀다는 건.**
**세상의 모든 직업이 다 우리께 되었다는 걸 의미한다.**

소희 나 개그맨 할까?

지연 뭘로 웃길라구?

소희 그건 아직 생각 안 해봤는데...

지연 난 승무원 어때?

소희 야 승무원 너랑 완전 잘 어울려!

지구 너 수영 못하잖아. 그럼 안 돼.

지연 아 진짜? 그럼 안 되겠네? 그럼 미스코리아는 어떨까?

소희 요즘도 그거 하나?

지구 그것도 직업이야?

지연 아~ 그럼 나 하고 싶은거 또 있다. 되게 되게 섹시한 여교수~

소희 갑자기?

지구 그만해 이제.

소희 지구야. 나랑 지연이랑 직장 구할 때까진 니가 술사야 되는 거 알지?

지구 (시크하게) 내 직장은 안정돼 보이냐?

소희　　공무원은 평생직장이지~

이 때 지구한테 울리는 전화. 보면 [최우현 교장 선생님]이고..

지구　　여보세요? (멍하니 있는) 네.. (그대로 정지, 칼 맞은 얼굴)

지연　　지구야 왜 그래?

소희　　왜 그래 무슨 일이야?

지구의 표정에서 카메라 흔들리며 블랙아웃.

## S#26. 7년 전 과거 | 지구네 집 (밤)

빨래 개고 있는 지구맘. 그 옆에 취한 지구가 고개를 푹 숙이고 있다. 몸도 못 가눌 정도로 취한 지구.

지구　　(취한) 엄마아......

지구맘　　술 먹었음 빨리 자. 내일 아침 출근 안 할 거야?

지구　　(주사 부리듯) 나....... 뭘 가르쳐야 될지 모르겠어...

지구맘　　(말 끊으며) 역사. 역사 선생님은 역사 가르치면 돼.

지구　　그건 엄마가 원한 거잖아..

지구맘　　내가 원해서 잘못된 거 있었어? (소파에 대고 버럭) 씻고 자라!

지구부　　(e/자동반사) 네에..

소파에 자고 있던 지구부, 찍소리도 못 내고 빛의 속도로 방으로 사라져 버리는.

지구맘　　저 인간도 내가 사람 만들었다.

지구　　난 엄마... 미술이 하고 싶었어.. 검도도 하고 싶었고...

지구맘　　(빨래 확 내려놓으며) 저 인간처럼 주먹질이나 하고 살려고? 나처럼 사시

미나 뜨며 살려고? 내가 그 팔자 안 물린다고 너를 어떻게 키웠는데, 쓸데 없는 소리 하지 말고 너도 들어가 자!

지구 (눈물 흘리며 괴로워하는) 죽었어.. 우리 반 아이가...

지구맘 (빨래 접다가 정지)

지구 나는.. 살릴 자격도 없고.. 말릴 능력도 없고... 그냥.. 개를 두 번 죽였어..

지구맘 정신 차려. 강지구. 크게 될 사람은 액땜도 크게 하는 법이야. 난 니가 최고의 교육자가 됐음 좋겠어. 우리 가문에 최연소 교장, 그게 내 다음 목표야.

지구 우와.... 정신이... 번쩍 드네...

지구맘 (간절하게) 니 아빠는 내 업이지만, 너랑 지후는 내 꿈이야.

지구 (웃듯이 울며) 내 빨래 그만 접어 엄마..

소희Na **지구는 다음날 집을 나왔다.**
**그리고는 그렇게 사라져버렸다. 학교에서도, 우리한테서도.**

## S#27. 7년 전 과거 | 소희와 지연의 오피스텔 (아침)

#. 소희의 방 〈*자막: 일주일 후*〉
소희, 계속 지구한테 전화를 걸어보지만, "이 번호는 없는 번호입니다~"

#. 거실
TV 앞에서 과자를 먹으며 누워서 스타강사의 말을 듣고 있는 지연.

*[TV 화면 인서트//*
*스타강사: 다른 사람도 할 수 있는 일을 반복하는 건 노예나 다름없는 삶입니다. 나만 할 수 있는 일을 찾으세요! 거기에 주인으로서의 삶이 있습니다.]*

과자 먹던 상태 그대로 시선은 TV에 고정된 채 소희를 부르는.

지연 소희야! 나 뭐할지 정했어!

소희 (방문 열고 전화기 들고) 지구 정말 무슨 일 있는 거 아냐?

지연 (특급 비밀 말해주듯이) 이거 봐 소희야. (다리 찢는)

소희 (지연을 한심하게 보며) 넌 걱정도 안 되냐? 지구 없이 하루도 못 사는 년이.

지연 (해맑게) 지구한테도 혼자만의 시간을 주자구~ (세로로 찢는) 대박! 나 세로로도 찢어져! 이거 나만 되는 거 맞지?

소희 (한숨 쉬며 지연이를 건너가는) 그래.. 그게 니 천직인가 봐.

소희Na **인생은 알 수가 없다.**
(다리 찢는 지연) **한 번도 꿈꿔 본 적 없던 직업이 갑자기 천직이 되기도 하고.**

## S#28. 7년 전 과거 | 개그 오디션장 (낮)

소희, 오디션장으로 들어가는

소희Na **누군가는 평생 봉인하고 살았던 꿈을 갑자기 꺼내보기도 한다.**

소희의 시선에 심사위원들의 얼굴이 보인다. 중견 피디와 작가들로 보이는 사람 다섯 명이 앉아 있고 제일 끝에는 나이 어린 인턴피디(강봉구/현 강피디)가 무표정으로 앉아 있다. 소희의 개그는 오디오로만 들리고, 심사위원들의 얼굴만 비춘다.

소희 (e) 피곤하시죠? 제가 따뜻한 레몬차 드릴까요? 레몬차 드립니다!

심사위원들 무표정한 얼굴 위로 레몬이 날아오는.

소희 (e) 싫으면 대추차 드립니다!

이번엔 심사위원들 얼굴 위로 대추가 날아오고, 역시 미동도 없는 심사위원들.

소희 (e) 레몬이랑 대추 싫으시구나~ 그럼 제 최면술 한번 이용해보세요~ 레몬에, 까나리액젓을 찍어 먹어보겠습니다. (먹는 소리 들리며) 어우~ 레몬까나리액젓 맛이 바나나처럼 달고 사과처럼 상큼하다! 정말 맛있어!~ 그럼 이번엔 생강에 고추기름을 찍어보겠습니다. 어머~ 생강고추기름 맛은 정말 닭강정 같다.

심사위원들, 흥미 없다는 표정, 누군가는 다른 생각 중인 듯하고,
몇 명은 보지도 않고 다음 지원자의 파일을 보고 있다.

소희Na **아무도 웃지 않는다.**

소희 (스크류바 자세로 몸을 꼬며) 뻴뻴 꼬였네~ 들쑥날쑥해~ 안녕하세요? 제 인생입니다. (유치원생처럼 애교) 만나면 반갑다고 뽀뽀뽀~ 헤어질 때 또 만나요 뽀뽀뽀~ 지금까지 밝히는 년이었습니다!

심사위원들, 몇 명은 그래도 가능성을 본 듯 소희의 개그를 유심히 본다.

소희Na **아까보다는 집중하고 있지만, 아직 웃어야 할 시점을 못 찾은 얼굴들.**

소희, 뒷치마에 껴두었던 맥주병 하나를 꺼내더니 신고 있던 구두(박회장 인터뷰때 신었던)를 벗어서 하이힐로 맥주 뚜껑을 퐁!!! 하고 딴다.

소희 아따 솔찬히 목타시죠잉. (맥주병을 심사위원들게 드리며) 으짜쓰까나 우리 언니 오빠들 시원하게 한잔 쭈욱~~~ 한잔하고 신나게 웃으면서 하쑈잉~

이때 갑자기 가장 끝자리에 앉아 있던 심사위원(강북구/인턴피디)의 의자가 뒤로 넘어간다. 웃음을 참다못해 완전 빵 터진 강북구.

소희Na (속사포로 흥분) **뭐야, 웃은 거야? 터진 거야? 나 된 거야?**

심사위원들 모두가 일제히 그런 강북구를 바라보더니, 자기들끼리 뭐라 뭐라 수군거리기 시작. 겨우 정신을 차린 강북구는 의자에 앉다가 눈물까지 나는 듯 주체를 못 하다가 소희 얼굴을 보고 또 빵 터지며 웃는.
이내 심사위원들의 표정이 뭔가 확신에 찬 얼굴로 바뀐다.

심사위원 (확신에 찬 얼굴로) 수고하셨습니다.
소희 네? 수고라면... 떨어진 건가요?
심사위원 (단호하게 보지도 않고 속사포로) 네 수고하셨구요. 나가시면 됩니다아 다음~
소희 네... (심사위원들을 보는)

소희Na **심사위원들의 눈빛이 한순간에 바뀌었다.**
**넌 절대 아니라는 확신에 찬 표정.**
(의미심장하게) **왜 갑자기, 바뀌었을까.**

## S#29. 7년 전 과거 | 방송국 복도 / 엘리베이터 앞 (낮)

오디션장에서 나오는 소희, (누군가가 따라오는 시선 커트)
죽을상으로 걸어 나와 엘리베이터를 기다리는 소희.
한 중견작가가 '도를 아십니까'처럼 소희 옆에 훅 들어와 말을 건다.

수미 (e) 방송국에서 뼈를 묻을 상인데.
소희 (멍하게 힘없이 보다가) ..누구세요...

수미 (점쟁이처럼 한 발짝 다가와서) 내가 사람을 좀 보거든여.

소희 아~ (알겠다는 듯) 관심 없습니다~

수미 (슬쩍 떠보는) 방송작가 안 해볼래요?

소희 (혼잣말인 듯 한숨 쉬며) 참나, 그건 뭐 아무나 시켜주나여.

수미 나는 시켜줄 수 있는데.

소희 (수미를 보는) ?

수미 (소희를 찬찬히 보더니) 얼굴에 글이 있네... 근데 글로 푸는 게 아니라 발로 풀어야 돼. 뛰면서. 롸잇 나우. (꼬시듯 소희 손목을 잡고) 갑시다... (서서히 끌고 가는)

마침 열린 엘리베이터를 타지 않고 얼떨결에 수미를 따라가는 소희.

소희Na **그렇게 땜방작가로 바로 현장에 투입된 나는**
**그날 이후로 쭈욱.. 방송국에 뼈를 묻었다. 개그맨이 아닌 방송작가로.**

## S#30. 7년 전 과거 | 길거리 (낮)

지구에게 전화 거는 소희.

소희Na **이 소식을 제일 먼저 알리고 싶었던 건 지구였다. 하지만..**

역시 없는 번호라는 메시지가 나오는..

소희 나쁜년... (전화가 오는) 어 지연아~!

## S#31. 7년 전 과거 | 대게집 (저녁)

먹음직스러운 대게를 앞에 두고 침을 질질 흘리고 있는 두 사람.

소희　(생맥 들고) 축하한다! 요가쌤 된 거!
지연　(생맥 들고) 찢는 게 세상에서 제일 쉬웠어용~~ 근데 너 이제 작가야? 그럼 막 뿔테안경 쓰고 맨날 방에서 글만 쓰는 거야?
소희　방송작가는 맨날 뛰어다닌다던데?
지연　잘됐다. 너 뛰어다니는 거 좋아하는데
소희　(그러고 보니 그렇구나 싶어 웃는) 그러네? 이게 내 천직인가~
지연　(이미 대게를 소시지처럼 주욱 입으로 빼고는) 소희야.. 이거 미쳤어..
소희　(대게살을 입으로 가져다대려는 순간) ...대게는 지구가 잘 까는데..
지연　(슬픈 눈) 등딱지도..

*[지연과 소희의 상상 인서트//*
*지구: (대게 등껍질에 밥이랑 참기름이랑 내장국물이랑 김가루 넣고 비빈다. 대게에 진심인 모습) 이건 너무 힘줘서 비비면 안 돼. (젓가락으로) 설~설~ 설~설. 이렇게. 오케?]*

소희　밥은 먹고 사나.
지연　내일은 내가 연락해볼게. 술 먹으러는 기어 나오겠지
소희　...뭐야???? 너 지구 연락처를 알아???
지연　(당연하게) 응!
소희　어떻게????
지연　지구 번호가 원래 9654에 3771이었잖아~ 그래서 3772로 해봤지~ 다음 날 바로 받던데?

소희Na　**얘는 진짜 천재다.**

아무렇지도 않게 게를 뜯어먹고 생맥에 소주를 타는 지연이를 바라보며

소희　근데 왜 말 안했어? 지구랑 연락됐다구?
지연　넘 빨리 연락돼서 지구가 좀 민망해하는 거 같길래~ 대게 나올 때쯤 연

락한다고만 했지~

게를 아구작 거리며 뜯어먹는 지연을 쳐다보는 소희의 모습에서.

소희Na **누가 그랬던가. 지연이가 눈치가 없다구.**

## S#32. 7년 전 과거 | 지구네 집 (밤)

어두컴컴한 방 안. 메탈리카의 메탈 음악.
지구가 방구석에 귀신처럼 웅크리고 앉아서 세진이 접어주었던 뱀을 전 단계로 되돌리자, 처음의 네모난 색종이로 돌아온다. 접힌 자국이 난 색종이를 멍하니 바라보는 지구. 이때 어디선가 지구네 집 밖에서 들리는 소희와 지연의 취한 목소리.

소희 (off) 강지구!!!!!!!!!!!!!!!!!!!!! 나와라!!!!
지연 (off) 지구야~ 노올자~~~

지구. 음악 볼륨을 줄이고 커튼이 쳐진 창밖으로 고개를 돌리는.

소희Na **묻지 않았다. 뭐가 그렇게 힘들어서 세상과 담을 쌓았는지.**
**하지만 그건 중요하지 않다.**
**친구라고 모든 걸 다 알아야 하는 건 아니니까.**
**그러다 보면.. 또 다 알게 되니까.**

## S#33. 7년 전 과거 | 납골당 (밤)

세진의 유골함 앞에, 종이뱀 한 마리를 두고 가는 지구의 손에서.. 7부 엔딩.

# 8부

## 그 시절 우리가 사랑했던 놈들

## S#1. 방송국 / 로비 카페 혹은 근처 카페 (낮, 점심)

소희, 커피 주문을 하고 법인카드를 내는 세미의 손을 제지한다.

**소희** 법카 쓰지 마. 언니가 살게.

**작가들** 왜여 언니~

**세미** 이번 주에 두 번 더 먹을 수 있는데.

*[회상 인서트// 방송국 사무실 (낮)*
*강피디: (컴퓨터 너머로 씨익 웃으며) 주 3회 정도는 그냥 믹스 먹자구~ 법카는 법카대로 쓰고 왜 힘들게 카페까지 가서 먹어? 믹스커피가 저렇게 많은데?*
*작가들: (열 받은 일자눈으로 노트북 타자를 막 두들기는)]*

**소희** 짠돌이 새끼. (자기 카드로 결제하며) 법카는 니들끼리 밤샐 때 써, 나랑 있을 땐 내가 사줄 테니까.

**작가들** (감동) 언니이~~ / 멋져요~ / 감사합니다~

이때 문자 오는.

*[문자 인서트//*
*지연: 나 지금 경포대 가는 길!]*

소희　　(문자 보며) 언 놈이야 또?

## S#2. 지구네 집 (낮)

송이섭기 유튜브 방송을 끝내는 지구의 모니터창에 채팅이 올라온다.

*[채팅창 인서트//*
*/김주부님: 티라노사우루스, 드디어 마스터했네요. 아들한테 전수할 예정*
*/딱따구리님: 수면제 방송 잘 봤습니다. 세상모르고 잤다는*
*/아그니님: 공룡 접다가 공룡될 뻔.. 다 접고 나니 뿌듯]*

이때 〈적시자〉 단톡방에 카톡 메시지가 뜬다.

*[〈적시자〉 단톡방 인서트//*
*소희: 또 언놈이랑 갔는데? 한동안 잠잠하더니만*
*지연: 저녁때 나 델러 올 거징? (애교 이모티콘)]*
지구, 또 시작됐다 싶은 한숨 내쉬며 답문하려는데.
이때, 지구의 개인방송 채널로 개인적인 채팅 쪽지가 날아온다.

*[채팅 쪽지 인서트// 친절한 종이씨님: 안녕하세요. 저는 친절한 종이씨입니다.]*

지구　　(의아한).. 친절한 종이씨? 얘가 왜...?

자기가 생각하는 사람이 맞는지 확인하기 위해 친절한 종이씨의 개인방송 채널로 들어가는 지구.

*[친절한 종이씨의 종이접기 채널 인서트//*
*/구독자수 60만명. 동영상 개수 820개. 조회수 726,032만회.*
*/아이들의 눈높이에 맞는 음악과 편집기술로 단번에 눈길을 사로잡는 인기 종이접기 채널.*
*/최근 친절한 종이씨의 종이접기 책도 출간.*
*/초딩 엄마들과 초딩들까지 엄청난 댓글들.*
*/"종이 한 장이 세상을 바꿔요. 우린, 뭐든지 만들 수 있어요~ 엄마가 장난감 안 사줘도 재밌게 놀 수 있게 해드릴게요~!" 부드럽고 자상한 멘트로 시작, 손이 엄청 길고 고와서 보는 사람을 므흣하게 만드는 종이 접는 손동작. 마치 마술사 같은.]*

지구, 보다가 오그라들어서 더 이상 못 보겠는지 꺼버리는데, 이어서 또 쪽지가 온다.

*[채팅 쪽지 인서트// 친절한 종이씨님: 종이님과 합방을 좀 하고 싶은데, 실례가 안 된다면 한번 뵙고 말씀 나눌 수 있을까요?^^]*

지구, 무표정으로 미동 없이 답문 메시지 날리는

*[채팅 쪽지 인서트// 지구: 실례가 됨.]*

창을 닫자마자 바로 날아오는 쪽지 내용.

*[채팅 쪽지 인서트// 친절한 종이씨님: 그럼 제 번호 남길 테니^^ 시간 괜찮으실 때 전화 한번만 부탁드립니다.^^ 01023365717 ^^]*

지구　(바로 전화 걸며 혼잣말) 이 새끼는 왜 말끝마다 쪼개? (종이씨가 받자 귀찮은 듯 한톤으로 이야기하는) 제안은 고맙지만 일없네요. 끝입니다! (끊으려다) 근데 왜 그렇게 말끝마다 쪼개지?

종이씨　(F/친절하지만 할 말은 하는 차분한 목소리) 아 이모티콘이요? 그냥 습관 같은 건데, 불편하셨다면 죄송합니다.

지구　(혼잣말인 듯) 네 전 불편해서 이만..

종이씨　(F/살짝 웃으며 여전히 친절) 괜찮으시면 오늘 저녁때 잠깐 시간 어떠세요? 제가 편하신 곳으로 갈게요. 드릴 말씀도 좀 있구..

지구　(ol) 방금 합방의사 없다고 얘기하지 않았나.

종이씨　(F) 신뢰도가 없을 땐 얼굴을 보고 결정하는 것도 괜찮죠. 시간 많이 안 뺏겠습니다.

지구　... (살짝 고민하는 표정에서 지연의 문자 보는)

*[문자 인서트// 지연: 나 오늘도 백퍼 까일꼬얌. 니들이 필요해ㅠ]*

지구　일단 오늘은 안 되고.

*[문자 인서트// 지연: 간만에 바닷가에서 밤새 마시자! (하트) 응?]*

지구　내일도 안 될 거 같고.

## S#3. 방송국 / 사무실 (낮)

커피 들고 작가들과 함께 사무실로 돌아오는 소희.
사무실 일각에 대충 걸터앉아 물티슈로 작가들 책상에 먼지를 닦아주고 있는 성피디(성운하/남/30대 중반/강피디보다 선배/젠틀하고 능력 있음)가 보인다.

작가들　(문 열고 들어가며 호들갑) 성피디님이다~ 안녕하세요!!!

혜경　어머, 지금 저희 자리 청소해주신 거예요?

아름　멋있다~

성피디　(웃으며) 노느니 뭐해 작가님들 자리에 먼지가 보이길래 그냥 좀 문질 문

질~

혜경　근데 누구 만나러..

성피디　(소희를 보며) 안작가, 잘 있었지? 잠깐 시간 괜찮아?

소희　아.. 네. (표정)

## S#4. 방송국 / 휴게실 (낮)

간이 휴게실 느낌. 테이블에 앉는 소희와 성피디.
테이블 위에 누군가 먹고 정리 안 하고 간 컵라면과 삼각김밥이 있다.

소희　잘생김은 여전하시네요. 애들이 연예인인 줄 알았대요.

성피디　(자연스럽게 삼각김밥을 컵라면에 담가 한쪽에 밀어두며) 에이 무슨.. 나도 이제 나이 들었지.

소희　근데 저는 무슨 일로..

성피디　(테이블에 튄 라면 국물을 물티슈로 닦으며) 나 이번에 새 프로 기획 맡게 됐거든.

소희　우와~ 벌써 새 프로도 맡고 잘나가는 피디는 다르네요. 부럽다.

성피디　(미소 지으며 소희를 보는) 부럽지 말고 같이 하자.

소희　네?

성피디　자기가 메인 잡고..

소희　아.. 말씀은 너무 감사하지만 전 메인 잡기엔 아직.

성피디　안작가 실력 되는 거 이 바닥에 솔직히 모르는 사람 없지. 뭐 좀 빠르긴 하지만, 내가 하자고 했다고 하면 다들 그러려니 할 거야. (그윽하게) 나랑.. 하자.

소희　(살짝 설렌)

강피디　(e) 뭘 나랑 해?!

성피디　(짜증난 듯 대충 넘겨보며) 어, 북구구나. 잘 있었냐?

어디선가 나타난 강피디. 삐딱하게 주머니에 손 넣고 서서 성피디와 소희의 투샷을 보고 섰다가, 자기가 먹다 둔 컵라면과 삼각김밥이 한켠에 정리되어 있는 걸 보고 기겁하며 다가온다.

강피디 (짜증) 이거 뭐야..! 이거 내가 먹다 둔 건데? 누가 이랬어?
소희 (일자눈)
성피디 미안하다 야. 나는 누가 먹고 정리 안 한건 줄 알고.
강피디 아니 누가 삼각김밥을 먹다 말지? (빠진 삼각김밥 보고) 에이!! 이걸 여기다가 넣으면 어떡하나! (손으로 건지는) 에이 참..
소희 하지 마! 하지 마! 그걸 왜 건져!!
강피디 (이미 입으로 들어간) ..왜?
성피디 (더럽게 보는) ... 북구 그럼 여기서 마저 먹을래? 우리가 비켜줘?
강피디 얘기들 하세여~ (구시렁거리며 돌아서는) 우리는 무슨..
성피디 아 북구야, 나 새 프로 기획 맡은 거 알지? 그래서 안작가 좀 데리고 갈까 하는데.
소희 아니 그게.. 아직..
성피디 어차피 니네 프로는 끝물이고, 능력 있는 작가 썩히기 아까워서.. 이참에 내가 데리고 가도 되지?
소희 (혼잣말로) 아니 뭐 제가 강피디 것도 아니고.. (더 말하려는데)
강피디 (이/김밥 다 튀면서 지르는) 안작가가 제 것도 아니고 그걸 왜 저한테 물어요?? 어이가 없네 진짜! (다 먹은 손 보란 듯 옷에 닦으며 가버리는)
소희Na (가는 뒷모습을 보며) 내가 저런 새끼랑, 잤다.
성피디 아우.. 저런 놈도 피디라고.. (소희 보면서 급 자상하게) 암튼 안작가. 이번에 같이 하게 되면 안작가가 하고 싶은 거 다 해. 그동안 하고 싶은 거 있었을 거 아니야. 난 그냥 안작가가 하고 싶은 거.. 그걸로 할게.
소희 (멍.....)
소희Na **왜 한다는 말만 이상하게 들리지.. 나 욕구불만인가.**
성피디 안작가?
소희 (정신 차린) 아. 네!
성피디 (미소) 같이 한번 하자.
소희 (가까스로 정신 차리고) 일단 고민을 좀만 더 해봐도.. (될까요)

성피디 (성시경 톤) 그래 그래. 바로 대답하면 넘 쉬워 보이니까 고민하는 척 조금만 하고 연락 줘. 나 다른 작가 안 구하고 안작가 연락만 기다리고 있을 테니까.

소희 ....근데 왜 저예요 피디님?

성피디 (은밀한 간격으로 다가와서) 안작가랑 하고 싶으니까, 그리고 안작가는 진짜 잘할 거 같애~

소희, 이 말도 계속 몽환적으로 다시 반복해서 들리는...

소희Na (미치겠는) **뭘 자꾸 잘할 것 같단 거야. 이거 혹시..**

*[5부 3씬 회상 인서트// 강피디랑 잤던 모텔]*

소희Na **..맞다 외상 후 스트레스 장애! 나 그거 걸린 거야?...**

소희 (애써 정신 차리며 웃는) 극복해보고, 아니 고민해보고 연락드릴게요.

## S#5. 방송국 / 사무실 (낮)

작가들 자리로 돌아오는 소희. 강피디가 지뢰 게임을 하며 별 관심 없다는 듯 (작가들 다 듣는 앞에서) 묻는다.

강피디 했어?

소희 !!

강피디 하기로 했냐고.

작가들 ...

소희 (옆에 작가들 의식) 남이사 뭘 하든 말든 피디님이 뭔 상관인데요????

강피디 (되레 얄밉게) 자기가 다른 팀으로 가면 나도 새 작가를 구해야 하는 건데 당연히 상관있는 거 아님? 업무상 엄청난 상관이 있을 것 같은데?

소희 (째려보는)

강피디 (질투 가득한데 쿨한 척) 낼 쉬는 날이니까 오늘 다 같이 회식이나 할까? 수산시장 가서 회 한번 뜨는 거 어때? 다들 좋지?

소희 (기세등등) 저 오늘 바다 가거든요!

강피디 누구랑?

소희 제 사생활까지 보고해야 될까요?

강피디 안작가 사생활이 궁금한 게 아니라요~ 오늘 간만에 다 같이 한잔하면서 회포도 좀 풀고 팀웍도 좀 다지고!

소희 (이) 술 한 잔도 못 하면서 무슨?

작가들 (진짜? 놀라서 일제히 강피디를 보는)

강피디 (급히 말 돌리는) 아~~니 아니~ 안작가가 정 그렇게 팀웍을 버리고 사리사욕만 챙기겠다면 내가 또 뭐라 하겠어~

소희 (한심) 회의 다 끝나고 갈 거거든요?

강피디 아니야 안작가. 우리 회의 할 것도 없어! 이깟 별 볼 일 없는 프로에 회의는 무슨? 바다가 더 중요하지! 그냥 지금 바다로 갔다가 성피디한테 쭉 가면 될 거 같애?

무표정으로 노트북 하고 있던 작가들끼리의 메신저 창.

*[채팅창 인서트// 혜경: 쟤네 진짜 잤구나?*
*아름: 그러게여..*
*영인: 더럽다...]*

## S#6. 경포대 바닷가 / 소희네 횟집 (낮)

바닷바람이 부는 해변가에 허름한 횟집,
'소희네 횟집'이라고 써 있는 낡은 간판이 어렴풋이 보인다.
횟집 앞 평상에 앉아 있는 횟집할매(70대후반/여)가 담배 한 대에 불을 붙이면, 담배 연기 사이로 저만치 젊은 대학생들이 깔깔대며 지나가는 모습이 아스라이 디졸브 되며 소타이틀.

## S#7. 2차선 도로 / 달리는 소희의 차 안 (낮)

시속 30~40킬로미터로 달리고 있는 소희의 차.
답답한 듯, 조수석 창문이 열리며 지구가 담배를 핀다.
반면, 핸들에 이식된 듯 딱 붙어 로봇처럼 운전 중인 소희.
뒤차가 요란스럽게 빵빵거리자, 지구가 담배 연기와 함께 한방의 빼큐를 날린다.

소희 (앞만 보고 얼음 모드) 나 많이 느리니?
지구 괜찮아.
소희 왜 이렇게 운전이 안 늘지?
지구 술 먹을 시간도 없는데 운전할 시간이 어딨냐. 그니까 차를 팔어.
소희 (ol) 안돼!!!! / (이 악물고) 이게 어떤 찬데.

*[6부 16씬 연결 인서트// 푸름의 집*
*푸름에게 미역국을 던진 소희.*
*소희: (째려보며) 그 티켓, 내돈내산이거든? 그니까 경품에 당첨된 건 니들이 아니라 나라고! 수작 부리지 말고 꺼져 이 거지새끼들아!]*

이 악물고 운전하고 있는 소희를 바라보는 지구, 라디오 틀려고 하는데

소희 틀지 마!!!! 헷갈려.

## S#8. 경포대 바닷가 / 소희네 횟집 앞 (초저녁)

바닷가 전경.
저만치 횟집 근처 일각에 어설프게 주차(?)된 소희의 차로 카메라가 서서히 다가가면, 차에서 내린 지구와 소희의 풀샷. 소희의 몸이 기역자로 굳어져서 허리가 안 펴지는 듯하다.

소희(e)　(신음).... 나.. 운전석 모양으로 굳은 거 같아....!
지구(e)　(뒤에서 어깨 펴주며 일으켜주는) 숨 쉬고 하나~ 둘~ (셋 전에 꺾는)
소희(e)　으아아아! (허리 펴지는)
(e)　우두두두둑

소희네 횟집으로 들어가는 두 사람.
카메라가 소희네 횟집 간판으로 서서히..

소희　(e) 할무니!!! 저희 왔어요!!!! 저 소희요!

## S#9. 2011년 여름 | 경포대 바닷가 / 소희네 횟집 (낮)

횟집 간판에서 틸다운하면, 과거로 디졸브 되며. *〈자막: 10년 전〉*
대학 시절, 나름 엄청 멋 부리고 바닷가에 온 세 사람 (당시 유행하던 스타일). 횟집 간판을 보고 웃음이 터진다.

지구　푸하하하! 안소희 너 언제 횟집 차렸냐!
지연　소희네 횟집이래! 대박 아 완전 대~박! 푸하하하하하!
소희　우하하하하! 우리집이다 우리집!! 엄마아!! (셋 다 실성한 듯 웃어대는)
소희Na　**이름 좀 같은 게 뭐가 그렇게 웃기다고 그렇게 웃어댔을까.**

평상에서 담배 피우고 있던 횟집할매가 짠 내에 절은 자글자글한 주름살 얼굴로 강원도 토박이 사투리를 내뱉는다.

횟집할매 (담배 피다가) 뭐이그래 웃기나?
소희 (웃으며) 간판이 소희여가지구~ 푸하하하
횟집할매 (퉁명) 내 이름이 소희래.
지구 아~하하하 할머니 얘 이름도 소희드래요. 푸하하하하
횟집할매 그기 그래 웃기나?
다같이 (실성 상태) 할머닌 안 웃기세요? / 아 넘 웃겨 미치겠다 미치겠어 / 푸하하하하

## S#10. 경포대 바닷가 / 소희네 횟집 평상 (초저녁)

젊음 요즘 대학생 커플들이 바닷가에서 폴짝거리며 막 웃고 있고,
카메라가 줌아웃하면, 그런 그들을 횟집 평상에 앉아 쓸쓸하게 바라보고 있는 지구와 소희의 모습에서... *〈자막: 현재〉*

소희 뭐가 저렇게 웃길까...?
지구 그러게..
소희 우리도 발 한 번 담그고 올까? 바다까지 왔는데.
지구 추워..
소희 맞아 추워.. (저 멀리서 뛰어오는 지연을 보며) 쟤는 아직도 젊다.

저만치서 심하게 신난 지연이가 양손에 신발을 들고 모래밭을 맨발로 뛰어온다.

지연 (신발 흔들며) 얘들아~~~~~~~~ 얘들아~~~~~!!! 나 와쏭! (신났음)
소희 까이고 오는 거 맞겠지?
지구 (한심하게 보며) 그니까 지금 오겠지. 해도 안 졌는데.
지연 할머니 할머니~~~~ 지연이 왔어욤 지연이~~ (넘어지는) 엄마야!
횟집할매 (인상 쓰고 보는) 쟈는 나이를 거꾸루 쳐묵나.

컷 튀면 저만치 대학생 커플들이 둘러앉아 게임하는 걸 넋 놓고 바라보고 있는 세 사람의 뒷모습. 아까 소희와 지구가 앉아 있던 구도에서 지연이만 추가된. 팔팔한 젊은 애들과 확실히 대조적이다.

지연 (영혼 없이) 자리 탓인가. 갑자기 늙은 느낌이야. 오기 전까진 팔팔했는데.

회 뜨는 할매의 손놀림에 세 사람의 대화가 중간중간 디졸브 된다.

소희 ..잤니?
지연 자기야 했지~
소희 뭐하는 놈인데?
지연 요가 연수할 때 만났던 사람인데 아침에 찾아왔더라고. 자기랑 같이 강남에 요가 스튜디오 차려서 개인방송 한번 해보자고 하던데?
소희 근데 그게 어떻게 바닷가로 튀어?
지연 (당연하게) 그린 라이트잖아~?
지구/소희 (어이없음) 어디가? / 어떻게?
지연 딱히 아쉬울 거 없는 사람이 같이 일하자고 부탁하는 거?

*[8부 4씬 소희 회상 인서트// 휴게실 (낮)*
*성피디: 이번에 새 프로 기획 맡게 됐거든. / 부럽지 말고 같이 하자..]*

*[8부 2씬 지구 회상 인서트// (쪽지 내용을 보는 지구)*
*친절한 종이씨: 종이님과 합방을 좀 하고 싶은데, 실례가 안 된다면 한번 뵙고 말씀 나눌 수 있을까요?^^]*

소희 (확인받는) 같이 일하자고 하면 그린라이트다?
지구 (나도 궁금)
지연 확실하진 않지~ (해맑게) 그럴 땐 물어보면 되지?

*[회상 인서트// 오늘 아침 요가학원*

*지연: (귀엽게) 이거 혹시 그린라이트예요? (눈 찡긋) 흑심 같은 거 말이에요.*
*지용: (당황한 목소리) 아... 그것도 물론 좀.. 있죠. (머쓱하게 웃는).*
*지연: 그러엄~~ 저랑 바다 보러 갈래요? 오후 수업, 쨀게요~! (윙크)]*

소희Na **지연이는 잘 알고 있었다.**

*[짧은 인서트// 남자들의 제안*
*남1: 차 한잔할래요?*
*남2: 우리 영화 보러 갈래요?*
*남3: 우리.. 이제 술 마실래요?]*

소희Na **남자들의 목적은.**

*[남4: 주말에 바다 보러 안 갈래?]*

소희Na **결국 바다라는 걸.**

## S#11. 지연과 지용 몽타주 (아침 → 낮)

오늘 아침 지용의 차 안. 바닷가로 향하는 지용와 지연.
경포대 모텔 앞까지 도착하는.

소희Na **그래서 마음에 드는 남자를 만나면,**
**어차피 오게 될 바다, 내가 먼저 데리고 가겠다는 게**
**지연이의 뇌에서 나온 생각이다.**
**시간은 최소한으로 스킵하면서**
**다음 진도를 판가름하는 최적의 장소가 바다라는 게 너무 로맨틱하다나..**

(낮) 모텔에서 나오는 두 사람. 지연이 슬쩍 지용의 표정을 살핀다.

소희Na **물론 대부분은 여기서 끝나지만.**

## S#12. 경포대 바닷가 / 소희네 횟집 평상 (해 질 녘)

두툼하게 썰어진 광어, 우럭, 멍게 등 모듬회가 먹음직스럽게 올라오고, 회 한 점에 소주 한잔. 캬아~~~ 행복한 표정의 세 사람. 횟집할매가 어디선가 꺼내온 오래된 폴라로이드 사진을 하나 평상에 툭 던진다.

횟집할매 내삐릴라다가 거 놔뒀지. (내 버리려다가 놔뒀지)

소희 (사진 보며) !!!...... 이거는..

지연 (사진을 보며) 페라리다.

소희 할매 이게 지금까지 붙어 있었어요?

횟집할매 (나갈 채비 하며) 뭐 뗄 이유 있나? 근데 (사진으로 눈짓) 가가 찾아와서 띠라하대.

*[인서트// 경포대 바닷가 소희네 횟집 안*
*훈남(목소리만): 할머니, 죄송하지만 저 사진, 이제 그만 떼 주시면 안 될까요?]*

횟집할매 (e) 이뿌장~한 색시랑 왔드라 유모차 끌고.

소희 대~박! 누가?

지연 (다급) 할머니 이 중에 누구요??

지구 (무표정)

횟집할매 (밖으로 나가며 고갯짓으로만) 가 있잖아. 소주잔 쳐들고 있는 가! (나가버리는) 비가 올라나.

소희 뭐야.. (사진 보고 다급하게 외치는) 다 쳐들고 있는데요?!!!

## S#13. 2011년 여름 | 경포대 바닷가 / 소희네 횟집 앞 (낮)

8부 9씬에 이어서...

소희 (신나서) 할머니 여긴 무슨 회가 맛있어요?

횟집할매 마카 다 마싰어(다 맛있다).

지연 우와, 여기 민박도 하나 봐. 우리 오늘 다 같이 자고 가는 거 어때?

지구/소희 (동시에 바닷가 쪽을 바라보며) 다 같이???

횟집할매 (저만치 바닷가 쪽을 보며) 니들 애인들이나?

지연 (신나서) 네, 쩌기 재네가 저희 남친들이에요!! (폴짝폴짝 뛰며) 여기야 여기! 여기 횟집 문 열었어!!!

바닷가에서 이곳을 향해 걸어오고 있는 세 명의 남자들. (아이돌각)
가장 먼저 지연의 남친(20대남/이하 페라리/킹카)이 눈에 띈다.

지연 (눈에서 꿀 떨어지는 표정으로 페라리에게 손짓하며) 아 울 오빠 발가락 사이에 모래 끼면 안 되는뎀~

소희Na **지연이의 첫 번째 남자친구는 우리 학교 킹카였다.**

## S#14. 2011년 봄 | 대학교 정문 앞 / 길거리 (낮)

페라리가 지연의 앞에 멈춰 서자 쳐다보는 학생들.

지연 (차에 타며) 오빠~!

페라리 (바지 보며 못마땅) 치마 입고 오랬잖아.

지연 (해맑게 안전벨트 하며) 아 깜빡했당!

페라리 갈아입고 와. 머리 풀고. 뚜껑 까고 달릴 거니까.

지연 (가만) 그럼 묶어야 되는 거 아냐? 머리카락에 맞으면 아픈데?

페라리 풀어야 그림이 나오지.

지연 (바로 수긍, 속사포로) 오케 그럼 치마 갈아입고 머리 풀고 올게~! 대신 나 냄새 한 번만 맡아봐도 되지?

페라리 (대단한 인심 쓰듯 목을 내주는) 알았어.

지연 (페라리의 목 부분에 대고 킁킁) 음~ 너~무 좋다! 너~무 좋아!

소희Na **지연이는 이 남자의 목에서 난다는 특유의 쇠냄새가 좋다고 했다.**

## S#15. 2011년 봄 | 대학교 / 도서관 안 (낮)

시험공부 중인 소희의 눈에 포착된 한 남자(20대 초반/이하 뿔테남/착하고 소심) 아까부터 앉는 자리마다 까이는 중이다.

학생1 (빈 캔 하나 올려두고 자기가 맡은 자리라며) 여기 내 자린데?

뿔테남 아, 응. (주섬주섬 일어나는)

컷 튀면 다른 자리에 겨우 앉은 뿔테남, 공부 좀 해보려는데.

학생2 (불량) 야. 비켜.

뿔테남 네... (쫄아서 다시 책 덮는)

컷 튀면 다른 자리에서 공부하고 있는 뿔테남.
옆에 앉았던 학생이 자기도 모르게 뿔테남이 먹던 커피를 들고 가버린다.

뿔테남 (뒤늦게 알아차린) 어? 그거 내 커핀데?

따라가 보지만 이미 늦었고, 그사이 또 자리 뺏긴 뿔테남.
그걸 보고 있던 소희.

소희Na **어디가나 그런 애들은 있다. 이유 없이 치이고 밀리는 애들.**

**그런 애들만 눈에 들어오는 나 같은 애도 있고.**

소희　(뿔테남에게 낮은 소리로) 여기 앉아.

뿔테남　(안경 너머로 어수룩하게 소희를 보는)

소희Na　**그렇게 내게도 첫 번째 남자친구가 생겼다.**

## S#16. 2011년 여름 | 대학교 교정 일각 (낮)

소희의 가방을 들어주며 나란히 걷고 있는 뿔테남.
옆으로 멈춰서는 페라리.

지연　(차 문 내리고 신나게) 소희야!! 우리 바다 갈 건데 커플끼리 같이 갈래?

소희　(뿔테남을 보며) 갈래?

뿔테남　(어수룩) 니가 좋으면.. (난 다 괜찮아)

소희　(아차) 근데 지구 빼고 우리끼리만 가는 거 좀 걸린다. 그냥 니들끼리.. (다녀와)

지연　(ol/씨익 웃으며) 걔 남친 생겼어.

소희　(완전 놀랜) 진짜??

지연　(소리 지르며) 대박이지!!!!!!!!!! (둘 다 신난)

소희Na　**모든 게 완벽했다.**

## S#17. 2011년 여름 | 경포대 바닷가 / 소희네 횟집 평상 (해 질 녘)

8부 13씬에 이어
바닷가 저만치에서 횟집을 향해 걸어오는 세 남친들.
페라리남. 뿔테남. 그리고 새로운 지구남친(이하 훈남)까지 걸어오는데 지구남친을 본 소희와 지연의 표정이 화색을 띈다.

소희Na **특히 반전의 훈남이었던 지구의 남친까지.**

지연 (지구를 때리며 호들갑) 대체 어디서 이런 아이돌을 모셔온 거얌~!!! 너 대박!

소희 (지구를 쿡 찌르며) 좌식!!! 너 임마, 응?!!

지연 일케 여섯 명이 모이니까 진짜 너~~~~무 너무 좋당! 꼭 청춘 드라마 같지 않아?

컷 튀면, 횟집 평상에 모여 앉은 여섯 명의 청춘남녀들.
소주 여섯 잔을 들고 있고, 횟집할매가 폴라로이드 사진을 찍어주는 데에서.. 찰칵!!

소희Na **날씨도 좋고, 기분도 좋고, 술맛은 더, 죽여줬지 아마.**

두 손으로 소주를 돌려 따는 소희의 모습에 입이 떡 벌어진 세 남자들.
취익~ 맥주 입구를 손가락으로 말아 3000CC 벌주잔에 소맥을 제조하는 지구의 모습에 입이 더 크게 벌어지는 남자들.

소희 (운 띄우는) 우리~~

다같이 ♬ 술도 마셨는데 좋아게임 할까~좋아! 좋아! 좋아좋아좋아!

소희 지연 좋아!

지연 (어깨 애교) 나도 좋앙~

다같이 아싸 좋아좋아!

지연 (페라리를 향해) 재석 좋아!

페라리 칵퉤!

지연 힝, 소희 좋아!

소희 얼만큼~?

지연 (하트 애교) 이만큼~

소희 (애교) 쪼금 더~

지연 (더 커진 하트애교) 이만큼~~

소희 앙돼앙돼~ 조금 더~

지연 (뿔테남을 향해) 상구 좋아!

뿔테남 (박자 놓친) 아..

다같이 아 박자는 생명! 아 박자는 생명!

뿔테남이 소맥 벌주 힘껏 마시는 동안, 사정없이 이어지는 단체 BGM.
아 빰! 아 빰! 샤르르르르~ 샤르르르르!
마셔~마셔! 먹고 뒤져~ 네 발로 기어라~ 두 발로 기어라~
말랐어~ 말랐어~ 목이 말랐어~ 고팠어~ 고팠어~ 술이 고팠어~
니가 술을 원하지 내가 술을 원하나 아 쏴! 아 쏴!
언제까지 어깨춤을 추게 할 거야 내 어깨를 봐 탈골됐잖아
탈골 탈골 탈골탈골탈골 쇄골 쇄골 쇄골쇄골쇄골
치골 치골 치골치골치골 연골 연골 연골연골연골~
(손하트 마무리) 두개골~
마셔마셔마셔 마셔마셔마셔 히릿!
(지연만 애교 폭발로 뿔테남에게 들이대는)
오빠 물론 원샷이겠죠? 반샷 안돼요 반샷 안돼요!♬

뿔테남, 지연의 애교에 결국 뿜어버리고,
다들 웃겨 죽겠다고 자지러지는 데에서

소희Na **그때까지도, 완벽했지 아마.**

지연 오빠~ 잠깐만 이리와 봐!

신나서 가게 안으로 페라리를 불러낸 지연.
아까 찍은 폴라로이드 사진을 가게 벽 한켠에 붙이며..

지연 오빠 (비밀 말하듯 소곤소곤) 이거 여기에 붙여놓고, 나중에 우리 닮은 딸 낳으면 울애기 사진도 이 옆에 붙여놓자. 아가야들 낳을 때마다 계속 계속 여기 옆에다가 우리 사진을 늘려나가는 거야. 어때? 진짜 너~무 낭만적일 것 같지 않아?

소희 (e) 빨리 와!

페라리 지연아, 잠깐 바다 좀 걸을까?

지연 (신나서 페라리 팔짱 끼며 나가며) 얘들아 잠깐만!! 나 오빠랑 바닷가 좀 걷고 올게!! (가다가 자빠지는) 오빠! 나 자빠졌어 같이 가!

컷 튀면, 어느덧 바다 뒤로 다 넘어간 해.
저만치 바닷가에서 걷고 있는 지연과 페라리의 실루엣.
평상에 남은 지구 커플과 소희 커플.. 차분해진 분위기의 네 사람.

소희 (눈치) 근데 둘은 어떻게 만난 거야?

지구 (쏘쿨) 그냥 뭐 오다가다.

소희 솔직히 진짜 심하게 잘생기셔서 좀 놀랐어요. (배시시) 우리 지구 어디가 좋아요?

지구 어머니 그만하시죠?

훈남 (훈남 미소로 답하는) 지구는... 존재만으로도 위로가 되는 친구예요.

소희 (지구 때리며) 어우 뭐야~~~~~~부럽다 부러워! 대박이다 진짜.

훈남 그럼 (소희와 뿔테남을 보며) 두 분은 어떻게 만나셨어요?

소희 (뿔테남 보며 웃어주는) 저흰 그냥 메뚜기 뛰다가 만났어요~

뿔테남 흐흐.. (소희가 떨어뜨린 젓가락 주워 자기 거랑 바꿔 놔주고 있는)

훈남 정말 24시간 착하신 것 같아요. (전화 오는) 아 잠시만 실례하겠습니다.

컷 튀면, 팔팔 끓고 있는 매운탕 위로 소희와 지구, 뿔테남 셋이 건배하는.

소희 우와. 우럭 살 좀 봐. (국물 먹고) 음~국물 죽인다.

이때 저만치 바닷가 쪽에서 엉엉 울며 돌아오는 지연.
이미 마스카라가 얼굴 전체에 번졌다.

소희 뭐야??? 너 왜 그래?! 울었어?

지구 (죽일 기세로 소주병 거꾸로 드는) 뭐야 그 새끼가 어떻게 했어?

지연 (눈물 나오기 시작) 오빠가 나랑은 더 이상 뺄 진도가 없대...

소희/지구 ?? / (술병 다시 제자리로 내려놓는)

지연 그만 만나재. (훌쩍이며) 내가 자꾸 자기 닮은 딸 낳는다고 해서 숨 막힌대. 으아아앙 (흐느끼다가 엉엉 우는)

소희 헐...

지구 그게 지금 질질 짜면서 할 말이야? 그런 그지 같은 새끼한테 그딴 결로 차인 게 쳐 울 일이냐고! 뚝 그쳐!! 쪽팔리게 진짜.

지연 (더 크게 우는)

소희 (지연을 안아주는) 울지마 지연아 지구도 속상해서 그런 거야. 그만 울어 괜찮아.. 예쁜 얼굴 난리 났네 진짜. 마스카라 다 번지고 어이구..

지연 (소희 품에 안겨서) 으앙~~~

지구 (버럭) 조용히 안 해?!! 누구 죽었어?!!!!!!

소희 (눈치 주며) 지연아 그만 울고, 가서 세수 좀 하고 와. 응?

지연, 훌쩍훌쩍 울며 나가는..

소희 (지구한테) 너도 그만 좀 해라. 애 속상하게 왜 더 그래.

지구 빡치게 하니까 그렇지! 으이씨! (담배 꺼내려는데 담배 없고, 건너편 평상에 있는 횟집할매 담배 가져가며) 할무니! 담배 한 가치만 빌려요!!

(분위기상 피해주려는 듯) 슬그머니 나가는 뿔테남.

## S#18. 2011년 여름 | 소희네 횟집 뒷골목 / 화장실 앞 (저녁)

소희, 걱정이 되어서 따라 나온 길에 화장실 앞에 골목에 쪼그리고 앉아 이야기 중인 뿔테남과 지연을 발견하는데, 심상치 않은 기운에 멈칫, 뒤로 숨는다. 점점 소희의 변해가는 표정 뒤에 디졸브 되는 두 사람의 대화.

뿔테남 그 남자.. 솔직히 지연씨가 아까웠어요. 그런 놈 때문에 울지 마세요..

지연 (진심) 나랑 결혼하는 게 그렇게 싫을까요? 난 좋아하면 결혼부터 하고 싶고, 아이부터 낳고 싶은데..

뿔테남 너무 예뻐서 그래요.

지연 ...

소희 !!

뿔테남 저 같은 남자는 지연씨 같이 심하게 예쁜 여자랑은 평생 말 한번 섞기도 힘든걸요. 이렇게 예쁜 사람하고 결혼을 해서 애까지 낳는다는 건... 어후, 정말 상상만 해도 막 숨이 차서... (진짜 숨이 찬 듯)

지연 (울다 말고 좀 이상하다)

뿔테남 (이성 상실) 저 이렇게 예쁜 여자 티비 말고 이렇게 가까이서 처음 봐요. 저 딱 한 번만 안아보면 안 될까요? 그냥 이런 여자들은 안으면 어떤 느낌일지.. 죽기 전에 한 번만 경험해보고 싶어서 그래요!

지연 (똥그래진 눈, 진짜 정체가 궁금) ...너 뭐야?

뿔테남 (본능적으로 나오는 말을 걷잡을 수 없는) 그러니까 그게 그냥 딱 한번만!! 진짜 딱 1초만! 안았다가 뺄게요. 그냥 딱 그 느낌만 느껴보고 싶어가지구.

소희 (e) 뭘 안았다가 빼.

쪼그려있던 지연이 올려다보면, 소희가 뒤에 서 있다.

소희 (굳은 얼굴) 지연아. 미안한데 너 잠깐 빠져있어라.

지구 (e) 아니! (곧 죽일듯한 얼굴로) 니들 둘 다 빠져. 그 벌레 새끼 내가 맡을 테니까. (뿔테남을 구석으로 밀치며) 너 방금 한 말 다시 해봐. 다시 말해 보라고 이 붕신 새끼가, 야 너 오줌 싸냐? 뭘 했다고 지려?!!!!! 정신 못 차려!?

소희, 다리에 힘이 풀리며 벽에 기대며 털썩 주저앉고, 지연도 함께 앉는다.

지연　(멍한) ...도대체 이게 무슨 일이야?

소희　(실성한 웃음) 그지 같은 일이네...

지연　(백사장 쪽으로 시선) 근데 저 사람 혹시.. 지구 남자친구는 아니겠지?

저만치 백사장 일각 가로등 불빛에 훈남의 실루엣이 보이는데
누군가를 향해 나가가는 훈남, 훈남을 만나러 온 여자(?)가 함께 보이는.

소희　(설마) 아니겠지..... (불길) 맞는 거 같기도 하고.

지연　맞아. 지구 남친.

소희　근데 누구지? 친구가 왔나? 이 시간에?

그 순간, 바닷가에 두 사람의 실루엣이 겹쳐지며 돌연 둘이 하나가 된다.
기겁하는 지연과 소희.

지연　(눈을 가리는) 엄마야!!!! 오늘 왜 이래!? 이거 진짜 꿈이지?!!

지구　(골목 끝에서 뿔테남을 겁주고 있다가) 왜, 뭔데?

지연　(다급하게) 아무 일도 아니야!

지구　왜 뭔데? (수상한 기운에 걸어 나오는)

지연　안 가는 게 좋을 거 같은데.. 미치겠네.

소희　(지구 막으며) 이번엔 내가 처리해. 지구 넌 가만있어. 내 이 개새끼들을 진짜!!

소희, 당장에라도 죽여버릴 기세로 손에 잡히는 뜰채와 플라스틱 바가지를 양손에 들고 바닷가를 향해 한 걸음씩 나아간다. 점점 멀어지는 소희의 뒷모습, 숨죽인 채 그걸 바라보고 있는 지구와 지연. 잠시 후, 한 걸음씩 멀어졌던 소희가 못 볼 거라도 본 듯 뜰채를 내던지며 겁에 질려 다다다다 뛰어오며 넘어지고 난리도 아닌.

소희　나, 나, 남자야!!!

지구　뭐라구?

소희　(넘어졌다가 일어나며 헉헉대는) 남자랑.. 남자라구!!!

지연　(핑, 다리에 힘 풀리며 쓰러지는)

## S#19. 2011년 여름 | 경포대 바닷가 / 소희네 횟집 평상 (밤)

(e)　(횟집할매) ♬ 내 마음이~ 가는 그 곳에~ 너무나도~그리운 사람~ 갈 수 없는~먼 곳이기에

런닝바람으로 저만치에 있는 평상에 앉아 담배를 물고 구슬프게 노래를 부르는 횟집할매. 방금 전까지 흥이 넘쳤던 술자리는 바람이 불면서 소주병이 바닥에서 뒹굴며 소리를 내고, 그걸 넋 놓고 바라보고 있는 세 사람. 이내 일회용 나무젓가락 껍질이 날아다니자 파리 잡듯 허공에 헛손질을 하는 지구.. 지연의 머리카락은 자꾸만 얼굴을 때리고..

이내 (죄지은 사람들 마냥) 말없이 남은 음식과 소주를 주섬주섬 챙기는 세 사람... "들어가서 먹지 뭐.." "소주만 챙기면 돼?" "어.. 뭐. 김치랑 젓가락랑만 들고 와..." 대충 소주랑 수저, 김치만 들고 주섬주섬 안으로 들어가는 세 사람... 쓸쓸하게 남은 평상의 이미지에서 천천히 줌아웃. 파도 소리와 바람 소리, 그리고 아직까지 횟집할매의 노랫소리만 이어지는..

소희Na　**그날 밤, 우리에게 남은 건**
**40년 만에 황혼이혼을 하셨다는 할머니의 노랫소리뿐..**
**몇 시간 전만 해도 그림처럼 낭만적이던 바닷가가**
**언제 그랬냐는 듯 바람에 들썩였다.**
**그 시절 우리들의 첫사랑은 그렇게 끝이 났다.**

## S#20. 경포대 바닷가 / 소희네 횟집 평상 (밤)

현재. 10년 전에 비해서 훨씬 낡은 소희네 횟집.

저만치에 어설프게 주차돼 있는 소희의 차.
소맥 말아서 건배, 해삼과 멍게 회를 간장에 찍어 입에 넣는 세 사람.

지연　나 옛날엔 해삼 못 먹었는데, 나이 드니까 이게 그렇게 맛있다?

지구　(소맥 잔들 회수해서 소맥 말며) 원래 산은 산삼이고, 바다는 해삼이지.

소희　(멍게를 초고추장에 찍어 먹으며) 그래서 그 요가남은 이번에도 나가리야?

지연　응. 나가리 하니까 노가리도 땡기네?

지구　(잔 돌리며) 그럴 거면 잠은 왜 자는 거야?

지연　(해삼 쪽쪽 빨며) 좋으니까~

소희　(잔 부딪치며) 왜 또 쇠냄새라도 나디? (말하며 다 같이 기계적으로) 적시자.

지연　어떻게 알았어? (생각만 해도 좋은) 추운 겨울날, 학교 철봉에서 나는 그 쇠냄새..

소희　우와, 진짜 1도 공감 안 되는데 간만에 꽂혔으면 끝까지 좀 잘해보지!

지연　안 그래도 그래서 내가 물었지. (진행자처럼) "우리의 다음 스텝은?"

*[8부 11씬 연결 인서트// 경포대 모텔 앞*
*지용과 자고 나온 지연이의 표정으로 픽스..*
*지연: (다소 수줍게) 그러니까 퓨처 같은 거요. 미래.*
*지용: (목소리만) 아... 그게... 미래면...*
*지연: (사랑스럽지만 오해 없이 확실하게) 결혼까지 갈 수 있는 진실한 만남?*
*지용: (당황한 표정에서)]*

(e)　(지연) 3, 2, 1

지연　안에 대답 없음 끝난 거야. 여자친구가 있거나, 이미 와이프가 있거나. (쿨하게) 아님 나랑은 결혼 생각이 죽었다 깨나도 없거나. (잔 드는)

다같이　(기계적으로) 적시자~ (마시며)

소희　넌 그렇게 생각하면 상처 안 받아?

지연 상처는 바닷물에 씻었지~롱! 술 없다 술 가져 올게!

일어나서 해맑게 소주와 맥주를 더 꺼내오는 지연을 바라보는 소희.

소희Na **지연이는 이제 이런 걸로 울지 않는다.**
**세상에 남자는 많고, 바다는 언제나 저기에 있으니까...**

지연 (술 꺼내오다가 저만치에서 오는 할머니 보고) 어? 할머니 오신다! (다가오는 할머니 보고) 할머니 염색하셨네요? 오~파마까지~

횟집할매, 한껏 파마를 해서 뽀글뽀글, 흰머리가 까만 머리가 되어서 돌아오며 힘들어하는.

횟집할매 어우 죽겠다... 염색만 하면 누이(눈이) 침침해.
소희 할머니 저희 궁금해죽는 줄 알았어요. (사진 들고) 도대체 이 사진, 누가 떼 달라 했다구요?
횟집할매 (답답) 가!
소희/지연 (동시에) 가 누구요!

횟집할매 답답하다는 듯 앞까지 걸어와서 사진을 한참 보는데 눈이 가물하다.

소희 (페라리) 얘요? (뿔테) 아님 얘요? 어우 염색약 냄새.
횟집할매 아니~ 야라고. (훈남을 가리키는)
소희 (예상 밖) 네에!!? 이 사람이요?
횟집할매 맞아. 잘생겠드라.
지연 (불안) 혹시.. 그 색시가...
횟집할매 머슴아가 이뿌장 하든데?

충격의 지연과 소희 표정.. 의외로 담담한 지구 표정.

소희 (충격) 할머니 진짜 깨어있다..

횟집할매 다 몰랐나? 니들 중에 결혼식에도 누가 왔다더만.

소희/지연 !! (지구 얼굴로 시선) 설마.....

지구 (대수롭지 않게 회 먹으며) 가끔 연락해~

소희/지연 !!

소희 근데 왜 우리한테 말 안했어?

지구 (술 따르며) 니들도 안 물어봤고, 나도 말해주고 싶지 않았고. 그 친구에 대해선 뭐든지.

소희/지연 ...

지구 (잔 들며) 안 마셔?

소희/지연 (허무한 표정으로 건배하며) 적시자..

지연 근데.. 되게 부럽다. 어쨌든 걔는 결혼해서 애까지 있는 거 아니야.

지구 입양했다 하더라고.

지연 우리 설마.. 10년 후에도 못 가고 셋이 여기 있는 건 아니겠지?

소희 10년 후면.. 마흔?? 야. 마흔 안에는 가겠지~~ 에이~~

지구 못 가면 안 가는 거지 뭘. 결혼할라고 태어났냐 니들은?

지연 응. 난 쫌? (마시는)

소희 뭐.. 나도.. 언젠가는 하고 싶긴 한데, 점점 자신이 없네~ (마시는)

조용히 저만치로 가서
담배를 피우는 지구의 뒷모습을 보는 소희와 지연.
10년 만에 들려오는 횟집할매의 노랫소리. 김추자의 「미련」.
10년 전보다 더 구슬퍼진 느낌이다.

소희 왜 여기는 올 때마다 더 외로운 느낌이냐.. 리모델링을 해야 되나...

횟집할매 (노래 부르다가 먼 바다 보며 쓸쓸하게) 이제 고만 와. 나 장사 이제 안 해.

소희/지연 할머니.. / 이제 힘드신가 봐..

횟집할매 나 시집가거든.

지연/소희 네?? / 어디요?

지구 (잘못 들었나 싶어서 담배 피우다가 돌아보는)
횟집할매 싼토루로!

스마트폰 꺼내 중절모의 새신랑 사진 자랑하는 할매. "아..잘됐네요..멋지네요..." 한 대 맞기라도 한 듯 영혼 없는 리액션 해주고 있는 세 사람 표정에서..

소희Na **수많은 연인들이 이 바닷가에서 만나고 헤어지고,**
**정들고, 헤어지고, 그렇게 청춘을 나누어갔다.**
**하지만 이 구역의 진짜 위너는, 역시 할머니였다.**
**믿거나 말거나 팔순이 다 되어 그리스로 시집을 간다는 할머니는**
**이렇게 말했다.**

횟집할매 (구수한 강원도 사투리로) 사랑들 해. 사랑보다 좋은 게 없어. (지연을 보며) 밥 먹듯이 해봤다고 휘뚜루 건너뛰지 말고. (지구를 보며) 안 해봤다고 또 미련하게 안 하고 있지 말고 (소희를 보며) 그저 시치미 뚝 떼고 처음 해보는 것처럼 이쁘게 해. 붙어살건 갈라 살건 물레방아를 돌리건 떡방아를 찧건 남자들은 하나같이 그지 새끼들이야. 그래도 안 하는 것보단 하는 게 낫다 이 말이다. 알았제?
지구 (담배 들고 확신) 깨어있으시다.
소희 ... (그저 놀라운) 그러게...

할머니와 저만치 바다를 바라보는 소희의 시선에서.

소희Na **예전엔 저 모래알처럼 지천에 널린 게 사랑이었던 것 같은데,**
**언제부터였을까? 이렇게 사랑이 어려워진 게...**
**우리한테도 남은 사랑이 있긴 한 걸까...?**

(e) (동시에 문자 알림음)
지연 어! 이제 터진다!

*[지연의 문자 인서트//*
*지용: 친구들과 즐겁게 보내고 계시나요? 전 잘 들어왔어요. 사실.. 제가 결혼엔 한번 실패했습니다만, 그래도 괜찮으시다면 진지하게 연애 한번 해보고 싶습니다.]*

지연　(씨익) 내가 뭐랬어~ 쇠냄새라고 했징?

지구도 문자를 보고 있는.
*[지구의 문자 인서트//*
*친절한 종이씨님: 내일모레 괜찮으시면 여기서 뵈면 어떨까요?^^*
*(이어서) 친절한 종이씨님: 아, 이모티콘은 없던 걸로요.]*
지구, 읽히지 않는 무표정으로 핸드폰을 내려놓고 술 마시고, 소희도 문자 확인.
*[소희의 문자 인서트//*
*성피디님: 내일 점심 어때? 점심 먹으면서 새 프로 얘기 좀 해볼까 해서.]*
소희, 막 답문을 하려던 차, 전화가 걸려오며 저절로 전화가 받아진다.

소희　여보세요?
강피디　(F) 받았어?
소희　뭘요? (강피디인 거 확인)
강피디　(F) 내가 보냈는데 아직 안 갔구나.
소희　..
강피디　(F) 태풍 보냈거든~! 좀 있음 도착한다니까 또 막 술 먹고 바닷가 뛰어 들어가서 날라 다니다가 떠내려가지 말고, 운전도 되게 못하던데 운전대 잡다가 황천길 가지 말고, 태풍 좀 잠잠해지면 오란 말이야. 살고 싶으면.
소희　지금 걱정해 주는 거예요, 짜증내는 거예요?
강피디　(F) 죽지 말고 살아야 성피디랑 새 프로를 하든 뭘 하든 할 거 아냐!! 에이 참.
소희　참나 남이사 태풍에 쓸려 죽던 새 프로를 하다 죽던..

지연　누구야~ 그 발가락피디야? (전화기에 대고) 피디니임~~~안냐세요~~!!!

소희　(빠직) 잠깐, 내가 운전 더럽게 못 하는 건 어떻게 알았지?

강피디　(F) 어휴... 그걸 꼭 말로 해야 알어?

## S#21. 에필로그 / 2차선 도로 (낮)

8부 7씬 동일 시점. *〈자막: 어제 오후〉*
강피디, 운전해서 가고 있는데 앞차(소희 차)가 너무 느리게 가고..
추월하는데 보아하니 소희가 타 있다.

강피디　엥? 안작가네? 얼씨구 운전도 할 줄 알어? (거북이처럼 기어가는 걸 보고) 저럴 거면 왜 운전을 하는 거지? 이해가 안 되네~

(e)　(크락션 소리) 빵빵!!

강피디 시선에, 소희 차 바로 뒤에서 경적을 마구 울려대는 운전자.
그러자 조수석에서 빠큐를 하는 지구의 손.. 그걸 보며 어이가 없는 강피디.

강피디　아니 빠큐는 왜, 미친 거 아냐?

빠큐를 보고 열 받은 운전자가 핸들 틀어서 추월해서 나가려는 찰나!!
옆 차선에 있던 강피디 차가 그 차 앞을 끼어들듯 막으며 끼익!!!!
두 차가 박을 뻔하며 멈춰 선다.

운전자　아이씨 이것들이 진짜! (강피디한테) 야 이새끼야! 박을 뻔했잖아! 운전을 어떻게!

강피디　(얄밉게 차 문 반만 내리고) 어이구~ 죄송하게 됐습니다~ 제가 초보운전이라.

운전자　초보가 운전을 그따구로 해? 아 놔 진짜! 운전들을 어떻게 하는 거야 도대체! 오늘 진짜 열 받네!

강피디 아이구 형님~ 고정하시죠~ 날도 좋은데. 그냥 제 얼굴에 침 한번 뱉고 마시죠! 썽 내지 마시고.

운전자 (또라이인가? 싶지만 화는 풀린) 미친놈... (가는)

강피디 (가는 차에 대고) 가십쇼!!

쌩하니 가는 차.

강피디 시선에 아직도 소희 차의 뒤꽁무니가 보인다.

강피디 어머 아직도 못 갔어? 저래 가지구 어느 세월에 바다를 가? 어이구~ 거북이가 더 빠르겠네.

# 9부

## 마지막 축제

## S#1. 방송국 근처 식당 (낮)

점심시간. 성피디와 스파게티를 먹고 있는 소희.

소희 (입에 소스 묻히고) 제가 생각을 좀 해봤는데요.

성피디 (자연스레 입에 묻은 소스 닦아주는)

소희 !!

성피디 (자상하게) 얘기해봐.

소희 (정신 차리고) 아, 그게.. 기획 같이하자고 해주신 거 정말 감사한데요.

성피디 (미소)

소희Na **자꾸 그렇게 웃으면 진짜 뭐라도 같이 하고 싶다구..!**

소희 이번엔 좀 힘들 것 같아요. 저희 프로, 이제 교체 패널들도 자리 잡아가고, 광고도 다시 붙기 시작하고..

성피디 (자상하게) 안작가가 거기까지 해줬음 됐지. 어차피 그 팀은 새 프로 생길 때까지 유지만 좀 하라고 살려둔 프로라... 이런 말까진 안 하려고 했는데, 강피디랑 오래 일하면, 자기도 감 떨어질 수 있다? 알지? 강피디 감 완전 반댄 거.

소희 네 뭐...

성피디 오죽했으면 북구를 개그 오디션에 갖다 썼겠냐구. 어이구..

소희 (멈칫) 개그 오디션이요?

성피디 몰랐구나? 북구가 인턴 때부터 감이 너무 정확하게 반대여가지고, 심사위원들이 북구 리액션을 기준자로 썼다니까~

*[7부 28씬 회상 인서트// 7년 전 개그 오디션장 (낮)*
*소희의 개그를 보며 웃을 듯 말 듯한 심사위원들.*
*이때 갑자기 막 웃기 시작하는 강북구.]*

성피디 (e)북구가 빵 터졌다?

*[7부 28씬 회상 인서트// 7년 전 개그 오디션장 (낮)*
*심사위원: (확신에 찬) 수고하셨습니다.*
*소희: 네? 수고라면... 떨어진 건가요?]*

성피디 (e) 무조건 불합격!

소희 (얼빠진 얼굴)
성피디 안작가, 표정이 왜 그래?
소희 어디서 본 적이 있는 얘기 같아서.. (말하며 숟가락을 놓고 가슴을 치는)
성피디 왜 그래, 어디 안 좋아?
소희 제가 밀가루를 잘 못 먹어서, 좀 체했나 봐요.

9부. 마지막 축제

## S#2. 방송국 / 화장실 (낮)

먹은 걸 다 토한 듯, 입을 헹구며 숨을 돌리는 소희.

소희 심사위원들 태도가 갑자기 바뀌었던 게.. 강피디 때문이었다? (어이없는) 그때부터 내 안티였었네.. (한숨)

## S#3. 방송국 / 사무실 앞 (낮)

사무실 창밖에서 강피디가 노트북 펴고 앉아 커피 먹고 있는 작가들 옆자리에 앉아 같이 수다를 떨고 있는 게 보인다. 강피디를 노려보는 소희.

혜경 저두 그거 재밌던데?! 완전 난리 났어요. 지금 재밌다고.

아름 1회에 시청률 10 찍었으면 말 다 한 거죠.

찬호 (피곤한 얼굴로 지나가며) 저희 엄마도 그거 본다고 밥도 안 줘요.

세미 맞아 맞아 저희집두요.

강피디 (건들건들 귀 파며 찬물 끼얹는) 난 재미없던데?

다같이 (정적)

강피디 그게 재밌어?

이제야 모든 걸 알겠다는 듯, 강피디를 바라보고 있는 소희.

작가들 언니 오셨어요~ (다들 인사하는)

강피디 (웃으며 슬슬 비꼬는) 안작가, 좀 조용히 먹지 그랬어~ 성피디랑 맛있게 식사하는 소리가 여기까지 들리더라구!

소희 (상종도 하기 싫어 눈도 안 마주치는) 누구 때문에 다 토했거든요?

강피디 웩~ 이 소리는 안작가가 팀을 배신하며 내는 소리입니다.

용범 (관절 딱! 꺾는)

소희 (정색) 재밌어요?

강피디 완전 재밌는데?

소희 (홧김에) 그래서 저 다른 팀으로 좀 갈까 합니다!

다같이 (놀라서 보는)

강피디 구뢰에?~~~안작가님, 그럼 그대~로 지금 돌아서 나가시면 되구요~ 나가시는 문은 저쪽입니다~

작가들 (왜 저래....)

소희 (짜증난 듯 전화 받는) 어 엄마. 내가 좀만 이따 전화할게. (일순 정지)

전화기를 붙들고 그대로 굳어버린 소희. 칼 맞은 사람처럼 서 있다.

강피디 왜 그래.. 민망해서 그래..? (이상한데 싶은) 왜 그러냐구.
소희 (굳은 목소리) 가봐야 할 거 같아요. (바닥으로 주저앉으며) 아빠가.. 죽었대여...
작가들 !!! (완전 놀라는) 어머 언니!!!!

소희의 심리상태대로 카메라 흔들리는..
어깨에 메고 있던 가방도 바닥으로...
바닥에 내동댕이쳐진 핸드폰..

## S#4. 소희 몽타주 (낮)

/정신 나간 사람처럼 길가로 뛰쳐나와 택시 잡는 소희, 눈물이 터질 겨를도 없다.
/택시에 올라타서 기사한테 뭐라 뭐라 말하는.
/택시 안. 황망한 얼굴로 앉아 있는 소희..
/이러지도 저러지도 못하고 시트 좌석을 쥐어뜯었다가, 앞 좌석 시트를 부여잡았다가, 이내 가슴을 마구 치다가 두 손으로 얼굴을 감싸는.

## S#5. 지구네 집 앞 작은 카페 (낮)

/기다리고 있던 친절한 종이씨의 뒷모습. (얼굴은 안 보이게)
/지구, 저 사람인가 싶어서 다가가려는데 전화 받고.
/그대로 튀어나가는 지구에서..

## S#6. 요가학원 / 수련실 (낮)

/요가 수업 마지막.. "나마스떼"
/수업 끝나고 나오는 아저씨들, 지연한테 찡긋하며 가자는 시늉, 지연 윙크로 답해주는.

## S#7. 서울 근교 / 강이 보이는 매운탕집 (낮)

아저씨들, 매운탕 지연한테 떠주고, 하하호호 받아먹으며 술 먹는 지연.
옆에 둔 핸드폰으로 계속 지구한테 전화가 오는데 모르고 있는.
*[지구 / 부재중 통화 17통]*

## S#8. 소희가 탄 택시 안+휴게소 (낮)

달리는 택시 안, 창백한 얼굴에 얼이 나가 있는 소희

소희 아저씨.. 정신없이 급하게 나오느라.. 제가 가방을 안 가지고 와서요.. 돈은 도착해서 드려도 될까요?
기사1 (흠).... 주시기만 하슈. 가다가 휴게소 좀 들를게유. 장거리 운전이라.
소희 (힘없이) 네..

## S#9. 카페 앞 길거리 (낮)

다급한 마음에 길에서 내려와 도로 위에서 택시를 잡는 지구.
계속 지연이한테 전화 중이지만 안 받는.

지구　왜 이렇게 안 받아! (택시 잡히는)

## S#10. 길거리 / 택시 안 (낮)

지구　(타고 문은 아직 안 닫은) 전라도 장흥 장례식장!

기사2　(깜짝) 전라도 장흥요? 잠깐만, 올 때 빈차로 와야 되는데? 미터로 가실래여 아니면.. 거기까지 한 300키로는 되니까..

지구　(버럭) 그래서 간다는 거예요 안 간다는 거예요!!!

기사2　(쫄았음) 아니 돈만 제대로 주시면..

지구　(문 닫고) 따따블로 드릴게요. 빨리만 가주시면.

기사2　(밍기적 거리며 출발) 속도계가 있어서..

지구　(완전 정중하게) 기사님, 부탁 좀 드리겠습니다. 가족 같은 친구 아버지가 돌아가셨어요...

기사2　(엑셀 밟는) 벨트!

## S#11. 휴게소 전경 (낮)

## S#12. 휴게소 / 정차되어 있는 택시 안 (낮)

휴게소에 정차한 택시, 여전히 넋 나가 있는 소희의 얼굴로 픽스....
잠시 후, 기사가 다시 타는 소리가 들린다.

기사1　아가씨, 이거 따뜻한 꿀물이랑 샌드위치인데 좀 잡숴유.

소희　(쳐다도 안 보고) 됐어요.

기사1　장거리 갈 건데 뭐라도 드시면서 가야..

소희　(기사를 보며) 아저씨 됐다구요.

기사1　그럼 여기 놓을 테니까 좀 이따 드슈. (출발하는)

소희 (창밖만 보는)

여전히 총 맞은 얼굴로 굳어있는 소희. 운전하며 계속 혼잣말로 대화하는 기사.

기사1 한번은 어떤 손님이 목포까지 가달라면서 3시간 20분 안에만 도착하면 달라는 대로 다 주겠단거예유. 그 말에 눈이 해까닥 해가지고 350키로를 얼마나 달렸는지 방광이 터질 거 같은데도 휴게소 한번을 안 들리고 정확히 3시간 15분 만에 도착을 했걸랑요? 그러고 미친 척하고 딱 삼백만 달라고 했더니 군말 없이 주는 거예유? 그리고 차에서 내리는데 갑자기 목 뒤가 찌릿하더니, 그대로 쓰러졌어요. 너무 한 자세로 긴장을 하면서 운전을 했더니 온몸에 디스크가 온 거예요. 그래가지고 병원에 6개월을 누워있었습니다. 그 뒤로는 억만금을 달래도 그렇게는 안 가유..

사이드미러로 소희의 눈치를 살피는 기사. 역시 미동이 없다.

기사1 아가씨 그니까 내 말은.. (뒤로 목 베개 넘기며) 아가씨 이거 좀 끼고 가유. 거북목은 오래 앉아 있으면 큰일 나..

소희 아저씨 저 됐다구요...

기사1 거참! 부탁 한 번만 합시다.

소희 아저씨! 그냥 좀 가면 안 돼요? 지금 제가 어떤 상황인지

기사1 (ol) 그래봤자 아가씨 사정이고! 나도 내 사정이 있을 거 아닙니까! 막말로 콱 내가 여기서 나 사정 있다고 안 간다고 하면 어쩔거유? 지금 이 고속도로에 거기까지 가는 택시가 있을 거 같어유? 그럼 지금 세워줄 테니까 다른 차 타유.

소희 지금 협박하시는 거예요?

기사1 부탁하는 거잖아유! 내 부탁이 그렇게 어려운 거유?

소희 (원망하듯 째려보며) 그래서 뭘 하라구요!!

기사1 그 꿀물이랑 우유 좀 먹고, 샌드위치도 한쪽 먹고! 그 목 베개하고 눈 좀 붙여요!

소희　(어이없는) 아니 아저씨 제가 잠을 자든 말든..
기사1　차 세워유?
소희　(한숨 쉬는)

## S#13. 지구가 탄 택시 안 (낮)

전속력으로 달리고 있는 택시. 소희한테 문자 보내고 있는 지구.
*[문자 내용 인서트// "소희야, 괜찮냐.." (썼다가 다시 지우는)*
*"소희야, 괜찮아." (썼다가 다시 지우는)*
*"소희야. ...." (썼다가 다시 지우는)]*

지구　기사님, 얼마나 남았어여?
기사2　(전속력으로 질주하며) 이제 40키로니까.. 30분 안에 도착.
지구　감사합니다 기사님.
기사2　친구 아버지라면서요. 그럼 늦으면 안 되죠.
지구　...
기사2　살면서, 손님 같은 친구가 딱 한 명만 있으면 좋겠네요.
지구　죄송하지만 전 둘입니다.

## S#14. 소희가 탄 택시 안 (낮)

적막의 택시 안.. 반쯤 비운 꿀물과, 한 조각 비운 샌드위치.
창밖을 바라보고 있는 소희.

기사1　좀 자둬유. 아직 좀 남았으니께.
소희　....
기사1　거 목 베개 하시고, 그까진 나랑 약속했쥬?
소희　후... (목 베개 하는)

기사가 자장가용 음악 틀어주고, 창밖을 보며 괴로운 듯 눈을 감는 소희.

소희Na **아빠가 돌아가셨다.**
**어제 아침까지만 해도 내게 전화해 고등어를 보내주겠다던 아빠가..**
**아빠 이거 몰래카메라지? 나 도착하면, 써프라~이즈! 이럴 거지..?**
**나 다 알아..** (이내 스르륵 눈이 감기는)

## S#15. 전라도 장흥 / 병원 장례식장 앞 (초저녁)

장흥읍. 장례식장..
택시 한 대가 끼익 멈추고, 지구가 내리자마자 병원으로 뛰어 올라간다.

## S#16. 전라도 장흥 / 빈소 (초저녁)

아무것도 준비 안 된 빈소, 지구가 헐레벌떡 들어가면 상조회사 장례지도사가 지연이와 이야기를 나누고 있다.

지연 1호실은 바로 문 앞이라 좀 바람이 많이 들어오던데, 2호나 3호실로 좀 옮겨주실 수 있을까요? 오면서 보니까 다 비어 있던데... 아, 감사합니다. / 상복은 여자 걸로 두 개 준비해주시면 되구요. 하나는 스몰. 하나는 미듐으로요. 네.. 그리고, 혹시 주변에 수면 양말이나 핫팩 살 수 있는 곳이 좀 있을까요? 구해주시면 감사하구요. / (내역서 보며) 빈소 비치 물품은 제가 올라가서 체크하고, 이따 상주 오면 다시 한번 말씀드릴게요. 도우미분은 일단 두 분으로 하구, 부족하면 다시 신청하는 걸로 할게요. 그리고 화장터 예약 좀 지금 잡아주세요. 가장 이른 시간으로요. 네. 일단 제가 거기로 가겠습니다. 네. (그제야 지구를 보고) 왔어?

지구 언제 온 거야.?

지연　니 전화 받고 왔지.
지구　그렇게 빨리 왔다고?
지연　어. 어머니 쓰러지셔서 상주실에서 안정제 맞고 계셔.

소희Na　**나중에 들은 얘기지만 지구는 이날**
**지연이의 어른 같은 모습을 처음으로 보았다고 했다.**

## S#17. 전라도 상흥 / 빈소 상주실 (초저녁)

상주실에서 링거 맞고 누워있는 소희맘.
지구와 지연을 보자 일어나려고 하는.

지구　어머니...
소희맘　(링거를 떼려고 하는) 나 이거 안 맞을란다. 내가 지금 이러고 있을 때가 아니다.
지연　어머니 그러다 또 쓰러지세요. (소희맘 어깨를 잡아주며 단호하게 진정시키는) 이건 다 맞으셔야 돼요.
소희맘　소희아빠.. 작년에 상조회산지 뭔지 가입하믄서 벽걸이 티비 받아온 거, 이사 가면 건다고 아직 뜯지도 않았어야.. 근디 시방 으짠다고 이라고들 와서는 소희아빠 누울 곳을 묻는다냐. 도대체 이것이 뭔 일인지 나는 아무것도 모르겄다잉..
지연　(차분하게 손잡고 천천히 설명 드리는) 어머니. 상조회사랑은 급한 건 제가 미리 진행 했구요. 다른 건 소희 오면 같이 차분히 결정해도 되니까 지금은 일단 안정제 맞고 한숨 주무세요. 슬픈 것도 체력 없인 안 돼요 어머니.
소희맘　알았다잉.... (지연의 말에 일단 안정을 찾고 눈을 감는)
지구　(기특한 듯 지연을 보는)

## S#18. 장례식장 / 지상 주차장 (저녁)

주차장에 서 있는 택시. 뒷자리에서 잠이 들었던 소희가 놀라서 깬다.

소희　(놀란) !! 여기 어디에요?!
기사1　다 왔어유. 잠들었길래 미터긴 끄고 좀 뒀슈.
소희　(발끈) 그럼 깨우셨어야죠!!
기사1　아니 장례식장 가면 잠도 얼마 못 잘 텐데.
소희　(이) 후.. 잠깐 계시면 제가 돈 가지고 올게요.
기사1　거 발밑에 건 뭐예유?
소희　(가방이 발밑에 있고) 이게 왜.. 아.. 가지고 왔었구나. 죄송해요 제가 정신이 없어서.. (지갑에서 카드 꺼내는데 손이 떨리는)
기사1　주기만 하시라니까. (카드 정산기에 금액 누르며) 톨비도 같이 정산해유~

택시에서 다급히 내리는 소희. 병원으로 뛰어 올라가는.

## S#19. 장례식장 / 빈소 (저녁 → 낮)

#. 빈소 입구
장례식장에 들어서는 소희.
빈소 입구에 걸려있는 아버지의 이름.
*[고인: 안철화 / 상주: 안소희]*

#. 빈소
와르르 무너지는 걸 겨우 붙잡고 빈소에 들어서는 순간, 입구에 서 있던 지구와 지연의 얼굴이 가장 먼저 보인다. 보자마자 소희를 안는 두 사람.

소희Na　**지구와 지연이가 나를 안았다.**

지연이와 지구의 품에 안겨 있는 소희, 그 뒤로 보이는 아버지의 영정사진.
온몸에 힘이 풀리며 그대로 주저앉는 소희를 지구와 지연이 꼭 안아 부축한다.

소희Na **내가 영정사진이 되어버린 아빠와 마주한 순간,**
**지연이와 지구는 내가 놓아버린 내 몸의 무게 전부를 붙들어야 했다.**

#. 빈소
컷 튀면, 영정사진 앞, 일각에 기대앉아 넋 놓고 앉아 있는 소희. 지연이 소희의 손을 꼭 잡고 차분히 이야기한다.

지연 소희야. 이제 정신 차리고 내 말 잘 들어. 3시간 전에 경찰에서 다녀갔고 사건은 종결되었다고 하는데 더 궁금한 게 있으면 연락 달래. 내가 담당자 연락처는 받아두었고, 어머니는 조금 전까지 계속 탈진 상태셔서 상주실에서 안정제 맞고 겨우 잠드셨어. 그리고 아버지는, 조금 전에 영안실로 안치되셨어. 니 마음이 준비되면 보러 다녀오면 돼. (소희가 울 틈도 주지 않고, 상주복 주며) 그리고 이건 니 옷, 옷이 얇아서 안에 입을 내복도 같이 사왔어. 그리고 조문객들 오면 계속 니가 문상받으면서 같이 절해야 하니까, (무릎 보호대 주며) 이거 필요해. 옷 입으면서 안에 차고 나와. 소희야, 슬픈 건 슬픈 거고, 니가 쓰러지면 안 돼. 그러니까 튼튼이 몸 챙겨. 왜냐면 니가 지금 상주고, 그래서 아버님 가시는 길, 니가 정신 차리고 보내드려야 해. 할 수 있지?
소희 ..응.
지연 (서류 주며) 자, 여기 빈소에 비치할 것들이랑 음식, 도우미 관련한 기본적인 건 내가 급한 대로 결정했고, 화장터랑 운구차 예약은 먼저 해놓아야 해서 내가 미리 잡아뒀어. 그리고 이건 아버님 수의랑 유골함, 장지까지 앞으로 니가 결정해야 할 것들이니까 보고 있어 봐. 좀 이따 상조에서 오면 결정해서 알려주면 돼.
소희 .... 한지연.. 너.. (고마움 섞인 눈물)

지연 (옅은 미소) 난 한 번 해봤잖아.

*[회상 인서트// 지연엄마 장례식장*
*상복 입고 있는 지연이한테 가서 울어주는 소희]*

소희Na **그 때 난, 뒤늦게 달려와 울어주는 것밖에 해준 게 없는데..**

소희의 손을 꼭 붙잡고, 눈물을 참고 있는 지구와 지연.

소희Na **얘네들은 나보다 먼저 도착해서, 날 위해 눈물을 참고 있다.**

#. 빈소. 컷 튀면, 상복 입고 엄마와 나란히 서 있는 소희.
#. 접객실. 식당 쪽에서 도우미 아주머니들과 함께 일 돕고 있는 지연.
#. 빈소 입구. 문 앞에서 문상객들한테 조의금과 방명록 받는 지구.

소희Na **시간이 어떻게 갔을까..**
**아버지의 영정사진을 볼 참이면**
**장례지도사가 찾아와 이거 하셔라 저거 하셔라,**
**이건 어떻게 할지 저건 어떻게 할지 묻고 결정하고 사인하며**
**이곳저곳을 불려 다니다가**
**그러다 어쩌다 아빠와 친했던 사람들이 오면 다 같이 눈물바다 되고.**

문상객들 아구 세상에..... 이게 무슨 일이야 소희 엄마... 소희아빠 이게 무슨 일이래요. 아이고 아이고..

#. 접객실 → 상주실
사람들 품에 안겨 통곡 중인 엄마를 부축해서 상주실로 데려가는 소희.

소희Na **탈진한 엄마를 모시고 와 자리에 눕히고**
**그러고 있으면 어김없이 또..**

#. 빈소

지연 (따뜻한 물 들이밀며) 자, 따뜻한 물. 마셔. (물 마시게 하며) 쭉쭉. 들이켜. 이제 가봐.

소희Na **지연이한테 불려가고.**

#. 상주실

지구가 소희를 데리고 온.

소희Na **지구한테 불려갔다가..**

지구 가만히 있어. (소희의 어깨를 말없이 주무르는) 됐어. 이제 가봐.

#. 빈소

상주 자리에 넋 놓고 앉아 있는 소희를 불러내는 지연.

지연 (소희의 손을 잡아끌고) 밥 먹자.

소희 안 먹을래.

지연 지구가 너 좋아하는 감자전 사 왔어.

#. 접객실 구석 테이블

감자전 앞에 앉은 소희.

지연 (찢어서 소희 입에 넣어주는) 먹자..

소희 (기계처럼 먹는)

소희Na **아무거나 입에 넣었다가..**

지구 (감자전을 보며) 오는 길에 좀 눅눅해졌네.

소희 울 아빠.. 눅눅해진 거 좋아하는데... (감자전 입에 물고 울컥)

소희Na **울었다가...**

지연 근데 그거 기억나? 아버님이 우리 대학 때 지구 처음 보고... 소희 남자 친구냐고 그랬잖아.

소희　퓹! (웃음 터진)

소희Na　**웃었다가..**

지구　(같이 웃는)

#. 빈소

소희의 이모와 이모부가 문상 온, 절하고 소희의 손을 붙잡으며.

이모　(소희맘을 보며 손잡는) 언니... (옆에 있는 소희를 보며) 아구 짠한그... 아구 짠한그.... 이 모녀를 짠해서 으짜쓰까.. (영정사진 보며 통곡) 형부는 으짠다고 이라고 간대여..!! (눈물바다)

소희　(또 우는)

소희Na　**또.. 울었다가..**

#. 접객실 일각

눈이 퉁퉁 부어있는 소희.

지구가 음료 냉장고에서 막걸리 한 병을 꺼내 오고, 지연이도 안주 몇 개 챙겨와서 앉는데 둘 다 어딘가에서 울고 왔는지 눈이 벌겋다.

지구　(막걸리 따라주는) 그만 울고 마셔.

소희　(막걸리 마시는)

소희Na　**마셨다가..**

막걸리 몇 병을 비운 소희, 살짝 취해서 눈물을 머금고..

소희　(잔 아래를 한 손으로 잡고 8자를 그리고 공중회전하는) 얼~씨구 씨구 들어간다~ 절~씨구 씨구 들어간다~ (하다가 지구한테 다 쏟고)

지구/지연　야! / 푸하하하!

소희　울 아빠 개인기였는데.. 이걸로 아빠의 도전 나간다고 맨날 엎어댔거든. (또 우는)

소희Na　　**또 웃다가 울다가... 그러다가...**

이때 소희의 빈 잔에 막걸리를 따라주는 누군가의 손. 올려다보면 아빠다.

소희　　...아빠??

소희부　　아따 뭔 초상났냐잉. 흐미 우리 딸 못생긴 얼굴 더 못생겨져 부렀구마잉. 가시나야. 내가 술을 그라고 가르쳤냐잉? 술은 신나게 먹어야재. (지연이랑 지구를 보며) 음마? 너들은 또 왜 그라고 자빠졌어? 한잔들 해!

세 사람, 소희의 아버지(환영)한테 술을 받아먹는.

소희부　　(지연이한테 술 따라주며) 니는, 아직도 다리 찢냐잉. 아따 대단해~ 그게 으짠다고 그라고 찢어진다야? 그것이 요가라는 것이라고잉? 아따 멋있어부러잉! 한잔해! (지구한테 술 따라주며) 니는 종이로 하는 그 예~술 잘하고잉? 아야 그것은 나라에서 거시기 무형문화재 뭐 이른 거 안 해준다냐? 그것이 아무나 하는 것이 아닌디~아따 그 손이 금손이랑께! (하회탈 미소) 느그들이 우리 못난이 소희 쪼까 챙겨줘야쓰겄다. 저것이 얼굴만 못났지 마음은 솔찬히 비단결이라 어서 되도 안한 놈한테 코 껴가지고 시집간다고 지랄해싸면 그날로 내가 그놈 죽여뿔고 나도 아주 뒤져불라니께, 시집 잘못 와서 뒤지게 고생하는 건 느그 엄마 하나면 된다 안 하냐~ 아따~ 안 마시고 뭣하냐잉? 니들 장사 지내냐잉? 시원~하게 한잔해.

세 사람, (소희부와 함께) 건배하며 막걸리 마시는..

소희부　　(꿀꺽꿀꺽 막걸리를 원샷하고) 흐미.. 술 단그..

행복하게 마시고 입을 닦더니, 소희부가 슬쩍 일어나 밖으로 나간다.

소희　　아빠!!! 어디가? 아빠 가지 마!

허겁지겁 아빠를 따라나서는 소희, 신발도 제대로 못 신고 빈소 밖으로 아빠를 따라 나가는데 코너를 돌자마자 아빠는 사라졌고, 그 자리에 강피디가 서 있다. (읍내 어딘가에서 산 듯) 다소 촌스럽고 커 보이는 까만 양복에, 면도까지 말끔하게 마친 (면도하다 벤 듯, 턱 아래 작은 밴드 멋지게 부착).

소희　(잠시 얼떨떨, 낯선 모습에 누군가 싶다가).. 강피디님?
강피디　(당황) 깜짝이야.
소희　아니 강피디님이 왜?
강피디　... (한참을 말 못 하고 있다가) 대표로 왔지. 직장 대표로.
소희　언제요?
강피디　뭐.. 좀 전에 막 들어가려던 참이야.
소희　... (가만 생각해보니) 오늘 녹화 아니에요?
강피디　다들 자기들이 알아서 한다고 나더러 가래.

*[인서트// 스튜디오 일각 (현재 시각)*
*국장: 강피디 이 개새끼는 어디 갔어!!]*

#. 빈소
소희부 영정사진을 보고 절하고 있는 강피디.
강피디와 맞절하는 소희.
저만치서 그런 강피디를 탐색하고 있는 지구와 지연.

소희　(어색) 뭐.. 멀리까지 오셨는데 밥이나 드시고 가세요..
강피디　아니 뭐 난.. 가봐야지.
소희　그럼..
지연　그래도 육개장 한 그릇 하고 가세요. 그냥 가시는 건 아닌 것 같은데..
지구　아버님에 대한 예의가 아니지.
소희맘　(어느샌가 다가와서 빼꼼) 누구....?

#. 접객실

육개장과 밥을 차려오는 지연.

강피디를 유심히 바라보고 있는 소희맘.

지연 (밥을 차려주며) 소희가 방송국 사람들한테는 연락하지 말라 그래서.. 강피디님이 처음이에요.

소희 (멍하니 보다가) 면도했어요?

강피디 (머쓱하게 턱을 만지며) 아 뭐.. 급하게 좀..

지연 (턱 아래 밴드를 보며, 차분하게 할 말 다하는) 편의점 면도기 사용하셨구나, 베였네. (아래를 훑으며) 양복은 읍내 껀가 봐요..

강피디 (머쓱) 아.. 네 급하게 좀..

소희맘 (뚫어져라 보는)

소희 (눈치, 낮은 소리로) 엄만 뭘 그라고 쳐다봐싸..

소희맘 ... 자넨 고향이 어딘가?

강피디 아, 저는 서울입니다. 서울 성북구.. (눈치 보며 계속 말해야 되나)

소희맘 부모님은?

소희 엄만 그건 왜 물어싸.

강피디 (군대 톤) 현재 아버님은 서울에 계시고, 어머님은 안 계십니다.

소희맘 (앞에 있는 홍어무침을 강피디 쪽으로) 홍어무침은 먹을 줄 아는가? 함 먹어보소.

강피디 아 넵. (단숨에 집어먹는데 시큼하지만 참는) 맛있습니다.

소희맘 홍어는 전라도재. 여자도 전라도고.

소희 엄마 뭐 하는 거야..

소희맘 (강피디를 노려보며) 니 아빠가 거시기 좋아했겄다.

다같이 (정적)

소희맘, 소주 한잔을 따라준다.

소희맘 소희아빠가 있었으면 이것부터 들이밀었을 것인디. 한잔하소. (가득 따라

주는)

강피디 (무릎 꿇고 술 받는) 아. 네!

소희 피디님 차 끌고 왔당께. 바로 가야디야!

지구 한잔은 괜찮지!

강피디 (몸 돌려서 깍듯하게 다 마시는)

지연 (실눈으로 웃으며) 잠깐 눈 붙이고 가셔도 되궁~!

강피디 아... 저 잠깐 화장실 좀..

강피디, 신발을 신는가 싶더니 그대로 쓰러진다.

소희 피디님!!!!!!!

다들 놀라서 시선 집중, 놀란 소희와 지구가 달려가는 데에서..

#. 상주실

천정을 뚫을 듯 코를 골며 숙면 모드에 들어간 강피디.

그런 강피디를 내려다보고 있는 지구, 소희, 지연.

지구 이 자식 뭐야?

지연 술을 한잔도 못 하시나봥.. 웬일이니 너무 안됐다.

소희 (강피디를 멍하니 보는)

이때, "상주님.." 하며 장례지도사가 들어온다.

장례지도사 상주님, 이제 십분 후에 입관식 가실게요.

세 사람 그대로 일시정지, 잠시 침묵...

## S#20. 장례식장 / 입관실 앞 → 안 (낮)

입관실 앞에 서서 대기 중인 사람들.
소희가 일각에 서서 작가들과 통화 중이다.

소희 (통화 중) 응. 녹화 시작했지? 패널들은 다 왔구? 큐시트는? 맞다, 오늘 협찬팀에서 오기로 한 날인데..

지구 (다가와서) 소희야. 들어가야 돼.

소희 (괜히 더 붙잡고 있는) 안돼. 나 통화해야 돼.

지구 (카리스마) 안소희. 전화 끊어. 거기 너 없이도 돌아가. 어서.

소희 좀만..

지연 (다가와서) 소희야.. 가야 돼.

소희 후.. 다시 전화할게.. (전화 끊고, 솔직하게 고백하는) 나 안 가면 안돼? 나 무서워.

지연 (엄마처럼 다독이며) 알아..

소희 (지연한테) 지연아, 너 이거 어떻게 했어? (어린아이처럼 곧 울듯) 나 도저히 못할 것 같애..

지연 니가 있어야 아버님이 편하게 가셔.

지구 니가 엄마 부축해야지.

소희 (저만치에 엄마를 보고 애들을 보는)

지구 가자..

소희 (이 악물고 발걸음을 떼는)

벌벌 떨고 있는 엄마의 손을 잡고 입관실로 들어가는 소희의 모습에서..
카메라가 소희의 얼굴을 따라간다.
입관실에 들어서자마 두 손으로 입을 막았다가 다시 두 눈을 가리고 터져 나오는 눈물을 참는 소희. 이윽고 옆에서 "여보!!!" 하는 소희맘의 곡소리가 들려온다.
감았던 눈을 서서히 뜨는 소희. 카메라는 소희의 얼굴만 비춘다.

소희 (목소리가 잘 나오지 않는다) 아... 빠..... 아빠. 아빠 나 왔어... 아빠 소희 왔

다구... 아빠아!!!!!!!!!!!!!!! (오열하는)

입관실을 비추고 있는 카메라. 창문으로 들어오는 햇살이 위치를 바꾸고, 소희와 소희맘. 그리고 이모내외의 곡소리가 들려오고, 지연이와 지구의 눈에서도 눈물이 주르륵 흐른다. 시계 바늘이 한 시간을 지나가고 입관실 문이 열린다.
다 쓰러져가는 엄마의 어깨를 가까스로 잡고 나오는 소희, 헝클어진 머리와 퉁퉁 부운 눈과 얼굴이다. 그런 소희의 뒤를 지키는 지구와 지연.

소희 (걸어가며 엄마를 부축하는) 괜찮아 엄마... 괜찮아..
지구 (그런 소희를 뒤에서 부축하며) 잘했어..

소희맘은 소희에게 기대고, 소희는 친구들에게 기댄 채
서로를 의지해가며 걸어가는 뒷모습에서..

## S#21. 장례식장 / 복도 (낮)

복도를 걸으며 다른 빈소를 지나치는 소희.
한 빈소에서는 기독교 신자들이 와서 찬송가를 불러주고 있는 모습이 보이고, 한 빈소에서는 스님들과 불자들의 장례 염불하는 소리가 들린다.
멈춰서 넋 놓고 바라보던 소희.

소희 (아직도 눈물범벅인 퉁퉁 부은 얼굴로) ...울아빤 저런 거 못 해줘?
지구 저 사람들은 종교가 있었으니까... 종교방식대로 보내드리는 거겠지.
소희 이럴 줄 알았으면 교회라도 좀 다니라 할걸.. 저 목사님한테 가서 울 아빠한테도 기도 한번 해달라고하면 안 되나?
지구 (옆에서 어깨 잡고 방향 틀며) 우리가 잘 보내드리면 돼. 가자.
소희 (다시 가다 말고) 울 아빠 길친데... 혼자 가다가 길 잃으면 어떡해?
지연 (데리고 가며) 가자. 가서 밥 먹자.

지구 (소희를 보는 표정에서)

## S#22. 장례식장 / 빈소 접객실 (초저녁)

술에 취해서 상을 엎어버리는 소희. 옆에서 말려보지만 소용이 없다.

소희 제발!!! 밥 먹으란 말 좀 그만해!!! 그놈의 밥! 밥! 밥! 내가 밥 처먹을라고 여기 왔어?!!

소희Na **분명, 한잔만 하려고 했는데... 취했나 보다.**

소희 (지연한테) 한지연! 너 니네 엄마 죽었을 때 나 늦게 온 거! 담아두고 있지!!! 내가 모를 줄 알아? 야 강지구! 넌 뭔데? 니가 뭔데 술을 못 먹게 해! 우리 아빠가 술을 얼마나 좋아했는데!!! 니가 우리 아빠를 알아!!? 그래! 니네 엄마 아빠는 다 살아 있다 이거지!! 살아 있을 때 잘해 이것아! 너 그러다 천벌 받아! 근데 왜 난 천벌 받았어? 난 엄마 아빠한테 맨날 맨날 전화하고! 용돈도 보내드렸는데! 왜 나야? 왜 우리 아빠만 데리고 가는데!! (놀라서 소희를 바라보고 있는 문상객들한테) 뭐?! 뭘 봐!!! 사람 술 취한 거 첨 봐!? 아빠 죽어서 술 취한 여자 처음 보냐구!! (상에 있는 거 다 쓸며) 다 나가!!! 다 나가라고!!!! 울아빠 죽은 거 구경하러 왔어?! 어떻게 죽었는지 궁금해 죽겠지? (도우미분들한테) 다 꺼져! 꺼지라고!

지연 (도우미분들한테 낮은 소리로) 퇴근하셔도 돼요. 여긴 저희가 정리할게요.

도우미들과 군데군데 있던 문상객들이 소희를 피해 슬그머니 일어나고.. 상을 다 엎어버리며 개처럼 난동을 부리는 소희의 주사가 끝날 줄 모르는데, 이때 소희의 얼굴로 찬물 한 바가지가 날아온다. 그대로 찬물을 뒤집어쓰고 얼음이 된 소희. 보면, 지구가 던진 물이다.

지구 그만해 이제. 그 정도 했음 됐어. 들어가서 쳐 자.

소희 (씩씩거리며 진짜 화난) 니가 뭔데! 니가 뭔데!!!!!!

갑자기 소희를 거꾸로 들쳐업는 지구.
저벅저벅 걸어서 상주실로 들어간다.

지구 그만하라고 했다 안소희!

#. 상주실
코를 골며 죽은 듯 자고 있는 강피디 옆에, 술 취한 소희가 철퍼덕! 던져진다.

소희 (술에 취해서 이불을 쥐어잡고 괴로운 듯 포효하는) 으아아아아....

그 바람에 뒤척이던 강피디가 발로 소희의 등을 퍽! 하니 차고
소희가 앞으로 고꾸라지며 눕는다. 그 덕에 얌전해진 소희...
이번엔 강피디가 일어나더니 우웩!!! 헛구역질을 하다가 잠드는 데에서.

지구 (열린 문틈으로 영정사진 보며) 죄송합니다.. 아버님.

영정사진 속 아버님이 이 광경을 못보게 문을 닫아주는 지구.

## S#23. 장례식장 외경 (다음 날 새벽)

차가 한 대 들어오고, 차에서 내리는 세 사람..
성경책 끼고 온 지구부(목사/50대 후반), 지구맘, 지후(남/10세)다.

## S#24. 장례식장 / 빈소 (다음 날 새벽)

빈소로 향하는 세 사람의 시선.
빈소에 들어서는 순간, 흠칫 놀란다.
접객실은 어제 소희가 난동 쳐놓은 그대로에,
그 뒤로 지구, 지연, 소희맘이 다 같이 마신 듯 술판이 벌어진 흔적..
테이블 옆에서 담요 덮고 아무렇게나 자고 있는 지구, 지연, 소희맘.
어디선가 엄청나게 큰 코 고는 소리가 들리고, 조심스레 상주실 문을 열어보면, 소희와 강피디가 이중창으로 코를 곯고 있다.

지후 (뒤에서 코 막고) 술 냄새..
지구부 주님.. (상주실 문을 닫고 영정사진 앞으로 다가가 기도 드리는)

한편 접객실.
지구맘이 자고 있는 지구를 흔들어 깨운다.
지구, 눈을 떴다가 깜짝 놀라는.

지구 누구.. (비몽사몽) ...엄마.. (깜짝) 엄마? 어떻게 왔어?
지구맘 (째리며) 니가 불렀잖아.
지구 (일어나며) 난 아빠만.. 불렀는데...
지연 (머리 산발해서 비몽사몽 일어나며) 어머니..
지구맘 어후.. 니들은 어떻게 24시간 멀쩡한 날이 없니? (테이블을 치우며) 내가 못살아, 못 살아! 어흐.. 친구 아빠 장례식에서까지 이렇게 먹어야겠어?
소희맘 (그 소리에 깨서 머리 만지며 테이블 옆에서 일어나는) 제가 한잔하자고 했어요.. 소희 엄마예요..
지구맘 (허리 숙여 인사) 아, 안녕하세요. 소희어머님. 처음 뵙겠습니다. 상심이 크시죠. 뭐라 드릴 말씀이 없습니다..
소희맘 우리 딸 챙겨주셔서 감사하다고 인사 한번 드린다는 게 여기서 이렇게 하게 되네요..
지구맘 아닙니다.. 저도 겸사겸사 딸내미 얼굴 좀 보러 왔습니다. (지구한테 찌릿) 7년 만에 딸한테 전화 받았어요.

*[어젯밤 인서트// 장례식장 밖. 전화하는 지구.*
*지구: 저예요. 혹시 내일, 시간 괜찮으세요?]*

지구맘 (지구를 째려보며) 여기서 할 말은 아니지만, 그래도 반갑더군요.
지구 (겸연쩍게 동생한테) 많이 컸네.
지후 누난 많이 늙었네.

컷 튀면, 영정사진 앞에서 기도를 하며 영결식을 치러주고 있는 지구부. 분향, 헌화를 하고 온 소희가 지구와 지연의 옆에 슬쩍 다가온다.

소희 (속삭이는) 고마워 지구야.. 울 아빠, 니 덕에 안 외롭게 가시는 것 같아.
지구 그래.. 다행이다.. 편하게 가실 거야.
소희 (민망) ....나, 어제 좀 많이 마셨지?
지연 (속삭이며) 너 좀 진상이었지.
지구 저 진상은 상주실 전세 냈다냐?

지구부의 기도문 소리에 간간히 묻혀서 들리는 강피디의 코 고는 소리.

지연 곧 발인인데 깨워야겠다. 우리 이제 다 갈 건데.
소희 내비둬. 일어나면 알아서 가겠지 뭐. (한숨 쉬는)
장례지도사(e) 상주님 잠시만

기도문이 계속되는 가운데, 장례지도사가 소희를 불러내는.

## S#25. 장례식장 / 빈소 앞 복도 (새벽)

장례지도사와 이야기 중인 소희.

장례지도사 상주님, 관 들 사람이 좀 부족한데..

소희 아.. 제 친구들이 들면 돼요.

장례지도사 근데 죄송하지만 관은 남자분만 들 수가 있어서요..

소희 저희 집안이 남자가 좀 귀해요. 그래서 상주도 저고, 문상객 받는 것도 다 제 친구들이 했거든요. 관도 꼭 남자가 들 필요는 없을 것 같은데..

장례지도사 상주님, 생각보다 관이 무거워요...

소희 아..

## S#26. 장례식장 앞 (새벽)

발인이 시작되고, 상주인 소희가 영정사진을 들고나온다.

소희Na **아빤 늘 그러셨다. 누구도 끝까지 알 수가 없는 게 사람 일이라고.**

이어서 영구(관)를 들고나오는 남자들, 제일 앞에 강피디가 있다.

소희Na **강피디가 우리 아빠 관을 들 거라고, 누가 알았겠어..**

제일 앞에서 리드하며 관을 운구차에 싣는 듬직한 강피디의 모습.
그 옆에서 손수건을 훌쩍이던 소희맘이 강피디를 보며 한마디 한다.

소희맘 오메.. 저거라도 하나 하고 간다잉?

이모 그래도 듬직하니.. 쓰겄다.

소희 ......

## S#27. 수목장 추모공원 (오전)

흙으로 된 단출한 유골함이 땅속에 묻히고 덮인다.

그 위에 작은 비석과 꽃을 두는 소희와 소희맘.
소희는 이제 눈물도 나오지 않는다.
그 옆으로 작게 찬송가를 불러주며 서 있는 지구부와 지구맘.
그 옆으로 서 있는 지구와 지후.
그리고 좀 멀찌감치 서서 바라보고 있는 강피디.
소희부의 영정사진을 바라보던 지연이 하늘 위 햇살을 올려다본다.

지연Na (하늘 보며) **엄마. 나 부탁 하나만 하자.**
**좀 있으면 거기로 사람 좋은 아저씨 한 분 가실 거거든?**
**엄마가 막걸리 한잔만 따라주라. 그리고 딸바보들끼리 한잔해.**

막걸리를 따서 흙 위에 부어주는 소희맘.

소희맘 그 좋아하는 술.. 가서 실~컷 드쇼잉..

*[비석 문구 인서트//*
***故 안철화(1962~2021): 놀다 가는 각설이, 하늘에서도 웃고만 사시게.]***

문구를 멍하니 바라보는 소희.. 눈물도 나오지 않는다.

## S#28. 수목장 추모공원 주차장 (오전)

발인이 끝나고 서 있는 소희 일행.
지구네 가족과 강피디도 말없이 서 있다.

소희 서울 가서 짐 좀 챙겨서 삼오제때 올게잉. 괜찮지 엄마?
소희맘 이모도 있고, 다 있응께. 너나 잘 추스러. (지연과 지구한테) 우리 소희 좀 부탁해. (옆에 있는 지구맘과 지구부에게) 감사했습니다...
지구맘/부 (정중하게 인사하는)

소희 (뒤에 서 있는 강피디 보며) 고생했어요.

강피디 (어색하게 인사드리는) 몸.. 잘 챙기십쇼. (작은 소리로) 어머님..

소희 (그런 강피디를 보는)

지구맘 (지구한테 다가와서) 서울까지 니들은 우리 차 타고들 가.

지구 (당황) 아니, 우린... (강피디가 눈에 들어옴) 저기 저.. 저분 차 타고 가기로 했어. (강피디한테) 그쵸?

지구맘 (째려보는)

## S#29. 주차장 → 강피디의 차 안 (오전)

주차장을 빠져나가는 강피디의 차 안.
운전하는 강피디와 조수석에 탄 소희, 그리고 뒷자리에 탄 지연과 지구.
다들 아무 말이 없다.

강피디 안작가, 좀 자..

가만히 눈을 감는 소희.

강피디 이제부터 슬플 거야..

눈을 감고 있는 소희의 모습에서...

소희Na **아빠는 각설이였다.**
**남도 저잣거리에선 스타 중에 스타였고,**
**늘 웃고 다닌다고 해서 이 빠진 하회탈이라 불렸다.**
**아빠한테 가장 행복한 시간은 행사를 마치고 오는 길에**
**엄마보다 한 정거장 먼저 내려**
**막걸리를 마시며 노래를 부르며 걸어올 때라고 했다.**
**그럴 때면 아빠 꼭 내게 전화를 걸었다.**

**"딸내미, 오늘도 솔찬히 못생겼는가?**
**아빠는 이제 일 끝나고 가는 길이네~**
**허벌나게 좋은 고등어가 들어왔는디 한 박스 보내주께잉~"**
**늘 시답지 않은 농담을 하던 아빠가 그날따라**
**엄마에 대한 당부를 덧붙였다.**
**"그라고 느그 엄마 하지정맥 수술해야 된디.. 알고 있지?"**
**엄마 일이라면 똥독에도 같이 들어가던 사람이 좀 이상하다 싶었는데,**
**그게 마지막 통화였다.**
**아빠는 늦은 밤 시골길에서, 멧돼지에 치였다.**
**씨씨티비 속 아버지는 150키로가 넘는 거구에 한순간 사라져버렸다.**
**"나는 말이여. 술 한잔하고 길에서 노래나 하고 그라다가..**
**어느 날 그냥 가고 잡다잉.."**
**아빠는 정말 그렇게 갔다.**
**2021년 어느 가을이었다.**

눈을 뜨는 소희, 눈에서 눈물이 뚝. 뚝. 떨어져 내린다.
이내 엉엉 울기 시작하는 소희.

소희Na **3일 동안 너무나 울고 또 울어서.**
**더 이상 남은 눈물이 있을까 싶었는데..**
**생전 듣지도 보지도 못한 설움과 공포,**
**그리고 슬픔이 가슴속부터 끌어 올라와**
**이내 터져버렸다.**

아이처럼 울어대는 소희.
말없이 앞만 보고 운전 중인 강피디,
뒷자리에서 역시 말없이 우는 지구와 지연.

소희Na **이 차에 있는 모두가 안다.**
**지금은 아무도 날 위로할 수 없다는 걸.**

**하지만 난 안다.**
**모두가 소리 없이 울고 있다는 걸.**
**모두가 3일 내내.. 나와 함께 울어 주고 있었다는 걸.**

계속 엉엉 우는 소희...
한참을 울던 소희가 그렇게 울다가 창문에 머리를 기댄 채 잠이 든다.
뒷자리에 지연과 지구도 어느새 울다가 잠이 든다.
조용히 갓길에 차를 대는 강피디.
소희의 머리에 조심스레 목 베개를 받쳐주고 다시 출발하는 데에서.
(반면, 완전히 고꾸라져서 자고 있는 지구와 지연.)

## S#30. 에필로그 / 강피디의 이야기

*〈자막: 3일전 그날〉*
#. 방송국
강피디의 시점에서 9부 3씬에 이어.
다리에 힘이 풀리며 바닥으로 주저앉는 소희.

소희 아빠가... 죽었대요.

그 상태 그대로 문 열고 나가는 소희.

작가들 (놀란) 어떡해.. / 언니 가방도 두고 갔는데? 핸드폰도! (바닥에 떨어진 핸드폰)
강피디 내가 갈게.

#. 방송국 앞
강피디, 차를 끌고 방송국 앞으로 가는데 소희가 막 택시를 타는 게 보인다. 소희를 따라가는 강피디의 차.

#. 휴게소 주차장
휴게소에 멈추는 택시. 강피디 차도 택시 근처에 주차하고..
택시에서 내리는 기사를 따라가는 강피디.

강피디 (화장실 가는 기사1한테 조심스럽게) 잠깐 저 좀 보실래요?
기사1 (깜짝) 누구슈?

#. 휴게소 일각
컷 튀면, 휴게소 일각에서 샌드위치와 꿀물, 흰 우유를 산 봉지를 기사1에게 주는 강피디.

강피디 이것 좀 먹여주세요. 이러고 가면 아무것도 못 먹는데, 하필 오늘 먹은 걸 다 토해서 지금 빈속이거든요. 그리구 가는 동안 좀 편하게 자게 해주시면. (목 베개를 주며) 이거.. (눈치) 거북목이라서요. 잘 때 깨우지 마시고.. 저 친구가 앞으로 며칠을 좀 고생할 거라.. (가방을 주며) 그리고 이건 제가 줬다고 하지 마시고, 잘 때 바닥에 슬쩍 두시면 됩니다. 아마 정신없어서 안 가지고 온 줄도 모를 거예요. (명함 주며) 제 전화번호니까 무슨 일 있으면 전화주시구요. 잘 좀 부탁드리겠습니다.
기사1 (명함 받으며 황당한 듯) 이럴 거면 그냥 그쪽이 데리고 가시지?
강피디 저 만났다는 말씀은 하지 마시구요.
기사1 좋아하슈?
강피디 ...그건 아닙니다만.. 잘 좀 부탁드리겠습니다. 워낙 장거리라..

#. 장례식장 앞, 택시 안
병원에 다 도착한 소희의 택시. 하지만 막 잠들었고..
깨우려다가 강피디한테 전화하는 택시기사.

기사1 다 왔는데 막 잠들었어요. 어떻게, 깨워요?

#. 강피디의 차 안

강피디 (택시의 뒷좌석을 보며) 아니요. 깰 때까지 조금만 두시죠. 돈은 제가 충분히 더 드리겠습니다.

#. 장례식장 주차장

택시 뒷자리 문이 열리고, 제정신 아닌 채 장례식장으로 뛰어가는 소희를 바라보는 강피디.

강피디 수고하셨습니다 기사님. 뭐 좀 먹던가요?

기사1 (먹다 남은 봉지를 주며) 여기 꿀물은 한 반 정도 먹었고, 샌드위치도 반 개는 먹었고 (목 베개를 주며) 목 베개는 베고 잘 잤어요.

강피디 (목 베개를 받으며) 감사합니다.. (봉투 더 드리며) 여기.. 좀 더 넣었습니다.

기사1 아구 됐어요. 눈물 나서 나 참. 웬만하면 고백을 해요 고백을.

강피디 그런 건 아니라니까요.

기사1 (차에 타며) 아구 참.. 답답하네 참.

가는 택시.

장례식장을 올려다보는 강피디, 안도와 걱정 섞인 한숨을 내쉬며 담배를 하나 꺼내 무는 데에서...

# 10부

## 취중후일담

## S#1. 소희와 지연의 오피스텔 앞 / 강피디 차 안 (새벽)

소희와 지연이의 오피스텔 앞에 소리 없이 멈추는 강피디의 차.
여전히 뒷자리에 잠들어 있는 지연과 지구.
조수석에서 눈물범벅인 채로 잠들어있던 소희.

**강피디** (조심스레 깨우는) 안작가, 다 왔어.

**소희** (눈뜨려는데 풀로 붙인 것처럼 안 떨어지는) 눈이..

**강피디** 아구, 눈물이 순간접착제가 됐네. 있어 봐. (엄지와 검지를 이용해 접착제 떼듯 확 벌리는)

**소희** (아픈) 아! (번쩍 뜨이는 눈)

주변을 둘러보는 소희, 어느덧 새벽이다.
돌아보면 자고 있는 지연과 지구.
컷 튀면, 차에서 내리는 네 사람.
지연과 지구가 소희를 자연스럽게 부축하며 강피디에게 고마움을 담아 인사를 전한다.

**지연** (비몽사몽) 발가락피디님.. 고생 많으셨어요. 운전 되게 잘하시는 것 같아요.. 안 외로우셨어요?

강피디 네 뭐..

지구 (시크하지만 마음이 쓰이는) 졸렸죠?

강피디 전 장례식장에서 좀 자가지구.

*[9부 19씬 인서트// 장례식장 상주실*
*상주방에서 코를 골며 잠을 자던 강피디]*

지연 (생긋) 좀 많이 주무시긴 했어요.

지구 (진심 담아) 고생 많으셨습니다. 조심히 들이가세요.

소희를 양쪽에서 부축하며 들어가는 지연과 지구.
소희, 강피디를 슬쩍 보며 힘겹게 눈인사하고, 제정신 아닌 채로 오피스텔로 들어가는.

## S#2. 소희와 지연의 오피스텔 / 현관문 앞 (새벽)

오피스텔 복도로 들어오는 세 사람.
집 앞에 스티로폼 택배박스가 와 있다.
소희 아빠가 3일 전에 보냈던 고등어다.
보낸 사람 '안철화' 아빠 이름을 보며 그대로 서 있는 소희.

소희 (고등어를 끌어안고) 아빠아... 아빠...!! (통곡을 하며 울며 정신줄 놓는)

지연 (고개 돌려서 눈물 참는)

지구 (소희를 일으켜 세우려는) 일단 들어가자. 여기서 이러면 안 돼 어서!

지구와 지연, 양쪽에서 소희를 부축해 현관으로 들어가는데
소희, 문득 강피디가 스치듯 했던 말이 생각난다.

*[9부 29씬 인서트// 강피디의 차 안*

*강피디: 이제부터, 슬플 거야.]*

지연 (e) 소희야...신발 벗자..응?

지연이 하는 말도 안 들리고, 눈물범벅인 채로
현관에 정신 나간 사람처럼 서 있고
가까스로 지구와 지연이 소희를 데리고 들어가는 데에서.

소희Na **그랬다. 집에 돌아오는 순간부터, 감당 못 할 슬픔이.. 시작됐다.**

## S#3. 소희와 지연의 오피스텔 / 부엌 (새벽)

상한 고등어가 구워진 채 테이블 위에 올라와 있고, 참담한 얼굴로 바라보고 있는 지구와 지연. 소희가 퉁퉁 부은 눈으로 젓가락을 든다.

지구 상했잖아. 굽는 것까지 했음 됐어.
지연 그래 먹은 걸로 치자. 이거 먹음 배탈 나.

소희, 보란 듯 고등어를 파먹는 걸 안타까운 눈으로 보는 지구와 지연.

지연 레몬즙을 좀 뿌릴까?
지구 차라리 소주를 하자.
지연 괜찮다.. (냉장고에 소주를 가지러 가는)
소희 (눈물 참고 고등어 씹으며) 비리다..
지연 (애써 분위기 환기시키려는) 자 쏘주가 왔어요~ 쏘주가.
소희 (애써 정신 차리며) 지구야. 아버님께 감사했다고 꼭 전해드려.
지구 그래..
지연 (잔에 소주 따라주며) 저녁 먹으러는 갈 거야?
지구 (한숨)

*[9부 28씬에 이후 상황 인서트// 수목장 추모공원 주차장 (오전)*
*지구맘: (낮은 소리로 지구에게) 밥 한 끼 같이 먹자. 우린 니 부탁 들어줬다.*
*지구: (아무말 못하는)...]*

**지구** (사약 먹듯 소주 삼키는)
**지연** 7년 만에 같이 밥 먹으면 어색하긴 하겠다. 내가 가줄까?
**지구** 아니.
**지연** (조심스럽게) 그럼 소희야.. 삼우제 나도 같이 가줄까?
**소희** 넌 데이트나 가. 니들은 이미 넘치게 해줬어. 이제부턴 내 몫이야. (고개를 아래로 떨구는데 소주잔으로 굵은 눈물방울이 뚝 떨어지는)
**지구** (젓가락 들며) 그 술 어디 먹겠냐. 짜서.

지구랑 지연도 본격적으로 같이 고등어 먹어주는..

**소희** (눈물의 고등어 먹으며) 니들은 먹지 마. 탈 나..
**지구** (소희의 술잔에 술잔 대며) 적시자..
**지연** (지연도 술잔 모으며 소희를 보는) 힘내자..

세 사람, 눈물의 소주를 마시는 적막의 풀샷에서 카메라 점점 멀어지며.. 소타이틀.

10부. 취중후일담

## S#4. 방송국 / 사무실 (아침)

출근해서 작가들과 이야기 나누고 있는 강피디.
눈이 퉁퉁 부은 소희가 들어오자 다들 너무 놀라는

**작가들** ...언니!!!!

**아름** 언니 괜찮으세여?

**혜경** 일주일 뒤에 오시는 줄 알았는데..

**강피디** (놀라서 보는) 삼우제 안 갔어?

**소희** 가기 전에 내일 녹화 대본 좀 봐주고 가려구요. 다들 걱정해줘서 고마워..

**혜경** 언니 없이 좀 불안했는데.. 감사해요. 근데 언니 괜찮으신거져..?

**아름** 언니 얼굴이 너무... (차마 말을 못 잇는)

**소희** (머쓱하게 얼굴 숙이며) 나 괜찮아.. (세미한테) 내일 대본 좀 볼까?

**세미** (소희 얼굴 넋 놓고 보고 있다가) 아 네.. 여기..

**소희** (대본 보는)

**작가들** (걱정스러운 듯 눈치 보는)

**강피디** (볼펜 굴리며 이 상황 지켜보고 있다가) 안작가.

**소희** 네?

**강피디** 안작가 근데.. 앞이 보여?

심하게 부은 소희의 눈. 눈을 뜬 건지 알 수가 없는.

**소희** ....잠을 좀 못 자서.. (대본 보는)

**강피디** 어이구.. (차마 못 보겠는)

**용범** (뒤쪽 연출팀 책상에 앉아서 자료화면 보고 있다가 뒤돌아서 소희 얼굴 보며 관절 한번 꺾는)

소희를 보며 노트북으로 톡하는 작가들.

*[채팅창 인서트//*
*영인: 어떡해요. 상태 안 좋으신 것 같은데..*
*아름: 근데.. 술 냄새도 나요..*
*혜경: 아빠를 묻고 왔는데 제정신일 리가 없지.*
*영인: 그래도 프로정신 멋지네요.]*

소희, 대본이 영 안 보이는지 손가락으로 눈을 벌려가며 겨우 보고 있는데, 강피디한테 메시지가 온다.

확인해보면, *[강피디: 내가 데려다줘? 길도 알고 하니까]*

소희, 메시지를 써서 보낸다. *[소희: 괜찮아요. 버스 타고 가면 돼요.]*

강피디, 다시 메시지를 보내는 *[강피디: 그래도 내 차가 더 편하지..]*

소희, 살짝 고민하다가 다시 메시지를 보낸다.

*[소희: 그래도 버스가 더 편해요. 여튼 감사합니다.]*

침묵 속에 노트북 하고 있는 작가들의 단톡방.

*[채팅창 인서트//*

*혜경: 비켜주자. 편하게 대화들 하라구.*

*아름: 그러죠 뭐.]*

**영인** 언니 대본 보시는 동안 저희, 커피 좀 사 올게요.

**소희** 어, 그래.

**찬호** (마침 테이프 들고 들어오며 뭐라고 말하려는데)

**영인** (찬호 동선 막으며 데리고 나가는)

책상에 용범만 이어폰 꽂고 자료 보고 있고..

회의 테이블에 둘만 남은 강피디와 소희..

근데 막상 할 말이 없다. 살짝 어색해진...

**소희** ...뭐 하실 말씀 더...

**강피디** 아니, 뭐... 없는데?

**소희/강피디** ..... (어색)

**강피디** (소희와 또 눈이 마주치자) 근데.. 안작가는.... (조심스럽게) 너무, 울면.. 안 되긴 하겠다.

**소희** 네?

**강피디** 눈이 많이 붓는 체질이네.

소희 ...

강피디 (괜히 어색하니 자료 보고 있는 용범의 뒤통수한테) 그치 용범아?

용범 (이어폰 꽂고 관절 꺾기 하느라 안 들리는)

소희 이어폰 꽂고 있어여..

강피디 그니까.. 그러네.

## S#5. 고속버스 몽타주 (오전)

고향을 향해 내려가는 고속버스 안.
창밖만 보고 있는 소희 옆으로 디졸브 되는 이미지들.
/앞에 앉은 어린아이가 고개만 내밀고 소희한테 장난을 친다. 메롱~
/(시간 경과) 어린아이: (소희를 쳐다보고 있는) 왜 울어?
/창밖을 보며 소리 없이 우는 소희.
/소희 옆 통로로 관광버스 춤추며 난리 난 관광객들. 벨트 하라고 경고 주는 운전기사와 계속 춤추는 관광객들 실랑이하는 이미지.
/휴게소 어디쯤에서 멈춰 있고, 사람들 타고 내리는 모습...
그 사이 소희는 계속 같은 얼굴로 창밖만 보고 있다.

## S#6. 수목장 추모공원 (오후)

삼우제를 지내는 소희네 가족. 아빠의 비석 앞에 서 있는 소희.
우는 엄마를 안아주다가 같이 눈물이 흐르는.
컷 튀면, 이모와 이모부, 엄마, 등등 몇몇 지인들이 간소한 제사상 앞에 둥글게 앉아 있고, 이모부가 비석 앞에 소주를 뿌린다.

소희맘 (넋두리하듯) 이 양반 참말로 가기 싫은 갑다. 밤마다 꿈에 자꾸 나와싸.. 한~마디도 안 하고 실실대면서 노래만 부른당께. 으짠다고 그라고 신명나게 불러쌌는지, 정신차려본께.. 나도 같이 춤을 추고 있다 안 하냐.

이모 워메 형부 내 꿈에도 나와쓰야. 하회탈을 쓰고 덩실~덩실~ 춤을 추는디 오메 얄미운그.. 형부는 울 언니 저라고 남겨두고 뭐가 그라고 좋으요? 물으니까 한마디도 안해!

소희 ... (멘붕 온 표정)

이모부 (옆에 있는 소희에게) 아야, 니 괜찮냐잉.

이모 (소희를 보며 한숨을 쉬는) 으미 짠한그.. 저것을 짠해서 으짜쓰까.

컷 튀면, 스산한 바람이 부는 수목장. 엄마가 아빠의 애창곡(남일해의 「맨발로 뛰어라」)을 중얼거리듯 부르고 있고, 이모부가 소희에게 한마디 한다.

이모부 아야, 니 얼굴이 그래서 쓰겄냐잉... 산 사람은 살아야 한다 안 하냐.

소희 ...

(e) (지구맘) 밥은 먹고 다니니.

## S#7. 중국집 (저녁)

동그란 테이블에 모여 식전 감사의 기도 중인 지구네 가족.
기도 중인 지구부 옆에서 지구맘이 묻자, 기도하는 척하고 있다가 대답하는 지구.

지구 네.

지구부, 두 사람 대화에 슬쩍 기도 끝을 흐리며 마무리 지으려는데, 지구맘이 확 째리자 다시 기도 시작하는.

컷 튀면, 정적 속에서 탕수육이 나오고, 조용히 젓가락 드는 네 사람.

지구 (지구부를 보며) 소희가 감사했다고.. 전해달래요.

**지구부** (대답하려는데)

**지구맘** (화내며 대답) 나도 감사하다고 전해라!! 덕분에 딸년 얼굴 봤다고!!

**지구부** 여보 왜 화를! (눈치) 내요....어떻게 맥주를 한잔할까?

**지구맘** (목소리 낮추어 화내는) 여기 주방장도 우리 교회 신도야. 목사답게 굴어.

**지구부** 네.

**지구** (이) 여기 맥주 한 병이랑 잔 하나만 주세요! (눈치) 목이 말라서 저만 한 잔..

**지구맘** (째려보며) 버르장머리 없는 년. (화내듯 속사포로 외치는) 잔 하나 더 줘요!

맥주잔을 들고 벌컥벌컥 마시는 지구와 지구맘. 부럽게 쳐다보는 지구부.

**지구맘** (원샷하고 내려놓으며 지구에게) 너 이제 그만, 회개해.

**일동** (쳐다보는)

**지구맘** (점점 고조되는) 없는 형편에 물고 빨아 키워놨더니 핏줄 끊고 쌩깐 죄. 못 배운 가방끈에 죽자 사자 가르쳐 선생 만들어놨더니 사표 쓰고 나른 죄. 무릎팍 까져가며 죽을 각오로 낳아놨더니, 애미 앞에서 죽겠다고 말한 죄!!

*[7년 전 과거 인서트// 지구네 집 (낮)*
*찾아온 지구맘을 향해 칼을 들고 소리를 지르는 지구.*
*지구: 오지 마!!! 한발만 더 오면 나 죽어. 죽을 거라고.*
*지구맘: 갈 테니까 그거 내려놔. 다시는 안 올 테니까 내려놓으라고!*
*지구: (칼 내리는)*
*지구맘: (마지막으로 지구 얼굴을 한번 보더니 돌아서 문 닫고 나가는)]*

**지구맘** (이 악물고) 들어와 이제. 아무리 집구석이 객지 같아도 죽을려면 집에서 죽어.

**지구부** 여보.. 탕수육을 좀 먹고 얘기를 합시다...

**지구맘** (무시하고) 조용해! (지구 보며) 7년 그러고 살았음 됐어. 이제 니 길 가.

지구 나 내 길 가고 있는 거야...

지구맘 (버럭) 방구석에나 처박혀서 색종이나 접고 앉아 있는 게 니 길이야? 허구헌날 술에 곯아서 개집에서나 자빠져 자는 게 니 길이냐고! 도대체가 어릴 땐 한번 안하던 반항을 왜 이 나이 먹고 하는 건데?

지구 (대답하려는데)

지후 (e) 그래서 난 지금 할려고.

일동 ??

지후 자퇴.

지구부 주여..

지구맘 뭐라는 거야 얘가?

지후 누나처럼 늦게 하는 거보단 이게 낫잖아.

지구 !!

지후 학교는 배울 게 없어. 백년 전 책들보다 더 후진 것만 가르쳐.

지구맘 이 자식까지 무슨 개코에 개나발 같은 소리를 하고 앉았어? 이것들이 진짜 오냐오냐하니까!

지구부 여보.. 목소리 좀요!

지구맘 (지구부 죽일 듯이 똑바로 보며) 사람 구실 못하는 조폭 새끼 데려다가 목사 만든 거 나야. (지구 보며) 얘 낳은 지 일주일도 안 돼서 사시미 잡고 부둣가 텃새 다 견뎌가며 선생 노릇 하게 만든 것도 나고! 지후 너! 그 힘들다는 영재 학교 보낸 것도 나야.

지후 근데 내 이름은 왜 지후로 지었어? 그냥 엄마 이름으로 하지?

지구맘 (이성 잃고 버럭, 테이블 찍으며 일어나 지구 동생을 향해 손 올라가는) 이게 진짜!!!!

지구부 (e) 춘금아.

지구맘이 일순 정지된다. 그 옛날 조폭 우두머리였던 지구부의 표정.

지구부 (살기 느껴지는 조폭 말투) 고마해라 이제. 묵고 하자 쫌. 탕수육 좀 묵고 하자고. 알아들었나?

지구맘 (쫄아서 조용히 의자에 앉는)

지구부 됐다. 마 묵자!

조용히 탕수육 먹는 지구네 가족들...

## S#8. 요가학원 앞 (저녁)

학원 앞에서 예쁘게 차려입고 기다리고 있는 지연, 지용의 차가 다가오자, 신나서 차에 오른다.

## S#9. 지용의 차 안 (저녁)

타자마자 킁킁거리며 지용의 몸 쪽으로 코를 가져다 대는 지연.

지연 (만족한 듯) 음~ 쇠냄새~

지용 (당황) ?? 저한테 무슨 냄새 나나요?

지연 (씽긋, 요염) 저만 맡을게요~ 출발~!

지용 (출발하려다 말고) 근데... 어딜 가야 할까요?

지연 (해맑게) 음... 혹시 술 마실 줄 아세요?

## S#10. 중국집 앞 (밤)

밥 먹고 말없이 나온 네 가족.

지구 저, 잠깐.. 지후랑 얘기 좀.

컷 튀면, 지구랑 지후만 남아 이야기하는.

지구 너 설마 나 막아준 건 아니지?

지후 (무슨 소리냐는 듯 멀뚱멀뚱 보는)

지구 아니다~ 근데 너 진짜 학교 그만둘 거 아니지?

지후 (대수롭지 않게) 소림사 갈라고.

지구 뭐? (어이가 없지만 귀여운 듯 앞머리를 만져주며) 귀여운 자식.

지후 누나도 열 살 때 일기장 보니까 소림사 간다고 써 있던데?

지구 .... (이제야 생각난) 아니 그거는 참나.. 그게 아직도 있어?

지후 누나가 못 이룬 꿈 내가 이뤄줄게. 대신 나 친절한 종이씨 싸인 좀 받아줄 수 있어?

지구 누구? (이제야 생각난) !!! 맞다!! 아... 깜빡했네...

지후 왜? 받아줄 수 있는 거야?

지구 .. 개인방송 한다고 다 친한 건 아니야.

지후 (덤덤하게) 알겠어~

## S#11. 오복집 (밤)

지연과 지용이 와 있고, 동배가 안주(조개탕과 두부김치)를 내와서 부르스타에 세팅해주는 중.

지연 (지용에게 동배를 인사시키는) 저희 사장님이세요~ 대학 때부터 단골술집이거든요.

지용 (예의 바르게) 안녕하세여!

동배 (세팅하며 대충) 네에~ 맛있게 드세여~ (부르스타에 불 켜주며) 이거 많이 끓이면 짜다?

지연 (감탄모드) 음~~~ 이 조개탕은 바다를 떠올리게 하는 우리의 과거 같고, 이 두부김치는 두부랑 김치랑 이렇게 나란히 누워있는 걸 보니, 함께 싸서 먹으면 더 맛있을 우리의 미래 같아여~

지용 (웃으며) 하하... 지연씨는 볼수록 재밌는 사람 같아요.

지연 그럼 더 봐여~~

동배 (지용을 힐긋 보고 돌아서며) 10분은 버틸라나~

가는 동배 얼굴에 지용의 목소리가 들린다.

지용 (e/예의 바르게) 사장님 혹시 미지근한 소주도 있습니까?

지연 (호들갑 떠는 소리가 뒤로 들리는) 어머 어머 어머! 저도 미쏘 완전 좋아하는데, 지용씨 술 좀 드실 줄 아는구나?!! 우리 완전 데깔코마니예요!

동배 !! (지용을 다시 보며 혼잣말) 잘하면 한 시간은 버티겠네.

## S#12. 돌아오는 심야 고속버스 안 (밤)

조용한 심야 고속버스 안.
소희, 너무 피곤한 듯 창문에 기대어 눈을 감고 있다.

소희Na **며칠 째지? 이틀? 3일? 아니 5일인가.**

이 때 지구한테 전화 오는.

소희 지금 가고 있어. 응.. 근데 지구야 나.. 피곤해서 미치겠는데.. 잠은 막 쏟아지는데.. 근데 잠이 안 들어 미치겠어.. (서러움에 울기 시작하는)

어디선가 (e) 조용히 좀 합시다. 다 자는데.

소희, 입 막고 서럽게 우는.

## S#13. 고속버스 터미널 (새벽)

고속버스 터미널에서 소희를 기다리고 있는 지구.
걱정스러운 마음으로 들어오는 버스들을 확인하다가,

문득 동생이 했던 말이 떠오르는.

*[10부 10씬 오디오 인서트// 지후: 대신 나 싸인 좀 받아줄 수 있어?]*
지구, 핸드폰에서 종이씨와 나누었던 문자를 다시 본다. 마지막 메시지..

*[문자 인서트// 종이: 오후 1시. 카페 초시매에서 기다리고 있겠습니다.]*
*[9부 5씬 회상 인서트// 카페 (낮) 종이씨의 뒷모습을 본 찰나, 전화 받고 뛰쳐나갔던 지구]*

친절한 종이씨의 카톡 프로필을 클릭해보는 지구.
이번에 출간한 종이접기책 〈친절한 종이접기〉가 메인 프로필이고, 지난 프로필을 넘겨보니, 아이들이 보내온 팬레터들, 아이들과 함께 찍은 출판기념회 단체 사진, 봉사하면서 찍은 단체 사진들 (누가 종이씨인지는 한 번에 알아보기 힘든).. 이 때 친절한 종이씨한테 메시지가 오고, 얼결에 수신확인 돼버린 상황.

지구　　에이참..

*[문자 인서트// 종이: 저 까인 거 맞죠?]*
지구, 답 문자에 *[문자 인서트// 죄송합니다]* 썼다가 지우고 다시 *[미안ㅎ]* 썼는데, 때마침 저만치서 들어오는 버스를 보고 일어나다가 지나가던 사람과 부딪치고, 그 바람에 전송 버튼이 눌린.. '에이참..!' 황급히 삭제 버튼을 누르려는데 1이 사라지고 바로 답문이 온다.
*[문자 인서트// 종이: 쿨한 사과 ^^; 받구요.*
*/종이: 실은 저도 사과할게 좀 있는데요.]*

이 때 저 멀리 들어오는 버스에서 사람들이 내리고 그 끝에 소희가 보인다. 보자마자 소희한테 달려가는 지구. 소희, 지구의 얼굴이 가까워오자 울컥한..

지구　(소희 가방을 들어주며) 뭘 또 질질 짤라 그래. 가자.

## S#14. 오복집 (새벽)

동배, 주방 쪽에서 졸고 있다가 깨면 아직도 테이블에서 술 먹고 있는 지연과 지용. 주종도 다양한 술병들이 테이블을 가득 채운.
잠시 지용이 화장실을 간 사이, 지연이 다 먹은 술병들을 들고 주방 쪽으로 온다.

지연　어머, 우리 사장님 아직 안 들어가셨네?

동배　야! 너 눈 풀렸다. (화장실 쪽 보며) 저놈은 말짱하구만

지연　(만취) 진짜용? 아닌데! (손가락으로 두 눈 억지로 벌려 뜨며) 원래 외모는 거울로 보고~ 마음은 술로 보는 거랍니다~

동배　마음이고 나발이고 더 가다간 너 걔한테 어떻게 될지 모르겠다. 내가 자연스럽게 정리해줄 테니까 일단 시마이해.

지연　(사랑스럽게 발그레해진 얼굴로) 우리 벌써 잤는데~~

동배　헉. (동공 터져나갈 듯) 야! 오늘이 첫 데이튼데, 벌써 잤다고? 기지배 미친 거 아냐? 이씨 나만 올드해?

지연　<u>흐흐~흐흐~</u> (다리에 힘 풀려서 춤추며 그저 좋은) 올드해~ 싸장님은 올드해~ (자기도 제어 안 되는 춤) 어머 웬일이니 나 무반주에 춤 나오기 시작했어. 사장님, 기분이가 좋아서 막 춤춰요~

이때 화장실에서 말짱하게 나오는 지용.
오징어처럼 흐느적거리고 있는 지연을 보며 걱정하듯 다가오는.

지용　지연 씨, 괜찮으세요? 이제 그만 먹을까요?

동배　그래 이제 그만

지연　(ol) 더 먹어요! 나보다 술 잘 먹는 남자 너~무 역사적이란 말이에요. 나만 알딸딸~~~하고, 상대는 말짱한 거! 진짜 너무 신선해! 그쵸 사장님!

**동배** (유니폼 벗으며) 나 갈 거야, 알아서 먹고들 가!!

**지용** (귀여운 듯 보며 지연을 부축하는) 그럼 오늘 한번 먹어보죠!

**지연** (일어나서 비틀비틀 인사하는) 사장님, 들어가십쇼~~~~~ 사랑합니데이~~~ 저희가 설거지하고! 소등하고!! (비틀거리며 꾸벅) 가겠슴돠~~~

**동배** (가면서) 어우 내가 저 꼴을 내가 안 봐야지, 문 잠그고 또 열쇠 가져가면 죽는다!

**지연** 네에~ 들어가십쇼! (지용 보며 섹시하게) 디스 이즈, 쇼타임~ 레츠 기릿.

## S#15. 소희와 지연의 오피스텔 / 거실 (새벽)

좌식테이블. 다크서클이 턱까지 내려와 있는 소희 앞에 계란프라이 두개와, 소주 두 병을 세팅해온 지구.

**지구** (소주를 따라주며 의미심장하게) 소주가 약이다. 마셔.

소희, 소주를 약처럼 꿀떡 털어넣자마자 지구가 빈 잔을 채워준다.
다시 털어넣는 소희. 계란 프라이를 입에 넣어주려는 지구.

**소희** (뒤로 빼며) 빨리 취하고 잘래.

**지구** 속 쓰려서 깨고 싶어?

지구 말에 바로 어린애처럼 계란 프라이 꿀떡 하고, 약처럼 소주 털어넣는 소희.
컷 튀면, 빈 술병은 늘었지만, 여전히 잠 못 들고 취해만 가는 소희.
컷 튀면, 몸을 좌우로 흔들며 아빠의 애창곡 「맨발로 뛰어라」를 부르는.
컷 튀면, 여전히 못자고 얼빠져있는 있는 소희.

**지구** (이불과 베개를 옆에 놓아주며) 마지막으로 잔 게 언제야.

**소희** ..기억 안 나.

*[9부 29씬 인서트// 강피디의 차 안 (오전).*
*돌아오는 강피디의 차 안에서 잠들었던 소희]*

**소희** (e) 그날이네.. 강피디 차 안.

**지구** (깜짝 놀란) 그게 언제 적..! 5일 전 아니야?! 안 되겠다! 너 병원 가봐야 될 거 같애.

**소희** 술 먹었으니까.... 곧 자겠지 뭐... (눈 풀려가는) 근데 지구야.. 울 아빠 진짜 못됐다? 맨날 울 엄마 꿈속에 나온대. 심지어 우리 이모 꿈속에도 나온대.. 근데.. 나한테만 안 온다? 내가 제일 좋다면서..

**지구** 잠을 자야 만나지. (안아주는) 아부지가 가기 싫으신가 보다. 괜찮아... (토닥이는)

컷 튀면 좌식 소파에 대충 상반신만 누워 있는 소희.
지구가 병간호하듯 엄마처럼 소희를 토닥여주고 있는데.. 토닥이는 속도가 점점 느려진다.

**소희** 지연이는 안 들어오나..

**지구** (살짝 졸았음) ..어? 어 전화해볼까? (다시 토닥이는)

**소희** (미안한) 냅둬 데이트하겠지. 너도 그만 자.. (거짓말) 나도 이제 졸리네.

## S#16. 오복집 (새벽)

창밖으로는 동이 터오고..
밤새 마신 지연과 지용, 테이블 아래까지 술병이 가득하다.

**지연** (취했음, 신났음, 삿대질) 나! 너로 정했어, 너! 합격! (자축 박수) 축하드려요!

지용 저도 이렇게 술 잘 먹는 여잔 처음 봐요. (창밖 보며) 지연씨, 해 뜨려나 봐요.

지연 (같이 보며 턱 괴고) 만약 우리가 결혼을 한다면~ (테이블에 거의 누울 듯한 자세로 해 감상) 이렇게 술 한잔하면서 매일 같은 해를 보게 되는 걸까요?

지용 (차분) 음~ 제가 결혼을 안 하겠단 게 아니라, 일단 우리 서로에 대해서 조금만 더 알아가는 시간을 가지면 어떨까요? 지연씨가 한 템포 좀 빠른 느낌이 있어요.

지연 너무 좋쳐~ (말만 느리게) 그러엄~~~ 저부터 천천히 알려드릴게요~ 전요~~~ 엄마는 5년 전에 저세상 보내드렸구요~~~ 저한테 가족은~ 제가 세상에서 제일로 사랑하는 제 친구들 지구랑 소희가 있구요. 그리구~ 대학은 식품영양학과를 나왔는데 미달로 갔구요~ 남자친구는~ 세본 적은 없어서 모르겠지만 사귈 때마다 못 참고 결혼하자고 해서 차였구요~ 그리고 또오~ 살은 한약 먹고 뺐구요~~ 그리구.. (영구처럼) 읍~따!

지용 (귀여운 듯 웃으며) 그럼 저도 깔게요. 난요. 젊은 시절에 호빠에서 일한 적 있어요.

지연 어머 반전남~~

지용 그리고.. 음.. 코골이 수술을 했는데 예상치 못한 부작용이 좀 있어요.

지연 어머 그게 뭘까 (지용의 콧구멍으로 들어갈 듯 들이대는) 혹시.. 코털이 안 나나요?

지용 (당황해서 뒤로 얼굴 물리며) 아니요. 아주 심하게 이를 갈아요. 바드득. 바드득.

지연 (그저 좋은) ..박력 있어.

지용 아, 그리고 또 있네요. 제가 어렸을 때부터 손발에 다한증이 심해서 좀 소심했거든요. 사람들이 제 손을 만질까 봐. 어느 정도였냐면, 시험 볼 때는 시험지가 완전 다 젖어서 찢어질 정도였구, 내가 잡았던 버스 손잡이를 누군가가 잡고 기분 나빠 하는 게 싫어서, 손잡이를 안 잡고 타다가 맨날 넘어졌어요. 대학에 와서는 엔지니어가 되고 싶었는데 손의 땀 때문에 콘솔에 전기가 통해서 그것도 포기했어요. 결국 수술을 했는데 보상성 다한증이 생겨서.. 이제는 손 대신 등 전체에 땀이 엄청나요. (재킷을 벗어서 등을 보여주는데 흥건한) 보세요.

지연　(재킷에 코를 박으며) 음~~~ 이거였어!!! 내가 말한 쇠냄새. 너무 좋아...

지용　(지연을 한참 보다가) 지연 씨는 진짜.. 하얀색이네요. (진지하고 조심스럽게) 그럼 우리, 다음 진도 좀 더 가보는 거 어때요?

지연　어머, 그게 뭔데요?

지용　날 밝으면 우리.. 같이 영화 보러 가요.

지연　(감동한 표정)

## S#17. 소희와 지연의 오피스텔 (아침)

해가 들어온다. 소파 아래에서 소희가 덮어준 담요 덮고 웅크려 자고 있는 지구. 소희가 좀비 같은 얼굴로 눈만 뜬 채 햇살을 바라보고 있다.

소희Na　**한 숨도.. 못 잤다.**

잠시 후 자고 있는 지구 옆에 쪽지를 놓고 나오는 소희.

*[쪽지 인서트// "나 먼저 회사 가. 고맙다.."]*

## S#18. 영화관 티켓박스 (아침)

조조 영화 예매하는 두 사람.

지용　(티켓 받으며) 해장은 뭘로 하실래요?

지연　전 카라멜 팝콘이요~

지용　그럼 전 버터오징어랑..

동시에　포카리!! (죽이 척척 맞고, 신나서 웃는) 찌찌뽕!

지용　역시 해장은?

지연　　전해질이죠~

## S#19. 영화관 안 (아침)

(듬성듬성 관객들 있고) 아직 영화 시작 전.
두 사람, 캐러멜 팝콘 안에 버터오징어를 부으며 통했다는 눈빛 교환하는 중인데 저만치에 있던 커플이 인상을 쓴다..

관객　　(e) 어디서 술 냄새 나지 않아?

(그러거나 말거나) 팝콘 속에 손을 넣었다가 손이 스치고, 수줍어하는 두 사람.

지웅　　(귓속말) 바다에서 술집으로, 술집에서 영화관으로. 우리한테만 필름이 거꾸로 가고 있는 것 같아요.
지연　　(포카리 빨대로 먹으며) 알콜이 전해질이 되는 순간.. 너무 역사적이에요..

두 사람, 수줍게 손을 꼬옥 잡는 데에서 불이 꺼지는.

## S#20. 방송국 근처 길거리+강피디의 차 (아침)

좀비처럼 걷고 있는 소희. 이때 강피디가 차 타고 지나가다가 소희를 본다.

강피디　　(문 내리고) 안작가?

소리 못 듣고 얼빠진 얼굴로 걷고 있는 소희.
그러다 앞에서 핸드폰에 정신 팔려 걸어오던 여학생과 완전 부딪힐 뻔하는데, 강피디가 크락션을 세게 울리며 간발의 차이로 부딪히는 걸 피한다.

여학생　(짜증내며) 아이씨.. 눈을 어따 뜨고..
소희　!!! (정신 차리고) 아 죄송합니다.
강피디　(문 내리고) 저기 학생! 학생이 잘못한 거야! (웃으며) 학생이 핸폰 봤잖아.
여학생　뭐야.. 씨X (짜증내며 가는)
소희　..... (강피디를 보고는 있지만 초점 없는 얼빠진 얼굴)
강피디　안작가.. 좀비인 줄 알았어.
소희　.....
강피디　타.
소희　...다 왔는데여 뭐.
강피디　아 오분이라도 타라구.

## S#21. 강피디 차 안 (아침)

(저만치 방송국이 보이고) 강피디의 차 안. 조수석에 타 있는 소희.
신호에 걸려서 멈춰 있는.

강피디　삼우제는 잘 치르고 온 거지? (술 냄새) 어우 술 냄새! 이러고 회사를 간다고? (한숨) 안작가, 안 되겠다. 일단 집으로 가고, 내일부터 출근해.
소희　(영혼 없이 중얼거리듯) 잠을 못 잤더니.. 술이 안 깨....
강피디　그니까 집에 가서 잠을 좀 자라고. 차 돌린다!
소희　잠이 안 온다구요.. 그냥 회사로 가요..
강피디　아니 나 참, 안작가. 개근상 받을라 그래? 왜 그렇게 출근에 집착을 해..
소희　.... (쌔근)
강피디　안작가? / 안작가, 자? 벌써?

그대로 기절. 목이 90도 꺾여서 죽은 사람처럼 자는 소희.
강피디, 어이가 없어서 쳐다보다가 안전벨트 해주려고 가까이 가는데 술 냄새가 진동하고 한 손으로 코 막은 채 가까스로 벨트 해주고 다시 운전하는 데에서..

## S#22. 소희와 지연의 오피스텔 / 거실 (아침)

지구, 자다가 일어나서 소희가 남겨둔 쪽지를 보고, 냉장고에서 물 꺼내며 휴대폰을 확인하는데, 어젯밤 종이씨한테 와 있던 문자..
*[문자 인서트// 종이: 빡님이라고 아시죠?.. 실은 제 동생입니다]*

지구 　빡님? (누구지?)

*[2부 14씬 회상 인서트// 유튜브 방송 중에 지구를 열 받게 했던 초딩.*
*/빡님: 븅이 븅을 접고 있네.*
*/빡님: 너 모쏠이지? 너 남자랑 손도 안잡아봤지?]*

*[문자 인서트// 종이: 그 때 제 동생한테 총 쏘시는 걸.. 제가 좀 봤어요.]*
물 먹다가 갑자기 뿜는 지구.

*[2부 에필로그 회상 인서트// 지구, 종이접기 총 들고 "다다다다다다다!" 이때 언덕에서 올라오던 누군가가 지구를 보고 있는 시선에서..]*

지구, 뿜은 물을 훔치며 연이어 오는 문자를 보고 있는.
*[문자 인서트// 종이: 저도 그땐 경황이 없었는데 너무 빨리 사라지셔서..]*

*[2부 에필로그 회상 인서트// 지구, 마치 첩보원처럼 쏜 총을 검은 배낭에 넣고 다다다다다 빛의 속도로 사라지는 뒷모습을 바라보는 종이씨의 시선.]*

지구 　(창피한) 아이씨!

*[문자 인서트// 종이: 동생은 지구님이 제 라이벌이라고 생각해서 그랬다는데, 저한테 엄청 혼났습니다. 만나 뵙고 사과드리려 했는데..]*

지구　아이씨.. (답문을 쓰려다 말고 핸드폰을 소파로 툭 던져버리는)

## S#23. 영화관 / 출구를 향하는 복도 (아침)

영화관 문 열고 나오는 두 사람.
손발 오그라드는 그들만의 속마음 대화가 이어진다.

지용Na　(의미심장하게 지연을 보며) **거꾸로 가는 영화.. 재미는 있었나요?**
지연Na　(쳐다보며 사랑스럽게 웃는) **시간 가는 줄을 몰랐어요.**
지용Na　(팔짱을 낄 수 있도록 내어주는) **그럼 이제 가볼까요?**
지연Na　(수줍게 지용을 보며 팔짱을 끼고 걷기 시작) **네.**

EXIT까지 향하는 복도가 웨딩마치 길로 보이는 두 사람.
손에 들고 있던 남은 팝콘을 마치 꽃가루처럼 뿌리며 신랑(지용)의 팔짱을 끼고 행진하는 지연.

지연Na　(EXIT 문을 바라보며) **저 문이 열리면, 이제 우리만의 영화가 시작되겠죠?**
지용Na　**아마도요.** (팔짱 낀 지연의 손등을 감싸며) **우리집으로 가요. 보여주고 싶은 게 있어요..**
지연Na　**거기가 지옥불이래도 갈 수 있어요. 당신이 손만 놓지 않아 준다면..**

팝콘이 마치 폭죽처럼 고속화면으로 터지며
행복하게 출구를 향해 행진하는 두 사람의 뒷모습에서..

(e) (강피디) 집에 다 왔어!

## S#24. 소희와 지연의 오피스텔 앞+강피디 차 (아침)

오피스텔 앞에 도착한 강피디. 차에서 내려서 오피스텔들을 올려다본다.

**강피디** 여기 근처인데~~ (조수석 창문으로 얼굴 들이밀고) 안작가, 잠깐 일어나 봐. 집에 다 왔어. 들어가서 자자. 응?

강피디, 몸을 흔들어 깨우는데 잠에 취해서 막 울먹이며 짜증내는 소희.

**강피디** 알겠어. 알겠어! 더 자! 안 건들게. (결국 다시 차에 타는)

## S#25. 강피디의 차 안 몽타주 (낮)

소희를 싣고 계속 어딘가를 돌고 도는 강피디의 차.
컷 튀면 주유소에서 기름 넣는 강피디.
컷 튀면 주유소 화장실 갔다가 막 뛰어오는 강피디.
컷 튀면 주차해놓고 핸드폰으로 영화 보는데 음소거 상태로 보고 있는 강피디.
컷 튀면 찬호한테 전화 오는데 벨소리가 너무 크고, 놀라서 손으로 벨소리 막으며 전화 받는.

**강피디** (속삭이며) 어 찬호야, 오늘 회의는 니가 좀 해라. 내가 급한 일이 생겨가지고. 어차피 뭐 별거 없잖아?

전화 끊고, 다시 출발하는 강피디의 차.
컷 튀면 햄버거 드라이브 쓰루점에서 햄버거 사서 받으며 작은 소리로

"(그래도 예의 바른) 감사합니다~ 영수증 버려주세요. 감사합니다 네네!"
컷 튀면 어느 골목에 차 대놓고 소희 안 깨게 햄버거 포장지 조심조심 열어서 소리도 안 내고 먹는데 양배추 다 떨어뜨리고 케첩 옷에 다 묻히는..
컷 튀면, 자기도 잠든.
컷 튀면, 골목에 세워진 강피디의 차 외경. 해가 서서히 저물고 있는.

**강피디** (e) 어우 허리야.... 몇시야?!

강피디, 굳은 몸을 펴며 시체처럼 굳어있는 소희를 조심스럽게 깨운다.

**강피디** 안작가, 계속 이러고 자면 돌덩이 돼. 허리 좀 펴고 자세 좀 바꿔봐 봐. (반응 없자 코에 손가락을 가져다 대는) 숨은 쉬는 거지? 아니 뭔 놈의 잠을 이렇게 자? 병원으로 가야 되나?

## S#26. 강피디네 집 (저녁 → 아침)

#. 강피디 거실
소희를 업고 집으로 들어온 강피디.

#. 강피디 방
조심스럽게 자기 방 침대에 내려놓는데, 여전히 세상모르고 깊이 잠든 소희. 다시 한 번 소희의 코에 손을 대보는 강피디.

**강피디** 숨은 쉬어.. 희한해.
**소희** (신음) 물......
**강피디** (자동) 어. 물.

물 떠와서 입에 대주는데 잠결에 어린아이처럼 물먹는 소희.
다시 잠드는..

#. (시간 경과) 강피디 부엌

유튜브 소리가 먼저 들려온다. 죽 끓이는 유튜브 동영상 소리..

죽 하나 끓이는데 부엌은 난리통, 동영상을 보며 열심히 냄비를 휘젓는 강피디.

강피디 (돼지죽을 보며).. 언제부터 망한 거지?

#. 강피디 방

죽그릇을 들고 들어와 조심스레 소희의 상체를 세워주는.

강피디 안작가. 못 일어나겠어? (숟가락을 입에 가져다 대며) 이거 좀 먹어봐. 비주얼은 이래도 영양가 있는 건 다 들어갔어.

소희 (잠결에) ...화장실.

강피디 화장실? (죽그릇 내려놓으며) 저기. 저기로 가면 돼!

소희 (계속 자는)

#. 강피디 방 → 화장실

강피디, 안되겠다 싶어서 소희를 부축해서 화장실까지 가는.

강피디 (화장실까지 안내하며) 자. 여기야. 여기.

소희 (계속 자고 있는)

강피디 미치겠네. (변기까지 앉히며) 여기라고 여기. 여기, 변기 촉감 알겠지? 여기다가 시원하게 일 보면 돼. 알겠지?

소희 (앉아서 쌀 것 같은 온화한 표정)

강피디 아니 아니! 지금 싸면 안 되고! 바지를 내려야지! (후다닥 나가며) 나 문 닫을 테니까 바지 내리고 싸! 그냥 싸면 지지야 안작가!

문 닫고 화장실 문 앞에 불안하게 서 있는 강피디.

강피디 (아무 소리도 안 나는) 안작가, 바지 내리고 싸는 거 맞지? 왜 소리가 이렇게 불길하지? 안작가, 싸면 답 없어! 세탁기 고장,, 아니다. 그냥 싸라 싸. (쪼르륵 소리가 그치자) 다 됐어? 안작가? (다시 멈칫) 나 들어간다! 안작가, 바지 올린 거 맞지? 진짜 다 큰 어른들끼리 이렇게 실례하기 없기야! 진짜 그러면 나 신고해! (큰 소리로) 나 들어간다!!! 하나, 둘, 셋!

#. 화장실 → 강피디방
소희를 업고 나오는 강피디.

강피디 (업고 침대까지 가면서 어린아이 다루듯) 잘할 거면서 이렇게 사람을 놀래켜. 잘했어! 백점이야 백점! (눕히고는) 자 이제 쌌으니까 밥 좀 먹어볼텨? 정신 좀 차려봐.
소희 (평온한 표정으로 쌔근쌔근 기분 좋은 듯 자는)
강피디 ... (보는)
소희 (배고픈지 입맛 다시는)

강피디, 설마 싶어 숟가락으로 죽을 떠 입에 가져다 대는데, 잘 먹는다.

강피디 .. 안 자는 거 아니지 안작가? 나 지금 엿먹이는 거 아니지? 그치 안작가? 방금 좀 웃은거 같았는데.. 잘못 본거지 내가?
소희 (잠결에 더 달라고 입 벌리는)
강피디 (넣어주는) 아고 잘 먹네.. 한 숟갈만 더. 아.. 입 크다.

소희, 그렇게 강피디가 먹여주는 대로 몇 숟가락 입에 넣더니 다시 죽은 사람처럼 잠드는 데에서 블랙아웃.

*[소희의 꿈속 인서트// 몽환적인 크로마 배경*
*꿈속에서 만난 아빠... 어렴풋이 아빠가 웃고 있는 게 보인다.*
*소희: 아빠? (원망) 왜 이제 와. 왜 이제 오냐고. 엄마한테도 가고! 이모한테도 갔으면서! 왜 나한텐 이제 오는데! 내가 아빠 얼마나 보고 싶었는 줄*

*알아?*

*아빠: 아야 니 어릴 때 아빠랑 숨바꼭질하는디 꼭 못 찾겠다고 엉엉 울고 그랬다 안 하냐잉. 흐미 아빠는 니가 그라고 막 우는 게 으짠다고 그렇게 못생기고 예쁘던지. 그게 그라고 보고 싶어서 그랬다 안 하냐.*

*소희: 나빠!! (아빠를 때리며) 그런 게 어딨어! 어딨냐고!! (품에 안겨서 우는)]*

아침이다. 강피디의 방에 햇살이 들어온다.

잘 잔 얼굴로 기분 좋게 눈을 뜨는 소희, 시원하게 기지개를 펴는데... 낯설다.

소희 ...... (두리번) 뭐야? 여기 어디야? (아래서 자고 있는 강피디 보고 정지) !!!!!!! 내가 왜..?!

*[10부 20씬 이후 인서트// 방송국 근처 길거리 (아침)*

*강피디의 차에 올라타던 기억.*

*10부 26씬. 강피디 집 입구. 필름 끊겼다가, 다시 강피디한테 업혔던 기억.*

*10부 26씬. 화장실. 필름이 끊겼다가, 화장실 갔던 기억]*

소희Na **화장실!? 뭐야. (설마) 아니야. 꿈이겠지... 말도 안 돼.**

조심스럽게 일어나는 소희, 옆에 놓여져 있는 죽그릇을 보며 눈만 끔뻑.

소희 이건 누가......

*[10부 26씬 인서트// 강피디 집 (저녁)*

*잠결에 뭔가를 먹었던 기억]*

소희Na **!!** (버퍼링) **아냐. 내가 먹은 게 아냐. 꿈에서 먹었겠지. 꿈에서.**

이때 이불 속에서 소희의 팬티가 나온다. 뒤로 자빠지는 소희.

소희Na (화들짝 비명) **엄마야!!!!! 이거 왜! 밖으로 나와 있어!!!?**

이불 안을 들여다봤다가 놀라서 다시 원상복구, 일순 정지.

소희Na (강피디를 내려다보며 순간 발끈) **이 자식이?????!!**

순간 다시 떠오르는 어젯밤의 기억.

*[어젯밤 인서트// 강피디의 방 (밤)*
*소희, 밑에서 자고 있던 강피디한테 달려드는.*
*둘이 엎치락뒤치락하다가 결국 또 격렬하게 하고 마는*
*(화면 중앙에 커다란 '19금' 비상깜빡이처럼 깜빡이는)]*

소희(e) 엄마야!!!!!!!!

소희의 외마디 비명. 그 소리에 강피디가 아래에서 엎드려 자고 있다가 뒤척이며 몸을 돌리는데, 웃통을 벗고 있다. 헐!

소희Na **!!... 꿈이 아니었다. 뭔가 조금씩 생각이 나.** (이미지들이 중첩되는) **강피디가 분명 집에 데려다준다고 했는데.. 근데 그 뒤로 아무 기억이 없어. 완전 끊겼어. 그러다가 갑자기 어딘가에 누웠고. 뭔가를 먹었고..** (회상하면서도 미치겠는) **그리고, 그리고!!!......**

*[어젯밤 인서트// 강피디의 방 (밤)*
*소희, 아래에서 자고 있던 강피디를 덮치듯 키스하려 하고, 놀라서 다소 저항하는 강피디, 하지만 소희의 안김에 어쩌지 못하고... 강피디의 목에 키스하며 달려드는 소희, 강피디도 받는다.]*

소희Na **했어. 웬일이야 이 미친년을 어떡하면 좋아. 미쳤나봐 진짜.. 근데 이게 왜... 이 좋았던 기억은 뭐지? 잠깐, 이 기억은 또 뭐야? 나 그만 미쳤어야 되는데.?**

*[어젯밤 인서트// 강피디의 방 (밤)*
*소희의 목 키스에 강피디도 달아올라서 분위기 타 웃통을 벗으려는데 소희가 순간적으로 막으며 강피디의 티셔츠 안으로 손을 넣더니 정답게 비비며 강피디의 목에 코를 가져다 대고 강아지처럼 음마음마 끼를 부린다.]*

소희Na **그 와중에... 강아지마냥 끼도 부렸어..... 난 미친 거야. 이 변태년..**

이때 강피디가 부스스... 일어난다. 벌떡 누워 자는 척 하는 소희.

#. 강피디 방 & 부엌
강피디, 소희가 깨지 않게 조용히 부엌으로 가더니 이내 부스럭부스럭 그릇 소리가 들린다. 잠시 후, 북엇국 레시피를 소개하는 유튜브 소리가 들려온다. 소희, 살짝 열린 문틈 사이로 강피디를 본다.
북어를 손질하고 있는 강피디. 유튜브를 보아가며 열심인 모습.
심지어 앞치마를 두른 뒷모습이.. 너무나 자상해 보이기까지 한다.

소희Na **그러고 보니, 장례식장에서도 아빠를 따라가다가 강피디를 만났다. 희한하게 강피디 차에만 타면 잠이 왔고... 한 번도 꿈에 나오지 않던 아빠가.. 강피디 집에서 나왔어. 무슨 의미일까....** (강피디의 뒷모습을 보며 조심스레) **아빠 나..... 저 사람이랑 잘해볼까? 아빠도 저 사람.. 괜찮아?**

국을 끓이며 맛을 보고 있는 강피디의 뒷모습이 심하게 가정적이다.
그런 강피디를 몰래 쳐다보고 있는 소희의 눈빛이, 사랑에 빠진 느낌이다.

강피디 (요리하며) .. 이제 일어나지?

소희 !!!

소희Na **어떡하지? 누워있을까? 그냥 일어나서 나갈까? 아 뭘 해도 민망한데 미치겠네!**

강피디 (e) 그만 일어나~ 북엇국 끓였어!!

에라이 모르겠다 싶어서 문을 여는 순간 뒤로 나자빠지는 소희.
부엌 옆 방문이 열리며 한 여자가 부스스한 머리에 강피디의 옷으로 추측되는 티셔츠 한 장만 걸치고 걸어나온다. 인턴, 소현이다. 헐....!!!!!
그대로 뒤로 자빠지며 문을 닫는 소희의 칼 맞은 듯한 표정에서.

## S#27. 에필로그 / 강피디 방 (밤)

침대 위에서 소희가 자고 있고, 강피디가 바닥에서 잠을 자려는데 갑자기 소희가 벌떡 일어나더니 잠꼬대를 하기 시작한다. (10부 26씬 상황)

소희 (e) 아빠... 아빠.! 아빠!!!!!

강피디 안작가. 괜찮아? (부축하는데)

소희 (강피디를 보더니 갑자기) 왜 이제 와. 왜 이제 오냐고. 엄마한테도 가고! 이모한테도 갔으면서! 왜 나한텐 이제 오는데! 내가 아빠 얼마나 보고 싶었는 줄 알아?

강피디, 순간 정적..... 소희의 원망 섞인 눈물을 본다.

강피디 (혼잣말) 미치겠네.... (아빠 연기 시작) 고마 니 어렸을 때.. 아, 이건 경상돈가? (어설픈 전라도 사투리하는) 고마 니 어릴 때 아빠랑 숨바꼭질하는디 꼭 못 찾겠다고 엉엉 울고 그랬다 안하냐잉. 흐미 아빠는 니가 그라고 막 우는 게 으짠다고 그렇게 못생기고 예쁘던지. 그게 그라고 보고 싶어서 그랬다 안 하냐.

소희 나빠!! (아빠를 막 때리는데) 그런 게 어딨어! 어딨냐고!!

강피디　(미친듯이 맞으며) 그래 날 때려! 더 때려 더! 더! (점점 너무 아픈) 아야! 아야! 너무 세다! 너무 세!!!!

# 11부

존심이 술보다 세질 때

## S#1. 강피디네 집 (아침)

(10부 26씬) 소희, 요리하는 북구의 뒷모습을 문틈으로 바라본다.

강피디 (e) 그만 일어나! 북엇국 끓였어!

소희, 일어나서 나가려다 말고 티셔츠만 걸치고 나오는 소현을 보고 기겁한다.

소희Na (입 틀어막으며) **헤어진 게 아녔어??!!**

그대로 침대에 걸터앉아 생각을 하려는 듯 눈만 껌뻑이고 있는 소희.
문밖에서 밥그릇 소리와 함께 흡사 부부 사이에서 있을법한 대화 소리가 들린다.

현 (e/남편에게 말하듯 자연스러운) 짜다.
강피디 (e) 그래?
현 (e) 지난번에도 짜더니.
강피디 (e/대수롭지 않게) 그랬나~ 물 좀 부을까?

싸늘한 표정, 문득 어젯밤 일이 스치고 지나간다.
*[10부 26씬 인서트// 강피디와 뒤엉켜 몸을 섞던]*
스스로를 경멸하듯 이불 속으로 들어가 버리는 소희.

소희Na **갑자기 6년 전 어느 년 놈들의 눈빛이 떠올랐다.**

*[6부 16씬 인서트// 전 남친(푸름)의 집.*
*푸름과 피어싱녀. 소희를 불쌍하면서도 한심하게 바라보는]*

소희Na **날 보고 이렇게 말하는 듯했던. 병신.**

이불속에 온몸을 파묻고 있는 소희, 밖에서 소현의 목소리가 들린다.

현 (off) 오빠 나 간다~!!
강피디 (off/화장실에 있는 듯 울리는 목소리) 나갈 때 현관에 분리수거 좀~
현 (off) 오케~ (나가는 문소리)

서늘한 얼굴로 이불에서 나오는 소희
때마침 강피디가 조심스럽게 방문을 열다가 일어난 소희를 보고 반색한다.

강피디 안작가 깼어? (반가운) 세상에 도대체가 잠을 얼마나 자는 거야?
소희 (내적 분노 중)
강피디 잠이 아직도 안 깼어? 설마 술이 안 깬 건 아니지? (창문 열고, 커튼치고, 침대 아래 이불 힘차게 정리하며 칭찬받겠다고 생색) 안작가 여기 어떻게 왔는지 기억은 나? 어제 내 차에 타자마자 10초 만에 기절해가지고 안작가네 집 앞까지 갔는데 안작가가 아주 안 내린다고 얼마나 떼를 얼마나 쓰던지, 내가 안작가 태우고 주유소 화장실에 편의점 화장실에.. (자기가 생각해도 웃긴) 이럴 거면 그냥 첨부터 우리 집으로 데리고 올걸, 하루 종일 내가 쌩고생 개고생을 했어요~~ 안작가? (힐긋 보고) 어우 머리가 많이 눌렸네?

소희 (이 악물고 한곳으로 시선) 아무리 그랬어도 여기로 데리고 왔음 안 되죠. 인턴이랑 다시 사귀고 있는 거면.

강피디 (대수롭지 않게) 누구, 현이? 나 걔랑 안 사귀는데~

소희 (그제야 똑바로 보며) 안 사귄다고? 근데 좀 전에..

강피디 (정리한 이불 수납장에 넣으며) 아~봤구나? 어이구~ 진짜 걔도 제정신이 아니야. 걔가 예전에 나랑 사귈 때 여기서 자주 먹고 자고 했거든. 그게 습관이 되가지고 가끔 취하면 깜빡하고 일루 온대 글쎄.

소희 (캐묻는 여친처럼) 가끔?

강피디 (그제야 소희 눈 마주치고) 한 몇 번 되지? 내가 비밀번호 바꾼단 걸 맨날 깜빡해가지구.. 근데 또 어떻게 문전박대를 해. 그 시간에 차도 없는데.

소희 (가만 보며 기가 찬) 참나.. (슬슬 부아가 치밀지만 이내 정신 차리고) 전 이만 가볼게요.

강피디 북엇국 끓였어. 먹고 내 차 타고 같이 출근 하자구. 뭐 씻고 그래야 하는 거면 여기 웬만한 여성 세면도구들이 다 있어요~ (자랑스러운 미소)

소희 참나, 됐구요!!! 그리고 미쳤어요?? 같이 출근을 하게?

강피디 같은 팀인데 어때서.. (북엇국에만 관심) 그래서 북엇국을 안 먹겠다구? 북어를 안 좋아하나?

소희 (이불 걷어차며 확 일어나는) 안 먹는다고요!!!

가방 들고 현관으로 나가버리는 소희.

강피디 아우 깜짝이야. 왜 이렇게 화가 났어? (따라 나가는)

소희 (확 뒤돌며) 화난 거 아니거든요! 챙겨주셔서 진심으로 고맙습니다.! (신발 신는)

강피디 (혼잣말하듯) 왜 진심이 하나도 안 느껴지지?..

소희 (나가려고 문고리를 잡다가 일순 정지) 하나만 묻죠. (문고리 꼬옥 잡고 고개 숙인 채) ...하고 온 거예요. 오고 한 거예요?

강피디 응? 뭘 해?

*[10부 26씬 짧은 인서트// 강피디 집 (밤)*

*소희랑 강피디, 몸 뒤섞이는]*

강피디 (살짝 얼굴 붉어진) 아 그거 말하는 거구나.. 그게.. 나는 꼭 그럴라고 한 건 아닌데.

소희 (쪽팔린 거 무릅쓰고 이 악물고) 그러니까, 인턴이 오고 한 거냐고요, 아님 하고 인턴이 온 거냐구요.

강피디 (성실하게 복기 중) 그니까.. 원래는 안작가를 내 방에서 재우고, 내가 작은방에서 잘라했는데 현이가 오는 바람에 내가 안작가 밑에서 자다가 그렇게 됐으니까, 맞어. 오고 했네!! 오고 했어 안작가!

이미 문 쾅 닫고 나가버린 소희.

강피디 (표정) 아니 내가.. 뭘 잘못 한 게.. (갸우뚱) 있나..?

## S#2. 강피디네 집 복도 (아침)

아무렇게나 복도를 걸어 나가는 소희의 뒷모습에서 소타이틀.

11부. 존심이 술보다 세질 때

## S#3. 암전문병원 / 현주의 진료실 (아침)

현주(여/40대/의사/오복집 사장님 동배 동창)가 초음파 결과 사진과 엑스레이 사진을 번갈아 보며 표정이 굳어간다. 손끝으로 테이블을 딱딱 거리며 치다가 이내 멈추는.

현주 모양이 영 기분 나쁘다. 일단 펫시티부터 찍자. 나가는 길에 예약 잡.. 아니다, (바로 전화기 들며) 오늘 찍자. 내가 어떻게든 잡아줄게. (표정 보며)

괜찮니?

## S#4. 소희와 지연의 오피스텔 외경 (아침)

## S#5. 소희와 지연의 오피스텔 (아침)

아무도 없는 소희네 집에 온 지구, 지연이와 소희에게 차례로 전화를 거는데, 다 전화기가 꺼져있다. '이것들이...' 이때 종이씨한테 오는 메시지.
*[문자 인서트// 종이: 좋은 아침이네요..]*

지구 (시큰둥) 좋은 아침은 무슨.. (멈칫, 짜증) 웬 친한 척?

핸드폰을 내려놓으려다 말고, 멈칫하는가 싶더니 동생 지후한테 전화를 건다.

지구 너 전화 왜 받아? 너 진짜 학교 관뒀어?
지후 (F) 오늘 토요일인데.
지구 야 넌 그때 말한 그 친절한 종인지 뭔지 싸인은 왜 받고 싶은 거야?
지후 (F) 내 여자친구가 팬이라서. 근데 음~~ (이미 간파한 듯 쿨하게) 걔가 내 인생에 전부도 아니고 꼭 받아야 되는 건 아니야.
지구 아니 그니까~ 진짜 받고 싶으면 얘기를 하라고.
지후 (F) 그니까~~ 못 받겠으면 무리하지 말라고.
지구 .. 알았다.
(e) (현관문 열리는 소리)

지구, 현관문 쪽 보면 소희가 화가 나서 부어터진 얼굴로 들어온다.

지구　　야, 전화도 꺼져있고 걱정했잖아!?
소희　　어 미안.. (퉁퉁거리며 신발 벗는)
지구　　어디서 잤는데.
소희　　강피디 (싸늘하게 방으로 들어가는)
지구　　강피디..? 근데 왜 이렇게 화가 났어?
소희　　(e/화내며) 아닌데?!!
지구　　.... (황당한)
(e)　　(현관문 열리는 소리)

완전 녹초가 되어서 들어오는 지연.

지구　　얼씨구? 넌 지금 이틀을 외박하고 들어오는 거냐?
지연　　(소파에 누우며 징징) 어우 피곤해.. 엘베에서 잠들 뻔 했다니까
지구　　도대체 뭘 했는데 이틀이나..
지연　　(ol) 자는 거 빼고 다했어. (쿠션 가랑이 사이에 넣고 그대로 잠들며) 결혼만 하면 돼~

소희, 빛의 속도로 옷 갈아입고 방에서 쿵쿵거리며 나오더니 갑자기 대청소를 시작할 듯 청소도구들을 다 꺼내 나오고, 창문을 드르륵드르륵 다 열어젖힌다.

지연　　(뒤척이며 앙탈) 아아~ 시끄러..
소희　　(쿠션을 다 들어내며 지연 밀어내는) 들어가서 자. 대청소할 거야!!!
지구　　(소희를 보며) 쟨 또 왜 저래?
지연　　(눈뜨고 겨우) 소희 괜찮아?
소희　　그럼! 완전 괜찮지! 힘이 아주 쑥쑥 나!
지연　　(방으로 들어가며 잠꼬대하듯 피곤한 얼굴로) 다행이다... 진짜 다행이야...

빈백 소파를 힘껏 들어 제치고, 쿠션 커버를 박박 벗겨내며 집안 물건을 다 부숴버릴 듯이 청소 시작하는 소희. 그런 소희를 바라보다가 이내 돌

아서는 지구.

지구 (힘없이 문 닫고 나가며) 나 간다..

## S#6. 소희와 지연의 오피스텔 / 복도 (아침)

오피스텔 복도를 걸어나오는 지구.. 잠시 멈춰서 아래를 내려다보며 담배 하나를 꺼내 무는.

*[3년 전 과거 인서트// 오복집 앞 (겨울)*
*지구, 담배에 불을 붙이려는데 동배가 박스 들고 나오다가 지구를 본다.*
*동배: 벌써 가? 애들은 또 연애 시작했나 보다?*
*지구: (웃으며) 네~*
*동배: 걔들은 꼭 한 명 하면 같이 하더라? 너도 이럴 때 확 연애해~*
*지구: 금세 또 헤어지고 올 텐데 그때 저 없음 또 난리 나여~ (전화벨 울리는) 어 소희야.*
*소희: (콧바람 소리)*
*지구: 콧바람 3단계네...*
*동배: (입모양으로) 또 차였대?*
*지구: (눈빛으로 그렇다는) 그래서 그 자식이 뭐라는데..*
*소희: (콧바람 소리 점점 더 커지는)*
*지구: 내가 죽여줄 테니까 일단 오복집으로 와. (전화 또 받는) 어 지연아.*
*지연: (F/징징) 지구야아~~~~~ 엉엉엉*
*지구: (한숨) 됐고 오복집으로 일단 와.*
*동배: (들어가며) 아구 지겨워... 안주 뭘로 해?*
*지구: 뭐 그냥 뜨끈한 거요.*
*동배 따라 오복집 안으로 다시 들어가는 지구의 모습에서..]*

## S#7. 지구네 집 앞 → 안 (낮)

맥주 캔 대여섯 개가 든 봉지를 들고 대문을 열고 들어오는 지구.
무심결에 개집을 지나다가 화들짝 놀란다.
개 한 마리가 집안에 들어가 있는.

지구　엄마야!!! (뒷걸음질) 너 뭐야? 거기는..
집주인　(ol/e) 원래 개네 집이야~
지구　(돌아보면 문 빼꼼 열고 보는 있는 집주인) 네?
집주인　(얄밉게) 집 나갔다 오늘 돌아왔어. 웃기지.
지구　.. 웃기네여.. (개를 보는)
집주인　(e) 이제 잠은 각자 집에서 자자구. (씨익 웃으며 문 닫고 들어가는)

지구, 개를 멍하니 보고 있는...

## S#8. 지구네 집 / 방 (낮)

메탈 음악이 흐른다. 맥주캔 하나를 까고 손가락을 이리저리 풀더니, 개인 방송 채널을 켜고 본격적으로 3D 종이접기에 들어가는 지구. 초록색 종이로 끊임없이 무언가를 접고 또 접는 무한반복을 이어간다.

*[채팅방 인서트// 채팅글들 하나씩 올라오는 (올라올 때마다 알림 소리)*
*/이쁜주하님: 지구님 오늘 또 그날인가요?*
*/채희사랑님: 혹시 저것은.. 3D모드?]*
*/궁금해요님: 3D모드가 뭐죠?*
*/이쁜 주하님: 입체 종이접기 무한반복하는거예요. 인내심이 생명.]*

채팅글 알림 소리에 아랑곳하지 않고 꼬물꼬물 종이를 접는 지구.

(e)　　(소희/힘차게) 밥먹자!!

## S#9. 소희와 지연의 오피스텔 (낮)

앞치마를 입은 소희가 야심 차게 김이 모락모락 나는 된장찌개 뚜껑 여는데, 짜파게티다.

지연　(자다 일어나서 피곤한 얼굴로) 우와~ 된장! (아니네) 짜파게티다.. (애써 리액션) 해장에 딱이겠어. (양손에 버터와 올리브 오일 들고 오는 소희를 보며 후덜덜) 혹시 그건 버터와 올리브 오일?

소희　(포션 버터와 올리브 오일을 듬뿍 넣고 비비며) 꾼들의 해장은 기름이쥐. 왜 느끼해? 싫어?

지연　(깍두기 국물을 한 숟갈 넣으며) 아니, 니가 씩씩해져서 기분 좋아. 혹시 화난 건 아니지?

소희　(씩씩하게 먹으며) 화나긴, 그 남자는 어땠어?

지연　지용씨? (먹으며 생각만 해도 좋은) 결혼해야지. 앗 뜨거.

소희　(영혼 없는 속사포) 뭐 늘 그랬지만 그래서 안 그럴 거 알지만 몇 번만 더 보고 결정하도록 하자.

지연　더 볼 거 없어. 우리 깔 거 다 깠거든.

소희　뭘 깠는데?

지연　(맛있게 먹으며) 음~ 그 사람 이 바드득 바드득 엄청 가는 거랑, 다한증 수술 잘못돼서 등짝이 폭포수라는 건 신체적 프라이버시니까 지켜주고, 아, 호빠에서 일한 적 있대.

소희　(열심히 먹으면서) 허얼..

지연　(열심히 먹으며) 그리고.. 뭐였더라? 한번 결혼했는데 사별했다고 했구.

소희　(여전히 대수롭지 않게 먹으며) 얼씨구.

지연　(먹으며) 애가 셋이더라구?

소희　(입안에 잔뜩 넣고 정지) 헉!!!!! 야!!!

지연　(아랑곳 않고 먹으며) 응?

소희 깔 걸 까야지! 아니 콜 할 걸 콜해야지! 그걸 다 오케이 했다고? 애가 셋이나 있는데??

지연 (짜파게티 돌돌 말며) 왜 그럼 안돼?

소희 (엄마처럼) 야 애가 셋이라니 이건 니가 밑져도 너무 밑지지. 구식이래도 어쩔 수 없어! 친구니까 하는 말이야. 니가 밑져. 아까워. 안돼.

지연 소희야 세상에 그 좋은 결혼을 하는데, 밑지는 건 없어.

소희 ...!

지연 (깍두기 그릇 채 들고 국물 원샷하고) 아이들은 그 사람 과거일 뿐이고, 그 결과로 남아 있는거지, 과거가 계속되고 있는 건 아니잖아.

소희 (그 말에 강피디가 떠오르며 잠시 멍..) 근데 말이야...

*[10부 26씬 인서트// 강피디 집(아침)*
*방에서 나오던 인턴 소현의 얼굴에 강피디가 했던 말 디졸브된다.*
*강피디(e): 내가 비밀번호 바꾼단 걸 맨날 깜빡해가지구.. 근데 또 어떻게 문전박대를 해, 그 시간에 차도 없는데.]*

소희 과거가.. 계속 되면...?

지연 (해맑게) 과거가 어떻게 계속돼? 그럼 그건 현재 아냐?

소희 (그렇지) 응.. 넌 천재야.

## S#10. 방송국 / 사무실 밖 → 안 (낮)

방송국 내부 광경을 째려보고 있는 소희.
강피디가 작가들 몇몇과 (소현 포함) 시답지 않은 농담들을 하고 있다.

소희 (째려보며 구시렁대는) 역시 너의 조상은 개였어. 쓰레기.

당당하게 발소리 내며 들어오는 소희. 갑자기 조용해지는 분위기.

아름　언니!
혜경　(조심스럽게) 언니 좀 쉬셨어요? 좀 괜찮으세여?
소희　보다시피, 아주 쌩쌩해!
강피디　그러게 우리 안작가 하루 만에 좀비에서 사람 됐어? (미소) 훨씬 보기 좋네.
현　(테입에 라벨링 하며) 테잎 넘길 건데 올 때 뭐 시키실 거 있으세요?
혜경　(노트북 하며 일자눈으로 강피디 들으란 듯이) 커피 먹고 싶다. 믹스 말고..
강피디　(법카 꺼내서 소현한테 주며 쿨하게) 자 여기 법카! 작가님들이 먹고 싶다는데 다 시켜! 비싼 걸로, 카라멜 라떼 그게 젤 비싼가? 뭐가 젤 비싸?
작가들　(짜증, 노트북만 부숴버릴듯이 다다다다다)
강피디　응? 뭐가 젤 비싸냐니까? 내가 그걸 쏘겠다구.
아름　(이/노트북만 보며 짜증 폭발) 비싼 거 안 먹어봐서 모르겠어여.
강피디　그래? 지난번에 카라멜 라떼 먹는 거 내가 본 거 같은데? 자주 먹던데 카라멜 라떼? 그게 제일 비싼 거 아닌가?
소희　(카드 빼며) 아우 됐어 내 카드로 사 와, 더럽고 치사해서 진짜. (소현한테 카드 주며 째려보는) 자!! (막상 소현이 자기를 똑바로 보자 눈 피하는)
현　(강피디랑 소희한테 받은 카드 양쪽에 들고 여유롭게) 어떡할까요?
강피디　(생색) 아니야 이걸로 사와!! 언니 카드는 언니한테 주고. 그리고 안작가, 나 좀 잠깐 따로 볼까? 국장님 지시사항도 좀 전달을...
소희　(시선도 안 주고 대본만 보며) 그냥 여기서 하시죠. 따로는 좀 불편한데여.
일동　?!
현　(소희 옆에 카드 내려놓고 새침하게 가는)
강피디　(쫄았음) 알겠어.. 그럼 좀 이따 하지 뭐... (민망한 혼잣말) 공기가 차다. 겨울 오나 봐.

무표정으로 일하는 척 노트북으로 단체톡 하는 작가들

*[채팅창 인서트// 혜경: 재네 또 잤지?*
*/아름: 이번엔 진짜 싸운 것 같기도 하고.*

*[혜경: 자고 싸웠네]*

## S#11. 방송국 / 화장실 (낮)

소희, 분노의 칫솔질을 하다가 가글을 하고 힘차게 세면대로 내뿜는데, 테잎을 들고 화장실로 들어오는 소현.

현 (세년대에 테이프를 올리며) 작가님, 잠깐 이것 좀 봐주시겠어여?

소희 (칫솔질하다 말고 멍.. 테잎을 보고 있는)

컷 튀면, 일 보고 나오는 소현.

소희 (입 헹구며) 테잎을 이렇게 함부로 둬도 되나? 물 닿으면 어쩌려고?

현 (손 씻으며 얄밉게) 그러니까 작가님한테 봐달라고 한 거잖아여. (거울로 소희를 보며) 아침에 양치 못 하고 나오셨나봐여?

소희Na (머리 굴리는 중) **이게 알고 이러는 거야?**

현 (소희 신발을 보며) 아침에 오빠네 현관에 있던 신발이랑 같길래. 둘이 사겨여?

소희 (칫솔을 용기에 넣다가 오바하는) 뭔 소리야!!? 어제는 내가 너무 피곤해서 강피디 차에서 잠이 들었는데 강피디가 우리집을 몰라서 못 데려다주고 할 수 없이 본인 집에서 재운 거였거든?

현 (파우치에서 립글로스 꺼내 바르며) 아~

소희 (물 틀고 박박 손 씻으며) 난 깨끗하다구.

현 (피식) 작가님 이럴 때 보면 귀여우시네여? 아니면 아닌 거지 뭐가 그렇게 티엠아이에요? 제가 강피디님 여친도 아니고.

소희 (수도꼭지 내리고 정지) 그니까 근데 넌 어떻게 된 게..

현 뭐여?

소희 그니까 넌 어떻게 여친도 아닌데..

현 (이) 그 집에서 자냐구요? (의도적 도발) 뭐~ 한 번도 여친이 아니었던 사람보단 한 번이라도 여친이었던 사람이 그 집에서 잘 권리가 좀 더 있는 거 아닌가?

소희　!! (어이가 없는)

현　농담이에요~갈 때마다 비번이 안 바뀌길래 재밌어서 가보는 거예여.

소희, 이미 마른 손을 계속 드라이어 건조기에 손을 넣고 마구 비비며..

소희Na　**뭐 재밌어서? 이게 시방 뱉으면 다 말인 줄 아나!? 한마디 해야 쓰겄는디~!... 저것의 말대로 내겐 그럴 권리가 없다.**

현　(테입 챙겨 들며) 더 궁금한 거 있으세여?

소희　(손을 마구 비비며) 없는데?!!

현　손 타겠네요. 안 가세여?

소희　가야지!!!

## S#12. 방송국 / 화장실 → 복도 (낮)

화장실에서 나오는 두 사람.

강피디　(나오다가 딱 마주치고 반가운) 어? 둘이 같이 나오네?

현　전 테잎 가져다주러 이만.

강피디　안작가 내가 할 말이 좀 있는데 말이야. 잠깐 휴게실에서 좀..

소희　(버럭) 싫다구요!!! (사무실로 들어가 버리는)

현　(엘리베이터 앞에 서서 피식 웃는)

강피디　(어이가 없고, 소현 눈 마주치자 영혼 없이 흐흐..)

## S#13. 지구네 집 / 방 (해 질 녘)

여전히 종이접기 하며 침묵 속에 개인방송 중인 지구,

하나씩 올라오는 채팅 댓글들.

*[도도님: 근데 저걸로 뭘 만드시는건가여?*
*/이쁜주하님: 그건 지구님만 아는 듯. ㅎ*
*/채희사랑님: 확실한건 3d모드일때만 엉덩이가 무거워지심.*
*/이쁜주하님: 종이접기 수행 같기도 하고..*
*/origami님: 일단 힘내시라고 캐쉬 쏩니다~*
*/도도님: 저두요~!!]*

(e) 캐쉬 쏘는 소리 (연달아 두 번)

지구, 종이 접다가 캐시 쏘는 소리에 슬쩍 모니터를 한 번 보는.

지구 (나름 친절하다지만 영혼 없이) 캐쉬 감사요~

*[coco님: 오~ 캐쉬를 쏴야만 들을수 있는 지구님의 목소리.*
*/도도님: 어깨 안아프세여? 쉬엄쉬엄 하세요~*
*/이쁜주하님: 배는 안고프신가여? 배달이라도 쏴드릴까여?]*

지구 (맥주캔을 들어 보이며 나름 답해주는) 뭐 이걸로 간단히 때울게요. 감사요.

다시 종이 접는 지구, 간간히 채팅 댓글 소리만 들려온다.

*[채희사랑님: 지구님 홧팅! 전 이제 밥하러 갑니다~ 내일 또 올게여!*
*/색종이님: 전 계속 직관할게요. 은근 중독성 있음~]*

줌아웃, 자연스럽게 풀샷으로 빠지면 일각에 종이접기로 만든 대형 트리가 서 있는.

## S#14. 지용의 아파트 앞+차 안 (밤)

퇴근한 지용의 차 안. (대쉬보드에 걸린 아이들 사진)
지연이 조수석에 탄다.

지연 상우는 방금 전에 학원에서 왔구, 정우랑 승우는 저랑 치킨 시켜 먹고~ 만화보고 놀다가~ 방금 전에 잠들었어요.

지용 (감동해서 사랑스럽게 바라보며) 벌써부터 안 그래도 되는데.. 정말 고마워요.

지연 제가 좋아서 하는데여 뭘? 갑자기 천사들이 셋이나 생겨서 저 엄청 부자 됐어요~

지용 ...당신 같은 천사가 왜 이제 내려왔을까여?

지연 (귓가에 대고 속삭이며) 날개가 투엑스라지라 숨기느라 좀 늦었어요. (깊은숨 들이마시며) 음~ 쇠냄새.... (분위기 묘해진다)

지용 (자연스럽게 키스하려고 다가가는데)

지연 (사랑스럽게 유혹하듯 속삭이는) 우리 한강 가서 마저해여~ 할 얘기도 있구.

지용 (힘차게 기어 바꾸며 출발) 가는 동안, 신혼여행 가고 싶은 곳 말해봐요.

출발하는 차 외경에서

지용 (e) 보라카이 어때요?

지연 (e) 어머 거긴 남친이랑 두 번이나 갔다 왔는데~

지용 (e) 아.. 그럼...

지연 (e) 몰디브 어때여?

지용 (e) 거긴 제가 신혼여행을..

## S#15. 고깃집 (해 질 녘)

국장님이 참석한 전체 회식 자리, 이때 메인작가(최수미/여/30대 후반)가 급하게 이쪽을 향해 오고 있고, 강피디만 빼고 다들 메인이 올 줄 몰랐던 듯 놀라는.

아름 저기 메인언니 아냐?

소희 언니!!?

작가들 (벌떡 일어나서 90도 인사하며 얼떨떨) 언니 안녕하세요!!!

수미 (잘나가는 메인작가답게 요란스럽게 등장) 어머~ 국장님 안녕하세요! (소희 보고 옆자리에 앉으며 작가들한테도 형식적인 인사) 다들 잘 지냈지? (아무나 보고) 어우 많이 이뻐졌네. 강피디도 안녕~ (급 소희를 안쓰럽게 보며 토닥이는) 소희야, 어구 세상에 큰일 치렀다.. 얼마나 힘들었어 그래.. 내가 프로그램이 너무 많아서 가보지도 못하고.

소희 아니에요 언니. 감사합니다.. 근데 오늘 어쩐 일로.

수미 얘기, 못 들었어? (강피디를 보는)

국장 강피디, 얘기 안 했어?

강피디 안작가가 얘기할 시간을 안 줘가지구...

소희 ?

국장 다 모였으니까 이야기 할게여. 그동안 아주 고생 많았어요. 한때 잘나갔지만 한물간 프로 유지하는 게 쉬운 일이 아닌데, 이 정도면 아주 선방했고, 우리는 이번 개편에서 명예로운 폐지를 하는 걸로 결정이 났어요.

작가들 (놀란)

소희 !! (표정 관리 안 되는)

국장 안작가, 안작가 상황이 상황이니만큼 강피디한테만 언질을 했어요.

강피디 (불만 가득) 나도 아침에 들었어~

수미 소희야, 애썼고 한 회만 더 마무리 잘해줘. (소희한테만 긴히) 그리고 넌 내 관찰 프로로 와. 시작한 지 얼마 안 돼서 니가 딱 필요해. 페이는 더 잘 쳐줄게.

컷 튀면, 표정 안좋은 작가들은 자기들끼리 속삭이며 술 먹는 분위기.

국장과 수미와 강피디는 한 무리에서 이야기를 하고 있고,
혼자 술 벌컥벌컥 먹는 소희의 컷컷컷.
소주랑 맥주를 말아서 꿀떡꿀떡 마시고, 어느새 취했다.
국장님 말씀 들으며 그런 소희를 힐긋 보는 강피디의 모습에서..

수미 그럼 전 이만.. 시사가 있어서. (작가들한테 대충 인사하는) 다들 수고했다 얘들아~ 다음에 보자!

소희 (취했음) 앉으세요 언니.

수미 ?

소희 앉으셔서, 우리 작가들 다음 프로그램! 확실하게 책임지고 가세요.

수미 소희야.. 그건 우리끼리 다시 이야기하자. 어떻게 이 작가들을 다 데리고 가, 내가..

소희 언니. 우리팀 작가들 이름은 다 아세요?

작가들 (고개 푹 숙인)

소희 이름 다 모르시죠? 얘네들 연차, 순서도 잘 모르시죠. 빠우쳐 얼마 받는지도 잘 모르시죠? 다른 팀에 줄줄이 작가들이 넘쳐 후배 귀한 줄 모르시는 거 잘 아는데요, 그래도 얘네들도 언니 새끼들이었는데 적어도 폐지되었으면 다음 일자리는 알아봐주는 시늉이라도 하셔야 되는 거 아닌가요? 저 안 데리고 가셔도 되니까요! 얘네들, 언니 프로그램마다 하나씩 다 꽂아주고! 그러고 가세요!

수미 (돌변) 너 이렇게까지 싸가지 없게 말하는 거 보니까, 이제 니 프로 하겠단 얘기로 들린다? 요즘 메인놀이 해보니까 해볼만 하디?

소희 (억울, 속상) 언니가 소홀했던 메인 자리를 왜 저한테 그렇게 넘기세요? 그리고 저 그깟 메인 할 생각 없거든요!

국장 (눈치 제로, 강피디 다 들리게) 성피디랑 뭐 기획한다고 그러지 않았어?

수미 안 그래도 여기저기 피디들한테 콜 들어와서 신났다더니 그래서 니가 지금 이렇게 기고만장, 눈에 뵈는 게 없구나?

소희 (서러운) 그런 거 아니구요. 그냥, 우리 후배들, 좀만 더 챙겨주십사. 했던 말이었습니다.

수미 그냥 성피디랑 기획하기로 했다고 얘기해. 어차피 다 알게 될 텐데 가증스

럽게 그러지 말고.

소희 (폭발) 저 아무랑도 기획 안 하거든요!!!

강피디 (e/ol) 나랑 해!!

일순 정적. 다들... 어디서 날아온 소리인지. 잘못 들었나 싶고. 의자 지익 끌며 일어난 강피디. (「파리의 연인」 박신양 톤이다)

강피디 나도 이번에 기획한다! 그니까 나랑 하자! 나랑 가자 안작가!!

작가들 (푸흡, 웃음 터진) 뭐야.....

혜경 (웃음 참는) 멋있는 상황.. 맞지?

소희Na (멍) **저 새끼 지금 뭐 하자는 거야...**

수미 (비웃으며) 강피디가 프러포즈하는 거야?~ 안작가가 대세긴 대세인가보다! 안작가, 너~~무 좋겠네! (얄밉게 비웃듯) 부럽다.

국장 (강피디 쿡 찌르며 귓속말) 강피디.. 지금 안작가가 이 마당에 자네한테 갈 거 같지는 않은데..

강피디 (짜증난다는 듯 국장 말 씹고 이번엔 「미안하다 사랑한다」 소지섭 톤으로) 안작가! 대답해! 나랑 기획할래! 아니면 나랑 기획 안 할래!! 나랑 기획할래, 기획 안 할래!!!!!

작가들 (웃음 못 참고 터진) 뭐라는 거야.

아름 아 븅신 같아서 못 보겠다.

강피디 (박력 터짐, 죽일 듯이 터프하게 외치는) 빨리 선택해!!! (핏줄 세우고 젖먹던 힘까지 다해서) 나랑 기획할래! 기획 안 할래에~~~~!!!!

식당에 있던 사람들 다 쳐다보고, 다들 민망해서 고개 숙이고 얼굴 가리는.

소희 (압도되어 자기도 모르게) 아니 왜 이렇게 소리를 질러 미친놈같이? 미쳤나봐 진짜.. 하면 될 거 아니야 하면.

일동 (고개 들어 소희 바라보며) !!!!

대박.. 수군거리며 난리가 났고, 국장은 강피디한테 어깨를 막 두드리며, 자식!! 대단하다 대단해!! 잘됐어! 추임새 넣고, 강피디도 얼떨떨... 작가들도 잘됐다고 박수쳐주면서도 입은 따로 노는.

영인 (복화술) 우리 편 들어주다가 이게 웬 독박이야.

세미 (진짜 걱정됨) 그러게, 언니 어떡해여..

아름 강피디님하고 기획이라니.. 어후..

수미 (비아냥거리며 뼈 있게) 잘해봐. 처음이자 마지막 메인이 될 것 같으니까.

나가버리는 수미. 얼빠진 소희...

혜경 (미안한) 언니.. 괜찮으세여?

소희 (얼빠져서 웃는) 흐흐..

신이 난 국장이 파도타기 건배를 주선한다.

국장 자자!! 우리 강피디가 최고의 작가를 따냈으니! 이거 축하하고 또 축하합니다! (강피디 쿡 찌르며) 자네는 진짜! 로또 맞은 거야, 저두 폐지선고 하러 온 입장에서 아주 기분이 좋습니다! 파도 한번 갑시다!!

컷 튀면, 다같이 파도타기 이어지는데, 신나서 잔 들고 있는 강피디를 보는 소희.

소희 저거 또 기절할 텐데..?

소희, 강피디를 보며 먹지 말라는 시늉을 하는데, 그전에 파도가 끊긴다. 다들 보면, 소현이 소맥잔을 들고 파도를 끊은 상황.

현 제가 술을 못해서요.

일동 뭐야~~

국장 아 그럼 한 모금만 먹어요!! 분위기 안 끊기게!

현 죄송하지만 한 모금도 안돼요. 제가 임신 중이라.

일동 정적. 그대로 얼음.

소희, 칼 맞은 사람처럼 정지되어 소현을 보고 바로 강피디를 바라보는 데에서..

갑자기 주변의 모든 소리들이 뮤트되고, 순간적으로 아무것도 안 보이고 안 들리는 듯 멘붕 온 소희... 강피디와 소현을 번갈아 보며 혼자서 시나리오 끝까지 간 얼굴.

이내 소희가 의자를 지익 밀며 일어난다. 시선 집중.

작가들 말소리가 뒤로 들리고, "언니 어디가세여? / 가시는 건가? / 화장실 가시는 거 아냐? 가방 들고 가시는데?" 회식 자리를 뒤로 한 채 앞만 보며 걸어나오는 소희. 뒤로 국장과 소현의 대화만 동굴 소리처럼 들려온다.

국장 (e) 분위기 이어가려는) 역시 요즘 친구들은 개방적이구만, 그럼 결혼 날짜는 언제?

현 (e) 결혼은 안 해요. 남자친구랑 헤어졌거든요.

## S#16. 지구네 집 / 방 (밤)

지구의 개인방송 채널. 적막 속에 여전히 종이접기 무한 반복 중인 지구.

같은 앵글 속 늘어가는 맥주캔으로 시간 경과가 느껴진다.

간간히 들려오던 댓글 소리도 이내 뜸해진다.

*[coco 님: 전 이제 졸려서 이만~*
*/색종이님: 저도 이만.. 빠이~ 지구님 파이팅]*

모니터 속 조용한 채팅창..

더욱 어두컴컴해진 방에 작은 스탠드 불빛. 오랜 침묵 속에 지구의 손만 희미하게 움직이는데.. 슬슬 눈이 감기는 듯하는 지구.

(e) (침묵을 깨는 댓글 알림소리- 유독 크게 들림)

지구 (접다 말고 기겁) 깜짝이야! (모니터를 보는) 누가 있었어?

*[친절한 종이씨님(이하 종이): 방금 틀리신 것 같아요. 밖으로 뒤집어 접는 게 아니라 안쪽으로..]*

지구 (그러고 보니 진짜 틀렸고, 모니터 보는) 친절한.. (혹시 그) !! 친절한 종이??

*[종이님: 아 네.. 저예요. 방가^^]*

지구 (완전 당황) 여기서 뭐하는 거지?!!

*[종이님: 그냥.. 보고 있었어요. 언제까지 접으시나]*

지구 (발끈) 그걸 왜 보고 있어요? 언제부터?

*[종이님: 알림설정 해놨다가 뜨길래 들어와봤는데*
*/어느 순간부터 저만 남아서 혼자만 두고 나갈 수가 없었어요.]*

지구 (괜시리 창피한 느낌에 나오는 대로 막말하는) 아니 누가 있어 달랬나? 왜 혼자만 두고 못 나가여? 변태 아냐? 어이가 없네 진짜?

*[종이님: ... 제가.. 혼자 계신 시간을 방해했나봅니다. 죄송합니다.]*

지구 아니 뭐 됐구요. 그만 나가보시죠.

조용한 채팅창... 채팅창을 바라보고 있는 지구.

지구　안 나가세요?

*[종이님: 괜찮으시면.. 그냥 있어도 될까요? 방해는 안 할게요.]*

지구　(관심 없다는 듯 퉁명스럽게) .. 뭐 그러시던가.. / (다시 접다가 멈칫) 아니 근데, 있을 거면 무슨 말이라도 하던가. 나갈라면 나가던가. 되게 신경쓰이거든요?

*[종이님: 트리 접으시는거죠?]*

지구　!! (어떻게 알았지? 싶어서 멈칫) .. 네 뭐..

*[종이님: 얼마나 접으셨어요? 그거 되게 오래 걸릴텐데]*

뒤를 돌아보면 저만치 사람 키만한 크리스마스 3단 트리가 서 있는 데에서..

*[과거 인서트// 지구네 집 (3년 전 저녁)*
*소희, 지연, 지구가 바닥에 신문지 깔고 짬뽕 짜장에 소맥을 마시고 있다.*
*소희: (원샷하다가 문득 트리를 보며) 야 근데 저 트리는.. 점점 자라는거 같지 않냐? 나만 그래? (*이때는 100센치 정도의 2단 트리)*
*지연: 원래 나무는 자라는거 아냐?*
*소희,지구: (일자눈으로 째리는)]*

현재로 넘어오면 160센치 정도자란 3단 트리.

*[종이: 트리는 왜 접으시는거예요?]*

지구 (맥주를 마시며) 별 의미 없어요~ 그냥 뭐 기다리는 동안... (이런 말까지 왜 했나 싶어 급히 거두는)

*[종이: 누굴 기다리는데요?]*

지구, 살짝 마음이 올라오는 듯, 맥주를 마시는 동공이 흔들린다.

## S#17. 7년 전 과거 (회상) | 지구네 집 (해 질 녘)

이사 온 지 얼마 안 되어서 가구도 몇 개 없는 휑한 지구의 집.
지구의 휴대폰에서 흐르는 헤비메탈 음악. 굴러다니는 맥주캔..
어두컴컴한 방 벽 한켠에 쪼그려 앉아 바닥에 놓인 칼을 바라보는 지구.

*[조금 전 상황 인서트// 지구를 찾아온 지구맘이 1층에서 2층에 서 있는 지구를 올려다보고 있다..*
*지구맘: (단호) 죽을 길 옆에 살길 있다 했고, 사람을 죽여봐야 명의가 된다 했어. 너 큰 사람 되라고 그 애가 큰일 해준 거야.*
*지구: (원망+간절하게) .. 조금만 기다려줄 순 없어?*
*지구맘: 너 임용시험 붙은 거 생각해봐. 요즘 세상에 교단 서는 게 얼마나 어려운 일인데 거길 이렇게 쉽게 내려올 생각을 해? 지금도 빈자리 나기만 기다리는 기간제 선생님들이 줄을 섰어. 일단 가서 니 자리부터 지켜.*
*지구: 엄마는 매번 어떻게 그렇게 확실해? 엄만 틀릴 때 없어?*
*지구맘: (확신에 찬 말투) 적어도 내 딸한테는 없어. 왜냐면 내가 널 낳았으니까. (계단을 오르기 시작하는) 이제 그만 집으로 가자.*
*지구: (어디선가 주워온 칼을 들고) 낳아준 건 감사한데, 이번엔 틀렸어. 한 발만 더 나한테 오면, (칼을 자기 목에 대는) 내가 죽어.]*

조금 전 난리를 쳤던 그 칼을 바닥에 있고, 지구.. 세진이 주었던 뱀을 만지작거린다. 접었던 종이를 풀어서 네모난 종이로 만들었다가 다시 접기를 반복하는데 이때 어디선가 지구네 집 밖에서 들리는 소희와 지연의 취한 목소리.

소희　(off) 강지구!!!!!!!!!!!!!!!!!!!!! 나와라!!!!
지연　(off) 지구야~ 노올자~~~

지구. 메탈 음악 볼륨을 줄이고 커튼이 쳐진 창밖으로 고개를 돌린다.
(7부 32씬 연결)
밖을 내다보면 지연과 소희가 서서 손을 흔들고 있는 모습이 보이고..
컷 튀면, 소희는 포장해온 대게를 바닥에 깔고 있고, 지연이는 술을 세팅 중이고, 그런 두 사람을 바라보고 있는 지구의 심란한 표정..

소희　(대게 다리를 손으로 돌려서 분절시키는) 이야~ 튼실하다! 가위 없냐.
지연　(어디선가 아까 그 칼을 들고 온) 여기 칼 있어~
지구　...!
소희　(칼로 대게 등껍질을 반으로 갈라서 손으로 좌악~ 뜯으며) 먹자!
지연　(본격적으로 팔을 걷으며 지구를 보는) 먹자!!!

아구작 아구작 천천히 대게를 먹기 시작하는 지구.. 먹다 보니 너무 맛있고 입맛이 돈다. 그런 지구를 힐긋 바라보며 씨익 웃는 소희와 지연.

지연　(종이컵에 소맥 말아 잔 돌리며) 간만에 완전체다, 적시자!
소희　(지구를 보며 더 힘차게) 적시자~!
지구　(두 사람을 보며 같이 웃을 수밖에 없는) 적시자..

시원하게 원샷하는 세 사람.
컷 튀면, 온 바닥이 대게 껍질들로 난장판이 되어 있고,
깔린 술병들만 봐도 이미 엄청 마신 세 사람.

소희 (심각하게) 지구야... 나 하나만 물어봐도 되냐..

지구 ....

소희 ... 너 말이야. 길거리에 그렇게 많던 펀치들이 다 어디로 갔다고 생각하냐.

*[짧은 인서트// 유흥가 길거리 (밤)*
*만취한 소희가 야~~~~ 소리 지르며 달려와*
*퍽!!!! 엄청난 펀치를 날리는]*

지구 ..펀치?

지연 니가 다 고장냈다는 그 펀치?

소희 (취해서) 펀치머신을 없앤다고 내가 조신하게 집에 가는 건 아니잖아. 우리같은 사람들도 합법적으로 분노를 표출할 수 있는 꺼리를 마련해줘야지.

지구 ..뭐, 금지시킨다고 능사는 아니지만, 굳이 길거리 싸움을 유발하는 걸 장려할 이유도 없으니까~ 금남동에 펀치기계 남아 있다는데 갈까?

소희 아니 아니! 추억팔이로 찾아서 가는 거 말고, 그냥 술 한잔하고 집에 가다가 있으면 안 되는 거냐고, 옛날엔 아~무데서나 먹어도 먹고 나오면 깔린 게 그거였다구.

지연 (아무렇지 않게 대게 뜯으며) 그럼 금남동에서 술 먹자~ 거기 곱창 맛있잖아.

지구 (피식 웃는) 맞네.

소희 난 말이야. 지금처럼 아주아주 루저처럼 살면서, 루저를 가장한 영웅으로 남을 거야. 사람들은 아~~무도 모르지만 우린 알잖아? (비밀 말하듯) 망..토..! 망토는 정의거든! 망토는 언제나 살아 있거든!

지연 (큰일이다 싶은) 망토 나왔다....

소희 (버럭) 망토 꺼내!!!!! 오늘 날자!!!!

지구/지연 (망토 두르는 동작 해주며 맞춰주는) 이얍!!!

소희 손 머리 위로 잔!! (잔을 하늘 위로 들고) 영웅을 영웅이라 부르지 못하는 슬픈 영웅들이여! 날자!!!!! 정의야! 날아라!!

지연 정희가 누군데~

「깊은 밤을 날아서」 음악 깔린다.
술잔을 엎어서 머리 위에 털고 날갯짓 하다가 그대로 고꾸라지는 소희와 맞춰주며 더 오바해서 함께 날갯짓 해주는 지연과 지구의 모습에서..
(시간 경과)
술 먹다가 완전 취해서 잠든 지연과 소희.. 눈 뒤집어서 입 벌리고 자는 꼴을 보며 웃음이 나는 지구. 대게를 포장해왔던 커다란 스티로폼 뚜껑 위에 매직으로 쓱쓱 지연과 소희의 망토 두른 캐리커처를 그린다.

지구Na **그러고 보니 얘네들은 7년 동안 단 한 번도 물은 적이 없네요.**
**왜 그랬냐고. 왜 그러고 있냐고. 그래서 어떻게 할 거냐고..**
**그냥 빈 잔을 채워주고, 같이 비워주고..**
**그러다 잔이 비면 또 따라주고.. 밤이 새도록 같이 날아주고...**

(디졸브) 그대로 아침.
밤새 그 상태 그대로 바닥에 널브러져 자고 있는 세 사람. 인기척 소리에 지구가 눈을 뜨는데, 갑자기 우다다다다다 나가는 지연과 소희.

지연 (도망치듯 옷 입으며 나가는) 나 오늘 자격증 시험인데! 나간다!
소희 (신발 대충 신으며) 난 오늘 첫 출근이거든! 나도 간다!! (튀어나가는)

지구, 뭔가 쎄한 기분에 고개를 돌려 거울 보면,
얼굴 전체에 엄청난 낙서들...

지구 이것들이 진짜! 야!!!!!!!!!!!!!!!!! 아우씨!!!

지구, 그러다가 벽에 붙은 뭔가를 보는 지구.
마치 스티로폼 액자처럼 걸려 있는 캐리커처 그림,
그 위에 지연과 소희가 메모해서 붙여둔 포스티잇으로 줌인.
*〈♥ 우리는 지구 방위대 ♥〉*

지구, 씨익 웃는 데에서...

## S#18. 7년간 세 사람의 몽타주

/감자탕집, 편의점 앞, 도가니집 등에서 술 먹는 세 사람 그림.

지구Na **7년간.. 얘네들은 한결같았어요.**
**해가 지면 어떻게든 건수를 잡아서 술을 먹고**

/만취해서 달리는 세 사람.

지구Na **그러다 취하면**
**혼자 넘어지기 쪽팔리니까 같이 달리고..**

/해 뜨자 오복집 앞에서 선글라스 끼고 나오는 세 사람.

지구Na **그러다 해 뜨면..**
**혼자 술 깨면 외로우니까 같이 집에 들어가고..**

/소희와 지연의 오피스텔...
피곤해서 돌아온 지연과, 성질내는 소희를 바라보는 지구의 시선.
오복집. 엎어져서 울기 시작하는 두 사람.

지구Na **그러다 연애라도 시작하면**
**언제 그랬냐는 듯 빠졌다가 또 언제 그랬냐는 듯 돌아오고..**

/세 사람 술 먹으며 가장 행복해 보이는 이미지에서..

지구Na **그러면서 또 잊고 마시고 또 달리고.. 그냥 그게 다였는데..**

**근데.. 그게 다...... 기다려주고 있었던 건가 봐요.**
(뭔가 깨달은) **내가 아니라.. 얘네들이.. 나를..**

## S#19. 지구네 집 / 방 (밤)

〈자막: 7년 후 현재〉
멍하니 벽에 붙은 스티로폼 그림을 보고 있는 지구.
수많은 감정들이 복받쳐 오르며 자기도 모르게 눈물이 주르륵 흐른다.
코피를 틀어막듯 고개를 들어 눈물을 닦아보는데, 화면에는 지구의 얼굴은 보이지 않고(바스트만), 코 훔치는 소리만 들리는..

*[종이: 지구님, 코피???]*

지구　(눈물 닦으며 수습하는) 아 네.. 크흠.

*[종이: 괜찮으세요?]*

지구　(뭔가 후련해진 듯 웃으며) 네.. 코피가.. 뜨겁네요. 괜찮습니다. 기분 좋아요.

*[종이: 흠.. 그 부러운 망토 친구들, 이번 연애는 얼마나 갈 것 같나요?]*

지구　뭐 이번에도 한 명은 아직 시작도 못한 것 같고, 한 명은 곧 차일 것 같긴 한데..

*[종이님: 그럼..*
*/망토들 돌아올 때까지 저랑 맥주 한잔 안 하실래요?]*

지구　아.. 뭐.. (싫지 않은)

이 때 휴대폰이 울린다. 보면 소희 전화다.
받으려는 순간, 통화 중 대기로 지연한테 전화가 걸려온다.

지구 (전화 받는) 어. 지연아.
지연 (F/엉엉)
지구 ...왜 또 울어, 차였냐?
지연 (F/엉엉엉엉..)
지구 어디야. 일단 오복집으로 와. 혼자 올 수 있지?

전화 끊고 바로 소희한테 전화하는 지구.
접다만 종이접기와, 개인방송 채널창만 남아 있는 앵글에서..
소희의 전화를 받으는 지구의 목소리만 들린다.

지구 (e) 어 소희야! 무슨 일이야.

재킷과 캡 모자를 대충 쓰고, 다급하게 신발 신는 지구.

지구 (전화기 끼고) 강피디 그 개새끼 내가 죽여줄 테니까 일단 오복집으로 와.
소희 (F/콧바람 소리 점점 심해지는)
지구 (신다 말고 멈칫) 얘 이거 심각한데.. 안소희 너 괜찮아? 어?
소희 (F) 지구야..
지구 (나가려다 말고) 어. 말해.
소희 (F) 나..

## S#20. 길거리 일각 (밤)

회식 자리에서 나온 소희. 전화기를 들고 씩씩대며 서 있는 소희의 머리카락이 찬바람에 흩날리는 데에서..

소희　나...... (눈물 터지기 직전) 강피디 좋아하나 봐... (와르르 무너지는 마음)

## S#21. 오복집 (밤)

지구가 문을 빵 차고 들어오면, 지연이 테이블에 엎어져서 오열하고 있다.

동배　(지구를 보며) 완전 통곡을 한다 통곡을! 아이구 진짜.

지구　(지연을 보며) 한지연. 일어나.

지연　(더 크게 우는)

지구　(한숨) 한지연!! 일어나서 얘기하라고!

지연　(잠시 고개를 들며) 나... 쫌만 더, 5분만 더 울고 얘기해도 돼?

지구　(지연을 보며) ...돼. 대신 5분 만이야.

지연, 다시 고개를 묻고 오열하는 데에서 점점 커지는 울음소리.
가만히 시계를 보고 있는 지구의 표정에서..
블랙아웃, 지연의 눈물 소리와 시계 초침 소리만 오디오로 들리며 11부 엔딩.

# 12부

어벤져술

## S#1. 오복집 (밤)

머리 묻고 울고 있는 지연과 시계를 동시에 바라보고 있는 지구, 생맥을 한잔 들이켜는데 소희가 엉망인 얼굴로 들어와 자리에 앉는다.

지구 (예사롭지 않은 소희 상태 살피며) 너두 울어야 되는 거지?
소희 어.. (지연을 보고) 얜 왜 이래.
지구 (시계 보며) 한지연 일어나. 5분 지났어.
지연 (눈물과 마스카라 범벅에 콧물 들이키며 겨우 일어나는)
지구 (냅킨 주며) 콧물 그만 마셔, 풀어.
소희 (보아하니) 또 차였어?!

12부. 어벤져술

지연 (휴지에 대차게 코 푸는)
소희 (폭발) 도대체 이 나라엔 개자식들이 왜 이렇게 많은 거야?!! (지구 맥주 뺏어서 들이키는)
지구 (지연한테) 그 개자식을 좋아하고 있음을 인정한 상태야.
지연 아...
소희 ... (서늘하게 눈 치켜뜨고, 맥주 내려놓으며) 임신했대.

지연/지구 (그대로 정지) 너????? / 뭐???

소희 (일자눈으로 지연을 보며) 니 엄마 친구 딸.

지구 인턴?!

지연 (별거 아니란 듯, 코 닦으며) 아~ 현이?

지구 알고 있었어?

지연 (대수롭지 않게) 응..

소희 근데 너 왜 얘기 안 했어?

지연 (손거울 꺼내 마스카라 번진 거 닦으며) 우리가 언젠 남 얘기에 관심 있었어? 임신한 줄 모르고 술을 왕창 먹었대. 그래서 울 엄마도 나 임신한 거 모르고 쏘맥에 밥 말아먹었는데 잘만 낳았다고 걱정하지 말라 그랬지.

소희/지구 (얼빠진)

지연 병원 데리고 갔는데 건강하대~ 너무 걱정하지 마 소희야.

지구 (소희 앞에 있는 자기 맥주 가져오며) 얘는 그 포인트가 아닐 걸. (마시는)

지연 그럼 뭐가.. (설마 싶은) ... 너 설마 강피디 의심하는 거야?

소희 (다소 화내듯) 술 먹고 빽하면 강피디네 가서 잤다더라!

지연 (해맑게) 근데?

소희 근데라니..?

지연 그렇다고 강피디 애라고 믿는 거냐구?

소희 (발끈) 그럼 뭘 믿고 강피디 애가 아니라고 믿는데?

지연 넌 그렇게 못 믿으면서 어떻게 강피디가 좋을 수가 있어? (진짜 궁금) 그게 동시에 돼? 못 믿으면서 좋아하는 게?

소희 ...!! (멈춤)

지구 (소희를 보며) 한 대 맞은 얼굴이네.

소희 너 애 아빠 누군지 알지.

지연 대학씨씨였던 애인데 남자애가 유학 간다해서 헤어지고 강피디를 만났대. 근데 강피디랑도 얼마 못 가고 또 헤어지니까 생각이 났겠지. 그러다 그렇게 된 거고.

소희 (ol) 참~나..! (자기도 모르게 안도의 한숨)

지연/지구 (소희를 빤히 보는)

소희 (민망하지만 만회) 거 봐..! 결국 전에 사귀었던 남자랑 그렇게 된 거 아냐.

지연　(정곡) 그 남자가 강피디는 아니잖아? 왜 거기다 자꾸 강피디를 집어넣어, 너 강피디 좋아하는 거 진짜 맞아?

소희　....

지구　또 한 대 맞은 얼굴이네. 지연아 그만 때려라.

이때 동배가 미지근한 소주와 김이 펄펄 나는 오뎅탕을 두고 간다.

동배　다 울었어? 오뎅탕에 소주 한잔 하고 또 낄낄대라~ 난 퇴근~~ (주방 쪽으로 가며 앞치마 벗는)

다같이　감사합니다.. / 들어가세여...

동시에 오뎅탕 먹으며 음~~ 소주 한 잔 먹고.

지연　그럼 이제 내 얘기한다. 나 진짜 이번에 결혼하는 줄 알고, 그 사람 애들, 승우, 정우, 상우 다 진짜 내 새끼 하기로 했는데. 내일은 다 같이 눈꽃 치킨도 먹으러 가기로 했는데, 부다페스트로 신행도 가기로 했는데에..

지구　근데 뭐라면서 차디?

지연　..암이라서 싫대. 자기 와이프도 유방암으로 떠났다고.. 왜 하필 그 와이프는 유방암으로 가가지고.. 난 진짜 운도 드럽게 없어 애들아.. (서러워 곧 울듯)

소희　......무슨 소리야..? 응? 지연아.

지구　야 한지연! 똑바로 말 안 해!!!!

나가려던 동배, 심상치 않은 기운에 나가려다 말고 걱정스럽게 애들을 돌아보는..

## S#2. 지연의 회상 | 암전문병원 / 현주의 진료실 (아침)

(11부 3씬에 이어서) 현주가 지연의 펫시티 검사 결과를 보며 지연에게

말한다.

현주　동배한테 이제 술 그만 팔라고 해야겠다. 유방암 2기에서 3기로 막 넘어간 상태야. 겨드랑이 쪽까지 전이가 돼서.. 일단 최대한 빨리 수술부터 잡아야 돼. (표정 살피며) 괜찮니...? 괜찮을 리가 없지.

지연　저 결혼은여 언니?

현주　수술부터. (컴퓨터 보며) 좀 기다렸다가 오늘 날짜 잡고 가. 한시가 급해

지연　저 애들 픽업 가야 돼요. 치킨도 먹어야 되고.

현주　애들??

## S#3. 한강 고수부지 근처 / 지용의 차 안 (밤)

지연, 지용의 세 아들과 함께 치킨 먹으면서 찍은 셀카사진을 지용에게 보여준다.

지연　지용씨 닮아서 다 잘생긴 거 봐여. 근데 내 얼굴 넘 크게 나왔져?

지용　크게 예뻐요. (애들 사진을 보며) 애들이 이렇게 빨리 좋아할 줄 몰랐어요. 저도 이렇게 빨리 좋아질지 몰랐구요. 지연씨가.. (손을 잡으며) 우리 신행 부다페스트로 가요.

지연　(차분하게) 있잖아요 우리 결혼식.. 가을 말고 겨울로 좀만 늦출까요?

지용　(살짝 놀란) 지연씨가 웬일로 늦추자는 얘기를...

지연　(차분하게) 제가 가슴수술을 좀 해야 하는데 비행기를 탈 수가 없어서.

지용　(당황) 지연씨가 왜요? 나 그런 거 안해도..

지연　(ol) 제가 유방암 3기래여.... 이참에 D컵으로 갈아타 보면 어떨까.. (씩씩한 미소)

## S#4. 소희와 지연의 오피스텔 앞 (밤)

지용의 차가 아무렇게나 멈춰 서고, 지연이 굳은 얼굴로 내리자마자, 서늘하게 가버리는 차.

(e) (지구) 몰래카메라냐.

## S#5. 오복집 (밤)

세상을 다 잃은 듯한 표정으로 앉아 있는 지연.

지구 야 대본 너무 구려. (소희 보며) 그런 건 예능작가랑 상의를 좀 해. 뭐가 웃겨야 웃어주지 (변치 않는 지연의 표정을 보고) 현주 언니한테 지금 전화한다! 너 확인하면 다 나와.

컷 튀면, 전화 걸고 있는 지구.

지구 (전화기 들고 지연의 표정을 계속 살피며 애써 웃는) 으이구 너 죽는다 암튼..

소희 (다리를 떨며 불길하지만 애써 같이 웃어주는) 연기는 암튼..

지구 (전화받은) 언니. 저 지구예요. 네. 통화 괜찮으세여? 제가 좀 여쭤볼 게 있어가지구.. / (들으면서 조금씩 변하는 표정) 아 네.. 네.... 네... / 흐흐 네 알겠습니다.. (전화 끊는) / (입은 웃고는 있지만 눈은 이미 슬프다) 흐흐...

소희 (다리 떨면서) 그치이? (불길하게 웃으며) 흐흐..흐흐 이걸 그냥 확 그냥...

지연 (어색하게 웃어주는) 흐흐..

지구 (한순간에 웃음이 눈물로 바뀌며, 다른 곳으로 고개를 돌리는) 아이 씨발..

## S#6. 지구네 집 (시간 경과 몽타주)

벽에 걸린 스티로폼 액자 속 지연과 소희가 망토를 두르고 웃고 있다.
틸다운 하면, 종이접기가 아닌 뭔가를 그리고 있는 지구. (웹툰 작업 스케치판) 슥슥.. 그림을 그리는 지구의 모습에서 풀샷.
창가에 빛이 들어왔다가, 어두워졌다가, 날이 변화한다.
이내 책상에 엎드려 자고 있는 지구의 모습에서.. *〈자막: 한 달 후〉*

## S#7. 암전문병원 / 입원실 (아침)

10월이다. 앙상한 나뭇가지가 마치 마지막 잎새처럼 쓸쓸해 보인다.

지연 (e) 죽음이 코앞인가 봐, 입안이 사막 같네.. 명치 속까지 뜨거워지는 데낄라 한 잔 마시고 가면 딱 좋겠다.. 그러면 저어기 멕시코쯤에서 태양처럼 뜨겁게 다시 태어날 수 있지 않을까..

줌아웃, 환자복을 입고 창문 밖을 바라보고 있는 지연.

지연 울 엄마가 죽기 전에 마지막으로 남긴 말이었다? 참나 데낄라가 웬 말이야..?

간병인 침대에서 자고 있던 소희가 부스스한 차림새로 일어난다.

지연 (촉촉한 눈으로) 그래서 말인데, 나도 머리 뚜껑 다 열리게 매운 닭발 한 피스에 미지근한 소주 한 잔 마시고 가면..
소희 미쳤냐? 절대 금식이라고 이년아. (베드 옆에 써있는 커다란 푯말)
지연 금주란 말은 안 써있어~
소희 이참에 뇌도 수술하자.
지연 어머 그럼 나 뇌섹녀 되는 거야? (좋아서 손거울 드는) 금식했더니 살 빠졌네?

창문 열어 환기하며 가습기를 교체하는 소희.
이때 지구가 들어오며, 츤데레처럼 지연의 침대에 쇼핑백을 툭 던지고는 저만치에 앉아 노트북을 연다.

지연 (지구와 쇼핑백을 번갈아보는) 뭐야?? 먹을 거야?

소희 (가습기 교체하며) 금식이라고!

지연 그럼 뭔데? 뭔데 뭔데? (핑크색 환자복이 나온다) 이게 뭐야?

소희 설마 핑크색 환자복이니?

지연 (어린애처럼 좋아하는) 완~~~전 이뻐!! 이걸 어디서 구했어?

지구 (무심하게 노트북 켜며) 오다 주웠어.

컷 튀면, 핑크색 환자복 입고 나오는 지연.

지연 (입고 나오며) 이거 완~~전 내 스타일이야. 레이스도 달렸어.

지구 (귀엽다는 듯 보며 피식 웃는) 이뻐.

소희 (갸우뚱) 정신 나간 애 같은데.

이때 현주, 통화하며 바쁘게 문 열고 들어오다가 지연을 보고 멈칫.

현주 (전화 끊으며) 넌 옷이 그게..?

지연 (반색하며 속사포 질문) 언니 마침 잘 오셨어요. 저 물어볼게 있는데, 전 딱 320이면 좋을 것 같거든요? 근데 재들은 너무 크다고, 근데 280은 너무 작잖아요. 보험도 되는데 이왕 하는 거 크게 하는 게 좋지 않아여? 그쳐 언니?!

현주 (정신없는)

소희 280이든 320이든 다 너한테 크다고, 너 그러다 디스크 와. 그쳐 언니?

지구 나중에 할머니돼서 진짜 후회한다 너. 그쵸 언니~

현주 (심각하게)... 지연아 지금 중요한 건 재건 수술이 아니라 내일 수술이야. 사실 쉽지 않은 수술이고, 열어봐야 알겠지만 수술이 생각보다 길어질 수도 있고..

지연　(현주 걱정하는) 의사들은 너무 인텔리해서 맨날 어려운 것만 하고, 너무 안됐어요 언니~

현주　아니 뭐..

소희　밥은 잘 먹고 다녀여 언니? 왜 이렇게 피죽도 못 얻어먹은 사람처럼 말랐대?

지구　아까 보니까 삼각김밥으로 대충 때우시던데 웬만하면 밥은 잘 챙겨드시져?

현주　(당황스러운) 아니.. 얘들아 나 말고 지금은 지연이 걱정을..

지연　(핸드폰 보다가) 얘들아!!! 나 뱃살 이식할까? 이게 그렇게 자연스럽다는데? 맞아여 언니? 저 이거 가능하져?

현주　...... (당황)

소희　너 뱃살 죽어라 뺐잖어...

지연　(슬픈 음악에 슬픈 눈) 맞다.. 내 뱃살, 다이어트하는데 다 썼구나.. 저 어떡해요 언니? (「가을동화」 송혜교 톤으로) 언니 나... 죽어요?

현주　(황당한)

지구　(원빈 톤으로) 뱃살? 웃기지 마. 이젠 돈으로 사겠어.

소희　(이어서) 얼마면 될까, 얼마면 되겠냐.

지연　얼마나 줄 수 있는데요? 나 뱃살 필요해요. 뱃살 정말 필요해요. 얼마나 줄 수 있는데요...!

현주　(뒷걸음질 치듯 나오는)... 미친 거 같애..

## S#8. 암전문병원 / 병실 앞 복도 (아침)

병실 문이 확 열리며 가습기를 든 소희와 지구가 화기애애하게 지나가자, 아무렇게나 대충 숨는 지용. 지나간 줄 알고, 병실 안을 살피는데, 등 뒤에서 들리는 지구의 목소리.

지구　야. 너. (지용을 빤히 보고 섰는)

## S#9. 병원 앞 벤치 (낮)

소희와 지구가 무서운 얼굴로 벤치에 앉아 있고, 지용이 벌 받는 사람처럼 서 있다.

소희 (다소 띠껍게) 앉아여~

컷 튀면, 한자리 떨어져서 어색하게 두 사람 옆에 앉아 있는 지용.

지용 아내가 유방암 2기였거든요.... 살 수 있는 확률이 70프로라고 했는데.. (말을 못 잇는) 근데 지연씨 얘길 듣고 앞이 하얘졌던 것 같아요. 정말 지연씨가 어떤 사람이건 다 상관없는데 그것만은..

소희 어머~~~ 물이 반이나 남았네?

지용 ?

소희 이게 지연이에요.

*[인서트// 오복집*
*지연: 수술하면 생존확률이 50프로나 된다는데, 근데 차였어....]*

소희(e) **지연이한테 50대 50이란 건, 무조건 산다는 거예요.**
**지연이는 항상 좋은 걸 더 크게 보니까.**

*[인서트// 입원실의 지연, 핸드폰으로 가슴 모양 보며..*
*지연: 320! 그래, 너로 정했어!]*

소희 다만 우리가 걱정하는 건..

지구 지연이가 살 수 있을까가 아니라, 지연이가 당신을 만나는 게 옳은 가야.

컷 튀면, 힘없이 걸어가고 있는 지용의 뒷모습에서...

소희 ...근데 너 어떻게 알았어? 저 남자가 그 남잔 줄?

지구 (무심히 일어나며) 쇠냄새 나더만.

소희 (따라 일어나며) 그게 진짜 난다고? 지연이 말이 진짜였다고?

지용과 반대 방향으로 걸어가는 지구와 소희의 뒷모습에서...

지구 (e) 넌 안 믿었어? 가만 보면 니가 젤 믿음이 없어요~

소희 (e) 아우 믿음, 그거 금지 단어야 앞으로~

## S#10. 암전문병원 / 현주의 진료실 (낮)

동배가 현주 주려고 도시락에 이것저것 뭘 엄청나게 많이 싸왔다.

현주 진짜? 이걸 다 니가 만들었어?

동배 (뚜껑 계속 열며) 이거는 계란말인데 안에 장어 넣었다. 이거는 전복찜이고, (보온병 열며) 이거는 갈낙탕, 몸에 좋은 거니까 다 마셔.

현주 이걸 다?

동배 먹고 살 좀 쪄라, 어떻게 니가 더 환자 같냐.

현주 (나무젓가락 뜯으며) 안 그래도 오늘... (번뜩, 혹시나 싶어) 이거 혹시 애들이 시켰니?

동배 아냐~ 시키기는. 어서 먹어. (감시하듯 보며) 남기지 말고 다 먹어라~

현주 (시선 느끼고) 어이구. 잘할게! 잘하면 되잖아 수술!

동배 (씨익 웃는)

## S#11. 암전문병원 외경 (새벽녘)

해 뜨는 병원.

(e)　(간호사님) 한지연씨 수술실 이동할게요!

## S#12. 암전문병원 / 수술실로 가는 복도 (아침)

지연을 태운 베드가 수술실로 가고 있고, 양쪽에서 함께 가는 소희와 지구 비닐랩을 씌워놓은 지연의 머리스타일이 좀 우스꽝스럽다.

지연　(불만) 근데 나... 이 랩 말이야. 미용실에서 파마하는 아줌마 같지 않아?
소희　(보면서) 김장하러 가는거 같은데?
지연　(베드 옮기는 간호사님한테) 저 이거 왜 쓰는 거예여? 드라마에선 이렇게 간지 안 나는 걸 본 적이 없는데. (슬쩍 벗으려고 하는)
간호사님　(앞만 보고 냉정하게) 쓰고 계세여.
소희　잘생겼다. (눈빛으로 슬쩍 보고 신호주는)
지구　(따라보는)
지연　(눈빛 변하는) 의사 선생님, 코 정말 크시네요. 코 밖에 안 보여..
간호사님　(정색) ..저 간호삽니다.
지구　(째려보며) 좀 맞춰주죠? 날이 날이니만큼.
간호사님　... (묵직하게 앞만 보고 걷는)
지구　(수술실 다 와가는 걸 보고) 다 왔나 보다.
지연　진짜? 빨리 해 빨리, 하기로 했잖아!
소희　(어색하게 모기만한 소리로 대충) ...사랑해.
지구　(기침에 묻어서) 크흠! 나도.
지연　나도 뭐어?
지구　(다른 곳 보고 뒷목 긁으며 대충) 사랑한다고.
지연　(미소) 난 니들 정말.... 너~무 너무 사랑해.

베드 수술실 앞에 멈추고, 서로의 손을 잡는 세 사람..
아름다운 그림과 음악.

지연 (간호사 눈치 보며) ...안 들어가여?

간호사님 여기서 좀 대기하실게여.

음악도 끊기고, 손 붙잡고 한참 어색하게 있는 세 사람...

소희 되게 오래 걸리네. 원래 이렇게 바로 열리는 게 아닌가..?

지연 드라마에선 바로 열리던데.

지구 (잡은 손 보며) 좀 땀나지 않냐?

지연 (민망한 듯 웃으며) 그래.. 이제 놓을까?

다같이 흐흐...

손 놓고 멀뚱멀뚱 천장만 보고 있는 지연과 어색한 소희와 지구..

소희Na **좀 느리게 가줬으면 하는 시간들이 있다.**
**하지만 그 순간이 예상치 못하게 길어지면**
**왜 그런 순간은 늘 짧은 찰나여야 했는지.. 이유를 알게 된다.**

수술실 앞에서 대기 중인 세 사람 풀샷.
베드에 누워서 간호사님한테 말 시키는 지연과, 슬쩍 휴대폰 보며 베드에서 멀어지며 통화하는 소희, 슬쩍 벽에 기대앉는 지구... 세 사람, 서서히 해체되며 긴장감이 풀려가는 느낌의 풀샷에서..

지연 (간호사님에게 아무 말이나 하는 중. 대사는 잘 안 들려도 됨) 간호사님은 원래부터 간호사셨어요? 근데 코는 원래부터 크셨어요?

소희 (좀 떨어져서 작게 전화통화 중) 아 차장님~ 네~ 이따 막방이요. / 제가 뭐 한 게 있나여. 다음 프로는 아직 정하진 않았는데 같이 하기로 한 피디가 있어서요. 네네..

벽에 기대어 쪼그려 앉으며 핸드폰에 와 있던 문자를 확인하는 지구.

*[문자 인서트// 종이: 저 또 까인 거 맞죠..?]*
지구, *[문자 인서트// 지구: 사정이 좀 있어서 죄송해요. 나중에 연락드릴게요.]*라고 썼다가 *[나중에 연락드릴게요]*는 지우고 보내는.

간호사 (e) 들어갑니다!!

수술실 문에 기대어 있던 간호사가 문이 훅 열리는 바람에 휘청하며, 베드를 이동시킨다. 전화통화 중이던 소희와 휴대폰을 꺼내 보던 지구가 놀라서 보면, 번갯불에 콩 구워 먹듯이 사라지는 지연.

지연 (e) 얘들아 나 들어가!!!!! (말이 끝나기도 전에 닫혀버리는 문)

순간 정지된 소희와 지구. 하릴없이 닫혀버린 수술실 문을 보고, 멍하다.

소희 (핸드폰 들고 급하게 온) 뭐야?
지구 (수술실 문을 보며)... 들어가버렸는데?
소희 (황당) 아니 이 병원은 무슨 중간이 없어? 황당하네.
지구 .... (황당하고, 허무하고, 기분이 이상하다)
소희 .아니 뭐 또 저렇게 확 데리고 가버리냐고.. 참나..

한동안 말이 없는 두 사람 모습에서.

소희Na **한 달 동안 우린.. 이건 아무 일도 아니라고 되뇌었고**
**그래서일까.. 정말 아무렇지도.. 않았었다.**

## S#13. 암전문병원 / 옥상 혹은 야외 테라스 일각 (아침)

지구가 옥상 일각으로 가서 담배 하나를 꺼내 문다.

소희Na **하지만 제법 단단하다고 생각했던 근육들은**
**수술실 문이 닫히는 순간 무너져버렸고**

## S#14. 암전문병원 / 화장실 (아침)

변기에 앉는 소희. 소리 내어 미친 듯이 울기 시작한다.
엉엉 우는 소리만 디졸브 되는.

소희Na **사실 우린, 조금도 괜찮지 않았다.**

## S#15. 암전문병원 / 옥상 (아침)

지구, 담배에 불이 잘 붙지 않는다. 이내 참았던 눈물이 와르륵 쏟아지고, 하늘로 고개를 들고 소리 없이 운다.
소희가 다가와 지구의 왼편에 선다. 하늘로 고개를 둔 채 굵은 침을 꿀꺽 삼키며 가까스로 눈물을 거두는 지구.

소희 (종이 쪽지를 건네며) 오복집 사장님이 주고 가셨어.
지구 뭔데.
소희 자기 수술실 들어가면 너랑 나한테 전해주라고 하셨대.

종이를 열어보는 지구와 소희.
첫 시작에 "유서"라고 써 있는 걸 보고 표정이 굳는 지구, 입으로 손을 틀어막으며 터질 것 같은 눈물을 참는 소희.

지연 **(e) 유서. 만약 내가 언젠가 죽는다면?**
**음.. 사실 거기까지 생각해본 적은 없지만, 만약 그런 날이 온다면**
**내 오른손은 지구가, 왼손은 소희가 잡아줬음 좋겠다.**

**왜냐면… 그러면 아주 잠이 잘 올 것 같으니까.**
**근데 그때.. 만약 내 곁에 사랑하는 남자친구가 있다면?**
**그럼.. 꼭 내 관 속에 같이 넣어주길 바란다.**

둘 다 읽다가 동시에 깜짝 놀라 유서를 떨어뜨리는

지구　아 깜짝이야
소희　이 미친년..!
지구　이 또라이 진짜… (눈빛 변하며) 그 사람 갔나? 그 구남친?
소희　갔을 걸..
지구　(잡아먹을 듯) 잡아와.

유서를 주머니에 넣으며 슬슬 걷는 듯 이내 빨라지는 발걸음.
뭐 하나 잡겠다는 눈빛으로 달리기 시작하는 두 사람 모습에서.

## S#16. 암전문병원 / 수술실 앞 (낮)

'수술 중' 불이 들어와 있고,
눈도 깜빡이지 않고 마네킹 로봇처럼 앉아 있는 두 사람 풀샷.

소희Na　**예상했던 것보다 수술은 길어졌고 우린 계속.. 한 자리에 멈춰 있었다.**
**그러다 또 불쑥 나와 버리기라도 할까 봐**
**그땐 진짜 우리가 없으면 안되니까.**

소희　… (정적을 깨고 겨우 꺼내는 말) 기도 그거 어떻게 하는 거냐?
지구　나도 잘 몰라.. 그냥 빌어.
소희　(두 손 모으고 어색하게 비비다가) …이건 불교 아닌가…

(디졸브-시간 경과) 동배도 와서 벽에 기대어 있는.

(디졸브-시간 경과) 수술을 마친 현주가 나온다. (지친 기색이 역력)

동배 어떻게 됐어?

현주 ...잘 버텼지. (지구와 소희를 다소 미안한 듯 바라보는)

소희Na **예상보다 림프절로 전이가 많이 되어 어려운 수술이었다고 한다.**
**어쩌면 실패한 수술이었는지도 모른다.**

컷 튀면, 수술실 문이 또 열리고, 간호사들 대동 하에 지연의 베드가 나온다. 마취 중인 시연을 안쓰럽게 내려다보며 양쪽에서 따라가는 소희와 지구.

## S#17. 암전문병원 / 회복실 (해 질 녘)

눈을 뜨는 지연의 시선에 종이로 접은 크리스마스트리가 선명해진다.

지연 (힘없이 눈뜨며) 벌써.. 크리스마스인가..... 나 여기 얼마나 누워있었어?

지구 (트리에 장식 달다가 뒤돌아서 지연을 보는)

소희 (옆에 앉아 있다가) 한 20분?

지연 (민망) 그것밖에 안 돼?

소희 (신기하게 보며) 회복 진짜 빠르다. 얼굴에 생기 도는 거 봐.

지연 (기다렸다는 듯) 닭발 땡겨..

소희 너 아직 갈길 멀대. 닭발은 내년에 먹자.

옆환자 (누워서 트리를 보며) 세상에 저걸 다 접은 거예요? 저걸 다 어떻게 접었대?

지구 (머쓱) 뭐 그냥 접음 됩니다.

지연 도대체 그냥은 왜 접나 했는데, 내 크리스마스를 위한 거였네~ (미소)

지구 이거 환자용 아니거든~

지연 나도 그 전에 여기서 나갈 거거든~

소희 (웃어주며) 암튼 강지구가 제일 부지런하다니까. 재 오늘 웹툰도 떴어.

지연　　벌써? 나 보여줘!

지구　　쪽팔리니까 각자들 봐.

소희　　나도 쪽팔리는 거 하나 있는데..

컷 튀면 병실에 TV가 켜져 있고,
광고 오른쪽 상단에 프로그램명 「퀴즈가 좋냐?」가 떠 있다.

소희　　(e) 이제 한다.

지연　　소희 오늘 막방이구나.

지구　　(TV를 힐긋 보며) 웬일이냐, 니가 한 거를 다 같이 보자 그러고.

소희　　(의기양양) 내가 꿈을 좀 이뤘거든.

## S#18. 2주 전 | 방송국 / 사무실 (오후)

*〈자막: 2주 전〉*

마지막 방송 회의를 앞두고 있는 「퀴즈가 좋냐?」 팀. 다들 앉아 있고, 강피디가 들어오자마자 녹화 일정이 적혀 있던 화이트보드를 박박 지우더니 광기 어린 눈으로 꾹꾹 눌러 '총체적 난국'이라고 쓴다.

소희　　굳이 저렇게까지?

강피디　　(매직 뚜껑 덮고 자리에 앉으며) 막방이라 게스트 섭외 안 되고, 메인 작가님은 엿 먹으라고 날랐고, 제작비 진행비 다 마이너스고, 카메라 감독님들은 이 날을 신입들 실습의 날로 정했답니다. 하하하하 총체적 난국, 맞죠? 하하하하

소희　　(오기) 그럼 우리도 시청률 상관없이 그동안 위에 눈치 보느라 못했던 거! 그거 하죠! (작가들 보며) 다들 하고 싶었던 거 없어? 자유롭게 의견들 내볼까?

혜경　　(눈치 보며) 막상.. 말하려니까.. 생각이 잘..

소희　　막내는 하고 싶었던 거나, 보고 싶던 게스트 없었어? 정우성? 공유? 이럴

때 전화나 해보지 뭐!

강피디 (ol) 나 하고 싶은 거 있어! 말해도 돼?

소희 (살짝 불안) 말은 해도 돼요.

강피디 (강력하게) 말하면 해야 돼.

작가들, 소희를 쳐다보며 들어주면 안 된다는 시그널을 보내는데..

소희 ...해봐요.

강피디 하이힐로 병뚜껑 따기.

소희 !!? (뭐지? 싶은)

작가들 ...... (말도 안 되는 소리 할 줄 알았다는 듯 무표정)

강피디 (신나서 손에 집히는 아무거나 들고 시뮬레이션) 아무거나 막 다 따버리는 거야.

아름 (일자눈) 왜여.

영인/혜경 (복화술) 역시 / 감 없음

강피디 어때, 신박하지? 재밌겠지? (초롱초롱한 눈으로) 안작가. 어때.

소희 (강피디를 째려보듯 보며) ..알고.. 있었어?

강피디 (이내 씨익 웃으며) 그걸 모를 수가 있나..

*[인서트// 일식집 (짧게)*
*박영규 앞에서 하이힐로 병뚜껑 따고 나오는 소희를 보는 강피디 시선 컷트]*

*[인서트// 개그 오디션 시험장 (짧게)*
*하이힐로 병뚜껑 따는 소희를 보고 웃다가 자빠지는 강피디 시선 컷트]*

강피디 (e/완전 꽂혔음) 안작가 힐 말고 또 뭐로 딸 수 있어? 다른 것도 가능하지?

아름 뭔 소릴 하는 거야..

혜경 (시니컬하게) 한다 쳐도 그걸 누가 따여..

강피디 (소희를 보며) 안작가가.

작가들 (복화술) 미쳤어? / 왜 저래 진짜. / 헐

소희 (강피디를 보며) 진짜 뻔뻔하시네여.

강피디 (더 뚫어질 듯 강렬한 광기로 소희를 보며) 한 번은 꼭 다시 보고 싶었거든.

작가들 뭔 소리야? / 뭘 봐?

소희 (열 받아서 강피디를 노려보는) 사람을 진짜 뭘로 보고.

## S#19. 방송국 / 「퀴즈가 좋냐?」 녹화 대기실 (낮)

눈만 간신히 보이는 전신 쫄쫄이복을 입고 있는 소희, 폴짝폴짝 뛰며 손목을 풀며 호흡을 고르고 있는데, 혜경과 아름이 문 열고 소희의 상태를 체크한다.

혜경 (문 열고 서서) 언니, 숨 쉴 수 있으시겠어여?

소희 어 괜찮아. (임산부처럼) 후! 후! 후!

아름 물 좀 가져다 드릴까여?

소희 그럼 이거 벗어야 되는 거 아냐? 이거 입에 자크 없는 거 같은데.

아름 아, 죄송합니다. 10분 후에 들어간다니까 쫌만 참으세여.

소희 출연자들 큐카드 문제없지? 소품 다 체크했고?

혜경 네, 근데 다들 막방인데 언니 안 보인다고 찾았어요.

소희 아 그냥 어디 갔다고 그래. 나라고 얘기하지 말고.

혜경 넵! (문 닫으려다가 멈칫) ...언니 근데여.

소희 응.

혜경 (진심으로 또박) ... 언니랑 같이 일할 수 있어서.. 정말 좋았습니다... (진심) 저도 언니처럼 멋진 선배... 되려구요. 정말, 감사했습니다.

소희 (울컥했지만 참는) 어우 더워 죽겠는데 왜 이래. 어여 나가서 녹화 준비들 해.

작가들 나가고, 뿌듯한 한숨을 내쉬며 쫄쫄이복 위로 느껴지는 소희의 마음. 이때 또 문이 열리며 앙칼진 인턴 현의 목소리가 들린다.

현　　녹화 들어갔구요! 쫄쫄이 스탠바이 할게여! 10분 후 들어갑니다!

소희　(준비 운동하듯 폴짝폴짝 뛰며) 오케이!

현　　(문 닫고 나가려는데)

소희　(무심한 듯) 몸 좀 괜찮니? 술 먹지 마라~

현　　......

소희　나간 거야? 암튼 싸가지.

현　　(ol) 작가님. 저 오빠랑 안 잤어여. 지금까지 단 한번도. 강피디 오빠.. 좀 모자라여. 본인도 인정했어요. 자기가 남성 호르몬이 좀 부족한 거 같대요. 그래서 겨우 키스 한 번 한 게 다고.

소희　잠깐 이거 티엠아인데?

현　　그만해요?

소희　아니? 한 김에 좀 더 해봐.

현　　(놀리듯) 다했는데. 그게 다라구요... 잘해봐요 작가님. 좀 모자란 것도 괜찮다면. (문 닫히는)

소희　...저게 진짜! (잠시 멍...)

## S#20. 방송국 / 「퀴즈가 좋냐?」 녹화 스튜디오 (낮)

병맥주들과 병맥주를 딸 수 있는 각종 도구들이 준비된 세트장.
MC와 패널 4명 정도가 녹화 큐사인을 기다리고 있다.

찬호　(e) 녹화 들어갑니다!

## S#21. 방송국 / 「퀴즈가 좋냐?」 녹화장으로 가는 복도 (낮)

쫄쫄이복을 입은 소희가 비장하게 복도를 걸어간다.
(마치 다른 세계로 가는 듯) 복도 끝에 보이는 빛,
스튜디오 문이 서서히 열리자, 링에 오르는 선수 입장 느낌으로 전진하는 쫄쫄이

(e) (강피디) 하이~큐!

## S#22. 방송국 / 「퀴즈가 좋냐?」 2층 부조실 (낮)

MC는 오프닝 중, 부조실에서 정열적으로 큘 사인 주고 있는 강피디.

강피디 (지휘하듯) 음악 큐! 조명 큐! 드라이아이스 큐! (힘차게) 자, 쫄쫄이 투입!!!!! 고고고고고!

우스꽝스러운 BGM에, 조명이 바뀌며 무대 어딘가에서 쫄쫄이가 튀어들어오며 뛰어다니자 환호하며 리액션하는 출연자들. 이 때 모니터로 쫄쫄이복을 본 강피디 표정이 급 싸늘해진다.

강피디 뭐야! 쫄쫄이복 왜일케 야해?!
엔지니어 (대충 보고) 저게?
부조감독 (보면서) 어디가 야해.
강피디 (조연출한테 신경질적으로 무전하는) 야 찬호야. 쫄쫄이복이 왜 저래? 왜 이렇게 타이트 하니?
찬호 (e/피곤하고 짜증 섞인 무전 소리) 쫄쫄이복이 그럼 타이트하지... 어뜩해 끊어가여?
엔지니어 (짜증, 눈치 주는) 아이 참.....
강피디 (할 수 없이) 그냥 가, 3번 큐! (인상 팍쓰고 모니터 속 쫄쫄이만 눈으로 좇는)

## S#23. 방송국 / 「퀴즈가 좋냐?」 녹화 스튜디오 (낮)

쫄쫄이 소희, 맥주병을 뒤집어 놓고 당구 치듯 큐대 끝으로 맛세이를 찍자 뚜껑이 펑 소리와 함께 따진다. 거품이 솟는 맥주병을 입으로 가져가는 술버릇이 나오는 소희. 하지만 입이 막혀서 불가능하고, 출연자들 빵 터진다.

찬호 (무전 마이크에 대고) 쫄쫄이맨 터지는데여?
MC 아~ 우리 쫄쫄이맨이 술을 굉장히 사랑하시는 분 같은데~ (애드립)
출연자1 딱 보니까 술꾼이네!
쫄쫄이 (아니라는 제스처)
MC 자, 그럼 이번엔 삽 갑니다! 삽!
출연자들 다칠 거 같은데 / 에이~ 저건 안되지 / 두구두구두구두구~ (책상 두들기는)
쫄쫄이 (삽으로 병뚜껑 손쉽게 따고 포효하는)
출연자들 우와~~~!!

녹화 모니터 화면이 TV 화면으로 디졸브 되며...

## S#24. 방송국 / 「퀴즈가 좋냐?」 TV 화면 → 병원 회복실 (해 질 녘)

음악, 자막, 편집 등 종편이 모두 완성된 TV 속 송출 화면으로 이어지는.

MC 아니, 잠깐만.. 쫄쫄이맨 이 사람 정체가 뭡니까? 당신 누구예요?
쫄쫄이 (고개 절레절레)
출연자들 벗어봐! 벗어봐! 벗어봐! (난리 난)
MC 혹시 개그맨 아닌가여? 개그의 냄새가 나는데~

쫄쫄이맨(소희), 갑자기 개그댄스 퍼포먼스를 보여주고 있는 TV 화면에서 줌 아웃하면, 병원 회복실, 간병인과 환자들이 재밌다고 TV를 보고 있다.

소희　(애들 표정 살피며) ...안 웃겨?

지구　(웃을 수 없는) 아는 사람이라 그런가.. 이상하게 좀 창피하네.

지연　(누워서 손가락으로 TV 가리키며 입틀막) 어머 어머!!! 저게 뭐야?

TV를 보면, MC와 인사하고 들어가는 쫄쫄이복으로 갑자기 스틸 화면이 잡히며 그 옆으로 발생하는 커다란 쌈마이 자막.

*[인서트 자막 내용//*

***난 이 여자가 좋다!!!*** *(대문짝만 한 자막)*

***내 마음을 모두 따버린 이 여자를 공개 수배합니다.*** *(전개 없는 공개수배 음악)*

***그녀의 이름은...??***

***'안' 기고 싶은 여자.***

***'소' 중하게 지켜주고 싶은 여자.*** *(쫄쫄이복 위를 세일러문 CG로 덮은)*

***'희' 한하게 자꾸 보고 싶은 여자.**]*

TV를 보고 있던 사람들 모두 떡 벌어진 입.. 저게 뭔가 싶은.

지구　(기겁) 미친 거 아냐?

지연　(웃음 터진) 푸하하하하하! 아, 나 수술한 데 터질 것 같아. 미치겠네 진짜! 방금 저거 안소희 삼행시였어? 아 대박~!

소희　(폭발 직전, 몸을 부르르 떨며) 이 또라이..!

*[인서트// 방송국 편집실*

*유리창을 신문지로 막아놓고 혼자 편집 중인 강피디,*

*킥킥대며 자막을 넣고 있는]*

소희 (e) 편집도 지 혼자 하겠다고 다 맡기라더니...!

지구 저 새끼랑 일은 절대 같이 하지 마라. 감은 진짜 없는 거 같애.

소희 (일자 눈) 다음 프로 같이 하기로 했어.

(e) (소희의 휴대폰 진동소리)

소희 (휴대폰 보며) 헉!! 국장님이야, 미치겠다 진짜!!

지연 (웃으며) 이럴 땐 그냥 강피디 만나러 가는 거야. 다음 장면 벌써 그려지는데? (속사포로) 저 멀리 강피디가 보인다. 그걸 본 소희의 걸음도 점차 빨라진다. 서로를 향해 전력질주하는 두 사람의 모습에서 그냥 가면 섭하니깐? 여기서부턴 슬로~우로 느낌~있게!

소희 뭐하냐.

지구 너 안 아프냐?

지연 부러워서 배가 좀 아프네~ 빨리 가봐 소희야.

소희 오늘 여기서 다 자기로 했잖아.

지연 (ol) 니들 다 가. 문밖에 자꾸만 그 사람 머리가 왔다 갔다 하네?

컷 튀면, 지구와 소희는 다 가고, 지용이 지연을 내려다보고 있다.

지용 무슨 환자가 이렇게 예쁘대요?

지연 난 긴 머리가 생명인데 항암치료를 해야 해서 병원에 좀 눌러 붙어 있어야 한대요.

지용 (차분하게) 나 그거 전문이에요. 내가 간호할 테니까 결혼.. 해요 우리..

지연 (상상하며) 웨딩드레스에 민머리.. 가슴은 D컵.. 생각만 해도 너무 힙하다.

지용 (미소) D컵으로 정하셨나 봐여.

지연 (쌩긋) 네. 그 사람이 D컵이 좋대요.

지용 그 사람이여???

간호사님이 혈압을 체크하러 들어온다.

지연 (간호사님을 보며 쌩긋) 네.. 코만 큰 줄 알았는데..

*[12부 12씬에 이어서 인서트// 수술실 안 (아침)*
*지연의 베드가 수술실로 들어오며, 문이 무섭게 닫힌다.*
*지연: (간호사님을 올려다보며 눈물 맺힌).. 저 쫌 무서워요.*
*수술대에 누운 지연, 조명이 켜지고 간호사가 지연의 손을 꼭 잡아준다.]*

지연 (off) 이 남자.. 손도 크더라구요.
지연 (혈압 재고 있는 간호사님의 손을 잡으며) 저희 오늘부터 1일.

지용, 충격에 비틀거리며 일어나 나가려는 뒷모습에.

지연 (e) 혹시, 크리스마스 때 뭐하세요?

누구한테 한 말? 지연의 물음에 동시에 지연을 쳐다보는 지용과 간호사님. 세 사람 풀샷에서..

## S#25. 암전문병원 앞 (해 질 녘)

국장님과 통화하며 씩씩거리며 걸어 나오는 소희.

소희 (국장님이랑 통화하고 있는) 네.. 죄송합니다.. 제가 확인을 했어야 되는데.. 죄송합니다 국장님... 아.. 강피디님 전화 안 받나요? (난처한)

이때 강피디한테 전화 들어오는

강피디 (F) 안작가 어디야? 방송 봤어?
소희 미쳤어요? 지금 제정신이야? 방송이 장난이냐고!!!!
강피디 (F) 일단 좀 만나서 얘기할까?

소희　(싫지는 않은) 뭔 얘기를 해. 사고는 자기가 다 쳐놓고..

강피디　(F) 그래서 지금 못 만나? 안 되는 건가?

소희　아니. 뭐.. 어딘데요! (화는 내지만 싫지 않다)

## S#26. 암전문병원 로비 (해 질 녘)

캔맥주 하나를 한숨에 들이마시고, 긴 한숨을 내뱉으며 걸어나오는 지구. 동배의 전화를 받는다.

지구　네 사장님.. / 지연인 상태 괜찮아여 / 아니요 안 오셔도 될 것 같아요. 저희도 지연이가 들어가라 그래서.. (뭔가를 본 듯) 잠깐만 다시 전화드릴게요!

지구가 향하는 시선 끝에 병원에서 주최하는 행사 입간판이 있다.

*[입간판 내용 인서트// (*종이씨 얼굴 사진은 없고 문구만)*
***"색종이로 마음을 치유하다"***
***소아병동 환아를 위한 친절한 종이씨의 종이접기 힐링타임***
***일시: 2021년 11월 3일 소아병동 PM 6시]***

## S#27. 길거리 / 편의점 앞 (밤)

택시에서 내리는 소희. 두리번거리며 강피디를 찾다가, 전화를 건다.

소희　어디예요?

강피디　(F) 나 여기, 안 보여? (저만치에 서서 손 흔들며 소리 지르는)

소희　(귀청 따가운) 아우 왜 이렇게 소리를.. 봤어요.

강피디　(F) 안작가도 걸어와, 나도 거기로 걸어갈 테니까.

소희 (걷기 시작하는) 알겠어여..

강피디 (F) 아님 좀.. 달릴까?

소희 ...아니 뭐.. 그럴 필요까지야..

강피디 (F/잘못 듣고) 그래 그럼 달리자구! 달려!!

소희 아이 나 참. (뛰기 시작하는)

에라이 모르겠다, 탄력 받아 달리기 시작하는 소희. 어느덧 전속력으로 서로를 향해 달려오는 두 사람의 모습이 슬로우로..

지연 (e) 저 멀리 강피디가 보인다. 이내 소희의 걸음도 점차 빨라진다. 서로를 향해 전력질주하는 두 사람의 모습에서 그냥 가면 섭하니깐? 여기서부턴 슬로~우로 느낌~있게!

소희를 향해 환하게 웃는 강피디의 시선이 소희의 옆을 향하며 소희를 지나치고, (슬로우가 풀리면서) 소희를 지나쳐 전속력으로 더 달려가버리는 강피디.

소희 (전화든 채 그대로 멈춰 선) !!! (뒤돌아서) 뭐야? 나 못 봤어요?

강피디 (F/저만치 달려가서는 헉헉대며) 재밌지! 재밌지! 완전 재밌지!!! 푸하하하

혼자 재밌다고 빵 터져 있는 강피디를 미친놈 보듯 보고 서있는 소희.

소희 ..이게 재밌다고..

강피디 (F/거의 울며) 아 이거 너무 재밌다. 너무 웃겨! 한 번만 더 해보자!

소희 (전화 끊고 정색) 저 미친 거 수갑을 채워야 되나.

컷 튀면, 분위기 반전. 편의점 앞 벤치에 앉아 있는 두 사람.

강피디 (진지) 안작가.. 그거 알아? 나 안작가 보면 반응하는 거.?

소희 (급 지친 얼굴) 뭔 개소리냐구.

강피디 7년 전에.. 안작가 처음 봤던 그 일식집.

소희 ...일식집??

강피디 자기가 말도 안되는 하이힐로 병뚜껑 따고 나와서.. 비틀댔던 거 기억 안나?

*[7부 7씬 인서트// 잠시 강피디와 부딪혔던 소희.*
*// 이내 힐 신고 비틀하며 걸어나가던 소희를 뒷모습을 바라보는 강피디.]*

강피디(e) 그때가 첫 순간이었어. 내 인생에서 날 반응하게 만든..

강피디 (흥분해서 온몸으로 말하는) 그걸 보는 순간 다리에서 뭔가가 쭉 빠져나면서 여기 이 단전 아래가 막... 뜨거워지면서 이걸 그냥 확!!!!!! (엎어치기 할 기세)

소희 (ol/기겁) 미친 거 아냐?

강피디 미친거 맞아! 근데 딱 일주일 후에 그 여자가 개그 오디션장에 나타난 거야. 설마 그 여잔가 했는데, 같은 하이힐이더라고. 참나... 근데 또 그 여자가 보란 듯이 또 따네? 그 병뚜껑을? 우와 그땐 진짜 제정신이 아니었어. 뭔가가 내 머리 뚜껑 전체를 통째로 따고 가버린 느낌!

소희 그래서 내가 불합격했을 거란 생각은 안 해봤어요?

강피디 (정말 모르고 있음) 응 그런 생각은 안 해봤고, 안작가가 작가가 돼서 우리 팀에 왔을 땐, 운명인가 싶더라. 날 반응하게 했던 그 명장면을 내가 다시 볼 수 있겠구나. 맞아. 나 술 못 먹어. 안작가랑 회식하고 싶어서 그런 거야. 그거 좀 보고 싶어서.

소희 (어이없는) 겨우 병뚜껑 따는 거 보자구요? 이게 말이 돼?

강피디 확인하고 싶었어. 날 반응하게 했던 게 뭔지.

소희 (어이가 없는) 허..!

강피디 (나름 진지하게) 사실 내가 사귀는 여자마다 오래 못 가는 건 이유가 있어... 그게.. 내가 생각보다 그렇게 능동적인 남자가 못되거든. 근데 참 희한하게 안작가랑만 엮어지면 내가.. 짐승이 돼있더라고. 도대체 왤까. 뭐 때

문일까. 근데 안작가가 쫄쫄이복을 입고 나타났을 때.

*[인서트// 편집실*
*강피디, 편집하다 말고 모니터 속 쫄쫄이 소희 모습을 보고 므흣한 표정을 짓는]*

강피디 (e) 뇌보다 몸이 반응하고 있었더라구.

강피디 그거 알지? 인간은 몸보다 뇌가 나중에 생긴 거. 뇌는 이 마인드 컨트롤로 얼마든지 교란이 가능하지만 몸은 절대 속일 수가 없거든. 몸이 반응한단 건 그만큼 좋은 합이라는 증거잖아. 유전자가 본능적으로 끌리는 거지. 진화와 번식의 차원에서..

소희 (ol) 진짜 미친 거 아냐?!!

강피디 (설레게) 안작가...

소희 (눈도 못 마주치고) 아니 지금 방송 어떻게 수습할지 얘기를 해야..

강피디 안소희.

소희 (침 꿀꺽)

강피디 (상남자처럼) 나 봐봐.

소희 아니 뭘.. (어쩌지를 못하는)

강피디 (세게) 나 보라고.

소희 (보는)

강피디 너 나랑.. (감미롭게, 하지만 정확하고 비장하게) 정식으로.. 섹스 파트너 안 할래?

그대로 굳은 소희. 서로를 바라보고 있는 두 사람의 풀샷에서.

## S#28. 암전문병원 / 소아병동 (저녁)

종이접기 행사가 진행되고 있는 소아병동에 들어서는 지구, 비행기를 날리는 환아들을 보며 미소가 지어진다. 저만치에 아이들에 가려져 보일 듯 말듯한 친절한 종이씨의 얼굴이 보인다. 데스크 한켠에 진열된 종이씨의 책을 들고 종이씨에게 다가가는 지구.

지구　저..

종이　(사진 찍어주다가 돌아보는, 잠시의 정적)

지구　..싸인 좀... 해주세요. (무뚝뚝하지만 용기 있게 바라보는 시선)

지구를 알아본 듯 천천히 미소 짓는 종이씨의 모습에서.

## S#29. 암전문병원 / 회복실 (밤)

지연, 핸드폰으로 지구의 웹툰을 읽으며 재밌어 죽는데, 간호사남이 들어온다.

지연　또 혈압체크? 나 보고 싶어서 수 쓰는 건가~

간호사남　(팔뚝에 혈압 측정기를 두르며) 뭐가 그렇게 재밌어요?

지연　제 친구가 쓴 웹툰인데요. 여기서 나오는 악당이 암만 봐도, 제 친구가 좋아하는 남자랑 똑같이 생겨서요.

간호사남　(펌프질 하며) 좋아하는데 왜 악당으로 나와여?

지연　글쎄여? 좋아하면 죽이고 싶어지는 걸 수도 있고, 죽이고 싶은 사람만 골라서 좋아하는 걸 수도 있구.. 음~ 너무 쪼인다. 릴렉~스.

## S#30. 암전문병원 앞 (밤)

손에 종이씨의 책을 들고 나오며, 종이씨에게 받은 싸인을 확인하려는데, 소희한테 전화가 걸려온다.

소희　(F/다짜고짜) 왜 이렇게 전화를 안 받아?!

지구 어 미안.. 오는 줄 몰랐네. 강피디는 만났어?
소희 (F) 지구야.. (아무렇게나 걸으며 콧바람 내뱉는)
지구 또 콧바람이네...

한숨 쉬며, 책을 내려다보는 지구, 멈칫하는 시선에서..

소희 (e) 지구야.. (절정의 콧바람 소리) 이번엔 진짜 죽여줘야 할 것 같아. 이 개자식....!!!!!!

*[종이책 인서트// 사인 아래에 덧붙여진 문장.*
**"밖에서 보니 더 예쁘세요...."***]*

소희 (F) 지구야 듣고 있어?
지구 (충격과 설렘이 공존하는 정지 상태) 어? 어.. 뭐라 그랬지 방금?

화면, 서서히 블랙아웃되며..
소희의 "죽여달라고..." 오디오만 남는데에서...

## S#31. 웹툰 「어벤져술」 (만화 컷)

#. 안갯속에서 자태를 드러내는 주막.
성우Na **..주막은 평화로웠다.**

#. 술병들 들고 서 있는 누군가의 발에서 (e) 쿵!
성우Na **그가 오기 전까지..**

#. 주모(동배)
주모: 살려만 줍쇼!!
북구: (「신세계」 이중구 톤) 살려는 드릴게.

#. 씨익 웃는 강북구 얼굴에서..

성우Na **희대의 알콜쓰레기.. 강북구.**

#. 강북구 술을 입안에 털어놓고
/수십 개의 오징어 다리가 나오며 진상 짓.
북구: 나와라! 진상 다리~~~~!!!

#. 진상짓 하는 북구의 모습에서.

성우Na **누가.. 이 오징어 자식의 폭주를 막을 것인가.**

#. 술도녀의 검은 실루엣 가까워오는

성우Na **주류계의 하수종말처리센터.**
**알콜쓰레기들의 컨트롤타워, 어벤져술.**

#. 술도녀 두둥~등장

성우Na **그녀들로 말할 것 같으면**

#. 강북구 이마에 술 뚜껑 박히는 "퍽!!!"

#. 팔꿈치로 술병 때리는 지구의 모습에서..!
지구: 받아라앗~ 정의의 팔꿈치!!

성우Na **총알보다 빠른 병뚜껑은 급소를 강타하고**

#. 그걸 보며 재밌다고 빵 터진 지연. (지연의 목젖으로 클로즈업)
지연: 뚜껑 너어~~~~아 완전 웃겨 항항항항항항항항!!!

성우Na **7옥타브의 하이 데시벨은 귀를 멀게 한다.**

#. 귀에서 피가 흐르는 강북구.

북구 안 들려! 안 들려요!!! 엽때요?

#. 사람만 한 대형 병따개를 질질 끌고 오는 소희.

성우Na **마무리는 진격의 인간 병따개가 맡는다.**

소희 듣자 하니 따는 거 좋아한다던데, 시원~하게 한번 따줘?

#. 눈물 흘리는 북구 모습에서..

성우Na **자신의 지난날을 참회해보지만..**

#. 소희, 인간 술병의 뚜껑을 따버리고, 퐁! 맥주 따는 소리와 함께..
거품이 팝콘처럼 공중으로 터지며, 북구는 사라진다.

성우Na **결국 거품처럼 사라지고 마는 찌질이.**

#. 박수치며 환호하는 구경꾼들 "브라비~!"

#. 소희, 지구, 지연의 세 사람 분할화면 발생하며.

성우Na **세상의 주도가 바로 서는 그날까지.**

#. 어벤져술 타이틀. 망토를 두르며 하늘로 날아가고 있는 술도녀들.

성우Na **SF 술잔블록버스터 어벤져술은 2화에서 계속됩니다.**

## S#32. 오복집 (밤)

주방에서 지구의 웹툰을 보고 있는 동배. 고개를 들어보면,
지연, 소희, 지구가 술을 마시고 있는 그림이 눈에 보이는 듯하다.
쿵쿵따리 쿵쿵따~ 게임하고 술 따르고, 진상 짓하는 세 사람..

동배 어벤져술은 개뿔.. 지들이 진상이면서..

하지만 이내 사라지는 세 아이들..

현실. 아무도 없다.

동배　없으니까 또 허전하네..

동배, 쓸쓸하게 퇴근하려는데.. 갑자기 문밖에서 나타나는 셋.

셋　짠!
동배　깜짝이야!
지구　벌써 가시려구요?
소희　안주 남았어요?
지연　싸장님 보고싶었어용~~~~~~~
소희　뭐야 우시겠어.
다같이　울지 마 울지 마! 울지 마!!!!

세 사람의 모습에서, 오복집 벽에 붙은 폴라로이드 사진 속
술 마시는 사람들 모습으로 카메라 팬.. 그 끝에는 술꾼 삼인방이 있는

소희Na　**지나친 음주는 몸에 해롭다.**
**하지만 인생을 살면서**
**술 앞에 지나쳐보지 않았던 사람들이 과연 있을까.**
**오늘도 넘어지지 않기 위해 열심히 버틴 우리들.**
**집에 갈 때 좀 비틀대도 되잖아.**
**그러니 마실 수 있을 때**
**잔 앞에 친구가 있을 때, 적시자!**

## S#33. 에필로그 / 세 사람 클로즈샷 이미지

캐롤이 흐르고, 크리스마스를 앞두고 예쁘게 단장(화장)하는 세 사람.
*〈자막: 2021년 크리스마스〉*

## S#34. 에필로그 / 오복집 (밤)

오복집. 여기저기 커플들로 북적이고, 동배가 서빙을 하고 있다.
카메라 팬하면, 멋지게 차려입은 강피디가 누군가에게 고백을 하고 있다.

강피디 "나랑 평~생 섹스파트너 안 할래?" (카메라 아웃하면 허공에 혼잣말 중) 아~ 평생이란 말을 넣었어야지. (괴로워하는) 진짜 오해가 너무 깊다...

카메라 팬하면, 저만치 테이블에 혼자서 술을 마시고 있는 지용.. 문 쪽을 본다.

지용 (문 쪽을 쳐다보며) 여기요.

간호사님이 어색하게 인사를 하며 지용의 테이블에 앉는 데에서
또 카메라 팬하면, 창밖을 보며 누군가를 기다리고 있는 친절한 종이씨.
줌 아웃되면, 네명의 남자를 포함해 북적북적한 오복집 풀샷에서..

소희Na **작년 오늘, 우린 이 자리에서 대선언을 했다.**

*[1부 엔딩 인서트// 작년 크리스마스*
*지구: 내년 크리스마스엔 꼭! 술 안 먹고 남자친구 먹을 거다!!*
*소희: 내년엔 꼭!! 남친 두 명 만들어서! 세상에서 가장 나쁜 양다리할거다!!*
*지연: 내년엔 꼭!! 두 명이랑 할 거다! (만세 하며) 2대1로 동시에!!!!!!!]*

현재의 오복집... 창밖으로 눈이 내리기 시작한다.

소희Na **1년 후.**

누군가 (e) 어? 눈이다~!

손님들 우와~ (창밖을 보며 좋아하는)

동배 (서빙하며 창밖을 보는) 오~ 진짜 오네?

종이씨 (미소 지으며 창밖을 보는) 정말 오네... (마치 누군가를 본 듯한)

눈이 내리는 크리스마스 길거리. 한 여자가 오복집을 향해 걸어오고 있다.

소희Na **2021년 크리스마스.**
**우리 셋 중 한 사람은, 그 대선언을... 이뤄냈다!!**

누군가가 문을 열고 들어오는 소리가 들린다.

동배 어서 오세요~ (보고 반색하는) 어 왔네??

강피디, 지용, 간호사남, 종이씨.
네 사람이 동시에 문 쪽을 바라보는 데에서... 12부(시즌1) 엔딩.

# 특별 부록

- 3인 3색 폭탄주 제조법
- 3인 3색 숙취 해소법
- 작가 인터뷰

"술집에 있는 모든 남성들을 널리 이롭게 하리라!"

소희가 제안하는 폭탄주

## 홍익인간주

- **도수:** 14도
- **Taste:** 부드러우면서 새콤달콤
- **설명:** 술만 마셨다 하면 옆에 있는 남자가 잘생겨 보이는 병에 걸린 소희가 술집에 있는 불쌍한 남자들을 널~리 이롭게 하기 위해 추천하는 술. 목 넘김이 편해서 술술 들어간다. 색이 예쁘고 알콜 향이 강하지 않아 여성들에게 인기가 많다.
- **장단점:** 다른 폭탄주에 비해 다음 날 숙취가 적다. 하지만 분위기에 취해서 먹다 보면 앞에 있는 이성이 갑자기 잘생겨 보이는 급격한 시력 저하 현상으로 인한 사고를 유발할 수 있다.

**∘ 홍익인간주 레시피 ∘**

① 소주 한 잔을 기분 좋게 마신다.
② 소주 한 잔의 양 만큼 비워진 소주병에 홍초를 넣는다.
③ 소주와 홍초를 8:1 비율로 잘 섞는다.
④ 선홍빛 빛깔에 취하고, 달콤한 맛에 두 번 취하는 홍익인간주 완성!

"소주 너어~~~~ 나비처럼 말아서 벌처럼 쏠 거야!"

지연이가 제안하는 폭탄주

## 꿀주

**도수:** 17~19도

**Taste:** 꿀물을 먹는 듯 묘하게 달콤한 맛

**설명:** 소주를 맥주처럼 시원하게 원샷하고 싶은 자, 시간은 없는데 빨리 취하고 싶은 자에게 지연이가 추천하는 황금비율 소맥. 첫 모금에 맥주부터 들어가면서 소주를 마시는 격이라, 소주 특유의 역한 알콜 향 없이 부드럽게 넘어간다. 맥주 맛이 더 강하게 느껴진다고 하는 사람도 더러 있다. 첫 잔만 쓰고 그다음 잔부터는 더 달게 느껴지는 것이 특징.

**장단점:** 부드럽게 넘어간다고 많이 마시다 보면, 배가 뜨겁다가 머리로 점점 열이 올라오면서 취기가 돌게 되며, 다음 날 자연스럽게 다이어트가 된다.

**◦ 꿀주 레시피 ◦**

① 소주로 맥주잔의 90%를 채운다. (소주잔으로 소주 9번, 맥주 1번을 따라서 9:1 비율로 맞춰도 무관하다)

② 나머지 10%를 맥주로 채운다. 방울방울 떨어뜨린다는 느낌으로 조금만 섞어서 마치 꿀물 같은 색이 나도록 한다.

③ 맥주를 시원하게 원샷하듯 한 번에 마신다.

"늦었으면 닥치고 삼배."

지구가 제안하는 폭탄주

## 후래자삼배주

(청산리벽계수주)

**도수:** 10~13도 × 3

**Taste:** 부드럽고 깔끔. 가장 일반적인 폭탄주맛

**설명:** 늦게 온 사람에게 벌주로 세 잔을 연달아 먹이기에 안성맞춤인 지구 스타일의 폭탄주. 미안하다는 말 대신 그냥 마시면 된다.

**장단점:** 목 넘김이 나쁘지는 않으나, 연달아 세 잔을 마셔야 하므로, 짧은 시간 안에 빨리 취할 수 있다. 피하고 싶다면 절대 늦지 말 것.

### 후래자삼배주 레시피

① 빈 맥주잔 위에 젓가락을 두 개 얹는다. 그 위에 빈 양주잔을 올린다. 다시 젓가락 2개를 얹고, 그 위에 빈 양주잔을 올려놓는다.

② 맨 위에 있는 양주잔에 양주를 가득 채운다. (양주는 소주로 대체 가능하다)

③ 양주잔 위로 맥주를 붓는다. 그럼 맥주가 양주잔 위로 흘러내려 중간에 있는 양주잔을 채운다. 중간의 양주잔을 채운 다음에는 다시 술이 철철 넘쳐 맨 아래 맥주잔을 채운다.

④ 술 마시는 순서는 맨 위의 양주잔, 그리고 중간 양주잔, 아래 맥주잔 순이다.

소희 PICK!

### 속풀이 해장주스

속이 메슥거려 아무것도 안 넘어갈 땐 꿀떡꿀떡 마시는 게 최고! 바나나, 사과, 배, 토마토, 귤 등등 집에 있는 과일에 물 반 컵(100㎖)을 넣고 믹서에 간다. (꿀 한 숟가락을 넣어주면 금상첨화) 수분 보충을 해야 화장실에 빨리 가고, 속을 비워내야 지옥 같은 숙취도 빨리 가라앉는다. 게다가 과일에는 비타민과 플라보노이드 성분 등 숙취 해소에 도움이 되는 성분이 풍부하다. 배는 수분과 아스파라긴산이 풍부해 알코올을 분해하는 데 탁월하며 사과 속 펙틴은 간의 독소 배출을 도와 숙취 해소에 좋다.

지연 PICK!

### 기름진 칼로리 폭탄 메뉴

나 느끼고 싶어.. 아니, 느끼하고 싶어! 술 먹은 다음 날에는 쓰린 속을 어루만지는 기름진 음식이 최고! '해장은 국물이 국룰!'이라고 외치는 사람들에게는 미안하지만 연이는 햄버거랑 피자 같은 게 더 좋은걸. 느끼해서 못 먹겠다는 사람들은 도대체 왜 그런 거야? 다 맛있는 건데 이게 왜 안 넘어가? 칼로리 높은 음식을 먹어줘야 해장도 되고 에너지 보충도 된다는 말씀! 나 영양사였잖아. 영양 만점으로 맛있게 먹고 나면 숙취도 베리머취땡큐~

지구 PICK!

### 날계란과 5:1 식초물

좀 많이 먹었나? 싶은 날에는 그냥 냉장고에서 날계란 두 개를 꺼내서 깨 먹는다. 날계란은 레시틴이 풍부해 숙취 해소에 탁월. 그리고 물과 식초를 5:1 비율로 타서 마신다. 식초물은 혈중 알콜농도 수치를 신속하게 정상으로 돌려놓는다. 여기서부터가 중요한데. 커튼을 닫아 빛을 차단하고 침대에 눕는다. 그리고 다시 술 먹으러 나가기 전까지 속세와의 모든 인연을 끊는다. 사실 가장 좋은 숙취 해소 음식은 '최고의 안주'다. 문어숙회 같은 거에 마시면 취하지도 않지. 아, 문어 땡겨. 애들한테 이따 문어 먹으러 가자고 해야겠다.

**Q 웹툰 「술꾼도시처녀들」을 원작으로 하지만 '세 여자의 술과 우정에 관한 이야기'라는 큰 틀만 가져왔을 뿐, 캐릭터와 스토리는 모두 새롭게 만드신 것 같습니다. 원작을 있는 그대로 옮겨 쓰는 것이 아니라 작품을 완전히 새롭게 각색하는 게 부담스럽거나 힘들진 않았나요?**

창작자 입장에서는 오히려 원작 속 인물이나 서사를 온전하게 드라마화하는 게 더 조심스럽게 느껴지는 것 같아요. 다행히도 웹툰 원작자 미깡님과 원작의 판권을 구입한 제작사에서 자유로운 인물 설정과 서사를 창작할 수 있도록 해주셔서 편안한 마음으로 작업할 수 있었습니다. 그럼에도 원작이 있는 작품을 쓴다는 건 쉬운 일은 아니지요. 어찌되었든 그 원작에 해가 되는 일은 없어야 하니까요. 아니나 다를까 처음 「술꾼도시여자들」 1, 2부가 방송되었을 때 원작 팬 분들 중 실망감을 보이는 분들도 꽤 있었습니다. "원작이 있는 작품을 영상화할 때는 잘해도 욕, 못해도 욕을 먹는다."는 말로 애써 마음을 달래도 상처가 되는 댓글들이 적지 않았어요.

하지만 회를 거듭하면서 새롭게 창작한 인물과 서사에 애정과 응원 보내주시는 걸 보면서 조금씩 다리를 뻗고 잤던 것 같습니다. 결론적으로 원작은 원작 나름대로, 드라마는 드라마 나름대로의 차별성과 특색을 다르게 인정받을 수 있길 바랐던 의도가 어느 정도는 이뤄졌다고 생각하기에, 저는 만족합니다. 드라마화되면서 「술꾼도시처녀들」이란 제목이 「술꾼도시여자들」로 수정이 되긴 했으나, 웹툰 속 세 명의 처녀들과, 드라마 속 세 명의 여자들은 충분히 다른 여섯 명의 독보적 캐릭터로 존재한다고 믿으니까요.

**Q 「술꾼도시여자들」 속 캐릭터나 에피소드는 작가님 본인과 지인들을 기반으로 만들었다는 인터뷰를 봤어요! 자신을 모델로 한 캐릭터가 드라마에 나올 때 실존 인물들(?)의 반응이나 소감이 어땠을지 궁금합니다. 또 극 중 캐릭터와 실제 인물간의 차이점은 없는지 알려주세요!**

캐릭터를 만들 때 가장 먼저 떠올랐던 건, 아무래도 20대 때 같이 술을 배우고 가장 많은 시간 함께 술을 먹었던 저의 대학 친구들이었습니다. 많은 작가님들이 실제로 살아 있는 캐릭터와 경험했던 에피소드를 기반으로 백지를 채워나가는 걸로 알고 있습니다. 그것만큼 리얼한 게 없으니까요. 특히 술과 관련한 캐릭터나 에피소드는 그 어떤 전문 자료보다 '생활의 힘'이 크다고 생각했습니다. 그래서 제 대학 친구들의 캐릭터를 많은 부분 옮겨오게 되었던 것 같아요.

대학 친구들은 사실 그렇게 특별할 것도 없는 그냥 평범한 친구들입니다. 제가 잘되건 못되건 언제나 제 편이었지요. 드라마 속 세 명의 친구들 역시 성향과 가치관 등이 모두 판이하게 다르지만, 서로가 서로에게 언제나 같은 편이라는 건 변치 않길 바랐습니다. 그게 우리 모두가 인생을 살면서 친구를 만들고, 계속 친구 관계를 이어가는 유일한 이유라고 생각했으니까요.

처음 1부 초고가 나왔을 때, 친구들에게 사전 설명 없이 가장 먼저 대본을 보여주었습니다. "누구 같아?" 하고 말이죠. 극 중 지구 역할의 모티브가 된 제 친구 지희는 바로 알아맞혔습니다. "우리네! 근데 지연이의 하이톤을 연기할 수 있는 배우가 있을까? 지연이는 지연이 밖에 못 할 텐데.."라며 늘 그렇듯 조금은 부정적이면서도 따뜻하게(알고 보면 늘 응원의 뜻이 내포된) 말했구요. 극 중 지연 역할의 모티브가 된 친구 지연이는 대본을 보자마자 "소영아 이거 너~~~~~~~~~무 너무 재밌다. 꼭 나 같아."라며 글로는 표현이 안 되는 하이톤으로 좋아했던 기억이 나네요. 아, 그리고 이 역할은 정말 예쁜 배우가 해줬으면 좋겠다고 덧붙이기도.. 얼마 후, 대본이 제 손을 떠나고 한선화 배우님의 고민과 노력으로 새롭게 만들어진 지연이 탄생했습니다. 제가 봐도 너무 사랑스럽더라구요. 이제는 술자리에 가면 극 중 '한지연'을 따라 하는 '김지연'을 보고 있습니다.

## Q 작가님의 최애 커플은 누구인가요? 그 이유는요?

아무래도 강북구와 안소희일 것 같아요.

극 중 강북구는 한 대 쥐어박고 싶을 만큼 밉상에 진상이다가도, 그냥 지나쳐 버리기엔 자꾸만 눈에 밟히는, 미워할래야 미워할 수 없는 캐릭터입니다. 개인적으로 저는 이런 캐릭터들을 되게 좋아해요. 좀 모자라지만 따뜻하고, 끝없이 따뜻할 것만 같다가도 어느 순간 거리와 온도를 모두 단절하게 만드는 구제불능의 면모를 가지고 있는 캐릭터. 단순하게 츤데레 캐릭터, 차갑게 굴지만 속으로는 따뜻한 캐릭터는 그에 비해 좀 1차원 적이라고 생각해요. 그럼 모두 겉과 속이 반대라고만 생각하면 되니까요.

하지만 인간은 너무나 복잡한 동물이지요. 또 인간은, 다른 사람들의 캐릭터는 단 한마디로 쉽게 설명하면서, 자신의 캐릭터는 한 줄로 설명이 안 되는 훨씬 복잡한 캐릭터라고 착각하는 경향이 있다는 걸 책에서 읽은 적이 있어요. 드라마 속 캐릭터도 그런 오류를 범하고 싶지 않다는 생각이 있었어요. 그래서 북구라는 캐릭터는 한 줄로 표현이 가능한 남자라기보다, 볼수록 잘 모르겠지만 그래서 계속 보게 되는, 심지어 여자들이 대중적으로 선호하지 않는 캐릭터를 만들고 싶은 반대급부적인 마음이 있었어요. 왜인지 모르게 그게 더 리얼하다고 생각했으니까요. 아마도 제가 40이 되도록 그렇게 많은 연애를 했음에도 단 한 번도 완벽한 사람을 만나 완벽한 사랑을 해본 적이 없다고 생각하는 이유와 일맥 하는 이야기가 아닐까 싶어요.

그래서 개인적으로는 대본을 쓰면서 강북구와 안소희의 케미를 살리는 데 가장 많은 공을 들였습니다. 늘 얄밉고, 더럽고, 그래서 털이 덥수룩하게 나 있는 직장동료가 내가 가장 힘들 때, 아빠의 장례식장에 면도를 말끔히 하고 찾아와준 장면은 저의 일종의 판타지이기도 하고, 가장 최애하는 씬이기도 합니다. 그럼에도 불구하고 말끔히 면도한 자리에 면도에 익숙하지 않아 살짝 베인 자국이 남아있는 디테일 역시 상징하는 바가 없진 않아요.

'상황에 따라 본성이 달라 보일 때는 있지만 결국 그 본성은 완벽하게 숨길 수 없으며, 강북구는 그 후로도 다시 자라난 털을 밀지 않을 거고, 결국 사람의 본성은 변하지 않는다'라는 의미죠. 하지만 그럼에도 불구하고 그런 현실 속에서 일말의 '변화'를 찾는 게 인생이라고.. 그리고 그때 우리는 그걸 인생의 가장 극적인 순간이었다고 기록한다는 것을 말하고 싶었습니다. 더불어 대부분의 사람들이 그 변화가 '사랑'을 통해서 와주길 기대하며, 그 변화가 가장 자연스러운 것일 수 있다고 저 역시 믿고 있다는 것을요. 요컨대 소희와 강북구는 '사람은 변치 않는다'는 리얼한 설정을 기반으로 '그럼에도 불구하고 누군가는 누군가를 위해 변할 수도 있다'는 일종의 판타지 한 꼬집을 가미한, 그런 커플인 것 같아요.

**Q 드라마를 보는 내내 '아, 나도 저런 친구 한 명 있었으면' 하고 생각했어요. 이런저런 이유로 안 보고 사는 옛 친구들도 많이 생각났습니다. 소희, 지연, 지구에게도 절교할 뻔한 위기의 순간이 있었는지요? 세 친구가 쌍욕을 하고 싸워도 다시 화해하는 비결은 무엇인가요?**

절교할 만한 위기는 드라마로 표현되지 않은 사이사이의 시간들에 늘 존재했을 거라고 봅니다. 많이들 공감하시겠지만 원래 절친은 '사랑과 평화'로만 이루어지지 않으니까요. 더 많이 부딪힐수록 부서지는 성질을 가진 것들도 있겠지만, 우정이라는 건 부딪힐수록 단단해지는 성질이 더 강하다고 생각합니다. 그리고 '3'이라는 숫자가 실은 가장 이상적이고 완벽해 보이는 숫자이면서도, 여자 친구들 사이에서 가장 '위태로운' 숫자라는 건 많은 여성분들이 공감하실 거라 생각해요.

분명 세 사람은 많이 싸웠을 거라는 전제하에 대본을 썼습니다. 성격도 성향도 모두 다르지만, 상황에 따라서 어떨 때는 지구와 지연이 더 잘 맞았다가, 어떨 때는 또 소희와 지연이 더 잘 맞았다가.. 하루에도 수없이 관계의 온도가 변했을 거라고 생각하면서요.

5부 내용 중 지구와 지연이 경찰서에서 심하게 싸운 내용들을 가만히 들여다보면, 이런 식으로 싸운 게 비단 오늘 일만은 아니라는 시그널들이 내포되어 있습니다. 하지만 유독 남자 문제로는 두 사람이 이렇게 합이 안 맞아도, 또 다른 문제에 있어서는 두 사람의 합이 기막히게 좋을 수도 있어요.

시즌1에는 '괴한 습격'이라는 설정이 이들을 극적으로 화해하게 하였지만, 실제로 이들이 화해하는 방법들은 대부분 술이 아니었을까 싶어요. 심지어 어떤 날은 굳이 술이 아니어도, 혹은 화해의 제스처가 딱히 없더라도.. 언제 그랬냐는 듯 넘어가는 날들이 그렇지 않은 날들보다 더 많았을 거라고 생각합니다. 아마도 오랜 시간을 함께해온 가족들이 그렇듯요.

**Q 세 주인공이 사회 초년생 시절에 겪는 억지 회식, 팀장의 괴롭힘, 불쾌한 플러팅 등등의 일들이 정말 남의 일처럼 느껴지지 않았어요. 각 직업군의 빌런 캐릭터들(교장 선생님, 출판사 팀장, 박회장, 메인작가 등)도 너무 생생한데 혹시 실제 모델을 두고 쓰셨나요?**

정확하게 실제 모델이 있는 건 아니지만, 그렇다고 100% 허구의 인물들도 아니었던 것 같아요. 그중에는 친구들의 직장 상사의 이야기도 있구요. 제가 대학 시절부터 아르바이트를 많이 했는데 그때 겪었던 윗사람들의 이야기도 들어가 있습니다.

그런데 '자기 앞날만 챙기는 선배', '흑심만 가득한 직장 상사', '앞뒤 꽉 막힌 꼰대 어르신' 이런 캐릭터들은 어느 드라마에나 조연 캐릭터로 많이들 쓰는 캐릭터라고 생각해요. 다만 그들을 대하는 주인공들의 캐릭터가 선명할수록 리얼하게 보여지는 게 아닐까요.

이를테면 친구 지연에게 흑심을 품은 박회장에게 욕을 퍼붓는 소희의 이야기처럼요. 실제로 그렇게 험한 쌍욕을 쉬지 않고 10분 동안 날리는 사람은 없겠지요. 하지만 저런 캐릭터라면 그래 그럴 수도 있겠다는 허구적인 설득을 시청자들이 동의해주느냐, 해주지 않느냐가 관건인 것 같아요. 사실 그건 리얼이라기보다는 드라마적인 판타지니까요. 생생하기보다는 시원했던 거겠지요.

결국 이건 작가들에게 주어진 공통의 숙제라고 생각합니다. 극적인 펌프질과,

실제 같은 리얼함과 공감 사이에서의 온도 조절.. 그 숙제를 잘 풀면 성공하는 거고, 잘 풀지 못하면.. 다시 쓰거나, 다른 걸 써야겠지요.

**Q 소희 아버지가 돌아가셨을 때, 그 상실의 아픔이 너무나 알 것 같이 그려져서 펑펑 울었습니다. 특히 상을 치루는 과정이 너무나 현실적이라 더 슬펐던 거 같아요. 중간중간 소희 독백 나올 때마다 억장 와르르.. 혹시 작가님의 경험을 기반으로 한 에피소드인지 궁금합니다.**

이 에피소드 역시 정확하게 저의 이야기는 아니지만, 많은 부분 저의 경험이 들어가 있습니다. 사랑하는 친구의 어머니가 돌아가셨다는 말을 들었을 때, 실제로 빈소가 채 꾸려지기도 전에 가장 먼저 달려갔던 기억이 있어요. 그때 보았던 친구의 표정들.. 그리고 그 친구의 곁을 3일 내내 함께하면서 함께 어머니를 보냈던 기억들이 아직도 생생하네요. 또, 사랑했던 사람의 어머니가 돌아가셨을 때 그 처음부터 끝을 함께한 적도 있었어요. 그전에는 빈소에 조문을 가면, 길어야 한두 시간 정도 그곳에 머무는 게 다였지만, 3일 내내 있다 보니 생각보다 빈소의 광경이 현실적이라는 생각이 들었습니다. 3일의 시간도 결국엔 삶의 일부이기에 밥도 먹어야 하고, 잠도 자야 하고, 화장실도 가야 하는데 주구장창 영정사진만 바라보면서 슬퍼할 수만은 없는 거니까요. 그래서 빈소가 차려지고, 상조 회사가 찾아오고, 입관식을 하고, 발인을 하고 장지에 모시는 과정 사이사이의 많은 시간들을 담담하게 함께하는 모습을 그리고 싶었어요. 친구들과 함께요.

사실 여자들은 남자들에 비해 장례 문화에서 소외되어져 왔다고 생각해요. 상주를 여자가 하지 못하는 것도 그렇고, 실제로 장례식장에서 남자 친구들은 마지막 발인까지 함께하는 걸 많이 봤지만, 여자 친구들은 그런 광경을 쉽게 볼 수 없었거든요. 그렇다고 해서 여자들의 우정이 남자들의 우정보다 약해서 그런 것은 아닐 텐데.. 그래서 더 역으로 여자들이 주도하는 장례식 그림을 넣었던 것 같아요. 그렇다고 해서 기어코 관까지 여자들이 드는 고집을 부리고 싶진 않았습니다.

어떤 의식이든, 관습이 마음을 제어해서는 안 된다고 생각합니다. 마땅히 그래야 하는 것들보다, 마땅히 느껴지는 마음이 더 중요하니까요. 그런 의미에서 장례 문화는 앞으로도 조금은 그 형식의 무게를 벗을 필요도 있다고 생각해요. 물론 마음이 있어도 형식조차 없다면 그거야말로 슬픈 거겠지만요.

**Q 지구와 세진이 서사에 눈물 쏟은 1인입니다! 세진의 "좋아하는 게 잘못은 아니잖아요. 좋아하는 걸 못하고 사는 게 더 불행한 거지"부터 지구쌤의 "담임이니깐…"까지 완전 명대사 파티였던 거 같아요. 퀴어 요소가 포함된 관계를 설정하는 데 고민이나 걱정은 없었나요?**

레즈비언이라는 소재가 극에 녹아들어간다고 해서 우려스럽다거나 하는 건 없었어요. 5~6년 전 드라마를 써야겠다고 마음먹은 순간부터 무슨 이야기를 해야 좋을까 고민을 할 때마다 퀴어 소재는 늘 머릿속 한구석에 자리하고 있던 것 같아요. 그 이유를 논리적으로 답할 수는 없지만, 본능적으로 내가 제일 잘할 수 있을 것 같다는 막연한 자신감이 있었어요. 또 창작자의 입장에서 공중파에서 선호하는 드라마 주제나 소재들에 대한 아쉬움이 있었거든요. 대중적이지 못한 소재들은 마치 부적격한 것처럼 취급받는 것에 대한 불만을 느꼈던 것 같아요.

방법은 결국 대중과 소통하는 것이더라구요. 작가들은 흔히들 '소통'과 '배설' 사이에서 고민한다고 합니다. 혼자만의 배설을 할 것이냐, 대중과의 소통을 할 것이냐.. 한때는 이 두 가지가 선택의 문제라고 생각한 적이 있었는데 지금은 선택이 아닌 순서의 문제일 수 있다는 생각이 들어요. 소통을 먼저 경험하고난 후의 배설은 조금은 다를 수도 있다는 의미에서요.

결론은, 드라마라는 형식을 쓰기로 한 이상 대중들이 원하는 것과 불편해하는 것을 파악하는 일은, 창작자로서의 자유 그 이상으로 중요하다는 걸 오랜 기간 홀로 터널을 지나오면서 느꼈습니다. 그런 의미에서 지구와 세진이의 이야기는, 제가 하고 싶은 이야기를 마음껏 배설했다기보다는 일단 대중들의 입맛과 기호에 최대한 맞춤형으로 '소통'하고자 했던 노력이 더 컸던 것 같아요. 불편한 이야기를 최대한 불편해 보이지 않게 하는 것이 첫 번째였고, 세진이가 레즈비언이라는 특수

성에만 초점을 맞추는 것이 아니라 지구와 세진이 선생과 제자로서 보여줄 수 있는 보편성에도 균형을 맞추고자 했으니까요. 이 이야기가 스스로 만족스러웠는지는 확실치는 않지만, 이 이야기를 시작으로 앞으로 더 소외되어 있는 소재들도 시도해볼 수 있는 용기가 생겼다는 것만은 확실합니다.

**Q 시즌2에도 지금의 썸남들이 그대로 나오나요? 소희는 양다리 걸치는 게 꿈이었는데 혹시 복구의 연적이 새로 나오는지. 지연이는 두 남자 중 누굴 선택한 건지, 지구는 종이씨와 그대로 폴인럽 하는지 너무 궁금합니다. 목 빠지기 직전인 팬들을 위해 살짝 귀띔해주신다면?**

지연의 두 남자도, 지구의 종이씨도, 소희의 북구도 모두 시즌1에서 제대로 시작도 못 하고 끝나긴 했지요. 세상에는 제대로 시작도 못 하고 끝나는 관계가 시작하는 관계보다 훨씬 더 많을 거라고 생각하기에, 무조건 시즌2에 이들의 관계가 더 진전되어야 한다는 건 아니지만.. 강피디는 물론이고 지연이의 두 남자도, 종이씨도, 모두 제가 너무나 애정하는 캐릭터들이기에 시즌1에서 못다 보여준 서사를 더 보여주고 싶다는 생각은 있습니다. 그런데 제가 계획적으로 미리 짜놓고 쓰는 스타일이 아니라 아직 그들이 시즌2에서 얼마나 어떻게 활약하게 될지는.. 저조차도 모르겠습니다. 저도 이럴 땐 '다 써진 시즌2 대본집'을 간절하게 사고 싶어요.. 그걸 사서 꿈속에서라도 좋으니 딱 10초만 볼 수 있다면 좋겠다는 생각을 하루에 열 번도 더 한다는 사실..

**Q 지금까지는 로코물을 많이 작업하신 거 같은데 다른 장르에도 관심이 있으신지 궁금해요! 원작이 있는 작품도 좋지만 작가님의 오리지널 작품도 보고 싶습니다. 앞으로 쓰고 싶은 이야기나 계획 중인 작품이 있다면 알려주세요.**

사실 작가로서 '잘하는 것'과 '좋아하는 것'이 다르다는 걸 인정하기까지 꽤 오랜 시간이 걸린 것 같습니다. 저는 원래 로맨틱 코미디 장르에는 별로 관심이 없습니다. 범죄 수사물, SF, 다큐멘터리, 애니메이션, 뮤지컬.. 정말 로맨틱 코미디를 빼고 모든 장르를 사랑합니다. 그런데 막상 드라마에 입문하고 보조작가를 거쳐 공동작가를 하면서 선배 작가님들에게 들었던 조언은 언제나 "넌 로맨틱 코미디를 해야 돼!"였습니다. 원래 다들 그렇듯, 남의 것은 잘 보이는데 정작 자기 것은 잘 안 보이는 법이니까요. 강하게 부정하고 싶어서 혼자 드라마를 준비하며 별의별 알 수 없는 장르물로 숱한 시도를 했으나, 결국엔 로맨틱 코미디를 써야 한다는 선배님들의 말을 크게 벗어나지는 못했습니다.

장르가 작가의 글을 규정한다고 생각지는 않습니다. 하지만 적어도 내가 '잘하는 장르'가 무엇인지 안다는 건 참 중요한 일인 것 같아요. 그리고 그 일은 내가 스스로 판단하기 참 어렵기 때문에 혹시나 드라마를 준비하고 있는 사람들에게 해주고 싶은 이야기가 있다면 혼자 끙끙대지 말고, 자신이 쓴 글을 많은 사람들에게 보여주고 피드백을 받으라는 것입니다. 꼭 전문 작가가 아니어도, 그냥 엄마나 아빠, 언니나 동생이어도 상관없습니다. 내가 아닌 남은 다.. 잘 봅니다. ^^ 저는 아직 신인이라, 앞으로 몇 편의 드라마까지는 그래도 로맨틱 코미디라는 장르 안에서 자유로울 수는 없을 것 같습니다. 하지만 목표는 로코 탈피, 드라마라는 장르에서 탈피하는 것입니다. 불가능해 보이는 것을 꿈꿀 때 훨씬 더 행복하니까요.